Harper Collins | ya!

Jennifer L. Armentrout

Funkeln der Ewigkeit

Roman

Aus dem Amerikanischen von
Barbara Röhl

Harper Collins | *ya!*

HarperCollins YA!®

1. Auflage: November 2018
Deutsche Erstausgabe

Originaltitel: »The Prophecy«

Umschlaggestaltung: Formlabor, Hamburg
Umschlagabbildung: ArtOfPhotos, Oleg Gregman,
vectortatu, HAKKI ARSLAN, pixelparticle / shutterstock
Satz: GGP Media GmbH, Pößneck
Printed in Germany
Dieses Buch wurde auf FSC®-zertifiziertem Papier gedruckt.
ISBN 978-3-95967-250-4

www.harpercollins.de

Für euch, liebe Leser.

1. KAPITEL

JOSIE

Wind umtoste mich und wehte mir die kurzen, dünnen Strähnen, die sich aus meinem Haarknoten gelöst hatten, über die Wangen.

Für spätabends Anfang Juni war die Luft immer noch kühl. Jedenfalls frischer, als ich es aus dem Süden von Missouri gewöhnt war, wo ich aufgewachsen war und wo es um diese Jahreszeit so heiß war wie im Hintern des Teufels. Aber ich hatte das Gefühl, dass es hier in den Bergen von South Dakota nie richtig heiß wurde.

Ich holte tief Luft und konzentrierte mich auf einen großen grauen Felsbrocken, der wahrscheinlich schon seit Anbeginn der Zeit hier lag. Ich nahm den Arm hoch, zapfte den Äther an, der nun wieder reichlich durch meine Adern floss, nachdem meine Kräfte nicht mehr von einem Paar nicht ganz normaler Armreifen blockiert waren.

Es fühlte sich gut an, diese Energie zurückzuhaben, vor allem, da ich gerade jetzt Lust hatte, etwas in die Luft zu jagen.

Im Moment war ich supersauer auf einen gewissen goldblonden *Gott*.

Statt diese Wut beiseitezuschieben, wie ich das normalerweise getan hätte, *zapfte* ich sie *an* und gebrauchte sie, um Akasha zu befeuern, das tödlichste Element, das Sterblichen und Unsterblichen bekannt war. Ich rief das Luftelement an; dabei hatte ich in der Vergangenheit immer versagt. Manchmal hatte ich nur etwas bewegen wollen und es stattdessen in Brand gesetzt.

Deswegen hielt Luke sich für gewöhnlich von mir fern, wenn ich mit den Elementen trainierte.

Ich stellte mir vor, wie der Felsbrocken sich in die Luft emporschwang, und hielt dieses Bild fest. Energie durchströmte mich. Erst passierte nichts, schließlich begann der Brocken zu zittern, als bebe die Erde. Einen winzigen Augenblick später hob sich der dicke Felsblock, es war, als ergriffe ihn eine riesige Hand und zöge daran. Der Geruch nach Erde erfüllte die Luft, als der Fels sich aus dem Boden löste und hochstieg.

Ich bewegte den Felsbrocken nach links und dann nach rechts. Der gewaltige Stein ließ sich hin- und herschieben, als wiege er nicht mehr als eine Feder.

Obwohl ich es fertigbrachte, war ich nicht perfekt. Ich musste dazu in der Lage sein, die Elemente sofort und ohne Verzögerung einzusetzen. Ich ließ den Felsbrocken herunter und zuckte zusammen, kaum dass er auf die Erde krachte und schief in seinem Loch lag.

Ich drehte mich um und musterte die uralten Statuen namenloser Götter, die aus dem hohen, feinen Gras emporragten. Halb rechnete ich damit, einen der vielen Wächter oder Gardisten den Hügel heraufkommen zu sehen, doch das Feld, auf dem ich trainierte, blieb leer.

Ich wischte mir den Schweiß von der Stirn und wandte mich erneut dem Felsbrocken zu. Ich ignorierte die Müdigkeit, die meinen Körper überfiel, und schüttelte meine Schultern und Arme aus. Am liebsten hätte ich ein Nickerchen gemacht.

Ich hatte in letzter Zeit *sehr viel* geschlafen.

Angeblich war das normal, vor allem am Anfang einer Schwangerschaft. Das wusste ich, weil ich es gegoogelt und viel recherchiert hatte. Okay, ich hatte viel gelesen. Ein Teil von mir wünschte, ich hätte das bleiben gelassen, denn ich hatte dabei alles Mögliche erfahren, was ich lieber nicht erfahren hätte.

Daraufhin war ich zu so etwas wie einer Schwarzseherin geworden.

Denn – heiliger Scheiß! – so viel konnte schiefgehen. So viel! Gar nicht mitgerechnet die albtraumhaften Geburtsberichte, mit deren Lektüre ich einen Nachmittag verbracht hatte.

Seitdem fühlte ich mich traumatisiert.

Aber es konnte auch einfach so viel passieren. Was, wenn diesem Baby etwas zustieß? Ich fand das keine abwegige Frage. Bei normalen Schwangerschaften lief ständig aus dem einen oder anderen Grund etwas schief. Zur Hölle, manche Frauen fanden nie heraus, warum sie ihr Baby verloren hatten. Manchmal geschah es eben, und es gab keinen offensichtlichen Grund dafür.

Und wie ich zu Seth gesagt hatte, waren wir nicht normal.

Er war ein Gott und ich eine Halbgöttin. Sein Leben war wahnsinnig gefährlich und meins nicht unbedingt sicherer. Eigentlich war mein Leben sogar verdammt viel gefährlicher als seins. Er war absolut, was hieß, dass nur ein anderes absolutes Wesen ihn töten konnte. Das war Furcht einflößend, doch es existierten nur zwei andere Lebewesen, die eine echte Gefahr für Seth darstellten.

Cronus.

Und Zeus.

Aber ich?

Mein Herz machte einen Satz in meiner Brust. So ziemlich jedes andere Lebewesen, das besser für den Kampf ausgebildet war und die Elemente geschickter einsetzte als ich, stellte eine Gefahr für mich und mein Kind dar. Zugegeben, als Halbgöttin war ich nicht ganz so leicht umzubringen.

Dennoch konnte man mich töten.

Und wenn ich in einem Kampf gegen die Titanen ernsthaft verletzt wurde? Was würde das für das Baby bedeuten? Dass das Kind in mir meine Gefangenschaft bei Hyperion überlebt hatte, bewies, dass das Kleine ein Kämpfer war. Daran bestand kein Zweifel, aber ich war angreifbar, weil ich … weil man mich verletzen konnte.

Schwach war ich allerdings nicht.

Deswegen war ich auch hier draußen, statt mich in meinem Bett zu verkriechen.

Erneut rief ich das Luftelement an, doch dieses Mal nahm ich nicht die Hand hoch.

Ein Moment verstrich, dann stieg der Fels in die Luft.

Gut. Das war gut.

Ich atmete durch die Nase aus, ließ den Brocken *behutsam* sinken und ließ ihn schließlich wieder schweben.

Das wiederholte ich, bis mein Wille sich sofort in Bewegung umsetzte; bis der Fels nicht mehr zitterte, bevor er sich hob.

Ich hörte nicht auf, bis ich es *richtig* machte, und nach ungefähr einem Dutzend Malen tat der Felsbrocken, was ich wollte, und erhob sich ohne Zögern.

Unwillkürlich lächelte ich, während ich den Felsbrocken betrachtete, der knapp einen Meter über dem Boden schwebte. Das Teil musste eine Tonne wiegen, aber ich hatte es nur mit der Kraft meines Geistes hochgehoben.

Wie cool war das denn?

Selbst nach allem, was ich durchgestanden hatte, und nach allem, was ich gesehen hatte, konnte ich manchmal immer noch nicht glauben, dass das alles real war.

Ich war eine Halbgöttin.

Ich liebte einen Gott.

Ich war schw…

Ein Zweig knackte und erschreckte mich. Der Felsbrocken krachte auf den Boden und schlug mit solcher Wucht ein, dass der kniehohe Eisenzaun, der das Feld im Hintergrund begrenzte, umfiel.

»Wow«, sagte eine tiefe, leicht melodiöse Stimme. »Du hast ihn fallen gelassen, als wäre er heiß.«

Das war *er*.

Er war wieder da.

Ich fuhr herum, und wie immer stockte mir der Atem. Ganz gleich, wie wütend ich auf Seth war, er brachte es dennoch fertig, dass mein Herz schneller klopfte. Er war … er war einfach wunderschön; so schön, dass es beinahe schmerzte.

Seine Gesichtszüge waren so perfekt, dass ich an manchen Tagen nicht glauben konnte, dass Seth real war. Diese kräftigen Wangenknochen und vollen Lippen wirkten wie aus Ton modelliert. Und die Linie seines Kiefers war wie aus feinstem Marmor gemeißelt und vollkommen, genau wie jeder Quadratzentimeter seines Körpers.

Und ich musste es schließlich wissen, da ich jeden Quadratzentimeter seines Körpers so gut kannte.

Als ich Seth zum ersten Mal in einem Treppenhaus an der Radford-Universität gesehen hatte – damals, als ich noch ein normales Leben führte und Götter für mich bloß altgriechische Mythen waren –, erinnerte er mich an einen gefallenen Engel. Einen gefallenen Engel, der Probleme mit der Privatsphäre anderer Leute hatte. Ich hatte bis dahin nie jemanden getroffen, der aussah wie er, doch Seth war kein Engel, gefallen oder nicht. Er war buchstäblich ein Gott.

Der Berufene Gott.

Der Gott des Todes und des Lebens.

War ja klar, dass er wie ein Gott aussah.

Und mir war absolut egal, wie heiß er in diesem Moment wirkte, weil ich stinksauer auf ihn war.

Er schien sich dessen gar nicht bewusst zu sein, denn er lächelte mir zu – dieses gewisse Lächeln, bei dem ich normalerweise Schmetterlinge im Bauch bekam.

»Habe ich dir schon mal erzählt, wie es mich anmacht, wenn du mit deinem Geist Gegenstände bewegst?« Er trat um ein paar kleinere, aufeinandergestapelte Felsbrocken herum. »Falls nicht, lass es dir jetzt gesagt sein. Es macht mich wirklich …«

»Nicht.« Ich verschränkte die Arme vor der Brust.

Er zog die Augenbrauen zusammen, die einen Hauch dunkler waren als sein golden wirkendes Haar.

»Was soll ich nicht?«

»Komm nicht an und versuche, mir zu schmeicheln«, erklärte ich. »Ich bin wütend auf dich.«

Seth blieb kurz vor mir stehen. Verwirrung zeigte sich in seinen markanten Zügen. »Weswegen bist du mir böse?«

Ich starrte ihn einen Moment an, dann wurde mir klar, dass er wirklich keine Ahnung hatte, dass ich wusste, was er getan hatte. »Da ist etwas, worüber wir nicht geredet haben, Seth.«

Er hob eine Hand und schob sich das Haar hinters Ohr zurück. »Yeah, ich kriege so ein Gefühl, dass da etwas ist.«

»In den letzten Wochen, Monaten sogar, ist eine Menge passiert. Meine ganze Welt hat sich verändert. Und deine auch! Ich habe herausgefunden, dass Apollo mein verdammter Dad ist und dass ich mithelfen soll, ein paar irre Titanen wieder in ihre Grabkammern zu sperren. Wobei wir übrigens nach wie vor keinen Schimmer davon haben, wie wir das anstellen sollen. Außerdem noch all das, was meiner Mom und meinen Großeltern zugestoßen ist.« Meine Stimme brach, und ich schluckte schwer, da ich plötzlich einen Kloß in meinem Hals spürte. »Und dann noch diese Katastrophe mit Atlas und Solos, und du bist ein *Gott* geworden und ausgerastet.«

Seth zog die Mundwinkel nach unten.

»Schließlich hat Hyperion mich entführt, doch du hast mich gefunden, was natürlich toll ist und alles.« Ich zählte übersprudelnd die Highlights der letzten paar Monate auf. »Dann finden wir heraus, dass ich schwanger bin, und du bringst Hyperion um. Also ja, es ist eine Menge verrücktes Zeug geschehen, aber ich habe es dennoch nicht *vergessen.*«

»Was vergessen?«, fragte er.

Im letzten Sonnenlicht schienen seine bernsteinfarbenen Augen zu leuchten.

Meine Haut prickelte, ich war frustriert und trat einen Schritt auf ihn zu. »Wo bist du gewesen?«

»Habe ich dir doch gesagt.« Er neigte den Kopf zur Seite. »Ich bin nach Andros zurückgesprungen, um mich mit …«

»Um dich mit Basil zu besprechen«, unterbrach ich ihn. »Aber das ist nicht alles, stimmt's?«

Seth öffnete den Mund, sagte jedoch nichts. Als ihm klar wurde, was ich meinte, riss er die Augen auf. Ein Moment verging.

»Josie …?«

»Ich habe es nicht vergessen«, erinnerte ich ihn, ließ die Arme sinken und holte kurz Luft. »Und ich weiß, dass du *nicht nur* nach Andros zurückgekehrt bist, weil du mit Basil reden wolltest. Keine Ahnung, ob du vergessen hast, dass ich dich mit ihr gesehen habe.«

»So ist das nicht.«

Mit einem Mal stand Seth dicht vor mir. Nur noch zwei, drei Zentimeter trennten uns.

»Als du mich mit Karina gesehen hast, da …«

»Da hast du deine Kräfte aufgeladen. Ich weiß.« Ich reckte das Kinn, um ihm in die Augen zu schauen, denn Seth war gut einen Kopf größer als ich. »Es war keine romantische Begegnung oder so was. Davon spreche ich nicht.«

Forschend sah er mich an. »Du weißt, dass ich das tun muss. Wenn dem nicht so wäre, würde ich darauf verzichten. Das schwöre ich dir.«

»Ich weiß«, sagte ich noch einmal, und das stimmte. Nachdem Seth zum Gott geworden war, hatte er endlich erfahren, wieso er immer gegen die Verlockung des Äthers angekämpft hatte. Äther war der Treibstoff für die Kräfte der Götter und machte sie unsterblich. Deswegen blieben die Olympier meist auf dem Olymp. Dort war überall Äther. Aber Seth? Er existierte in der Welt der Sterblichen. Er konnte nur an Äther gelangen, wenn er … wenn er sich genauso nährte wie die Titanen.

»Mir wäre auch lieber, es wäre nicht so bald nötig gewesen, doch nachdem ich gegen Hyperion und diese verdammten Daimonen gekämpft hatte, brauchte ich neue Energie.«

Seit Seth Hyperion getötet hatte, waren gerade mal zwei Tage verstrichen, aber in diesen beiden Tagen hatte er viel zu tun gehabt. Hyperions Tod hatte nicht nur einen Riss durch das Reich der Sterblichen erzeugt, durch den Daimonen aus dem Tartarus entkommen waren. Erst gestern hatte ein Beben Oklahoma erschüttert. Die Welt der Sterblichen ahnte nicht, dass es sich nicht um ein normales Erdbeben handelte. Wir wussten nicht, ob ein weiterer Riss entstanden war, aber wir vermuteten, all das hing damit zusammen, dass

Hyperion sehr mächtig gewesen war. Die durch seinen Tod ausgelösten Energiewellen setzten sich immer noch fort.

Das alles war jedoch nicht der Punkt.

»Du hast mir nicht die Wahrheit gesagt«, erklärte ich. »Du hättest mir den wahren Grund für deine Rückkehr verraten können.«

Seth schwieg und wandte den Blick ab. An seinem Kiefer zuckte ein Muskel.

»Ich kapiere ja, dass du das tun musst, und um ehrlich zu sein, es gefällt mir nicht, dass es eine der Priesterinnen sein muss, allerdings verstehe ich es. Du musst es tun.« Ich trat einen Schritt zurück, und Seth schaute mich erneut an. »Aber ich kapiere nicht, wieso du mich anlügst.«

»Ich … ich wollte dich nicht anlügen.«

Ich zog die Augenbrauen hoch.

»Okay. Ich habe einfach gehofft, du würdest nicht darüber nachdenken«, korrigierte er sich, was auch nicht viel besser war.

»Echt jetzt?«

»Ja. Wirklich.« Er seufzte und fuhr sich mit einer Hand durchs Haar. »Ich bin nicht gerade stolz darauf, Josie.«

»Warum solltest du dich schämen? Du musst es tun. Du bist ein Gott …«

»Aber mir ist bewusst, dass du es nicht magst. Ich merke, dass es dich stört, und anders könnte es ja auch nicht sein, oder? Dieser Bastard hat dich ausgesaugt, bis es dich – und unser Kind – fast umgebracht hat. Und du willst wirklich genau wissen, in welchem Moment ich dasselbe bei anderen tue?«

»Es ist nicht dasselbe.« Ich trat auf ihn zu, legte die Hände an seine Wangen und zwang ihn, mich anzuschauen. »Was du tust, ist nicht dasselbe wie bei Hyperion, und zwar aus einer Menge von Gründen. Wie kommst du nur auf die Idee, es wäre dasselbe?«

Seth biss die Zähne zusammen. »Dann ist es also hundertprozentig in Ordnung für dich, wenn ich es tue? Es stört dich überhaupt nicht?«

»Ehrlich? Ich wünschte, du müsstest dazu nicht ausgerechnet Karina, die absolut umwerfend aussieht, körperlich nahe kommen, aber das mal außer Acht gelassen? Nein. Es stört mich nicht.« Der Wind frischte auf und wehte ihm eine Locke über die Wange, und ich strich mit dem Daumen an seinem Kiefer entlang. »Ich wünschte nur, ich könnte diejenige sein, die dir geben kann, was du brauchst.«

»Nein.« Seth löste sich von mir und trat ein Stück zurück. »Ich würde dich niemals dafür ausnutzen und dadurch dich oder unser Kind in Gefahr bringen.«

»Das sage ich ja auch nicht«, erklärte ich und ignorierte, wie scharf er mich ansah. »Ich mag nur nicht, dass du versuchst, es vor mir zu verbergen. Das führt dazu, dass es sich anfühlt, als tätest du etwas Falsches. Und es gibt mir das Gefühl, dass du mir nicht vollkommen vertraust.«

»Dir nicht vertrauen? Ich würde mein Leben in deine Hände legen, Josie. Du bist die Einzige, der ich vertraue.«

»Doch du traust mir nicht genug, um dir sicher zu sein, dass ich dich nicht verurteilen würde? Dass ich begreifen würde, was du machen musst?«, wandte ich ein. »Du schließt mich von einem großen Teil deines Lebens aus, der nicht eines Tages auf magische Art verschwinden wird. Ich will nicht, dass diese Sache zu einer Art schmutzigem Geheimnis wird, bei dem wir beide so tun, als wüsste der andere nichts davon.«

Ich holte Luft. »Wir bekommen ein Kind, Seth. Ich möchte, dass nichts zwischen uns steht. Nicht jetzt. Und auch in Zukunft nicht. Ich möchte, dass wir uns einig sind. Immer.«

Seth ließ die Hände sinken. Er schwieg lange, so lange, dass ich keine Ahnung hatte, was er dachte. Doch dann bewegte er sich – so schnell, dass ich es mit den Augen kaum wahrnehmen konnte. Blitzschnell war er bei mir, schlang einen Arm um meine Taille und umfasste meinen Nacken. Scharf sog ich den Atem ein, und Seth fing ihn mit einem Kuss ein.

Vor Verblüffung zuckte ich zusammen. Das war kein behutsamer Kuss. Oh nein, er war tief und heftig und verbrannte mich bis in mein Innerstes, bis in meine Seele. Ich legte die Hände an seine Schultern, doch ich stieß ihn nicht weg, sondern schlang die Arme um seinen Nacken. Er verstärkte den Griff um meine Taille und zog mich an sich, bis unsere Körper sich vollständig aneinanderschmiegten. Als er seinen Mund von meinem nahm, hatte sein Kuss alle meine Sinne berührt.

Seth legte die Stirn an meine. »Du hast recht«, meinte er und stieß zittrig die Luft aus. »Ich hätte dir sagen sollen, was ich getan habe.«

»Hättest du«, pflichtete ich ihm bei und zerzauste ihm sein weiches Haar, das er im Nacken zurückgebunden hatte.

»Ich will, dass nichts zwischen uns steht«, erwiderte er so leise, dass es kaum mehr als ein Flüstern war, und strich mit dem Daumen über meine Wange. »Ab sofort.«

2. KAPITEL

SETH

»Das war kein Scherz, als du gesagt hast, ab sofort soll nichts mehr zwischen uns sein«, stellte Josie fest. »Mir war nicht klar, dass du das wörtlich gemeint hast.«

»Absolut kein Scherz.« Die Haarsträhne, die ich mir um den Finger gewickelt hatte, war weder blond noch brünett. Darin schimmerte eine atemberaubende Anzahl von Farben, die von sehr hellem Blond bis zu gesponnenem Gold reichten. Keine Ahnung, wie Haare von Natur aus so viele Farbnuancen haben konnten.

»Was machst du?«

Ich riss den Blick vom seltsamsten und schönsten Haar los, das ich je gesehen hatte, und bemerkte, dass ich in strahlende jeansblaue Augen hinunterschaute.

Mir wurde die Brust eng, während ich Josies Gesicht musterte. Ihre Wangen waren rosig, was vielleicht daran lag, dass ich ihr Sekunden zuvor jedes einzelne Kleidungsstück ausgezogen hatte. Angesichts der hübschen Farbe ihrer Wangen hätte ich fast vergessen können, wie blass sie in den Wochen nach ihrer Gefangenschaft beim Titanen Hyperion gewesen war. Sie war durch die Hölle gegangen, und ich wusste, dass sie mir manches vorenthielt. Erlebnisse, die sie nicht mit mir teilte, weil sie ihr unangenehm waren oder weil sie besorgt darüber war, dass ich vor Wut die Hälfte der westlichen Hemisphäre abfackeln könnte.

Letzteres war nach wie vor eine Möglichkeit.

Es war schon passiert, dass ich spontan reagiert und erst

danach – vielleicht, abhängig von meiner Stimmung – Fragen gestellt hatte.

»Bist du mir immer noch böse?«

Sie schüttelte den Kopf, der auf dem Kissen ruhte. »Wenn, dann würde ich nicht nackt hier liegen. Du bist talentiert, aber nicht *so* talentiert.«

Ich lachte. »Keine Ahnung. Ich schmeichle mir gern, dass ich so geschickt bin.«

»Da bin ich mir sicher.« Sie schaute mir in die Augen. »Wann musst du es wieder tun? Dich aufladen?«

Mein Blick streifte ihr Haar. Es gefiel mir, dass sie es so nannte und nicht das aussprach, was es wirklich war, mich nähren. Aufladen klang viel … technischer, harmloser. »In ein paar Wochen. Es kommt alles darauf an, ob ich *krasser Gott* spielen muss.«

»Ich will … ich will dich beim nächsten Mal begleiten.«

Ich sah sie an. »Echt jetzt?«

»Ja. Dann fühlt es sich vielleicht nicht mehr wie ein Geheimnis an.«

Im Grunde wollte ich nicht, dass sie dabei war, aber für sie würde ich es tun. »Wenn du das willst.«

»Ja.«

»Dann haben wir einen Plan«, erklärte ich. »Übrigens, warum warst du heute draußen auf diesem Feld?«

»Ich habe mit den Elementen trainiert. Dachte mir, da wäre es am sichersten.«

Ich grinste, wurde jedoch schnell wieder ernst. »Aber warum warst du allein dort draußen? Luke hätte dich begleiten können.«

Josie schnaubte. »Luke hat keine Lust, irgendwo in meiner Nähe zu sein, wenn ich mit den Elementen arbeite.«

»Dann hättest du Deacon oder sogar Alex oder Aiden mitnehmen sollen. Ich will nicht, dass du dort allein bist.«

Sie zog eine Augenbraue hoch. »Ist ja nicht so, als wäre ich außerhalb der Universität herumspaziert. Ich war in Sicherheit.«

»Muss ich dich daran erinnern, dass die Mauern des Covenants schon mehr als einmal durchbrochen worden sind?«

»Und muss ich dich daran erinnern, dass ich auf mich selbst aufpassen kann?«

»Ich weiß.« Ich seufzte. »Es ist nur nicht ...« Ich strich mit dem Daumen über ihre dichten Haarsträhnen und blickte auf ihre Hände hinunter, die sie auf ihren Bauch gelegt hatte. Mein verdammtes Herz hüpfte in meiner Brust wie auf einem Trampolin.

Josie war schwanger mit *unserem Kind.*

Eine Fülle ungebremster, widersprüchlicher Emotionen stieg in mir auf und verzehrte mich. Entsetzen. Glück. Angst. Vorfreude. Verrückt, wie viele Empfindungen man auf einmal spüren konnte.

Der Druck in meiner Brust wurde stärker. Was ich fühlte, war höllisch Furcht einflößend, allerdings auf eine gute Art. Eine, die mir sagte, dass ich alles tun würde, damit sie und unser Kind in Sicherheit waren. Wenn nötig, würde ich meine Hände dafür in Blut baden, ich hatte das schon getan. Mehr als einmal, und ich bedauerte es nicht besonders.

Liebe wog stärker als Reue.

Ich hätte nie gedacht, so etwas wirklich für eine andere Person empfinden zu können, und als ich Josie kennenlernte, war es nicht unbedingt Liebe auf den ersten Blick gewesen. Vielleicht ein wenig Lust auf den ersten Blick. Außerdem hatte es mich gestört, wem sie ähnelte und wer ihr Vater war.

Nie wäre es mir an diesem Tag im Treppenhaus in den Sinn gekommen, dass ich mich in Apollos Tochter verlieben würde. Zur Hölle. Jetzt hätte ich am liebsten darüber gelacht, aber genau das war geschehen.

Bis hierher zu gelangen, bis zu diesem Augenblick, war nicht einfach gewesen.

Die Götter wussten, dass ich gegen meine Gefühle für sie angekämpft hatte. Bei unserer ersten Begegnung war das Timing für eine Beziehung saumäßig mies. Damals hatte ich keine Zukunft. Die Götter setzten mich ein, um *Sanierungen* durchzuführen – ich jagte und vernichtete diejenigen, die sich auf Ares' Seite geschlagen hatten. Und falls die Götter herausgefunden hätten, wie sie mich töten könnten, hätte ich die Ewigkeit als Hades' Sklave zubringen müssen. Damals war ich allerdings noch der Apollyon. Jetzt war ich ein Gott, und ich hatte eine Zukunft, in der ich nicht bei jeder Laune anderer Götter zu springen brauchte.

Aber es steckte mehr dahinter. Vieles davon hatte mit *mir* zu tun. Damit, dass ich geglaubt hatte, Josie nicht verdient zu haben. Dass sie ohne mich sicherer wäre und es besser hätte. Dass ich es nach allem, was ich getan hatte und woran ich beteiligt gewesen war, nicht wert war, geliebt zu werden.

Die Wahrheit war, dass ich *ihrer* immer noch nicht würdig war, doch ich arbeitete daran.

»Seth?« Ihre leise Stimme lenkte meine Aufmerksamkeit auf sie. »Alles in Ordnung bei dir?«

»Ja.« Ich sah ihr in die Augen und grinste. »Ich versuche nur, herauszufinden, was genau deine Haarfarbe ist.«

»Du bist so was von komisch.« Sie zog ihr Haar aus meinen Fingern. »Echt komisch.«

Ich legte eine Hand an die Stelle, wo ihre ruhte, und schluckte gegen den Kloß in meinem Hals an. Er war plötzlich aufgetaucht, als ich mir vorgestellt hatte, wie sie mit einem dicken Bauch mit meinem Kind darin aussehen würde. Götter. Das brachte mich fast um, aber auf eine wunderbare Art.

»Du bist so schön«, erklärte ich und genoss ihren Anblick. Nackt lag sie vor mir, ganz weiche Kurven und rosig angehauchte Haut. »Habe ich dir das heute schon gesagt?«

»Heute Morgen und gleich nach dem Mittagessen.«

»Aber nicht während der letzten Stunde?«

»Nein.« Sie drehte sich auf die Seite, schaute mich an und berührte mit ihrer Hand meinen Oberkörper. »Wir sollten wirklich aus diesem Bett steigen.«

»Warum?« Ich küsste sie auf die Nasenspitze. »Ich habe dich gerade ausgezogen.«

Sie lachte. »Wir haben uns den ganzen Vormittag in diesem Zimmer verkrochen.«

»Ja und?« Ich strich über die Rundung ihrer Hüfte. »Was haben wir denn sonst zu tun?«

»Was sonst? Wir haben eine Menge zu tun, Seth.«

Josie schmiegte sich an mich und schob eins ihrer langen Beine zwischen meine, was absolut nicht dazu beitrug, mich dazu zu bewegen, aus diesem Bett zu steigen.

Als sie ihre Brüste an meinen Oberkörper presste, unterdrückte ich ein Aufstöhnen. »Und was zum Beispiel?«

»Wir müssen mit Deacon und Luke reden, um herauszufinden, ob sie mit der Planung für ihre Abreise nach Großbritannien fertig sind.«

Ich ließ meine Hand von ihrer Hüfte auf ihren Hintern gleiten und wurde mit einem scharfen Atemzug ihrerseits belohnt. »Du meinst, wir sollen feststellen, ob Aiden unserem Deacon schon erlaubt hat, mitzugehen.«

Leise lachend strich sie mit den Fingern über meine Brust.

»Ich fürchte, er wird Deacon in seinem Zimmer einsperren.«

»Kann schon sein.« Ich drückte ihre Hüften enger an meine. »Was seinen Bruder betrifft, könnte man Aiden überfürsorglich nennen.«

»Da schließt du wahrscheinlich von dir auf andere«, witzelte sie.

Ich zog mich zurück. »Wieso?«

Ihre Mundwinkel zuckten. »Ich meine nur, dass ihr mehr gemeinsam habt, als ihr zugeben wollt, Aiden und du.«

Ich drehte sie auf den Rücken und sah von oben auf sie hinunter. »Ich glaube, ich bin beleidigt.«

»Das erinnert mich an diese zwei Mädchen, die ich am College kannte.« Sie legte die Hände auf meine Schultern und grub die Nägel in meine Haut. »Die beiden haben einander absolut gehasst, und das Komischste war, dass sie vom Charakter her Zwillinge hätten sein können.«

Ich verlagerte mein Gewicht auf einen Ellbogen. »Aidens und mein Charakter sind nicht identisch.«

»Protestierst du jetzt nicht zu viel?«

Ich knabberte an ihrer Unterlippe und schlang einen Arm um ihre Hüfte. »Redest du vielleicht zu viel?«

Josie warf den Kopf zurück und lachte. »Mistkerl.«

»So hast du mich vorhin nicht genannt. Ich meine ja nur.« Ich strich mit den Lippen über ihre.

Sie schmiegte sich an meine Brust. »Hör auf, mich abzulenken.«

»Wovon ablenken?«, fragte ich und ließ beim Sprechen die Lippen über ihren Mund streifen.

»Von dem, was wir zu tun haben.« Sie keuchte auf, als ich mich zwischen ihre Oberschenkel schob. »Seth …«

Ich küsste sie und unterband damit die Aufzählung aller

guten Gründe, aus denen wir von diesem Bett aufstehen sollten, und es gab eine Menge. Einen Riesenberg. Doch ich mochte an nichts davon denken. Nicht jetzt. Wir konnten uns später mit der Realität auseinandersetzen. Sie würde dann immer noch da sein.

Kaum dass ich meine Lippen über ihre gleiten ließ, stieß Josie diesen leisen Laut aus, der mir verriet, dass sie es auch nicht allzu eilig hatte, das Bett zu verlassen. Ich neigte den Kopf zur Seite und bewegte meine Zunge an ihrer Unterlippe entlang, damit sie den Mund öffnete. Viel Überredungskunst brauchte ich allerdings nicht.

Josie schien unter mir zu zerfließen.

Früher hatte ich versucht, mich zurückzuhalten, aber jetzt nicht mehr. Ich drang sofort in sie ein, und unser Kuss wurde tief und ungehemmt. Ich streichelte ihre Zunge mit meiner, und Josie kam mir entgegen. Sie strich mit einem Bein an meinem entlang, schlang es um meine Hüfte und presste mich dichter an sich. Das Gefühl, sie an meinem härtesten Körperteil zu spüren, brachte meine sämtlichen Nervenbahnen zum Glühen.

Ich hatte einmal geglaubt, süchtig nach Äther zu sein, nach dieser Flut cooler Macht, doch ich hatte mich geirrt.

Ich war süchtig nach Josie.

Danach, wie sie schmeckte. Nach den Lauten, die sie von sich gab, wenn sie kurz davor war zu kommen. Danach, wie sie meinen Namen rief. Wie sie vorher und hinterher mit mir stritt. Ganz einfach danach, wie sie war.

Schnell sog sie den Atem ein, und ich holte ihn mir zurück, als sie einen Arm um meinen Nacken schlang. Ich knabberte an ihrem weichen Mund, richtete mich auf und sah sie an. Ihre dichten, seidigen Wimpern flatterten, und sie öffnete die Augen. Wir blickten uns unverwandt an.

»Ich habe vergessen, was ich sagen wollte«, gestand sie mit belegter Stimme.

Leise lachend küsste ich sie unter dem Kinn und widmete mich wieder dem, was wirklich unerlässlich war. »Dann kann es nicht so wichtig gewesen sein.«

»Doch.«

Sie legte eine Hand auf meine Schulter, während ich mich weiter ihren Hals hinunterarbeitete.

»Ich bin mir ziemlich sicher, dass es wichtig war.«

»Ich weiß, was wichtig ist.« Ich zog mit Küssen eine Spur zu einer ihrer rosigen Spitzen, kostete jeden Quadratzentimeter Haut aus und übersprang keine einzige Stelle. »*Das hier* ist sehr wichtig.«

Sie atmete schnell und flach. »Da muss ich dir recht geben. Nur dieses eine Mal.«

»Oh, ich glaube, das wird mehr als einmal.« Grinsend nahm ich ihre harte Brustspitze in den Mund. Josie bog den Rücken durch, stieß die Hüften gegen meine und verlockte mich, das alles zu überspringen und tief in ihr zu versinken. Nichts wünschte ich mir mehr als das, doch ich ließ mir Zeit, weil wir sie heute, an diesem Nachmittag, hatten. Ich widmete mich ihrer anderen Brust, damit die sich nicht einsam fühlte.

So rücksichtsvoll war ich.

Ich strich über ihren Bauch und ließ die Hand zwischen ihre Schenkel gleiten. Josies scharfer Aufschrei wirkte auf mich wie eine Supernova, die in alle Richtungen explodierte. Ich zog das Mal zwischen ihren Brüsten nach, das Apollo hinterlassen hatte, nachdem er ihre Fähigkeiten entblockiert hatte. Allmählich rutschte ich tiefer, wobei ich an ihrem Bauch verweilte und sanft in die weiche Stelle unter ihrem Nabel biss. Josie grub die Finger in mein Haar, und ich hoffte, sie würde daran ziehen.

Ich *liebte* es, wenn sie das mit meinen Haaren tat.

Mit der Schulter drängte ich ihre Beine auseinander und rutschte noch tiefer. Als ich aufblickte, sah ich entzückt, dass ihre Augen offen waren.

Ich *liebte* es auch, wenn sie zusah.

Aber was ich noch mehr liebte? Das, was ich sah, wenn ich zu ihr aufschaute. So ein verdammt schöner Anblick. Ihre Brust hob und senkte sich unter schnellen Atemzügen, ihre harten Brustspitzen schimmerten feucht, ihre wunderschönen Lippen waren halb geöffnet, und ihre Augen strahlten vor Begierde.

Ich konnte nicht anders, als sie ein wenig aufzuziehen. »Findest du, wir sollten jetzt aufstehen? Du hast gesagt, wir hätten wichtige Dinge zu erledigen.«

Sie biss sich auf die Unterlippe.

»Das ist keine Antwort, Josie.«

Sie kniff leicht die Augen zusammen. »Ich finde, du könntest mit deinem Mund etwas Besseres anfangen, als zu reden.«

Ich lachte. »Verdammt, Mädchen.«

Sie grinste mir zu und stützte sich auf die Ellbogen. »Ich sage nur die Wahrheit, *Sethie*.«

»Allerdings.«

Und so tat ich es.

Josie hielt sich nicht lange auf ihren Ellbogen. Bald lag sie auf dem Rücken und wand sich unter meinem Mund, mit dem ich sie reizte. Ich trieb sie an den Rand des Abgrunds und ließ sie mit einer leichten Berührung meines Fingers an diesem einen gewissen Punkt hinunterstürzen. Sie zitterte immer noch am ganzen Körper, als ich mich hochschob, ihren heiseren Aufschrei mit meinem übertönte und tief in sie eindrang.

Ich hielt so lange still, wie ich konnte, und kriegte kaum Luft in meine verdammte Lunge oder welche hinaus. Meine Armmuskeln bebten, und mein Magen zog sich zusammen. Ich konnte mich nur auf ihre Empfindungen konzentrieren. Ganz gleich, wie oft ich diesen Moment erlebte, dieser Augenblick würde jedes Mal wieder der beste sein, auch wenn ich genau das bei jedem einzelnen Mal dachte.

Josie schlang die Arme um mich, richtete sich auf und küsste mich sanft. »Ich liebe dich.«

»Götter.« Ich stieß so etwas wie ein Knurren aus und küsste sie tief und ausgiebig, während diese Worte in meinem Kopf widerhallten. Ich konnte keinen Moment länger reglos abwarten.

Daher begann ich mich zu bewegen und genoss jede einzelne Sekunde, die sie auf mich reagierte. Was langsam anfing, eskalierte rasch. Ich positionierte die Arme unter ihre Schultern und drückte Josie fest an mich, als ich tief und hart in sie hineinglitt.

Sie passte sich mir auf jede mögliche Art an, und sowie ich spürte, dass sie erneut kam, konnte ich mich nicht mehr zurückhalten. Ich folgte ihr, stieß einen rauen Schrei aus, der mich bis ins Innerste erschütterte, und ließ meinen Kopf an ihre Schulter sinken.

»Ich liebe dich«, sagte ich dicht an ihrer erhitzten Haut.

Auch sie flüsterte diese drei Worte, und sie mischten sich mit meinem schnellen Herzschlag und meinem donnernden Puls.

Eine gefühlte Ewigkeit bewegte sich keiner von uns. Zur Hölle. Ein verdammter Minotaurus hätte nackt im Zimmer auf und ab spazieren können, und ich hätte einfach nur dagelegen. Aber ich musste sie mit meinem Gewicht erdrücken, daher wälzte ich mich von ihr herunter, allerdings nicht weit. Ich zog sie mit, sodass sie auf meiner Brust ruhte. So gefiel mir das. Kein Abstand zwischen uns, und ich hatte die Hände frei, um sie zu berühren. Eine davon fand den Weg in ihr Haar.

Ich habe so verdammtes Glück.

Diese Worte dachte ich wieder und wieder. Das Problem mit dem Glück war allerdings, dass es einen irgendwann verließ. Immer.

Ich schloss die Augen und räusperte mich. »Junge oder Mädchen?«

Diese Frage hatten wir einander während der letzten Woche oft gestellt. Man hätte meinen können, wir wären ihrer inzwischen überdrüssig geworden, doch das waren wir nicht.

Josie strich mit den Fingern an meinen Oberschenkeln entlang. »Mädchen.«

»Okay.« Ich stieß lange den Atem aus. »Wie wär's mit Agatha? Es bedeutet ›die Gute‹.«

»Gefällt mir, aber ich finde, es klingt ein wenig altmodisch.«

»Hast recht. Mal sehen. Was ist mit Aileen? So ähnlich wie Eileen und dennoch etwas Besonderes.«

Sie lachte, und ich spürte ihren Atem an meiner Brust.

»Was bedeutet das?«

»Die Leuchtende, glaube ich.«

»Mag ich auch.« Sie gähnte. »Was hältst du von … Serena? Keine Ahnung, was es bedeutet, doch ich habe den Namen schon immer hübsch gefunden.«

»Das ist ein guter Name.« Ich begann, Buchstaben auf ihren Rücken zu malen. »Lass uns den in die engere Wahl ziehen.«

Josie küsste die Stelle über meinem Herzen. »Und was, wenn …?«

Als sie nicht zu Ende sprach, senkte ich das Kinn. »Was?«

Lange gab sie keine Antwort.

»Was, wenn etwas passiert? Zum Beispiel mit dem Baby?«

»Dem Baby wird gar nichts geschehen. Das schwöre ich bei meinem …« Das Herz schlug mir bis irgendwo oben in den Hals hinauf, und ich bewegte mich, ohne nachzudenken. Als wir saßen und uns in die Augen schauen konnten, legte ich die Hände um Josies Wangen. »Warte mal. Hast du das Gefühl, dass etwas nicht in Ordnung ist?«

»Nein. Gar nicht. Ich meine, ich glaube, alles ist bestens. Ich fühle mich gut, aber es ist auch noch früh.« Sie schlang die Finger um meine Handgelenke. »Also wirklich früh, und ich weiß, dass bei einer normalen Schwangerschaft alles Mögliche passieren kann, und wir … wir haben ja keine Ahnung, ob diese normal wird. Wir wissen überhaupt nichts über diese Schwangerschaft.«

Mein Herz klopfte wieder langsamer, jedoch nicht viel. Herrje, gerade eben dachte ich, ich bekäme einen Herzanfall, und dabei war ich mir verdammt sicher, dass Götter keine kriegten. Natürlich hatte Josie hundertprozentig recht. Wir wussten fast nichts über diese Schwangerschaft. Aber es musste irgendwann schon einmal vorgekommen sein, dass eine Halbgöttin von einem Gott schwanger geworden war. Unmöglich, dass wir die Ersten waren, denen das passierte.

Verrückt, dass ich nie darüber nachgedacht hatte, ein Kind zu haben, bis ich diese Worte von Josie gehört hatte. *Ich bin schwanger*. Von dieser Sekunde an sehnte ich mich mit jeder Faser meines Seins nach diesem Kind – *unserem* Kind. Der bloße Gedanke, es zu verlieren, war, als würde ich mit Eiswasser übergossen. Ich empfand ein Grauen, wie ich es noch nie gefühlt hatte.

Es ängstigte mich zu Tode.

Ich wollte jedoch nicht, dass Josie sich stresste, und wenn das hieß, meine eigenen Sorgen für mich zu behalten, dann würde ich das gern tun.

»Ich bin mir sicher, sie wird normal.« Ich schlang die Arme um sie und zog sie an meine Brust. »Das wird die langweiligste Schwangerschaft aller Zeiten.«

Sie lachte und schob die Schulter unter meinen Arm, um mir so nah wie möglich zu sein. »Ich glaube, keine Schwangerschaft ist langweilig.«

»Unsere schon. Sie wird so normal, dass du vergessen wirst, dass du schwanger bist.«

Josie schüttelte den Kopf. »Selbst wenn die Schwangerschaft normal wird, sind *wir* nicht normal. Ich bin nicht normal.«

Da ich wusste, worauf sie hinauswollte, schloss ich die Augen und küsste sie auf den Scheitel.

Sie umschlang mich fester. »Ich muss die restlichen Titanen begraben. Damit müssen wir uns immer noch auseinandersetzen, und … sie werden sich nicht einfach fügen. Das wird ein Kampf, ein harter, langer Kampf.«

Ich sagte nichts darauf, denn ich bezweifelte, dass sie hören wollte, was ich davon hielt, dass sie gegen Titanen zu kämpfen beabsichtigte.

Dieser Tag war zu schön, um ihn zu ruinieren.

Und der Nachmittag war so … normal gewesen. So, wie ich mir vorstellte, dass sterbliche Paare ihre Zeit verbrachten, wenn sie nichts zu tun hatten, außer einander zu erkunden und zusammen zu sein.

Diese kurze Normalität war vorüber, doch es würde mehr

solche Momente geben. Dafür würde ich verdammt noch mal sorgen; angefangen mit einer Sache, die mir im Hinterkopf herumschwappte und die ich schon tun wollte, seit ich herausgefunden hatte, dass sie schwanger war.

Ich wollte, dass Josie meine Frau wurde.

Und ich würde sie heiraten.

3. KAPITEL

JOSIE

Frisch geduscht rieb ich mir das Haar mit einem Handtuch trocken und zog dann Schlafshorts und eins von Seths Shirts an, da ich nicht damit rechnete, in nächster Zukunft das Zimmer zu verlassen und unter Leute zu gehen.

Ich durchquerte das kleine Schlafzimmer, trat ans Fenster und schob den Vorhang zurück. Es war Nacht geworden, und der Himmel war voller Sterne. Hier draußen, in den Black Hills von South Dakota, war es wirklich schön, aber ich vermisste Andros, die Insel, auf der Seth aufgewachsen war.

Ich wollte zurück. Hoffentlich bald.

Ich lehnte die Stirn an das kühle Glas und schloss die Augen. Mir … mir fehlte meine Mom. Meine Großeltern. Und ich vermisste Erin, meine beste Freundin.

Ich wünschte, sie wären hier. Kein Tag verging, ohne dass ich an sie dachte. *Sie sind an einem besseren Ort*. Das sagte ich mir immer wieder. Meine Mom und meine Großeltern waren an einem besseren Ort, aber Erin … Hatte sie sich nach Hyperions Angriff erholt? Ich hatte keine Möglichkeit, das herauszufinden. Mein Vater blieb nie so lange, dass ich ihn fragen konnte. Er tauchte nur kurz auf und verschwand, bevor ich dazu kam, viel zu sagen.

Ich ging vom Fenster zurück und setzte mich aufs Bett. Jetzt hätte ich ein Gespräch mit meiner Granny gebrauchen können. Klar, sie hätte auch nichts über eine Schwangerschaft bei Halbgöttinnen gewusst, aber sie hätte mir – ach keine Ahnung – versichern können, dass alles gut werden würde.

Dass ich das schaffen würde.

Dass ich eine Geburt überstehen und ein Kind großziehen konnte. Dass ich verantwortungsvoll und reif genug war, um mit *alldem* umzugehen.

Und Erin würde bei mir sein und zusammen mit mir ausflippen, und sie … sie würde mir sagen, ich hätte das im Griff.

Wer wusste das schon? Vielleicht hätte Erin eine Ahnung von solchen Schwangerschaften. Schließlich war sie eine Furie.

Ich sah an mir herunter, hob den Saum meines geliehenen Shirts und entblößte meinen Bauch. Er sah genauso aus wie vor meiner Schwangerschaft. Na, nicht genau. Während meiner Gefangenschaft hatte ich abgenommen, doch mein Bauch war nach wie vor weich, und er war noch nie flach gewesen. Niemals. Aber er sah normal aus.

Was keine Überraschung war, logisch. Es konnten noch keine fünf Wochen sein, außer, es war vorher passiert. Bis auf jenes eine Mal hatten Seth und ich stets Kondome benutzt, die schützten allerdings auch nicht immer.

In ein paar Monaten würde man etwas sehen. Ich pikte in meinen Bauch …

Die Tür zum Gang öffnete sich, und Seth rief herein: »Josie?«

Ich spürte, wie meine Wangen heiß anliefen, ließ mein Shirt fallen und sprang auf. Ich huschte um die Ecke des Betts und lief eilig ins Wohnzimmer, das auch eine kleine Essecke hatte.

»Hey.« Seth stellte eine große braune Papiertüte auf den Tisch und grinste, als er mich in der Tür stehen sah. »Hast du geduscht?«

Ich lehnte mich an den Türrahmen. »Ja.«

»Ohne mich?«

Ich grinste ebenfalls. »Tja, ich wollte richtig zu Ende duschen.«

»Wenn ich bei dir gewesen wäre, wäre das nicht passiert.« Er griff in die Tüte und zog eine Schale mit Essen hervor und dann noch eine … und noch eine. »Ich war mir nicht sicher, was du willst, also habe ich ein paar Sachen mitgebracht. Hähnchen-Nuggets. Pommes frites. Mozzarella-Sticks, weil ich weiß, dass du Käse magst. Ich dachte, du könntest rotes Fleisch gebrauchen, deswegen habe ich mir am Ende noch einen Hamburger geschnappt.«

Mit aufgerissenen Augen starrte ich das Büfett an, das er nach und nach auf dem Couchtisch ausbreitete. Guter Gott.

Und noch ein Behälter tauchte auf, gefolgt von einer kleinen weißen Schale.

»Und da ich weiß, wie sehr du den Speck von dort magst, habe ich diese Frau gebeten, einen ganzen Teller davon zu machen. Sie war nicht glücklich darüber, aber du weißt ja, dass ich superüberzeugend sein kann – ach, und dann habe ich überlegt, dass du etwas Grünes brauchst, deswegen gibt es noch eine Schüssel gedämpften Brokkoli.«

Ich kämpfte gegen ein Grinsen an, riss den Blick von den vielen, vielen Essensbehältern los und sah in seine erstaunlich bernsteinfarbenen Augen auf. »Seth …«

»Was?« Er schob sich eine Haarsträhne aus dem Gesicht. »Möchtest du was anderes?« Er trat einen Schritt zurück, in Richtung Tür. »Ich kann noch mal in die Cafeteria laufen und …«

»Nein. Das ist mehr als genug.« Lachend stieß ich mich von der Tür ab und trat um den Couchtisch herum. »Ich habe das Gefühl, in ein Wettessen geraten zu sein.«

»Das würdest du gewinnen.«

Ich warf ihm einen scharfen Blick zu, aber er hatte recht. Ich *würde* gewinnen. Mit großem Vergnügen.

Seth grinste, als ich die Colaflasche nahm und den Deckel abdrehte. Auf dem Tisch standen auch ein Glas Wasser und eins mit Orangensaft. Mir war schleierhaft, wie er das ganze Essen und die Getränke hergebracht hatte.

Musste noch so eine göttliche Gabe sein.

»Du sollst das nicht alles essen«, erklärte er und sah durch die Haarsträhne, die sich wieder gelöst hatte und ihm über die Wange gefallen war, zu mir auf. »Aber ich will, dass du von allem ein bisschen isst. Ich will nicht, dass du Hunger leidest.«

Die Massen an Gerichten, die er mir gebracht hatte, hätten ein kleines Dorf satt machen können, und es wäre noch etwas übrig geblieben. Ein wenig übertrieben, doch ich verstand schon, warum er so viel geholt hatte. Während meiner Gefangenschaft bei Hyperion war es nicht gerade Priorität der Titanen, mich gut zu ernähren.

Das wusste Seth.

Und mir war klar, dass er das ständig im Hinterkopf hatte, zusammen mit einem gehörigen Maß an Schuldgefühlen. Er hatte damals nicht sofort entdeckt, dass ich entführt worden war.

Ich trat neben ihn, schlang die Arme um seine Mitte und reckte mich, um ihn auf die glatte Wange zu küssen. »Danke.«

Seth drehte sich zu mir und küsste mich, dann fasste er das Ende meines Pferdeschwanzes und zog daran. »Ich weiß, dass du am Verhungern bist.«

Ich entzog ihm meinen Pferdeschwanz. »Und woher weißt du das?«

Er legte den Kopf schief. »Na ja, könnte daran liegen, dass dein Magen während deines Nickerchens geknurrt hat wie Hades' preisgekrönte Hunde.«

Mir klappte die Kinnlade hinunter. »Gar nicht wahr!«

»Doch. Ehrlich gesagt hat es mir Angst gemacht. Ich dachte, einer dieser Höllenhunde hätte den Weg in unser Zimmer gefunden und wollte gerade …«

»Schwachkopf.« Ich boxte ihn gegen den Arm.

Leise lachend trat er um mich herum und setzte sich auf die kleine Couch. »Aber ehrlich, das ist gut, oder? Wenn du etwas anderes willst, gehe ich es holen.«

Als mein Magen knurrte, nickte ich und wandte mich der Essensauswahl zu. »Das ist mehr als gut.« Ich schnappte eine Fritte und steckte sie mir in den Mund. »Ich wollte übrigens nicht wieder einschlafen. Tut mir leid.«

»Schon gut.« Er nahm meine Hand und zog mich hinunter, bis ich auf seinem Schoß saß. »Wenn du müde bist, musst du schlafen.«

»Ich glaube, das lag daran, dass ich mit den Elementen gearbeitet habe. Ich war ziemlich lange da draußen.«

»Bist du dir sicher, dass es gut ist, wenn du damit weitermachst?«

Ich zog eine Schulter hoch. »Ich wüsste nicht, warum nicht.«

Er griff an mir vorbei, nahm ein Hähnchen-Nugget und reichte es mir. »Wie fühlst du dich?«

»Gut.« Und das war die Wahrheit. Größtenteils. »Ich meine, ich bin müde, aber ich glaube, das ist normal bei dieser ganzen Schwangerschaftsgeschichte, selbst wenn ich nicht mit den Elementen trainiert hätte.«

Schweigend nahm Seth eines der Nuggets und biss hinein. »Ich möchte, dass du dich untersuchen lässt. Ich weiß, du hast gesagt, wahrscheinlich sei es zu früh für eine Vorsorgeuntersuchung, aber woher wissen wir das?« Er legte einen Arm um mich und drückte mich. »Wir wissen es nicht. Ich finde, es könnte nicht schaden, den Arzt hier zu fragen und zu hören, was er meint.«

Ich knabberte an meinem Nugget. »Eigentlich hast du recht.«

»Ich weiß.«

»Du bist heute total von dir selbst eingenommen, was?«

Zwinkernd aß er sein Stück Huhn auf. »Von Liebe zu dir.«

Kopfschüttelnd griff ich nach der Limonade. »Ich habe dasselbe gedacht, aber ich bin mir nicht sicher, ob er eine große Hilfe ist. Hier haben sie keine Frauenärzte. Wir müssen uns anderswo einen suchen, und das bedeutet, dass wir das Gelände verlassen müssen.«

Wo mich die Titanen womöglich aufspüren würden. Ich war bereit, das Risiko einzugehen, weil ich musste. Wir mussten jemanden finden, der uns zumindest eine Ahnung davon vermitteln konnte, womit wir bei dieser Schwangerschaft zu rechnen hatten.

»Ich bin mir sicher, der Arzt wird uns grundlegende Informationen liefern können und uns von ähnlichen Situationen wie unserer erzählen.«

»Es muss doch schon mal vorgekommen sein, dass ein Gott und eine Halbgöttin zusammengekommen sind und ein Baby bekommen haben.« Ich schürzte die Lippen. »Ich meine, nach allem, was ich über die Götter weiß, sind sie ziemlich sexbesessen.«

Er lachte leise. »Die Untertreibung des Jahres.«

Ich grinste ihm zu.

»Jedenfalls begleite ich dich, und dann sehen wir weiter.«

Er strich mit der Hand an meinem Oberschenkel auf und ab. »Wir könnten morgen früh gehen.«

»Klingt nach einem guten Plan.« Ich griff nach dem Hamburger und biss ein Stück ab. Ein Klecks Ketchup quoll heraus, aber Seth fing ihn mit der Fingerspitze auf. Er zog die Augenbrauen hoch und leckte ihn sich vom Finger.

»Du bist wie meine ganz persönliche Serviette.«

»Ja.« Er küsste mich seitlich auf den Hals. »Ich weiß, wie ich mich nützlich machen kann.«

Ich machte mich über den Speck her und aß alle knusprigen Scheiben auf, denn er stellte die erstaunlichste Kombination aus salzig und süß dar, die ich je gekostet hatte. Keine Ahnung, wie die Küche hier ihren Speck zubereitete, aber davon zu essen war ein magisches Erlebnis.

Seth aß noch ein Chicken-Nugget, und ich würgte sogar ein paar Stücke Brokkoli herunter, bevor ich mich mit den Pommes frites beschäftigte. Es war Zeit, diese kostbaren Momente, in denen wir wie alle anderen waren, zu beenden. »Also, sollen wir darüber reden?«

»Darüber?«

Ich warf ihm einen langen Blick zu. »Darüber, den anderen Halbgott zu finden und herauszukriegen, wie wir diese Titanen begraben können … falls wir uns dafür entscheiden.«

»Ich dachte, Deacon und Luke konzentrieren sich auf den anderen Halbgott?«

»Schon, aber sie sind nicht in der Lage, sich selbst nach England zu teleportieren, um sich dort nach dem Kerl umzusehen. Unter diesen Umständen möchten wir nicht wirklich, dass sie einen Linienflug nehmen.«

»Dann kann ich sie hinbringen.« Seine Hand, die auf meinem Bein lag, kam zur Ruhe. »Und du kannst hierbleiben, wo du in Sicherheit …«

»Ich weiß, dass ich hier sicher bin, Seth, aber ich kann nicht ewig hierbleiben.« Ich beobachtete seinen Gesichtsausdruck. »Das weißt du genau.«

Seth bewegte eine Hand, und eine Serviette erhob sich aus der Tüte und flog zwischen seine Finger.

»Ich weiß, dass du hierbleiben kannst, bis die Titanen ausgeschaltet sind«, erklärte er, und ich erstarrte. »Was mich zu deiner Wortwahl bringt. Was meinst du mit: *falls* wir uns dafür entscheiden?«

Einen Moment lang wusste ich nicht, wovon er redete, dann wurde mir klar, was ich gesagt hatte. Mir drehte sich der Magen um. Hier gab es kein »falls«. Wir mussten die Titanen begraben. Sie umzubringen war keine Option, obwohl Seth schon zwei von ihnen erledigt hatte.

War das ein freudscher Versprecher gewesen?

»Weißt du eine andere Option?«

Seth reichte mir die Serviette, und ich wischte mir dir Finger ab. Ich warf sie auf den Tisch, löste mich aus seiner lockeren Umarmung und stand auf. »Es gibt keine andere Option. Wir müssen die Titanen begraben. Wir müssen nur herausfinden, wie.«

Seth stützte die Arme auf seine Knie. »Ich will dir die Wahrheit sagen, Josie. Ich möchte dich nicht einmal in der Nähe der Titanen sehen.«

Ich warf mir den Pferdeschwanz über die Schulter. »Weil ich schwanger bin?«

»Weil du schwanger mit unserem Kind bist und weil ich nicht will, dass du verletzt wirst«, erläuterte er und behielt mich im Auge. »Und ich versuche hier nicht, den überfürsorglichen Deppen zu geben.«

»Ich weiß.« Und ob ich das wusste. Ich begann vor dem vollgestellten Couchtisch auf und ab zu gehen. »Glaub mir, ich freue mich auch nicht darauf, dort draußen herumzulaufen und gegen die Titanen zu kämpfen, aber es ist …«

»Deine Pflicht«, beendete er meinen Satz, und seine Schultern verspannten sich. »Dieser ganze Mist von wegen Pflicht soll verdammt sein.«

Ich drehte mich zu ihm um und zog die Augenbrauen hoch.

»Nein. Ernsthaft. Du bist eine Halbgöttin. Toll. Du bist als eine Art Notfallplan erschaffen worden, aber du hast die Kontrolle über dein Leben.« Mit einer fließenden Bewegung stand Seth auf. Seine Arme hingen locker an seinen Seiten herab, doch sein Blick sprühte vor Intensität. »Diese Sache mit der Pflicht ist vollkommener Unsinn.«

»Seth …«

»Das ist genau wie mit den Halbblütern. Sie sind in eine Welt hineingeboren worden, in der sie auf Schritt und Tritt kontrolliert wurden, aber das hat sich geändert. Heute sind sie frei und können ihre Zukunft selbst bestimmen. Warum kann das bei dir nicht genauso sein? Und bei den anderen Halbgöttern.«

»Das ist etwas anderes.« Ich verschränkte die Arme vor der Brust und ging in dem kleinen Raum auf und ab. »Nur wir besitzen die Fähigkeit, die Titanen aufzuhalten.«

»Das ist nicht wahr.« Er reckte das Kinn. »Ich kann sie ausschalten.«

»Ja, aber mit dem Ergebnis, dass schwere Erdbeben folgen, bei denen verkohlte Daimonen aus Erdrissen klettern.« Ich drehte mich um und ging bis zur kleinen Küchenecke, um auf und ab laufen zu können. »Das ist keine Option. Du kannst sie nicht alle töten.«

Seth sagte nichts.

Ich baute mich vor ihm auf, und mein Herz schlug plötzlich schneller, weil ich darüber nachdachte, was ich vorhin gesagt hatte. Wünschte sich ein kleiner Teil von mir, dass Seth sie einfach vernichtete? Obwohl ich die möglichen Konsequenzen kannte?

Falls ja, war das unglaublich egoistisch von mir.

Dadurch würden Menschen sterben, unschuldige Menschen. Die Sicherheit meines Kindes war meine höchste Priorität, aber könnte ich mit dem Wissen leben, dass ich Hunderte, wenn nicht Tausende zum Tode verurteilte?

»Es muss eine andere Möglichkeit geben«, sagte ich und setzte mich wieder in Bewegung. »Eine, die nicht verlangt, dass die Halbgötter direkt gegen die Titanen kämpfen, oder die nicht darauf hinausläuft, dass du sie umbringst.«

»Und wie genau sollen wir das herauskriegen?« Seth wedelte mit der Hand, und die leeren Pappschälchen bewegten sich zurück in die Tüte.

Ich schüttelte den Kopf. »Keine Ahnung. Vielleicht bei Medusa? Sie ist alt und scheint viel zu wissen. Ich war heute in der Bibliothek und habe versucht, sie zu finden.«

»Kein Glück?«

»Nein.« Ich seufzte. »Ich habe das Gefühl, dass sie sich nur finden lässt, wenn sie will. Jedenfalls, zurück zu der Suche nach dem anderen Halbgott. Ich denke, das müssen wir immer noch tun, nur für den Fall, dass uns kein Plan C einfällt.«

Das ganze Essen war innerhalb von Sekunden weggeräumt.

»Was waren doch gleich die beiden ersten Pläne, nur damit wir von denselben Voraussetzungen ausgehen?«

»Plan A ist, dass wir die Titanen begraben. Plan B heißt,

du tötest die Titanen, und hoffentlich wird Plan C der perfekte Plan, der nichts von beidem beinhaltet«, erklärte ich.

Seine Lippen zuckten. »Ich hoffe, wir finden einen Plan C, aber reden wir kurz über Plan A. Du brauchst nicht mit auf die Suche nach diesem Halbgott zu gehen.«

Ich legte den Kopf in den Nacken und stöhnte. »Und noch einmal: Soll ich einfach hierbleiben? Wie ich schon sagte, dir ist sicher klar, dass ich mich, um einen Frauenarzt aufzusuchen, in die Außenwelt begeben müsste?«

»Oder ich finde besagten Arzt und bringe ihn oder sie her.«

»Seth.«

»Was?« Er trat um den Couchtisch herum. »Wir könnten die Geräte herholen, und wie du weißt, kann ich sehr, sehr überzeugend wirken.«

Ich entfaltete meine Arme. »Schlägst du jetzt vor, einen Arzt zu kidnappen?«

Seth grinste – und zwar die üble Art von Grinsen, das mir verriet, dass er absolut nichts Gutes im Schilde führte.

»Kidnappen würde ich nicht sagen. Eher überzeugen.«

»Seth.«

»Josie.« Sein Grinsen wurde breiter, als er vor mich hintrat. »Ich habe nicht vor, einen Arzt zu entführen. Ich finde ganz ehrlich, dass es gut gehen wird, wenn wir das Gelände für kurze Zeit verlassen. Außerdem bist du dann mit mir zusammen. Aber in diese Stadt in England? Das ist nicht notwendig und *wirklich* gefährlich. Die Titanen werden sich vielleicht eine Weile unauffällig verhalten, doch sie werden trotzdem weiter nach Halbgöttern suchen.«

Ich stieß heftig die Luft aus. »Vor allem, weil ihnen jetzt die Nahrungsquelle ausgegangen ist.«

Seth nickte. »Es wäre nicht klug, dich am selben Ort aufzuhalten wie ein weiterer Halbgott, ob außerhalb dieser Mauern oder auf Andros.«

»Ist es dann klug, wenn Alex und Aiden dabei sind? Denn du weißt, dass sie Deacon begleiten werden, wenn er geht.«

Er rieb mit den Händen an meinen Armen auf und ab. »Das ist nicht unser Problem.«

Ich starrte ihn an.

»Ich weiß, das lässt mich jetzt klingen wie einen Esel, doch wenn Deacon geht, kennt er das Risiko. Und Alex und Aiden kennen es auch.« Seth sah mir forschend in die Augen. »Ich weiß, dass du dazugehören, dort draußen sein und für das Gute kämpfen willst, aber …«

»Eigentlich nicht«, flüsterte ich.

Seth blinzelte. Offensichtlich hatte ihn das überrumpelt.

Hitze stieg mir am Hals hinauf und breitete sich über meine Wangen aus. »Es ist wirklich schrecklich, das zuzugeben, was?« Ich versuchte, mich von ihm zu lösen, doch das ließ er nicht zu. Meine Schultern sackten nach vorn. »In den Filmen und Büchern ist die krasse Frau auch noch durch und durch Kriegerin, wenn sie schwanger ist. Wie Maggie aus *The Walking Dead*. Obwohl sie schwanger war, hat sie die Hilltop-Kolonie in den Kampf geführt. Nur mit einem Revolver bewaffnet. Oder vielleicht einer anderen Waffe. Keine Ahnung. Na ja, ich habe Superkräfte, also egal.«

Sein verkrampfter Kiefer entspannte sich. »Das ist eine Fernsehserie, Josie, und nicht das richtige Leben.«

»Ich weiß, dass es eine Fernsehserie ist, aber wenn es eine echte Zombie-Apokalypse wäre …«

»Eine Zombie-Apokalypse ist nicht echt.«

»Uhh! Ich weiß, ich meine ja nur, dass die Titanen die Zombies sind und ich die …«

»… Hilltop-Kolonie in den Kampf führen muss?« Seine Lippen zuckten.

»In ungefähr fünf Sekunden werde ich dich ernsthaft schlagen.«

»Tut mir leid«, sagte er leise.

Ich holte tief und geduldig Luft. »Ich meine, ein Teil von mir will immer noch diese krasse Kämpferin sein. Ich will da draußen sein und Halbgötter suchen, und ich will die Titanen zurück in ihre Gräber prügeln.«

Eine seiner Augenbrauen wanderte langsam nach oben. »Sie zurück in ihre Gräber prügeln?«

»Ja«, sagte ich seufzend. »Aber ich möchte auch nichts tun, was dieses Baby in Gefahr bringt. Ich weiß, wir haben das nicht geplant, und die ganze Vorstellung, schwanger zu sein, ist ehrlich gesagt Furcht einflößend, doch ich liebe das Kind jetzt schon.«

Seine Augen nahmen einen leuchtenden Bernsteinton an, und er legte die Hand an meine Wange.

»Ich auch, Babe. Wir haben das beide nicht geplant, aber ich liebe dieses Kind auch schon mit jeder Faser meines Herzens.«

Ich atmete tief ein. »Die Leute werden mich für schwach halten.«

Er blinzelte einige Male. »Ist mir vollkommen egal, was die Leute denken, Josie.«

Ich öffnete den Mund.

Seth war noch nicht fertig. »Und du solltest auch nicht das Geringste darum geben, was jemand anders denkt. Es ist ja nicht so, als würdest du vor diesem Kampf kneifen. Du bist schlau und versuchst, verschiedene Optionen zu prüfen, und du haushaltest mit deinen Kräften. Das ist nicht schwach, sondern *weise*.«

Ich presste die Lippen zusammen, schloss die Augen, schmiegte den Kopf an seine Brust und seufzte.

Seth lachte und legte seine Hand wieder auf meinen Arm. »Was machst du, Josie?«

»Ich denke über das Leben nach.«

»Mit dem Kopf an meiner Brust?«

»Stört dich das?«

»Nicht wirklich.« Er umfasste meine Taille. »Gefällt mir irgendwie.«

»Gut.«

Er legte das Kinn auf meinen Scheitel. »Kann ich dir die Wahrheit sagen?«

»Klar«, murmelte ich.

»Du bist unglaublich stark, Josie, aber du traust dir nicht genug zu.«

»Echt?« Ich ließ die Arme sinken.

»Ja, *psychi mou*. Innerhalb von Sekunden hat sich alles verändert, was du über die Welt zu wissen geglaubt hast, und du hast dich *angepasst*. Du hast deine Familie verloren und bist damit *fertiggeworden*.« Er umfasste mein Gesicht so, dass ich ihn ansah. »Hyperion hat dich entführt, und zwar nicht einmal, sondern zweimal, und du hast das *überlebt*. Du hast herausgefunden, dass du schwanger bist, und hast es *akzeptiert*. Und bei alldem hast du mich niemals abgeschrieben. Sogar, als ich mich wie ein Bastard aufgeführt habe. Selbst als ich dich verlassen habe, hast du niemals aufgegeben. Du bist alles andere als schwach, und ich will, dass du dich niemals – *niemals*, Josie – auch nur eine Sekunde für schwach hältst.«

Mir stockte der Atem. Seine Worte … ich hatte keine Ahnung gehabt, wie dringend ich sie gebraucht hatte, bis er sie aussprach, und er sagte die Wahrheit. Ich war nicht schwach.

Zur Hölle, ich hatte allerhand ziemlich traumatische Erlebnisse überstanden, und dennoch stand ich hier als voll funktionierende Halberwachsene. Ich verkroch mich nicht in einer Ecke.

»Danke«, sagte ich und reckte mich auf die Zehenspitzen. Ich küsste ihn, um ihm zu zeigen, wie viel mir seine Worte bedeuteten. Dann nahm ich seine Hand, drehte ihn um und zog ihn Richtung Schlafzimmer. »Ich finde, es ist Zeit für den Nachtisch, meinst du nicht?«

Seth reagierte sofort, aber nicht mit Worten. Irgendwie schaffte er es, die Arme um mich zu schlingen. Er hob mich hoch und trug mich zum Bett.

Und dann besorgte *er* sich seinen Nachtisch.

4. KAPITEL

SETH

Die Luft war dick und roch abgestanden wie stehendes, schlammiges Wasser. Ich hockte neben einem umgefallenen Müllcontainer. Die Gasse in der Nähe des düsteren, berühmt-berüchtigten Hotel Cecil war zu einer tiefen, zerklüfteten Spalte aufgerissen. Glühende Funken wirbelten aus der gähnenden Finsternis empor, und ein bestimmter moschusartiger Geruch lag in der Luft.

In der Ferne jaulten endlos Sirenen; ein ständiges, auf- und abschwellendes Kreischen, das pausenlos zu hören war, seit ich in Los Angeles eingetroffen war, um den neuesten Teil der »Kettenreaktion« in den Griff zu bekommen.

Die Stadt versank im Chaos. Feuer, die von den nicht ganz so normalen Erdbeben ausgelöst worden waren, hatten Straßen und ganze Viertel vernichtet, und was die Brände nicht zerstört hatten, erledigten jetzt die verdammten Wesen, die aus diesen Löchern gekrochen waren.

Mist.

Ich konnte nicht behaupten, es hätte mir leidgetan, dass ich Hyperion getötet hatte. Nach dem, was er Josie angetan hatte, war es mir unmöglich gewesen, diesen Bastard in eine Grabkammer zu stecken. Er hatte sterben müssen, aber das hier … Ja, *das hier* war übel.

Leider war es ein großes No-Go, einen Titanen umzubringen. Ihr Tod löste Katastrophen wie diese aus, mit der ich mich einmal mehr beschäftigen musste.

Ein Schatten regte sich, und ich blickte auf. Auf der gegenüberliegenden Straßenseite, jenseits dieses riesigen Erdspaltes, befand sich jemand, den ich früher mit jeder Faser gehasst hatte und der – äußerst komisch – der Mensch war, von dem Josie fand, ich hätte viel mit ihm gemeinsam.

Der »heilige« Aiden St. Delphi trat aus einem dunklen, schwer beschädigten Gebäude. In den Händen hielt er zwei Titandolche, wie sie vom Covenant ausgegeben wurden.

Einst war er ein reinblütiger Wächter gewesen, ein hervorragend ausgebildeter Jäger, der andere Reinblüter beschützte und Ungeheuern nachstellte, von denen die Welt der Sterblichen nichts ahnte, doch jetzt war er mehr. Durch den Deal, den ich mit den Göttern Apollo und Hades abgeschlossen hatte, war er zum Halbgott geworden.

Ein Handel, der inzwischen gleichgültig war, aber dass er zum Halbgott geworden war, sodass er die Ewigkeit mit … mit Alex verbringen konnte, war einer meiner seltenen, besseren Momente gewesen.

Götter.

Es hatte eine Zeit gegeben, da konnte ich ihren Namen nicht einmal denken, geschweige denn laut aussprechen. Nicht, weil ich noch Gefühle für Alex gehegt hätte. Klar, ich mochte sie gern. Daran würde sich niemals etwas ändern. Aber der Gedanke an sie hatte immer damit geendet, dass ich im Geiste durch das Album meiner *schlimmsten* Momente blätterte.

Inzwischen hatte ich mich verändert.

Und ich wusste, was diesen Wandel ausgelöst und meine Vergangenheit ein wenig erträglicher gemacht hatte. Manches würde ich niemals vergessen, und anderes konnte ich mir wahrscheinlich nie verzeihen, aber es war erträglich, doch. Und das lag nicht nur daran, dass Alex gesagt hatte, sie verzeihe mir, dass ich damals mit Ares zusammengearbeitet hatte. Es war nicht nur dieser Moment, in dem ich erkannte, dass ich Menschen hatte, die auf meiner Seite standen und mir vertrauten.

Der Grund war Josie.

Vom ersten Augenblick an stärkte sie mir den Rücken und sah mehr in mir als das, was ich gewesen war; erkannte, wer ich war … und wer ich werden würde. Klingt jetzt verdammt kitschig, aber so war es. Sie war der Grund, aus dem ich in der Lage war, das hinter mir zu lassen und ein besserer Mann zu werden.

An den meisten Tagen war ich allerdings immer noch ein elender Mistkerl.

Da brauchte man nur Aiden zu fragen.

Ich konnte nicht behaupten, ihn weiterhin zu hassen. Zur Hölle, manchmal fragte ich mich, ob ich ihn damals wirklich gehasst hatte. Klar ging er mir auf die Nerven. Er ging mir *nach wie vor* grauenhaft auf den Senkel, aber ihn hassen? Da war ich mir nicht sicher. Vielleicht verabscheute ich ihn nur.

Moment mal.

Jemanden zu verabscheuen war wahrscheinlich schlimmer, als ihn zu hassen.

So oder so waren wir nie Freunde geworden. Er war der Held gewesen und ich der Schurke. So hätte ich das Verhältnis zwischen uns beschrieben. Und jetzt? Schwer zu sagen. Feinde? Nein. Freunde? Vielleicht einen Tag die Woche.

Und wir hatten *sehr* wenig gemeinsam.

Er reckte das Kinn in meine Richtung. Wir hatten die verkohlten Daimonen erledigt, die aus der Erdspalte gekrochen waren, doch da unten lauerte noch etwas anderes.

Das spürte ich.

Aiden ebenfalls.

Deswegen hingen wir hier herum und warteten.

Ein Stein polterte in den Riss und zog meine Aufmerksamkeit auf sich. Als Nächstes hörte ich, wie Stein auf Stein knirschte, und mir war klar, was immer zur Hölle da heraufkam, war kein verkohlter Daimon aus der Unterwelt.

Und ich hatte das Warten satt.

Langsam stand ich auf, da kroch ein spitzer, dreieckiger Schatten an die Oberfläche.

»Was zum …?« Aiden verstummte.

Eine riesige Pranke krachte auf gesplitterten Asphalt. Rasiermesserscharfe Klauen gruben sich hinein, schürften lose Steine auf und bohrten sich in den Straßenbelag wie ein heißes Messer in warme Butter.

Als das Wesen sich in den Schein einer flackernden Laterne bewegte, klappte mir die Kinnlade herunter. Noch ein spitz zulaufender Schatten erhob sich … und dann noch einer und ein weiterer, bis es insgesamt fünf waren.

Regungslos wie vom Donner gerührt stand ich da. »Eine *Hydra*?«

Fünf Köpfe wandten sich mit ausgesprochen schlangenähnlichen Bewegungen in meine Richtung. Ganz im Gegensatz zur verkohlten und fleckigen Haut, welche die Daimonen zur Schau trugen, schimmerte ihre Haut im schwachen Licht silbrig und die Schuppen waren pechschwarz. Eine zweite Pfote kam herauf, und dann folgten die Hinterbeine. Vier schwere Pranken krachten auf den Boden, dass die Häuser bebten.

»Ihr wollt mich wohl auf den Arm nehmen«, murmelte ich.

Der mittlere Kopf riss zischend das Maul auf und bleckte die Fänge – Zähne, die ungefähr so lang waren wie meine Hand.

»Warum setzen Sie nicht irgendeine spezielle Göttergabe ein und erledigen dieses Ding?«, rief Aiden. »Sie wissen schon, bevor wir herausfinden, ob dieses Wesen hungrig ist.«

Zwei der Schlangenköpfe schwangen in seine Richtung. Normalerweise hörte ich nie auf einen Vorschlag von Aiden, doch mit dieser Kreatur wollte ich nicht herumspielen.

»Klingt nach einem brillanten Plan«, bemerkte ich.

Akasha anzurufen war, als träte man nach einer Dürre in den Sommerregen. Jede Zelle meines Körpers leuchtete vor Energie auf. Weißliches Licht mit einem Stich Gelb darin wogte meinen Arm hinunter, und ich ließ es los.

Akasha zuckte durch die Gasse und schlug in die Brust der Hydra ein. Ihr Fauchen ging in ein verstörendes Brüllen über, bei dem mir die Knochen klapperten. Das riesige Wesen fuhr herum, und klar hatte es einen Schwanz, einen langen, mit Stacheln besetzten.

Der gut über zwei Meter lange Schwanz krachte gegen Aiden. Ich hörte ihn aufstöhnen, und eine Sekunde später flog er zurück in das Gebäude, das er gerade verlassen hatte.

Gut, dass er ein Halbgott war.

Wieder ließ ich einen Energiestrahl los und traf die Hydra ein weiteres Mal.

Sie ging nicht wie erwartet zu Boden. Zwei göttliche Donnerkeile, und sie war immer noch am Leben und darauf aus, mich anzugreifen.

»Mist.«

Der mittlere Kopf bleckte die Zähne, und aus seinen Nasenlöchern stiegen Rauchwölkchen auf. Im Rachen des Kopfes, der dem einer Schlange glich, erschien ein rötliches Glühen.

Ach, zum Teufel.

Wer hätte gedacht, dass Hydren Feuer spuckten?

Ich warf mich beiseite und ging hinter dem Müllcontainer

in Deckung, kurz bevor ein rot glühender Feuerstrahl die Stelle versengte, an der ich gestanden hatte. Dann wälzte ich mich über den von Rissen durchzogenen Boden, sprang hoch und griff nach meinen Dolchen.

Uuund stand mit leeren Händen da.

Mist.

Ich hatte sie auf der Kommode liegen gelassen, weil ich ein Gott war, der jedes lebende Wesen mit einem göttlichen Donnerkeil töten konnte. Bis auf eine verdammte Hydra, wie es aussah.

Mit einem Mal erhob der Müllcontainer sich in die Luft und kippte über mir aus. Einen Herzschlag später stand ich ungeschützt vor der Hydra.

Sie riss das Maul auf, und wegen ihres stinkenden Atems drehte sich mir der Magen um.

»Götter.« Ich taumelte einen Schritt auf sie zu. »Du stinkst aus dem Hals wie ein Hund ganz hinten.«

Ein glühend roter Schein erfüllte ihren Rachen. Ich holte aus, ließ die Faust in ihren Kiefer krachen und schlug ihr einen Zahn aus. Die Hydra jaulte auf, und der Fang von der Größe eines Dinosaurierzahns fiel auf den Boden.

Rasch schnappte ich ihn mir, und plötzlich flog ich Hals über Kopf durch die Luft, landete in dem Haufen Müll, der aus dem Container gefallen war, und sank in Essensreste und – bei meinem Glück – wahrscheinlich Leichenteile ein. Die Luft wurde mir aus der Lunge gepresst, als ich auf dem bebenden Boden auftraf.

Tja, der heutige Tag verlief nicht so wie geplant.

Marcus hatte einen Anruf von einer der Gemeinden von Reinblütigen in der Umgegend von Los Angeles erhalten. Das Erdbeben hatte ihre Gebäude nicht beschädigt, aber ihre Wächter kämpften gegen Daimonen, die aus Rissen im

Boden quollen. Das war irgendwie – okay, vollständig – meine Schuld, weil ich gegen die Regel »Keine Titanen töten« verstoßen hatte, daher hatte ich mir gedacht, ich würde nach L. A. springen und mich darum kümmern.

Aiden bestand darauf, mich zu begleiten; wie ich vermutete, um mich aufzuhalten, für den Fall, dass ich auf noch einen Titanen stieß und wieder in einen Mordrausch verfiel. Nicht, dass er mich hätte zurückhalten können, doch egal. Aus irgendeinem idiotischen Grund hatte ich ihn mitgenommen, weil … warum nicht?

Ich hatte mir vorgestellt, schnell einzugreifen und zurück zu sein, bevor Josie aufwachte. Aber hier stand ich nun mit einem verdammten Hydrenzahn in der Hand, und Aiden war gerade quer durch ein Gebäude geschleudert worden.

Mann, ich hoffte nur, dass er nicht ernsthaft verletzt war. Das würde ich mir mein Leben lang anhören müssen.

Ich rollte mich nach links aus dem Müllhaufen heraus, wobei Hitze in einem stetigen Strom über meinen Rücken kroch. Fest umklammerte ich den Fang, sprang auf, fuhr herum und bohrte der Hydra den Zahn tief in die Brust. Dampfendes Blut spritzte in die Luft.

Die Hydra bäumte sich auf und drehte sich um. Ich tat einen Satz und entging knapp einem Schlag dieses verdammten Schwanzes. Einer der Köpfe schoss auf mich zu und ließ direkt vor meiner Brust die Kiefer zuschnappen. Ich sprang zurück …

Aiden tauchte aus dem Nichts auf, womit er bewies, dass er, den Göttern sei Dank, weder tot noch schwer verletzt war. Er landete auf dem Rücken der Hydra und hob einen Arm. Licht blitzte auf der sichelförmigen Klinge auf, die er hoch über dem Kopf schwang.

Ich seufzte.

Natürlich würde Aiden nie eine nützliche Waffe vergessen.

Er zog die scharfe Klinge herunter und hackte den Kopf ab, der sich in mein Shirt verbissen hatte. Die Hydra bäumte sich auf, und das Maul löste sich von meinem Hemd.

Befreit sprang ich nach hinten. »Nett, dass Sie sich zu uns gesellen.«

Aiden zog sich zurück, als die Hydra mit einem ihrer anderen Köpfe nach ihm schnappte. »Warum zur Hölle haben Sie keine Dolche mitgenommen?«

»Ich bin ein Gott. Eigentlich sollte ich keine brauchen.«

»Tja, offensichtlich ist Ihr Götterstatus im Moment so nützlich wie ein Loch im Kopf.«

»Auch wieder wahr«, erwiderte ich brummend und sah auf mein zerrissenes Shirt hinunter. »Können Sie mir einen leihen?«

Aiden warf mir einen seiner Dolche zu; dann drehte er sich aus der Hüfte und glitt vom Rücken der Hydra wie von einer Rutsche auf dem Spielplatz. Er landete leichtfüßig.

Zeit, an die Arbeit zu gehen.

Gemeinsam zerschnitten und zerhackten Aiden und ich die Hydra, bis sie nur noch aus zuckenden Fleischklumpen bestand. Als wir fertig waren, erinnerte mich das Ergebnis irgendwie an Sushi.

»Also …« Aiden wischte sich die Stirn mit dem Unterarm ab. Sein Kinn war mit feinen Spritzern Hydra-Blut übersät. »Das war einfach ekelhaft.«

Ich ließ meinen Blick vom blutigen Dolch zur zerrissenen Front meines Shirts gleiten. »Allerdings.«

Aiden trat um etwas herum, das vielleicht einmal zu einem Bein gehört hatte. »Meinen Sie, da kommen noch mehr herausgekrochen?«

»Mist. Ich hoffe nicht.«

»Da sind wir uns ausnahmsweise einig.« Aiden wischte sich etwas von seiner schwarzen Kampfhose, das wie Ziegelstaub aussah. »Damit hätte ich nicht gerechnet.«

»Was? Sie haben noch nie eine Hydra gesehen? Dachte, die wären so verbreitet wie Rehe und Hirsche und dass man auf Schritt und Tritt über sie stolpert.«

Aiden richtete sich auf, reckte das Kinn und warf mir einen finsteren Blick zu. »Besserwisser.«

Ich grinste.

Eine Blechdose rollte aus der chaotischen Gasse heran und traf einen der abgeschlagenen Hydren-Köpfe. Aiden und ich drehten uns um.

Ein verschrumpelter Mann beobachtete uns. Das weiße Haar stand ihm in alle Richtungen ab, und sein Bart war so schmutzig wie sein Gesicht. Er hielt eine braune Papiertüte mit einer Schnapsflasche in der Hand.

»Ach, Mist«, murmelte Aiden.

Der Alte musterte die Schweinerei zu unseren Füßen mit einem langen Blick und sah schließlich zu uns auf. Ein paar Sekunden vergingen, dann schlurfte er um einen umgefallenen Mülleimer herum und schlenderte über die Gasse davon, bevor einer von uns ihn mit einem geistigen Zwang belegen konnte, damit er vergaß, was er gesehen hatte.

Aiden warf mir einen Blick zu.

Grinsend zuckte ich die Achseln. »Ich habe so ein Gefühl, dass er in diesem Drecksloch schon Merkwürdigeres erlebt hat.«

»Wahrscheinlich.« Seufzend steckte Aiden seine Dolche in ihre Futterale, die um seine Schenkel geschnallt waren. »Wir müssen diese Sauerei beseitigen.«

Ich sah darauf hinunter und dann zu ihm. »Ich finde, wir

können es einfach dahin zurückwerfen, wo es hergekommen ist.«

»Klingt nach einem Plan.«

Ich hob das auf, was vermutlich ein Vorderbein darstellte, und warf es in die Erdspalte, während Aiden sich mit beiden Händen einen Kopf schnappte. So zerrten und schoben wir die zerstückelte Hydra zum Riss und waren bald den Beweis dafür los, dass hier gerade ein mythisches Wesen klein gehackt worden war.

Aiden wischte sich das dichte schwarze Haar aus dem Gesicht und drehte sich zu mir um. »Wissen Sie, als Sie Atlas getötet haben, ist genau an der Stelle der Boden aufgerissen.«

Ich blickte auf, als ein Polizeiwagen am Ausgang der Gasse vorbeiraste. »Jedoch keine Hydra.«

»Aber Sie haben weder hier noch in Oklahoma, wo sich auch einer von diesen verfluchten Kratern aufgetan hat, einen Titanen umgebracht.« Aiden verschränkte die Arme. »Bereitet Ihnen das keine Sorgen? Dass sich willkürlich Tore zum Tartarus auftun und wirklich üble Schäden anrichten?«

Ich stand reglos da. »Wie kommen Sie auf die Idee, dass ich mir keine Gedanken mache?«

»Sie haben ungefähr so besorgt gewirkt wie ein Faultier.«

»Nur, weil ich ruhig bleiben kann, heißt das nicht, dass ich mir keine Gedanken mache.«

»Sie klingen noch nicht einmal besorgt, Seth.« Ungeduldig verzog Aiden das Gesicht. »Das, was Sie getan haben, hat Konsequenzen.«

»Und wie wir beide schon mal diskutiert haben, hätten Sie das Gleiche getan wie ich, wenn Hyperion Alex das angetan hätte, was er Josie antat. Also lassen Sie Ihren heiligmäßigen Quatsch und sparen Sie sich die Predigt.« Mein berüchtigt kurzer Geduldsfaden erreichte sein Ende. »Sie klingen schon wie Apollo.«

An Aidens Kiefer zuckte ein Muskel. »Dass ich das Gleiche getan hätte, heißt noch lange nicht, dass es richtig war. Sie haben Hyperion bereits vor Tagen ausgeschaltet. Und wir haben immer noch hiermit zu tun?« Er wies auf den aufgerissenen Boden. »Werden wir das in ein paar Tagen wiederholen müssen?«

Das hoffte ich ganz bestimmt nicht, weil ich wirklich nicht sehen wollte, was sonst noch aus dem Boden kroch. Nun ja, wenn es ein Pegasus war, wollte ich das schon. Solange er nicht versuchte, mich aufzufressen.

Aiden schwieg einen Moment und seufzte dann tief. »Verschwinden wir von hier, bevor Hades beschließt, sich blicken zu lassen.«

Das brachte mich jetzt zum Lachen. »Dazu hat er gar nicht den Mumm. Jedenfalls wollte ich Sie noch etwas fragen …«

Eine Sekunde, bevor die Runen auf meiner Haut zum Leben erwachten, spürte ich schon die Anwesenheit eines anderen Gottes. Ich fuhr herum und stellte mich vor Aiden. Energie – *absolute* Macht – ließ die Luft knistern.

»*Und ob* ich den Mumm habe.«

5. KAPITEL

JOSIE

Ich saß auf einer Couch in einem Raum, in dem ich tatsächlich noch nie gewesen war, hatte die Beine unter den Körper gezogen und verbarg mein Grinsen, während Alexandria »Alex« Andros vor mir auf und ab ging.

Der Campus der Universität von South Dakota war weitläufig und ausgedehnt, daher gab es eine Menge Stellen, die ich noch nie gesehen hatte. Ganze Gebäude, in die ich noch nie einen Fuß gesetzt hatte.

Aber verdammt, ich wünschte, ich hätte diesen Raum früher entdeckt, denn er war voll mit großartigen Möglichkeiten, sich einen Tag zu vertreiben, von Air Hockey bis zu Pac-Man. An den Spielautomaten hinter mir und an den Tischen war es ruhig, doch ich konnte mir vorstellen, dass Alex, selbst wenn sie in Betrieb wären, mit ihrem Gezeter die Piepser und dumpfen Geräusche übertönt hätte.

Zu sagen, dass Alex wütend war, wäre eine Untertreibung.

»Ich kann nicht glauben, dass die beiden mich hiergelassen haben.« Ihr hübsches, herzförmiges Gesicht war vor Ärger rot angelaufen. »Ich hätte ihnen helfen können.«

Das hier war wahrscheinlich meine Schuld.

Wäre ich nicht losgezogen, um zu sehen, ob Seth schon zurück war, wäre ich nicht über Alex gestolpert, die *ebenfalls* herumlief und nach Aiden suchte. In dem Moment, in dem ich sie fragte, ob sie Seth gesehen hätte, zählte sie zwei und zwei zusammen, und kurz darauf bestätigte ihr Onkel Marcus, der Dekan der Universität, ihren Verdacht: Aiden und Seth waren fort, um ein Problem in Los Angeles zu lösen.

»Sie sind da draußen und kämpfen gegen Daimonen auf Speed, und ich hocke hier, obwohl ich bei ihnen sein sollte.« Wieder stürmte sie an mir vorbei und blieb am Pingpongtisch stehen. Eine Sekunde lang dachte ich schon, sie würde ihn umwerfen, doch sie steuerte um ihn herum.

»Und das wissen sie. Alle beide.«

Ich presste die Lippen zusammen, widerstand dem Drang zu lachen und legte meinen rechten Arm auf meinen Unterleib. Nur Alex würde sich aufregen, wenn man sie ausschloss und ihr nicht erlaubte, verkohlte, eklige Daimonen zu jagen und zu töten.

»Stattdessen schimpfe und jammere ich nur. Ich kann schließlich kämpfen. Bei mir brauchen sie sich keine Sorgen zu machen, ich könnte verletzt werden oder so was.«

»So wie bei mir?«

Sie blieb stehen, und ihre braunen Augen weiteten sich. »Nein! Das habe ich nicht gemeint.«

Ich zog die Augenbrauen hoch. »Ist gut. Stimmt ja auch irgendwie. Vermutlich hat Seth mir deswegen nicht erzählt, dass er geht.«

»Wahrscheinlich wusste er, dass du darauf bestehen würdest, ihn zu begleiten.« Alex begann wieder, auf und ab zu gehen. »Du kannst kämpfen. Ich habe dich gesehen.« Sie legte den Kopf in den Nacken und stöhnte. »Jungs sind solche vertrottelten Höhlenmenschen.«

Ich dachte an das Gespräch, das Seth und ich gestern Abend geführt hatten. Hätte ich *vorher* darauf bestanden? Zum Teufel, ja. Ich hätte mir gewünscht, mitten im Kampfgetümmel zu sein, auch wenn es mich furchtbar geängstigt hätte. Ich hätte mich *beweisen* wollen. Und jetzt? Ich hätte gern geholfen, hatte aber nicht darauf bestanden. Ein Kampf, bei dem ich nicht einmal gebraucht wurde, schien keine kluge Wahl zu sein.

Wow.

Ich war reifer, als mir klar gewesen war.

»Tut mir leid, sollte keine Anspielung sein. Ich bin nur so verdammt sauer.« Alex ließ sich neben mir auf die Couch fallen. »Ich werde Aiden in den Hals boxen.«

Da lachte ich, weil ich nicht anders konnte.

Sie warf mir einen langen Blick zu und grinste dann. »Ich bin das, was die meisten Leute eine Dramaqueen nennen würden, was?«

»Ein wenig.«

Es war noch nicht lange her, da war ich von Eifersucht zerfressen gewesen, wenn ich an Alex und ihre gemeinsame Geschichte mit Seth dachte. Ich meine, wer hätte mir das verübelt? Alex war hinreißend schön, eine richtig krasse Kämpferin und eine Legende unter Halb- und Reinblütern.

Und sie hatte eine Beziehung mit Seth gehabt.

Sie hatten eindeutig an irgendeinem Punkt Körperflüssigkeiten ausgetauscht, und das, obwohl sie schlussendlich immer und unwiderruflich nur Aiden geliebt hatte.

Alex stand einfach für alles, was ich nicht war.

Zumindest hatte ich sie – und mich – früher so gesehen. Zum Teufel, irgendwann hatte ich geglaubt, Seth sei verliebt in sie. Über all das war ich inzwischen hinweggekommen, größtenteils, weil ich aufgehört hatte, mich mit ihr zu vergleichen. Wir mochten auf eine merkwürdige, eigenartige Art weitläufig verwandt sein und hatten ein paar bizarre Gemeinsamkeiten, aber wir waren nicht dieselbe Person. Alex und ich waren jetzt Freundinnen, ziemlich gute. Sie war bei mir gewesen, als ich herausgefunden hatte, dass ich schwanger war.

Und dennoch war das ein wenig peinlich gewesen.

Alex lehnte sich auf der Couch zurück, legte den Kopf an die hohen, dicken Polster und ließ die Arme schlaff an den Seiten hängen. »Ich hasse es, einfach nur dazusitzen und zu warten, verstehst du?«

Ich verstand nicht wirklich, nicht so wie sie, denn all das – das Kämpfen und Töten, das *Beschützen* – war mir immer noch neu, dennoch nickte ich. Alex war mit diesem Leben groß geworden. Für sie war das nur ein normaler Dienstag.

Ihr beeindruckender Seufzer klang ganz ähnlich wie der ihres Onkels, wenn er sich über das eine oder andere ärgerte. Für gewöhnlich über Seth. »Ich hoffe, wir finden heraus, warum diese Erdbeben immer noch …« Sie verstummte und wandte den Kopf zur Tür. »Also, das sollte interessant werden.«

Ich folgte ihrem Blick und sah einen zerzausten, wilden blonden Lockenkopf. Ein Grinsen breitete sich über mein Gesicht. »Deacon!«

Aidens jüngerer Bruder schob sich in den Raum. Seine silbrig-grauen Augen waren die einzige körperliche Ähnlichkeit zu seinem Bruder.

»Seid ihr beiden beschäftigt? Ich habe eine Überraschung.«

Bei Deacon konnte eine Überraschung alles bedeuten. Einmal hatte er mir erklärt, er hätte eine Überraschung für mich, und es war ein Bild von einer Cabbage-Patch-Puppe gewesen, das er gemalt hatte. Es war verblüffend realistisch und ein wenig unheimlich.

»Nein, wir sind nicht beschäftigt«, sagte Alex, die immer noch neben mir hing, als wären alle Knochen aus ihrem Körper gesaugt worden. »Wir sind *quälend* unbeschäftigt.«

Deacon musterte sie und schüttelte den Kopf. »Ich habe einen Gast mitgebracht.«

Er trat beiseite und streckte eine Hand aus. Ich rechnete damit, seinen überaus schönen und *immer* gelassenen Partner Luke zu sehen, doch jemand anderes betrat langsam und vorsichtig den Raum.

Ein Mädchen von ungefähr meiner Größe, deren Haut einen warmen Braunton aufwies. Ihr pechschwarzes Haar fiel ihr in winzigen, federnden Löckchen bis über die Schultern.

»Cora!« Ich war verblüfft. Unsere neueste Anwerbung unter den Halbgöttern – hm, okay, wir hatten sie irgendwie entführt – hatte bisher keinen Fuß aus ihrem Zimmer gesetzt, seit Deacon und Luke sie hergebracht hatten. Die Einzigen, die sie hineingelassen hatte, waren Gable, Poseidons Sohn, den wir in Malibu gefunden hatten, und Colin, ein Halbblüter, der hier studierte.

Das Mädchen, eine Tochter von Demeter, winkte mir verlegen zu. »Hey.«

Nun stand Luke in der Tür neben dem dunkelhaarigen und ewig tief gebräunten Gable. Wahrscheinlich rührte sein Hautton daher, dass er jeden Tag unzählige Stunden surfte. Wie unglaublich klischeehaft war das? Poseidons Sohn zu sein *und* ein Talent für Wassersportarten zu haben.

»Cora hat beschlossen, sich auf dem Campus umzusehen.« Deacon legte die Hände zusammen. »Ist das nicht aufregend?«

Alex warf mir einen Blick zu. »Ja, das ist wirklich aufregend.«

Ich lächelte das schüchterne Mädchen an, das sich offensichtlich vollkommen fehl am Platz fühlte. Ich konnte ihr nicht verübeln, dass sie sich in ihrem Zimmer verkrochen und sich geweigert hatte, herauszukommen. Für mich war es auch ein Schock gewesen, als ich die Wahrheit über diese Welt aus Göttern, Halb- und Reinblütern herausfand, die neben dem Reich der Sterblichen existierte. Ich war vor der Wahrheit davongelaufen. Weit war ich allerdings nicht gekommen.

»Ich dachte, da viele Studenten in den Sommerferien sind, wäre es jetzt nicht so überwältigend. Ich bin ihr offizieller Fremdenführer«, fuhr Deacon fort und legte einen Arm um die Schultern des Mädchens. »Luke ist mein Assistent.«

Luke verdrehte die Augen.

»Und unser Gable ist hier … wozu bist du hier?« Deacon zog fragend eine Augenbraue hoch. »Moralische Unterstützung?«

Gables gebräunte Wangen liefen rosig an, und er betrachtete fasziniert etwas an dem braunen Teppich.

»Ja. Moralische Unterstützung.«

Deacon schnippte sich eine verirrte Locke aus dem Gesicht und ließ den Arm sinken. »Ich dachte, wir schauen uns zuerst die Freizeit-Räume an, und siehe da, wir stolpern über euch beide.«

»Ich glaube, wir sind uns noch nicht offiziell vorgestellt worden.« Alex stand von der Couch auf, trat zu dem Mädchen und streckte die Hand aus. »Ich bin Alex.«

Cora schüttelte ihre Hand. »Ich habe von dir gehört.«

»Das war ich ganz allein.« Deacon zwinkerte. »Ich habe ihr die inoffizielle, aber wahre Biografie von Alex Andros geschildert.«

»Das macht mir jetzt Sorgen«, sagte Alex und trat beiseite. »Große.«

Verächtlich schnaubend blickte Luke sich im Raum um. »Ich habe das Gefühl, dass uns ein paar Leute fehlen. Wo stecken Aiden und Seth?«

Alex öffnete den Mund, aber ich schaltete mich ein. »Ich glaube, darüber wollt ihr nicht wirklich reden.«

»Oh, oh«, murmelte Luke und setzte sich in der Nähe auf eine Sessellehne.

Alex reckte das Kinn und stemmte die Hände in die Hüften. »Wie es aussieht, sind sie unterwegs, um sich um ein paar Daimonen aus dem Tartarus zu kümmern, die aus einem Krater in L. A. kriechen oder so.« Sie machte eine gewichtige Pause. »Ohne mich.«

Cora zog die Augenbrauen hoch. »Daimonen aus dem Tartarus?« Sie wandte sich an Deacon. »Von denen hast du mir nichts erzählt.«

»Okay. Weißt du noch, wie ich dir alles über die Daimonen erklärt habe? Also, das jetzt sind welche, die irgendwie tot waren, aber aus der Unterwelt entwischt sind«, sagte er, als redete er von einem neuen Xbox-Spiel. »Sie sind wie Zombies, nur dass es dir die Haut verbrennt, wenn sie dich anfassen.«

»Oh.« Sie blinzelte. »Alles klar.«

Ein sorgenvoller Ausdruck huschte über Gables Gesicht. »So wie die, die ich gesehen habe?«

»Wahrscheinlich«, antwortete ich und bewegte einen Arm, während ich zum Rand der Couch rutschte und meine Beine ausstreckte. »Seth hat mich kurz geweckt, um mir zu sagen, Marcus bräuchte ihn. Ich bin wieder eingeschlafen, und als ich aufgewacht bin, war er fort …«

»Aiden auch.« Alex biss die Zähne zusammen. »Ohne mich.«

»Ohh, die arme kleine Alex ist außen vor gelassen worden.« Deacon grinste ihr zu. »Soll ich dich mal drücken? Brauchst du eine Umarmung, um dich geliebt, umsorgt und geschätzt zu fühlen?«

Alex hob die Hände und wich rasch zurück. »Ich brauche keine Umarmung von dir. Nöö. Nicht heute, Satan.«

Deacon kam auf sie zu und streckte die Arme aus wie ein glücklicher kleiner Frankenstein.

»Wieso?« Ich lachte. »Ich mag es, wenn er mich drückt. Seine Umarmungen sind immer so warm und kuschlig.«

»Was? Dann drückt er dich netter als mich.« Auf der Flucht vor Deacon schoss Alex hinter die Couch. »Ich bin mir ziemlich sicher, dass ich blaue Flecken kriegen würde.«

Deacon schaute angemessen geknickt drein, ließ die Arme sinken und zog einen Schmollmund. »Du hast mich traurig gemacht.«

Cora riss den Blick von Alex los und sah mich an. Langsam glitt ihr Blick tiefer. Ihre Augen wurden so groß wie Untertassen, zuerst kapierte ich gar nicht, warum sie so reagierte oder was sie sah. Doch dann wurde mir klar, dass sie auf meinen Bauch schaute.

Ich erstarrte. *Oh Mist!* Ich hatte Coras Fähigkeiten ganz vergessen. Sie konnte nicht nur abgestorbene Pflanzen wieder zum Leben erwecken, sondern auch den Gesundheitszustand einer Person erkennen; alles von einer Krankheit bis zu einer …

Mit weit aufgerissenen Augen sah sie mich an. »Bist du …?«

Ich öffnete den Mund, doch mir fehlten die Worte. Ich hatte keine Ahnung, was ich sagen sollte. Natürlich wusste Alex Bescheid, aber die anderen nicht, und ich hatte nicht vorgehabt, ihnen das so einfach zu verraten. Seth sollte dabei sein.

»Ob du was bist?« Stirnrunzelnd sah Luke zwischen Cora und mir hin und her. Aus zusammengekniffenen Augen schaute er dann mich an. »Was ist los?«

Die Erkenntnis breitete sich über Coras Miene. »Gott, das tut mir leid. Ich muss wirklich lernen, den Mund zu halten. Ich sehe etwas und platze einfach damit heraus, und dann passiert *so etwas*.«

»Oh Mann.« Alex sprang über die Couch und setzte sich so, dass sie auf der Lehne saß und ihre Füße auf dem Polster standen.

Ich lehnte mich zurück und hatte keine Ahnung, was ich sagen sollte. Seth und ich hatten die Schwangerschaft für uns behalten, weil wir nicht wollten, dass sich das herumsprach und irgendwie gegen uns verwendet wurde. Selbstverständlich glaubte ich nicht, dass Deacon oder Luke unachtsam mit dieser Information umgehen würden, aber wir hatten niemandem außer Alex davon erzählt.

Die es natürlich Aiden weitergesagt hatte.

Außerdem war es noch so früh in der Schwangerschaft, dass es dumm erschien, es überhaupt jemandem zu erzählen. Was, wenn etwas passierte?

Deacon verzog den Mund. »Okay. Jetzt fühle ich mich ausgeschlossen, und wenn ihr glaubt, es wäre schlimm, wie Alex zickt, wenn sie sich übergangen fühlt, dann habt ihr mich noch nicht erlebt.«

»Nie wurde ein wahreres Wort gesprochen«, bemerkte Luke trocken.

»Ich fühle mich auch ausgeschlossen«, warf Gable ein. »Andererseits habe ich dauernd das Gefühl, dass ich nicht wirklich weiß, was los ist.« Er runzelte die Stirn. »Liegt wahrscheinlich daran, dass ich tatsächlich keine Ahnung habe.«

»Hmm …« Ich warf Alex einen Blick zu, aber sie war keine große Hilfe. Wenn überhaupt, dann hatte ich den Eindruck, dass sie inzwischen dankbar war, weil sie zurückgeblieben war und diese Szene miterleben konnte.

Cora schlug sich die Hände vors Gesicht. »Es tut mir wirklich leid, Josie«, sagte sie mit gedämpfter Stimme.

»Wartet mal eine Sekunde …«

Luke zog die Brauen hoch, Verwirrung zeigte sich in seiner Miene. Ich sah, in welchem Moment er begriff. Scharf sog er den Atem ein.

»Heiliger Scheiß.«

Deacon runzelte die Stirn. »Was? Oh meine Götter, wenn mir nicht sofort jemand sagt, was los ist, rufe ich das Feuerelement an.«

»Okay.« Hilflos hob ich die Hände. Sinnlos zu versuchen, das zu verbergen. So eine gute Lügnerin war ich nicht. »Ich bin irgendwie schwanger.«

Langsam wandte Deacon sich mir zu. Seine Miene zeigte keinerlei Emotion.

»Irgendwie?« Alex schnaubte. »Wie kann man irgendwie schwanger sein?«

Ich verdrehte die Augen. »Okay, ich bin total schwanger.«

»Du bist schwanger?«, flüsterte Deacon.

»Ja.«

»Also, schwanger mit einem richtigen Baby?«

Ich runzelte die Stirn. »Womit sonst?«

»Du bist wirklich schwanger? Und du hast mir nichts davon gesagt?« Deacon erwachte aus seiner Benommenheit. »Oh meine Götter, wie konntest du mir nichts davon erzählen? Und *Alex* weiß Bescheid?«

»Hey.« Sie zog die Mundwinkel nach unten. »Muss ich dir das tatsächlich erklären?«

Ich schaltete mich ein, bevor sie dazu kam, diese peinliche Erklärung abzugeben. »Ich hatte nicht vor, euch das zu verschweigen.« Ich sah zwischen den beiden Jungs hin und her.

»Aber ich habe es selbst gerade erst herausgefunden, und Alex war zufällig dabei. Seth und ich haben nichts gesagt, weil, na ja, in letzter Zeit so viel los war.«

Ein Grinsen breitete sich langsam über Lukes attraktives Gesicht aus.

»Ich wette, Aiden weiß Bescheid, stimmt's?« Er sah Alex durchdringend an. »Weil du Aiden einfach nichts verheimlichen kannst.«

»Na ja …« Alex verstummte, und ich unterdrückte ein Schnauben.

Deacon warf ihr einen finsteren Blick zu und fuhr dann zu mir herum. »Wieso habe ich das nicht gewusst?«

Ich zuckte zusammen. »Bitte sei nicht böse …«

»Ich bin nicht böse!« Innerhalb eines Sekundenbruchteils kniete er vor mir, was bewies, dass er tatsächlich kein Sterblicher war. »Nicht auf dich. Ich bin nur wütend, weil ich mich schon … ach, weiß nicht, seit Tagen in die Babyparty hätte hineinsteigern können.«

Ich lachte verblüfft auf. »Babyparty?«

»Natürlich! Wir veranstalten eine ganz große.« Er umfasste meine Hände und drückte sie. »Die Mutter aller Babypartys. Selbstverständlich mit *Supernatural* als Thema.«

Meine Augenbrauen schossen hoch.

Lukes Grinsen war inzwischen einem ausgewachsenen Strahlen gewichen.

»Wie weit bist du? Weißt du, ob es ein Junge oder ein Mädchen wird? Für wann bist du ausgerechnet?« Deacon überschlug sich förmlich vor Aufregung. »Kann ich ihm einen Namen geben? Wenn es ein Junge wird, muss es Sam oder Dean heißen. Alles andere geht gar nicht.«

»Herrje.« Alex lachte. »Komm deinen Freund abholen, Luke.«

»Ich weiß nicht, wie weit ich bin«, erklärte ich, aber das stimmte nicht unbedingt. Sie brauchten jedoch nicht zu wissen, dass das Baby exakt gezeugt worden war, nachdem Seth den überraschten Luke und danach Gable bewusstlos geschlagen hatte, während alle anderen im selben Haus schliefen. »Und ich habe keine Ahnung, wann es so weit ist und ob es ein Junge oder ein Mädchen wird.«

»Deacon.« Luke legte dem schmalen Jungen die Hände auf die Schultern. »Du musst dich beruhigen.«

»Aber ein *Baby.*« Deacon legte den Kopf in den Nacken und sah grinsend zu Luke auf. »Sie kriegen ein Baby.« Er sah mich aus großen Augen an. »Seth wird Dad«, flüsterte er.

»Ja«, erwiderte ich genauso leise. »Das wird er.«

»Wow. Und er weiß Bescheid?«

Alex ließ sich auf die Couch fallen und landete auf der Seite. »War das jetzt eine ernst gemeinte Frage?«, stieß sie stöhnend hervor.

»Eine berechtigte«, erwiderte Deacon.

Ich nickte. »Er weiß Bescheid.«

Deacon lächelte. »Ich wette, er ist überglücklich.«

Das war so offensichtlich ehrlich gemeint, dass ich spürte, wie mir Tränen in die Augen stiegen. »Ja. Zuerst dachte ich, er fällt in Ohnmacht, aber er ist glücklich.«

»Gut.« Deacon senkte die Stimme und schaute mir in die Augen. »Ihr habt es verdient. Er verdient es.«

»Danke«, sagte ich mit heiserer Stimme und drückte seine Hände.

»Okay. Ich habe so viele Fragen«, sagte Deacon. »Kriegt ihr ein Reinblut? Ein Halbblut? Moment mal. Wird es ein Halbgott? Oder ein Gott? Wirst du einen Gott zur Welt bringen?«

Ich öffnete den Mund, aber ich konnte keine dieser Fragen beantworten, weil ich es selbst nicht wusste.

Und Seth auch nicht.

Da war so vieles, was wir über dieses Kind und diese Schwangerschaft nicht wussten. Würde sie neun Monate dauern – oder länger oder kürzer? Die Schwester, die den Schwangerschaftstest durchgeführt hatte, hatte überrascht gewirkt, weil ich schon so früh Symptome entwickelt hatte, aber sie hatte gesagt, eine Schwangerschaft bei einer Halbgöttin könnte anders verlaufen als andere.

Deswegen hatten Seth und ich heute eigentlich zur Krankenstation gehen wollen, und ich vermutete, dass wir das tun würden, falls er jemals wiederkam.

»Keine Ahnung«, erklärte ich. »Wir wissen es nicht, und so etwas kann man schließlich nicht googeln.«

»Wisst ihr, wer es wahrscheinlich weiß? Apollo.«

Alex schürzte die Lippen, und in meiner Brust zog sich etwas zusammen.

»Das würde allerdings erfordern, dass er tatsächlich länger als fünf Sekunden auftaucht und etwas Sinnvolles sagt.«

»Ja.« Ich schüttelte den Stich ab, der mich immer durchfuhr, wenn ich daran dachte, wie wenig Anteil mein Vater an meinem Leben nahm. »Hilfreich wäre das schon, aber es … es kommt nicht darauf an, ob dieses Kind ein Sterblicher oder ein Gott wird. Wir werden es auf jeden Fall lieben und gut für es sorgen.«

»Oh«, murmelte Cora. »Das ist so süß.«

»Ja.« Deacon stand auf und umarmte mich.

Es war eine gute Umarmung, warm und weich. Als er sich von mir löste, trat Luke an seine Stelle.

»Glückwunsch. Ernsthaft.« Er tätschelte mir den Kopf,

als wäre ich ein Welpe oder so, und als er zurücktrat, zog er Deacon mit. »Freue mich für euch.«

Tränen stiegen mir in die Augen, als Gable mir seine Glückwünsche aus größerer Entfernung übermittelte, genau wie Cora.

»Okay.« Ich räusperte mich und hoffte wirklich, dass ich nicht meine ganze Schwangerschaft lang – wie lange das auch sein würde – so überemotional bleiben würde. »Nachdem nun die Katze aus dem Sack ist …«

»Oder der Braten aus der Röhre? Ha.« Alex schnaubte. »Das war jetzt schlau von mir.«

Wir starrten sie alle an.

»Was?« Sie verschränkte die Arme. »Ich fand das rasend komisch.«

»Jeeedenfalls«, sagte ich und zog das Wort in die Länge, um das Thema zu wechseln. »Gibt es etwas Neues von dem Halbgott in Pluckley?«

Abgesehen davon, dass Pluckley ein interessanter Name für ein Dorf war, handelte es sich angeblich um den Ort mit der größten Geisterdichte in Großbritannien.

Deacon starrte mich an, als hätte er noch nie eine Schwangere gesehen. »Wir hatten gehofft, den Typen exakt zu lokalisieren, bevor wir uns dorthin begeben. Du weißt ja, wie Aiden ist.« Letzteres sagte er zu Alex. »Daher versuchen wir, so viele Informationen wie möglich zusammenzutragen.«

»Und, habt ihr das?«, fragte Alex.

»Nicht wirklich, da wir kaum Anhaltspunkte haben, aber wie sich herausgestellt hat, ist unser Gable ein Computergenie.« Luke wandte sich ihm zu. »Er hat ein paar Suchvorgänge laufen lassen.«

Gable steckte die Hände in die Taschen seiner Jeans, während Cora in einem dieser riesigen Sitzsäcke versank, die einen einsaugen und nie wieder loslassen.

»Wie Luke schon sagte, haben wir nicht viele Anhaltspunkte, was es schwer macht, überhaupt nach etwas zu suchen. Wir haben keine Ahnung, wonach wir Ausschau halten, aber ich konnte mich in die dortigen Polizeicomputer hacken.«

Wow.

Das klang massiv.

Alex runzelte die Stirn. »Hast du etwas gefunden?«

»Ja und nein.« Er warf Cora einen Blick zu. »Im letzten Jahr sind keine Vermisstenanzeigen eingegangen, was ein gutes Zeichen sein muss, oder? Das vermittelt mir den Eindruck, dass die Titanen ihn noch nicht aufgestöbert haben.«

»Möglich«, sagte ich und umfasste das Ende meines Pferdeschwanzes. »Das wäre eine gute Nachricht, falls er jemanden hat, der sein Verschwinden angezeigt hätte.«

»Aber er hat wirklich etwas Interessantes gefunden.« Deacon warf Alex einen Blick zu. »Darüber wollte ich eigentlich gar nicht reden. Nicht so wichtig. Ich bin mir nicht einmal sicher, ob ich es überhaupt ansprechen soll.«

»Was denn?«, fragte sie. Als niemand antwortete, stand sie auf. »Okay. So langsam werdet ihr mir unheimlich.« Sie wandte sich an Gable. »Was hast du herausgefunden?«

»Es hat vielleicht gar nichts zu bedeuten.« Luke warf Gable einen Blick zu und sagte an dessen Stelle: »Vergesst das nicht. Es könnte nichts sein.«

Alex verspannte sich sichtlich. »Okay.«

»Also, ihr wisst ja, dass Gable eine Affinität zu Wasser hat und praktisch ein Delfin oder eine männliche Meerjungfrau ist?«, sagte Deacon, und Gable runzelte die Stirn über diese Beschreibung. »Er ist Poseidons Sohn, also klar. Und unsere

Cora hier ist so etwas wie ein wandelnder grüner Daumen. Sie ist Demeters Tochter, daher leuchtet das ein.«

Ich begann, mein Haar zu einem dicken Strang zu drehen. »Ja, das wissen wir alles.«

»Und du hast erkannt, dass einige deiner Träume in Wirklichkeit Prophezeiungen zukünftiger Ereignisse sind«, fuhr er fort.

Ein kalter Schauer lief mir den Rücken hinunter.

Erst als Caleb, mit dem die anderen befreundet gewesen waren, aus der Unterwelt aufgetaucht war, um mir die Armreifen, die Hyperion mir umgelegt hatte, zu entfernen, hatte ich erkannt, dass meine Träume mehr als nur das waren. Denn ich hatte Caleb in einem Traum gesehen und war ihm bis zu diesem Moment, in dem er mir die Reifen abnahm, nie begegnet. Und das war nicht mein einziger Traum, der auf irgendeine Weise Wirklichkeit geworden war.

Doch einer hatte sich noch nicht bewahrheitet.

Der, in dem ich ein wunderschönes weißes Kleid trug und Seth mich in den Armen hielt, und ich … ich im Sterben lag.

Ich schob den Gedanken beiseite. Darüber brauchte ich nicht nachzudenken. Jedenfalls nicht in diesem Moment.

Deacon holte tief Luft. »Wir wissen, dass Zeus' und Heras Kinder es nicht geschafft haben, weil diese beiden Götter vollkommen übergeschnappt sind. Und dass Ares vier weitere ausgeschaltet hat, als er seine Welteroberungsphase hatte. Das sind sechs Verluste. Zwei haben wir durch die Titanen verloren. Laut dem, was Apollo Seth erklärt hat, wissen wir, dass sie Hermes' und Athenas Abkömmlinge waren. Poseidons Kind haben wir hier, das von Demeter und natürlich das von Apollo. Da bleiben nicht mehr viele Götter.«

»Das lässt noch einige übrig«, sagte Alex. »Es könnte Artemis oder …«

»Hier kommt jetzt der Teil ins Spiel, wo Gable noch etwas anderes entdeckt hat«, unterbrach Deacon sie.

Plötzlich hatte ich ein ganz mieses Gefühl bei der Sache. Instinkt vielleicht oder die schwache Vorahnung, die ich mit meinen Halbgott-Fähigkeiten zustande brachte. Aber so oder so hatte ich ein wirklich schlechtes Gefühl bei dem, was die beiden zu sagen hatten.

»Ich habe keine Vermisstenanzeigen entdeckt, jedoch eine Menge Polizeiberichte über Prügeleien und Körperverletzung, und alles innerhalb der letzten paar Monate«, erklärte Gable. »Und ich meine ernsthafte Kämpfe. Ganze Bars, in denen jeder über jeden herfällt. Straßenschlägereien. Menschen, die an Straßenkreuzungen in Streit geraten, der gewalttätig ausartet. Die Polizei dort erhält ständig Notrufe, die mit Körperverletzung zu tun haben – und zwar in einem ernsten, abnormal hohen Ausmaß. Man könnte meinen, der Ort sei der mit den meisten Gewalttaten und nicht der mit den meisten Gespenstern.«

Alex wich so schnell das Blut aus dem Gesicht, dass ich kurz fürchtete, sie würde in Ohnmacht fallen.

»Unmöglich«, flüsterte sie.

»Wie ich schon sagte, könnte es ebenso gut nichts bedeuten«, wiederholte Luke. »Aber aus irgendeinem Grund haben sowohl Gable als auch Cora einige Fähigkeiten entwickelt, die mit ihrem Elternteil zu tun haben, ohne dass ihre Fähigkeiten entblockiert worden sind. Wir können mit einiger Sicherheit davon ausgehen, dass das bei diesem Halbgott ebenfalls passiert ist. Und da dachten wir an …«

Alex sog scharf den Atem ein. »Da habt ihr an Ares gedacht. Dass dieser Halbgott Ares' Kind sein könnte.«

6. KAPITEL

SETH

Selbst wenn ich ihn nicht schon einmal gesehen hätte, hätte ich den Gott, der vor uns stand, sofort erkannt. Er war nicht einfach ein Gott.

Er war der Gott der *Götter*.

Ich hatte nicht damit gerechnet, Zeus heute zu begegnen.

Als ich ihn zuletzt gesehen hatte, trug er nichts außer einer weißen Leinenhose und sah aus wie Mitte bis Ende vierzig. Das Einzige, was sich an ihm verändert hatte, war das schockierend weiße Haar, das jetzt ein wenig länger war und seine Schultern umspielte.

Die Zeichen auf meiner Haut reagierten, indem sie sich wie verrückt gebärdeten, und instinktiv verspannte sich jeder Muskel an meinem Körper. Zeus konnte nur aus einem einzigen Grund hier sein.

In dem Moment, in dem Aiden erkannte, wer vor ihm stand, setzte er ein Knie auf den Boden und neigte den Kopf.

Ich dagegen rührte mich nicht. Dieser Mist ging mich nichts an.

Zeus starrte mich an und wartete darauf, dass ich ihm dieselbe Ehre erwies. Ich grinste höhnisch. Seine vollständig weißen Augen versprühten elektrische Funken, und seine Nasenlöcher blähten sich.

»Dein Ego wird noch dein Untergang sein.«

»Ausgerechnet von dir ist das sehr ironisch.« Ich verschränkte die Arme vor der Brust. »Wer im Glashaus sitzt, sollte nicht mit Steinen werfen.«

Aiden sog hörbar die Luft ein, was mich lächeln ließ.

Der Gott verzog die Lippen und sah dann Aiden an. Seine Miene wurde tatsächlich milder.

»Steh auf, mein Kind.«

Aiden richtete sich zu seiner vollen Größe auf, und es sah nicht aus, als täte er einen einzigen Atemzug, während er Zeus anstarrte. Er war in Ehrfurcht erstarrt, denn er sah ein Wesen an, das nur wenige je zu Gesicht bekamen. Deswegen nahm ich ihm seine Reaktion auch nicht übel. Meiner Ansicht nach war Zeus vollkommen nutzlos, aber er bot schon einen beeindruckenden Anblick.

»Du hast dich heute gut geschlagen«, erklärte Zeus mit tiefer und majestätischer Stimme, die klang wie Donner, der während eines Gewitters den Himmel erfüllte. »Zeit für dich, nach Hause zu gehen.«

Zeus schnippte mit den Fingern, und Aiden verschwand einfach.

Puff.

Nicht mehr da.

»Ich hoffe wirklich, du hast ihn zurück zur Universität geschickt«, sagte ich gedehnt und ließ den Gott nicht aus den Augen. »Denn wenn nicht, wird eine gewisse junge Dame, deren *Tod* du befohlen hast, äußerst angesäuert sein.«

Er presste die Lippen zusammen. »Du sprichst von Alexandria, dem wahren Apollyon? Glaubst du, es hat mir Freude bereitet, ihr sterbliches Leben zu beenden? Du würdest dich irren.«

»Ist mir vollkommen egal, ob es dir Spaß gemacht hat. Du hast es getan, obwohl das nicht notwendig war. Nicht so. Nicht nach allem, was sie geopfert …«

»Du erzählst mir von Aufopferung? Was weißt du schon davon, was es heißt, ein Opfer zu bringen? Sie hat es gewusst. Sie hat verstanden, was Opfer bedeutete und was getan werden musste. Alles, was du fertigbringst, ist davonlaufen, wenn du dich nicht beherrschen kannst.«

Mist.

Diese kleine persönliche Anspielung hatte ins Schwarze getroffen. Die Wahrheit in seinen Worten brannte wie eine besonders abscheuliche Abschürfung.

»Warst du je gezwungen, für eine bessere Welt jemanden zu töten, den du geliebt hast? Hast du dich schon für irgendwelche Fehler verantworten müssen? *Wirklich* dafür geradestehen? Was hast du, Seth, aufgegeben, um ein Anführer zu werden? Du hast keine Ahnung, was es bedeutet, ein Opfer zu bringen.«

Zorn quoll mir aus allen Poren und überzog meine Haut, doch ich schaffte es, den Mund zu halten. Was hätte ich darauf auch sagen sollen? Ich hatte nur vorübergehend für die Sünden meiner Vergangenheit gebüßt. Auf gewisse Weise war es beinahe, als wäre ich mit meinem Status als Gott belohnt worden. Das drückte mich jeden Tag nieder, seit ich zu … dem hier geworden war. Es war etwas, bei dem ich nicht wusste, wie ich es verarbeiten sollte.

Zeus lächelte schwach, als wüsste er, wieso ich schwieg. Und vielleicht wusste er ja Bescheid.

»Wir konnten die Existenz eines Göttermörders nicht zulassen, aber offensichtlich hat am Ende ihr sterblicher Tod nichts daran geändert.«

Er trat einen Schritt näher, und ich nahm die Arme herunter und spannte mich an.

»Du bist trotzdem zum Göttermörder geworden.«

»Das bin ich.«

»Und du hast keine Angst vor mir?«, fragte er nach einer kurzen Pause. »Du weißt aber schon, dass ich dich töten kann?«

Ich hielt seinem Blick stand. Nur absolute Macht konnte absolute Macht vernichten. Auf der ganzen Welt existierten nur drei von uns. Zeus. Cronus. Ich. »Und du weißt, dass ich dich umbringen kann, daher musst du einen verdammt guten Grund dafür haben, nach all dieser Zeit hier aufzukreuzen.«

Zeus grinste höhnisch, und ein Blitz zuckte grell über den Himmel.

»Einen Kampf gegen mich würdest du nicht gewinnen, Junge.«

»Bist du hier, um diese Theorie auszutesten?«

Einen Augenblick lang hatte ich den Eindruck, dass er genau das tun würde. Wut verzerrte seine Züge. Knisternde Energie lag in der Luft, die Androhung von Gewalt war mit Händen zu greifen, doch dann schien er alles herunterzufahren.

Ein angespannter Moment verstrich.

»Du stehst nur vor mir, weil wir dich brauchen, um die überlebenden Titanen zu begraben. Deshalb gestatte ich dir zu leben.«

»Du gestattest mir zu leben? Ist ja rührend. Weißt du, was ich nicht verstehe? Warum steckt ihr sie nicht selbst wieder in ihre Grabkammern – du und die restlichen Olympier? Das habt ihr doch schon einmal geschafft.«

»Das hat uns alle Kraft gekostet, die wir hatten, und das war noch mit Ares' Hilfe«, antwortete er. »Heute ist das Risiko zu groß. Sollte einer von uns fallen, wäre alles verloren.«

»Aha, dann nehme ich mal an, dass die Halbgötter einfach entbehrlich sind?« Bei dem Gedanken an Josie ballte ich die Hände zu Fäusten. »Sie sind Kanonenfutter. Wer macht sich schon was aus ihnen, richtig? Solange sie ihren Job erledigen. Dazu sind sie schließlich erschaffen worden.«

»Sie müssen tun, was nötig ist, und wir müssen dafür sorgen, dass sie nicht scheitern.«

Ich hatte keine Vorstellung, was das bedeuten sollte, und keine Ahnung, wohin dieses verdammte Gespräch führen würde. »Warum bist du hier? Weil wir gerade eine Hydra umgebracht haben? Das war wirklich nicht unsere Schuld. Wir konnten das Biest doch nicht im Reich der Sterblichen herumlaufen und sie töten lassen. Falls das nicht der Grund deines Hierseins ist, könntest du zum Punkt kommen?« Ich grinste. »Weil ich nämlich ernsthaft versuche, cool zu bleiben, aber du drückst absichtlich auf jeden meiner Knöpfe, bei denen ich ausraste.«

»Natürlich mache ich das. Das ist auch nicht schwer. Du lässt dich bei all deinen Handlungen von deinen Emotionen leiten. Das war schon immer so, doch es muss aufhören.«

So langsam wurde ich ungeduldig. Ich wollte zurück zu Josie. Wir hatten für heute noch Pläne. Pläne, die verdammt wichtig waren. Daher hatte ich keine Lust, hier zu stehen und mir eine Predigt von einem Gott anzuhören, der die letzten wer weiß wie viele Jahrtausende tatenlos zugesehen hatte, wie die Welt brannte. »Ich habe das Gefühl, dieses Gespräch schon einmal geführt zu haben und …«

»Ist das dein Scheißegal-Gesicht? Ja, du hast diese Unterhaltung schon einmal geführt, doch sie ist nicht in deinen dicken Schädel durchgedrungen.«

»Das war jetzt aber unfein.«

»Du bist ein Gott. Du besitzt die Fähigkeit, den Lauf dieser Welt und jedes existierende Leben mit einer einzigen Handlung zu verändern – eine Tat, über die du vielleicht nicht zweimal nachdenkst. Aus dieser Art von Kraft, Macht …«

»… folgt große Verantwortung. Ja, ich weiß. Ich habe *Spiderman* gesehen.«

An seinem Kiefer pochte ein Muskel.

»Diese Art von Macht bringt bedeutende *Konsequenzen* mit sich. Etwas, das du mit eigenen Augen sehen musst.«

Zeus verschwand, tauchte direkt vor mir auf und legte mir eine eiserne Hand um die Schulter. Einen Herzschlag später standen wir nicht mehr in der Gasse in der Nähe des Hotel Cecil.

Als die Welt um mich wieder scharfe Umrisse annahm, schüttelte ich Zeus' Griff ab. Ich öffnete den Mund, weil ich zu wissen verlangen wollte, wohin zur Hölle er mich verschleppt hatte, doch alles, was ich zu sagen beabsichtigte, erstarb mir auf der Zunge, als ich mich umschaute und …

Vernichtung sah.

Nichts außer absoluter, vollkommener Zerstörung.

Zerfallende, brennende Gebäude, halb im verkohlten Boden versunken. Das, was einmal ein Strand gewesen war, und alle Bauwerke in seiner Nähe, war geschleift worden, und nur noch verstreute Trümmer waren übrig. Die Luft stank nach verbrannten Kabeln und Abwasser, und der Nachhall von Schreien drang in mein Hirn und wühlte sich tief hinein.

Zwischen dem Schutt und den brennenden Trümmerhaufen lagen grotesk verrenkte Leichen. Dutzende. Hunderte vielleicht. Sie waren über den Boden verteilt, als hätte sie jemand hochgehoben und weggeschleudert. Arme und Beine ragten aus den Ruinen von Häusern und Geschäftsgebäuden. Leichen hatten sich in niedergedrückten Palmen verfangen. Andere trieben im Wasser, das sich an Stellen befand, wo es nicht hingehörte.

Ich taumelte einen Schritt zurück. »Götter.«

Zeus sagte nichts und sah auf die Trümmerwüste hinaus.

Als ich mich umdrehte und hinter mir eine Stadt sah, die sich in eine Flammenhölle verwandelt hatte, presste das Grauen mir die Luft aus der Lunge. »Was ist das?«

»Das war einmal Long Beach. Jetzt existiert es nicht mehr.«

Ich machte einen Schritt nach vorn, doch ich stellte fest, dass ich mich nicht weiter bewegen konnte. Das alles war unbegreiflich; so viel Tod und Zerstörung. Die Luft stank geradezu danach. Und dabei hatte ich schon allerhand Übles gesehen. Ich war für eine Menge Mist verantwortlich, aber das hier … das war absolute, hemmungslose Zerstörung.

Ich wollte die Frage nicht stellen, die sich mir auf die Lippen drängte, doch ich musste. »Habe ich … habe ich das getan? Indem ich Hyperion getötet habe?«

Zeus schwieg einen Moment lang und sah mich dann an. »Hätte das Wissen, dass sein Tod das hier auslösen würde, etwas an deiner Handlungsweise geändert?«

Götter, am liebsten hätte ich Ja gesagt – dass ich anders gehandelt hätte, wenn ich gewusst hätte, dass das hier passieren würde, aber dazu war ich nicht in der Lage. Nicht aufrichtig, weil ich es nicht wusste. Denn wie konnte ich bedauern, die Kreatur getötet zu haben, die Josie gefoltert und fast umgebracht hatte? Wie hätte ich mit mir selbst leben können, wenn ich ihm erlaubt hätte, weiterzuatmen?

Aber wie konnte ich mit mir leben, nachdem ich *das* gesehen hatte?

»Die Folgen von Hyperions Tod sind weitreichend, und das Reich der Sterblichen hat sie noch nicht alle gesehen, doch sein Tod war nicht die Ursache für das hier. Nicht direkt.«

Ein betrübter Unterton lag in seiner Stimme, und ich warf ihm einen scharfen Blick zu.

»Das war Tethys. Ihre Reaktion auf den Tod ihres Liebhabers. Nun ja, eines ihrer Liebhaber. Ich glaube, rein theoretisch ist sie noch mit Oceanus verheiratet.«

Ich zog die Augenbrauen hoch.

»In einem Wutausbruch hat sie einen gewaltigen Tsunami losgelassen. Die Opferzahlen sind … erheblich.« Zeus erschauerte. »Wäre Hyperion nicht getötet worden, hätte sie nicht auf diese Art zurückgeschlagen.«

Mir wurde der Hals eng. »Du glaubst wirklich, sie hätte das nicht getan, wenn er wieder in seiner Grabkammer gelandet wäre?«

»Das kann ich nicht beantworten. Vielleicht hätte sie, aber was hat das ewige Was-wäre-wenn für einen Sinn? Du hast Hyperion getötet und weitere Schäden und Todesfälle hervorgerufen, und sie hat darauf reagiert und überall an der Küste ganze Städte vernichtet.«

Ich spürte einen Druck auf der Brust. Ich wollte das nicht sehen. Ich wollte eine besserwisserische Bemerkung loslassen. Zeus zeigen, dass mir das nichts ausmachte, doch das wäre eine Lüge gewesen.

Innerlich fühlte ich mich aufgewühlt und zerrissen.

Selbst wenn meine Handlungen nicht die direkte Ursache für all das waren, so hatten sie indirekt dazu geführt.

»Wir haben uns alle schon geirrt – Fehler gemacht, die ganze Kulturen verheert haben. Irrtümer begangen, die zahllose Leben vernichtet haben. Du bist ein junger Gott und der Beginn einer neuen *Ära*«, erklärte er, und beinahe gegen meinen Willen drehte ich mich zu ihm um. »Und du hast bereits angefangen, auf die harte Art zu lernen. Du brauchst nicht in unsere Fußstapfen zu treten. Ich würde meinen, gerade du solltest dir wünschen, das zu vermeiden.« Zeus sprach leise. »Du hast viele Gründe, zornig zu sein.

Das verstehe ich. Deine Mutter war eine kalte, herzlose Frau. Und du hattest nie eine Chance, deinen Vater kennenzulernen. Man hat dich in einem Krieg, von dem du nicht wusstest, dass er sich ankündigt, ausgenutzt. Du kämpfst mit zahllosen Entscheidungen, aber du darfst dich nicht von deinen Gefühlen beherrschen lassen. Jetzt nicht mehr.«

Ich war … ich war wie vor den Kopf geschlagen.

Mir war klar gewesen, dass ich Zeus eines Tages wieder gegenübertreten musste. Wahrscheinlich, nachdem wir die Titanen bezwungen hatten. Ich war davon ausgegangen, dass er versuchen würde, mich auszuschalten, weil ich genau wie die Titanen eine Bedrohung für ihn und die anderen Olympier darstellte.

Nie hätte ich damit gerechnet, dass er hier stehen und mir … Ratschläge erteilen würde. Das war merkwürdiger als der Anblick einer Hydra.

»Warum?«, fragte ich aufrichtig neugierig. »Warum führen wir dieses Gespräch?«

»Und ich versuche nicht, gegen dich zu kämpfen?«, beendete er meinen unausgesprochenen Gedanken. »Weil wir zusammenarbeiten müssen. Keiner von uns kann es gebrauchen, ständig über die Schulter zu sehen, wir sollten uns stattdessen auf die Titanen konzentrieren. So etwas dürfen wir nie wieder zulassen. Aber du solltest eigentlich einen persönlicheren Grund haben, besser zu sein als ich und meine Nachkommen.«

Meine Schultern verkrampften sich.

Zeus wandte den Blick ab und sah über die Verwüstung hinaus. »Möchtest du dein Kind in diese Welt setzen?«

JOSIE

Nachdem Deacon die Bombe »der letzte Halbgott könnte Ares' Sohn sein« hatte platzen lassen, waren Cora und Gable zusammen mit ihm gegangen. Wahrscheinlich machten die drei einen Rundgang über den Campus. Aber er war erst abgezogen, nachdem ich versprochen hatte, mich später mit ihm zu treffen, um über die Babyparty zu diskutieren. Ich hatte nicht das Herz, ihm zu erklären, dass es dafür noch viel zu früh war.

Kurz nachdem sie fort waren, kreuzte Colin auf und setzte sich schließlich auf die Lehne des Sessels, der gegenüber der Couch stand. Als ich ihm zum ersten Mal begegnet war, hatte ich nicht einmal mit ihm gesprochen. Er kam dazu, als ein Reinblut diesen armen Halbblüter getötet hatte. Später versuchte Colin, der damals nicht wusste, dass ich eine Halbgöttin war, mich zu beschützen, und er war als wirklich guter Freund für mich da, als Seth mit mir Schluss machte. Und er war immer noch hier, obwohl er wusste, dass Seth kein Fan von ihm war.

Wahrscheinlich war es nicht hilfreich, dass Colin angenehm anzusehen war. Seine blauen Augen bildeten einen verblüffenden Kontrast zu seinem dunklen Haar, und er sah auf klassische Art gut aus.

»Dann glaubt ihr wirklich, der Halbgott ist Ares' Sohn?«, fragte er und schüttelte langsam den Kopf. »Mann, das wird echt heftig.«

So schrecklich das klingt, ich war froh, dass wir alle etwas zu besprechen hatten, auf das wir uns konzentrieren mussten, statt uns mit meiner Schwangerschaft zu beschäftigen. Ich hätte mir nur gewünscht, es wäre kein so schräges Thema wie dieses.

»Heftig?« Alex lachte leise. Sie saß wieder auf der Couch und rieb sich den Nacken. »Ich weiß, das sollte nichts ausmachen. Dieser Kerl ist nicht für die Taten seines Vaters verantwortlich. Zum Teufel, er weiß ja nicht einmal, dass er ein Halbgott ist oder wer sein Dad war, aber …«

»Ich versteh's schon.« Luke reichte mir eine Flasche Wasser, und ich warf ihm einen Blick zu. »Du gibst ihm nicht die Schuld daran, was Ares getan hat, trotzdem wird es hart. Ich glaube, dafür hätte jeder Verständnis.«

Colin nickte zustimmend.

»Ja.« Alex ließ die Hände sinken und hob den Kopf. »Ich hatte nur nicht damit gerechnet. Keine Ahnung, warum, ich habe es einfach nicht, weil, Götter, das ist so was von verfahren.« Schwer stieß sie den Atem aus. »Ich meine, wirklich? Kann es denn nicht einmal unkompliziert sein?«

»Aber du musst damit fertigwerden, und ich weiß, du kannst das«, sagte Luke, während ich einen Schluck von meinem Wasser trank. »Du hast schon verrückteres Zeug bewältigt, und wenn dieser Typ in irgendeiner Weise wie Cora ist, brauchen wir ihn ja nicht total zu verschrecken.«

»Du meinst, ihn noch mehr zu erschrecken als damit, dass ihr aufkreuzt und ihm erklärt, dass er ein Halbgott und der Sohn des übelsten Gottes aller Zeiten ist?«, fragte Colin.

Darüber lächelte ich. »Vielleicht solltet ihr besser den ganzen Teil – von wegen, dein Vater war ein psychotischer Gott, der fast die Welt vernichtet hat – auslassen. Ich bin mir nicht sicher, ob es der Mühe wert ist, ihm zu erzählen, was sein Vater getan hat, jedenfalls nicht sofort.«

»Einverstanden.« Alex klatschte die Hände auf ihre Knie. »Andererseits haben wir ja womöglich Glück, und er ist nicht Ares' Sohn. Die ganzen Gewalttätigkeiten könnten auch Zufall …«

Die Tür des Raums schwang auf, und ein extrem hochgewachsener Reinblüter schlenderte herein. Aiden. Ich rutschte auf der Couch herum, da ich erwartete, Seth zu sehen, doch die Tür fiel hinter ihm zu.

Das war … merkwürdig.

Kein Seth.

Bevor ich eine Chance hatte, mich nach ihm zu erkundigen, schoss Alex hoch. »Du! Oh, du hast mir eine Menge zu erklären.«

In der Mitte des Raums blieb Aiden stehen. »Ich habe eben Zeus gesehen.«

Junge, Junge, daraufhin erstarrte Alex wie wir alle.

»Was?«, fragte sie.

Colin runzelte die Stirn und warf mir einen Blick zu. »Hat er gerade Zeus gesagt?«

»Ja.« Aiden blinzelte langsam, als schüttle er eine Benommenheit ab. »Ich habe Zeus gesehen und eine Hydra.«

Jetzt traute ich meinen Ohren nicht. Ich musste ihn falsch verstanden haben. Zeus? *Der* Zeus? Und eine Hydra? Dieses Schlangenwesen mit mehreren Köpfen?

Colin öffnete den Mund, sagte aber nichts.

»Was?«, kreischte Alex und stürzte zu Aiden. Sie schlug ihm auf den Arm, und zwar kräftig. Das Klatschen hallte durch den Raum, und ich riss die Augen auf. »Du hast eine Hydra gesehen, und du hast mich hiergelassen? Ich bin so wütend auf dich. So wütend.«

»Tut mir leid«, sagte Aiden grinsend, fasste Alex' Hand und drückte sie an seine Brust. »Ich bin ziemlich spontan aufgebrochen, um mich mit den Daimonen in L.A. auseinanderzusetzen.«

»Du hättest genug Zeit gehabt, mich zu holen. So viel Zeit. Ich habe noch nie eine Hydra gesehen!« Alex wollte ihre Hand wegziehen, doch Aiden ließ nicht los.

»Eine Hydra?« Luke war auf der Couchkante erstarrt und riss die Augen auf. »Wie in aller Welt habt ihr eine Hydra zu sehen gekriegt?«

»Sie kam geradewegs aus dem Boden gekrochen, genau wie die Daimonen vorher, aber sie war nicht verkohlt oder so und eindeutig keine freundliche Hydra.« Er zog Alex an seine Brust und schlang die Arme um sie; wahrscheinlich, damit sie ihn nicht wieder schlug. »Wir mussten ziemlich schnell erkennen, dass nicht einmal Seth sie mit einem göttlichen Donnerkeil erledigen konnte. Wir mussten das Biest in Stücke hacken.«

Mir drehte sich der Magen um. Gab es etwas, das ein göttlicher Donnerkeil nicht töten konnte? Eine Hydra wahrscheinlich.

»Das ist irgendwie traurig«, murmelte Alex, der Aiden immer noch die Arme an die Seiten presste.

»Sie hat versucht, uns zu fressen.« Aiden grinste auf sie hinunter. »Sei also nicht zu traurig.«

»Warte mal eine Sekunde.« Alex schaute zu ihm hoch. »Du hast gesagt, du hättest Zeus gesehen?«

Über ihren Kopf hinweg warf Aiden mir einen Blick zu. »Ja. Er ist danach aufgetaucht. Damit hatte ich nicht gerechnet. Er … er sah jünger aus, als ich dachte.«

»Hattest du denn damit gerechnet, heute auf eine Hydra zu treffen?«, fragte Alex.

Ich stand auf. »Wo ist Seth?«

Aiden schüttelte den Kopf. »Ich vermute, er ist noch mit Zeus zusammen.«

Besorgnis durchfuhr mich, als hätte mir jemand mit einer Schrotflinte in den Bauch geschossen. »Was meinst du?«

»Zeus ist aufgetaucht und hat mich fast sofort hierher zurückversetzt. Keine Ahnung, was er dort zu suchen hatte oder was er wollte. Hat mich vollkommen überrumpelt.«

Mein Herz tat einen schweren Schlag, und mein ungutes Gefühl schlug in ausgewachsenes Grauen um. Zeus und Seth allein? »Das kann nicht gut sein.«

Alex machte sich zappelnd von Aiden los und drehte sich zu mir um. »Ich bin mir sicher, dass es Seth gut geht.«

»Zeus kann Seth umbringen.« Ich stellte mein Wasser weg und lief zur Tür. Doch dann blieb ich stehen, denn mir wurde klar, dass ich nirgendwohin gehen konnte. Ich war nicht wie Seth und nicht in der Lage, mich einfach an den Ort zu versetzen, an den ich wollte. Ich drehte mich zu den anderen um. »Wie lange ist das jetzt her?«

»Fünf Minuten? Zehn vielleicht? Als Zeus mich hierhergeschickt hat, bin ich vor der Mauer gelandet, knapp außerhalb des Covenants.«

In zehn Minuten konnte viel passieren. Zum Beispiel ein heftiger Kampf, bei dem eine ganze Stadt vernichtet wurde. Ich war nervös, fühlte mich kribblig und spürte den plötzlichen Drang, den Fernseher einzuschalten, um festzustellen, ob es neue Erdbeben oder Vulkanausbrüche gab.

Alex trat auf mich zu. »Ich bin mir sicher, Seth geht es gut. Es wäre so dumm von Zeus, wenn er versucht, ihn umzubringen. Die Olympier wissen, dass sie die Halbgötter und besonders dich brauchen, um die Titanen zu begraben. Wenn sie versuchen, deinen Freund zu töten, riskieren sie das.«

Das klang logisch, aber nach allem, was ich über die Olympier wusste, trafen sie nicht immer logische Entscheidungen. Meist taten sie sogar genau das Gegenteil. Mein Herz schlug schneller.

»Alex hat sehr wahrscheinlich recht«, sagte Luke, und

Colin nickte von seinem Platz aus. »Es wäre unglaublich dumm von ihnen, Seth etwas anzutun.«

Ich ging auf und ab wie Alex vor ein paar Stunden und nickte abwesend. »Aber warum sollte Zeus sonst vor Seth erscheinen?«

Alex und Aiden wechselten einen Blick. Unverkennbar. Ich blieb vor den beiden stehen. »Was?«

»Wenn ich eine Vermutung anstellen sollte, wieso Zeus mit Seth reden will, dann hätte sie mit den Titanen zu tun«, erklärte Aiden und verschränkte die Arme. »Vor allem darüber, was mit Hyperion passiert ist.«

Mein Rückgrat erstarrte. Ich wusste, Seth hätte Hyperion nicht umbringen sollen, und ich wusste, dass einem Teil von ihm das ebenfalls klar war. Und wenn Zeus auftauchte, um ihm eine Strafpredigt zu halten, würde das wahrscheinlich für alle, die damit zu tun hatten, übel ausgehen.

Ich wusste zwar, dass Hyperion wieder hätte begraben werden müssen, aber ich verübelte es Seth keine Sekunde, dass er ihn getötet hatte.

Ich war sogar *froh* darüber.

Hyperion hätte unser Kind umbringen können. Er hatte nur bekommen, was er verdiente.

»Seth hat getan, was er tun musste«, erklärte ich und schleuderte meinen Pferdeschwanz über die Schulter. »Ende der Debatte.«

Aiden riss verblüfft die Augen auf, er wirkte, als wolle er etwas sagen, doch klugerweise überlegte er es sich anders.

Ich wandte mich von ihm ab, stieß übertrieben heftig den Atem aus und marschierte wieder auf und ab. Ich fühlte mich vor Frustration zerrissen. Ich konnte nichts tun, als herumzusitzen und zu warten und dabei zu hoffen, dass Seth nichts Schreckliches zugestoßen war.

Oder zu hoffen, dass er den Olympiern nicht den totalen Krieg erklärt hatte.

»Aaalso.« Aiden zog das Wort in die Länge. »Habe ich etwas verpasst?«

»Irgendwie schon«, antwortete Alex, und ich drehte mich zu den beiden um.

Luke saß auf der Kante der Couch. »Wir glauben, vielleicht zu wissen, wer der letzte Halbgott ist. Oder wer sein …«

Ein Aufschrei außerhalb des Raums unterbrach Luke. Mein Herz klopfte mir bis zum Hals, als ich mich umwandte, denn das war kein ausgelassener Ausruf. Das war ein Entsetzensschrei gewesen.

Aiden erreichte die Tür als Erster, Alex war ihm auf den Fersen. Ich wechselte einen Blick mit Colin, dann folgten wir den beiden in den Gang. Luke lief uns nach.

Da Sommerferien waren, hielten sich nicht viele Studenten im Wohnheim auf. Vielleicht die Hälfte der üblichen Anzahl. Nur ein paar Türen waren geöffnet, und Studenten steckten den Kopf nach draußen.

»Was ist los?«, verlangte Aiden zu wissen. Er hatte seine Rolle als Wächter übergestreift wie eine zweite Haut.

»Keine Ahnung.«

Ein Mädchen umklammerte eine der Zimmertüren und musterte uns aus weit aufgerissenen Augen. Die meisten Studenten gewöhnten sich inzwischen daran, Halbgötter und einen Gott auf dem Campus zu sehen, aber sie begegneten uns immer noch mit einer Mischung aus Schock und Ehrfurcht.

»Ich glaube, das kam aus dem Foyer.«

Wir gingen schneller, und ich war dankbar dafür, dass niemand vorschlug, ich solle aufgrund meines *Zustands* zurückbleiben. Das Foyer, in dem sich eine kleine Menschenmenge angesammelt hatte, kam in Sicht. Ein junger Mann stand mit vor der Brust verschränkten Armen und verkrampftem Kiefer ein wenig außerhalb, neben ihm hatte eine Blondine sich die Hand vor den Mund geschlagen. Mein Herz machte einen Satz, als mir klar wurde, dass sie vor den Statuen mit den darin eingeschlossenen Furien standen. Die Menge wich auseinander, als Aiden und Alex näher kamen, und trat beiseite.

»Nein«, flüsterte Alex und ballte ihre herabhängenden Hände zu Fäusten.

Direkt vor mir blieb Colin stehen und erstarrte. Die Türen des Foyers wurden geöffnet und Gardisten strömten herein. Ich trat um Colin herum.

»Götter«, stieß ich leise hervor.

Zu Füßen der Furien lag ein Mädchen auf dem Boden. Sie konnte nicht älter als achtzehn gewesen sein, und ihr rötlich-braunes Haar breitete sich über den weißen Boden. Ihre Haut wies einen so schauderhaften Grauton auf, dass klar war, sie … war tot.

Neben ihr lag eine Art Bronzemaske. Deren Wangen waren übertrieben rund, die Augen stellten nur schmale Schlitze dar, und die geschlossenen Lippen waren zu einem breiten Lächeln verzogen. Mitten auf der Stirn der Maske prangte ein Symbol: ein Kreis, von dem ein nach außen zeigender Pfeil ausging.

Alex keuchte auf und wich einen Schritt zurück.

»Ares«, stieß Aiden knurrend hervor.

7. KAPITEL

SETH

Dass Zeus über Josies Schwangerschaft Bescheid wusste, irritierte mich rasend. Kein Scherz. Er gehörte zu den letzten Wesen auf der Welt und auf dem Olymp, von denen ich mir wünschte, dass sie davon erfuhren, aber …

Zum Teufel.

So schockierend es war, mir das auch nur einzugestehen, hatte ich nicht das Gefühl, dass von ihm eine Bedrohung gegen Josie oder unser Kind ausging. Bezüglich unseres Kindes machte ich mir wegen Zeus keine Gedanken.

Das hätte ich nie gedacht. Andererseits hatte sich innerhalb von Minuten eine verfluchte Menge anderer Dinge verändert.

Nachdem Zeus fort war, blieb ich und half, wo ich konnte. Nicht aus einem widerstrebenden Pflichtgefühl heraus, was jedoch nicht heißen sollte, dass ich mich nicht verantwortlich fühlte.

Denn das war ich.

Ich blieb, um zu helfen, weil sich das so *gehörte*. Weil ich das alles ausgelöst hatte – diese Vernichtung und diese Todesfälle. Ich hatte diese Menschen nicht mit eigenen Händen oder bewusst verletzt, aber ich hatte den ersten Dominostein angestoßen.

Indem ich Hyperion tötete, hatte ich eine Kettenreaktion ausgelöst, die so viele Unschuldige das Leben gekostet hatte. Und verdammt, das war nicht das erste Mal … Ich hatte das schon einmal getan, als ich bei Ares war. Ich dachte, ich hätte erkannt, dass jede meiner Handlungen eine Kettenreaktion hervorrief, ob gut oder schlecht.

Aber offenbar hatte ich nichts gelernt.

Diese Realität starrte mir ins Gesicht.

Es brannte sich durch meine Haut und versetzte mir einen verflucht großen Dämpfer, dass von allen Kreaturen ausgerechnet Zeus mir das klargemacht hatte. *Zeus sollte verdammt sein.* Doch was er gesagt hatte, stimmte. Alles. Vor allem der Punkt, dass ich nicht in die Fußstapfen der Götter treten wollte. Ich wollte nicht die gleichen Fehler machen wie sie.

Ich wollte nicht wie sie werden und Entscheidungen treffen, durch die andere rücksichtslos niedergemetzelt wurden.

Und ich fing sofort damit an. Keine Ahnung, bei wie vielen Menschen ich half, sie aus dem Schutt zu ziehen, ich wusste jedoch genau, für wie viele davon jede Hilfe zu spät kam.

Sechsundfünfzig.

Sechsundfünfzig von ihnen waren tot und vier von ihnen … Götter, vier von ihnen waren Kinder im Grundschulalter. Ihre Gesichter waren für immer in meinem Hirn gespeichert.

Als ich dort, wo einmal Long Beach gewesen war, fertig war, war ich mit Schmutz und einer ordentlichen Menge geronnenem Blut bedeckt. Die Mischung lag auf meiner Haut und meiner Kleidung, aber ich wünschte mir nichts mehr, als zu Josie zurückzukehren, um sie einfach … in den Armen zu halten und mit ihr zu reden.

In meinem verdreckten Zustand hätte ich direkt in ein Badezimmer springen und duschen sollen, doch ich schloss die Augen, konzentrierte mich auf Josies Gesicht und ließ mich ins Leere fallen. Ich fand sie und spürte das eigenartige Prickeln, mit dem sich meine Körperzellen zerstreuten und wieder zusammenfanden.

Ich hörte ihr verblüfftes Aufkeuchen, noch ehe ich sie sah.

»Seth.«

Josie kam einen Herzschlag lang, bevor sie sich auf mich stürzte, in Sicht. Ich schlang die Arme um sie und taumelte rückwärts. Dann schmiegte ich mein Gesicht in ihre Halsbeuge und sog tief den Atem ein. Ihren Duft. Er stammte von der Lotion, die sie benutzte. Winterbeere? Was immer es war, ich liebte es, und gerade jetzt brauchte ich es, um den Gestank nach Tod auszulöschen. Ein Schauder durchlief mich.

»Hey«, flüsterte sie und strich mit den Händen durch mein Haar. »Geht es dir gut?«

Ich drückte sie noch fester und räusperte mich. »Ja. Jetzt fühle ich mich großartig.«

Sie küsste die Stelle direkt unter meinem Ohr und löste sich von mir. Behutsam hob sie meinen Kopf an, dann weiteten sich ihre Augen.

»Warum bist du so verdreckt – warte mal, ist das Blut?« Sie lehnte sich zurück. »Bist du verletzt?«

»Nein, Babe, ich bin nicht verletzt. Ich … was zum Teufel?« Mein Blick erfasste den Rest des Raumes. Wir waren nicht allein. »Was zur Hölle hast *du* hier zu suchen?«

Colin – wie immer sein Familienname war – saß in *unserem* Zimmer auf der Couch. Das musste ich dem Kerl lassen, er reagierte nicht, indem er aus dem Zimmer rannte. Er blies nur leicht die Nasenflügel auf.

Mann, ich konnte diesen Typen nicht leiden.

»Etwas ist passiert, während du fort warst«, antwortete Josie und zog meinen Blick wieder auf sich. »Ein Mädchen – ein Halbblut – ist ermordet worden. Wir waren alle zusammen, als sie im Foyer gefunden wurde.«

»Man hat ihr das Genick gebrochen«, fügte Colin hinzu. »Alex und Aiden reden mit Marcus und einigen Gardisten. Luke hast du gerade verpasst.«

»Er hat sich auf die Suche nach Deacon gemacht.« Josie trat beiseite und schob ihren Arm unter meinen. »Deacon unternimmt einen Rundgang mit Cora.«

»Cora ist aus ihrem Zimmer gekommen?«

Josie nickte.

Was war sonst noch geschehen, während ich nicht da war? »Ich vermute mal, dass ein Reinblut das getan hat?«

Colin atmete hörbar aus. »Sieht so aus.«

Mist. Ich schob mir das Haar zurück, das aus dem Lederband, mit dem ich es aus dem Gesicht hielt, entwischt war, und schüttelte den Kopf. Diese verdammten Reinblüter. »Hast du sie gekannt?«

»Nein. Sie war neu. Hatte gerade mit den Sommerkursen angefangen«, antwortete Colin. An seinem Kiefer zuckte ein Muskel. »Was für ein totaler Scheiß. Sie gewinnt ihre Freiheit. Kommt hierher, wo sie in Sicherheit sein sollte, und dann wird sie verdammt noch mal umgebracht, weil sie weniger Äther im Blut hat? Götter.«

In unserer Welt war vieles nicht in Ordnung, aber das hier gehörte zum Schlimmsten. »Hat niemand eine Ahnung, wer dafür verantwortlich ist?«

»Ich glaube nicht. Anscheinend hat jemand die Kameras im Foyer ausgeschaltet, daher kann man kein Video überprüfen.« Josie warf einen Blick auf mein zerrissenes Shirt und presste die Lippen zusammen. »Sie ist einfach dort … abgelegt worden, direkt bei den Furien. Zu deren Füßen.«

Ich zog die Augenbrauen hoch. Das klang beinahe, als wollte jemand die Götter verhöhnen.

»Aber bei ihrer Leiche wurde etwas gefunden«, meldete

sich Colin zu Wort. »Eine Maske – aus Bronze. Eine typisch griechische Maske, und es war ein Symbol darin eingraviert.«

Josie schlang den Arm fester um meinen, und eine böse Vorahnung überkam mich. »Was für ein Symbol?«

Colin holte tief Luft, und ich wartete ab, was für ein Mist aus seinem Mund kommen würde.

»Ares' Symbol.«

JOSIE

Ich hatte keine Ahnung, wie Seth es aufnehmen würde, dass Ares' Symbol in eine Maske eingraviert war, die man neben der Leiche einer ermordeten Halbblüterin entdeckt hatte. Und dabei hatten wir ihm noch nicht einmal erzählt, welchen Verdacht Deacon und Luke bezüglich des bisher nicht gefundenen Halbgottes hegten.

Und ich hatte auch keine Ahnung, warum er von oben bis unten mit Schmutz … und Blut bedeckt war, aber ich konnte mich nur auf eine Sache gleichzeitig konzentrieren.

Seth starrte Colin so durchdringend an, dass ich eine Sekunde lang fürchtete, der arme Kerl würde sich spontan selbst entzünden.

»Bist du dir sicher?«, fragte Seth schließlich mit einer Stimme, die nervenaufreibend ausdruckslos klang.

Colin nickte. »Ich weiß, wie das Symbol aussieht. Es war eindeutig das von Ares.«

An Seths Kiefer pochte ein Muskel. »Ares ist tot.«

»Das weiß ich – *wir* wissen es.« Ich drückte seinen Arm. »Was wir nicht wissen, ist, warum sich das Symbol auf dieser Maske befindet.«

Seth machte sich von mir los. Er trat an den kleinen Kühlschrank in der Küchenecke und holte sich ein Wasser. Von hinten sah er nicht sauberer aus als von vorn.

»Hast du eine Ahnung, warum Ares' Symbol auf der Maske sein mag?«, fragte Colin, und ich fuhr zu ihm herum. »Du warst eine Zeit lang bei ihm. Ich dachte …«

Colin verstummte, als ich ihm einen warnenden Blick zuschoss. Er lehnte sich zurück, legte einen Fußknöchel über das andere Knie und hob die Hände.

Seth wandte uns den Rücken zu, trank mit großen Schlucken und leerte die Wasserflasche in Rekordzeit. »Ich war bei ihm. Nicht lange, aber lange genug.«

Ich verkrampfte mich. Am liebsten hätte ich ihm gesagt, er brauche nicht darüber zu sprechen. Seine Zeit bei Ares lastete auf ihm wie ein dunkler Schatten. Eigentlich wollte ich nicht, dass er sich damit beschäftigte, doch ich schwieg. Denn wenn eine Möglichkeit bestand, dass Seth wusste, was es mit Ares' Zeichen auf dieser verteufelt unheimlichen Maske auf sich hatte, dann musste er reden.

»Ares wollte … alles zerstören. Zuerst war mir das nicht klar. Aber um ehrlich zu sein, bin ich mir nicht sicher, ob mir das damals etwas ausgemacht hätte. Er wollte die Welt der Sterblichen brennen sehen, denn er glaubte, wenn er die Menschen dazu brächte, sich gegenseitig umzubringen, wäre es einfacher für ihn, den Olymp einzunehmen.« Seth drehte sich um und lehnte sich an die Frühstückstheke. »Das war natürlich ein ganz mieser Plan, aber das wissen wir ja schon.«

Wie von selbst glitten meine Finger zu meinen Haarspitzen, und ich begann die Strähnen zu zwirbeln.

Seth legte den Kopf in den Nacken. »Zu Anfang bin ich auf Ares' Schwachsinn hereingefallen. Dass er Halb- und Reinblüter gleichstellen wolle. So hat er schließlich einige der Halbblüter auf seine Seite gezogen, doch sobald die Ereignisse in Bewegung gekommen waren, wurde klar, dass er sie auf eine Stufe mit den Sterblichen stellte. Sie sogar unterhalb von ihnen sah. Die Reinblüter in seinem Dunstkreis begriffen das. Viele der Anführer, die zur alten Schule gehörten, waren seiner Meinung. Ratsmitglieder. Einige von ihnen erklärten sich einverstanden, um nicht selbst umgebracht zu werden, und andere, nun ja, sie pflichteten ihm bei, weil sie selbst jahrzehntealte Vorurteile pflegten.«

Er reckte den Hals von links nach rechts. »Wenn Ares gewonnen hätte, hätte er nicht einfach bei den Sterblichen haltgemacht. Er hätte die Halbblüter abgeschlachtet, sogar die, die ihm zum Sieg verholfen hatten. Ihr Tod hätte ihm das größte Vergnügen bereitet, mitzuerleben, wie Glaube und Vertrauen in Furcht und Hoffnungslosigkeit umgeschlagen wären.«

Angewidert setzte ich mich auf die Couch. Ich hatte nicht die geringste Ahnung, was ich sagen sollte. Seth sprach nicht oft von Ares, und ich wusste, dass ihm das nicht leichtfallen konnte. Am liebsten wäre ich zu ihm gegangen, aber ich spürte, dass er in diesem Moment seinen Freiraum brauchte.

Colin dagegen wusste, was er sagen sollte: »Was für eine abartige Sauerei.«

Ich fand das eine ganz passende Zusammenfassung.

Seth verzog die perfekten Lippen zu einem Grinsen, als er Colins Blick auffing. »Du weißt noch nicht einmal die Hälfte.«

Colin schluckte. »Also glaubst du, der Unbekannte, der die Maske zurückgelassen hat, war ein Anhänger von Ares?«

»Ich habe eine Menge Leute ausgeschaltet, die sich auf Ares' Seite geschlagen hatten«, sagte Seth unbewegt, und mein Herz krampfte sich zusammen. »Offensichtlich konnte ich sie nicht alle erwischen. Einige von ihnen sind immer noch da draußen.«

»Dann wäre es möglich? Dass ein Anhänger von Ares das getan hat?«, fragte ich.

Seth verschränkte die Arme. »Möglich.«

»Das ist ja kein isoliertes Ereignis«, betonte ich, ließ meine Haare los und wandte mich Colin zu. »Oder? Es hat schon zahlreiche Angriffe gegeben.«

»Ja.« Colin nickte. »Viele widersetzen sich der Veränderung. Viele Familien haben all ihre Dienstboten verloren und müssen ihren Mist jetzt selbst erledigen. Keine kostenlosen Arbeitskräfte mehr, daher sind viele verärgert. Aber sind sie zornig genug, um zu töten? Ich weiß es nicht. Es könnte mehr dahinterstecken.«

Seth schwieg einen Moment lang. »Es ist vollkommen denkbar, dass einer seiner Unterstützer diese jüngeren Reinblüter dazu anstiftet«, sagte er dann, »oder dass ein verärgerter Reinblüter sich aus Ares' Überzeugungen die Rosinen herauspickt, um seine Taten zu rechtfertigen.«

»So oder so müssen wir herausfinden, wer dafür verantwortlich ist, und ihn aufhalten.« Vor meinem inneren Auge sah ich das Gesicht des Mädchens und erinnerte mich an alles andere, was passiert war. »Das muss aufhören. Es ist nicht in Ordnung. Wir können nicht wegsehen und so tun, als ginge es uns nichts an.«

Seth schwieg einen Moment und nickte dann zustimmend.

»Mist«, sagte Colin noch einmal und stand auf. »Ich muss Marcus suchen und ihm Bescheid geben. Bis später.«

Er nickte zuerst mir und dann Seth zu, dessen einzige Reaktion darin bestand, die Tür zu öffnen, bevor Colin sie erreichte. Colin blieb kurz stehen und sah Seth an.

Seth zwinkerte ihm zu.

»Danke«, murmelte Colin und verdrückte sich dann hastig.

Ich seufzte. »Du legst dich gern mit ihm an, oder?«

»Kriege ich Probleme, wenn ich die Frage ehrlich beantworte?«

Ich starrte ihn an.

Seth grinste, doch sein Lächeln verblich rasch. »Tut mir leid, dass du dieses Mädchen sehen musstest.«

»Mir tut leid, dass ihr das zugestoßen ist. Sie war jung, Seth. Sie hatte gerade hier angefangen, und … so hat es für sie geendet. Warum? Weil sie ein Halbblut war?« Abscheu stieg in mir auf. »Das ist nicht richtig.«

»Nein«, sagte er leise. »Das ist es nicht.«

Und ich musste ihm immer noch von diesem Halbgott erzählen. »Das mit ihr ist nicht das Einzige, was passiert ist. Luke und Deacon glauben zu wissen, wer der letzte Halbgott ist.«

Seine Züge wirkten jetzt müde.

»Will ich das hören?«

»Wahrscheinlich nicht.«

»Dann mach es so, wie man ein Pflaster abzieht. Schnell und schmerzlos.«

Ich rutschte an die Kante der Couch. »Sie glauben, er ist Ares' Sohn.«

Seth zog die Augenbrauen hoch. Ein Moment verging. »Nimmst du mich auf den Arm?«

»Nein.«

»Warum? Wie kommen sie auf die Idee?«

»In dem Ort, in dem er lebt, ist es zu vielen gewalttätigen Auseinandersetzungen gekommen. Also, viel zu vielen, und sie glauben, dass es an seiner Anwesenheit liegt. Nimm zum

Beispiel Cora. Obwohl ihre Fähigkeiten noch nicht entblockiert sind, kann sie abgestorbene Pflanzen wieder zum Leben erwecken.« Ich dachte daran, was heute geschehen war. »Ach, und übrigens, sie kann erkennen, wenn jemand krank oder schwanger ist. Luke, Deacon und Gable wissen jetzt auch Bescheid.«

Seth starrte mich an.

»Sie hat es nicht mit Absicht getan. Sie hat mich angeschaut und gesehen, dass ich schwanger bin, und dann ist sie irgendwie damit herausgeplatzt.« Ich zuckte die Achseln. »Schon verrückt, wenn man darüber nachdenkt.«

Er schüttelte kaum wahrnehmbar den Kopf. »Na schön. Zur Hölle, ich weiß nicht, was ich denken soll.« Er stieß sich von der Theke ab, kam zur Couch herüber und setzte sich neben mich. »Ist mir egal, ob sie es wissen. Aber das andere? Komisch, wie die Toten es immer noch fertigbringen, Unheil zu stiften.« Er ließ den Kopf in den Nacken sinken und sah mich an. »Ich vermute mal, Alex hat das mit dem Halbgott gehört. Wie hat sie es aufgenommen?«

»Sie ist ein bisschen ausgeflippt.« Ich rückte zu ihm und zog eins meiner Beine auf die Couch. »Ich glaube, damit hat sie nicht gerechnet.«

Seth schloss die Augen. In diesem Moment wirkte er unglaublich jung. Schmutzig, aber jung. In seinen Zügen lag eine Verletzlichkeit, von der ich wusste, dass er sie niemand anderen sehen ließ.

»Kann nicht behaupten, dass mich das überrascht«, sagte er nach kurzem Schweigen. »Ich meine, es ist, als würde das Schicksal einfach so zum Spaß allen ein Bein stellen.«

Mein Blick fiel auf sein ramponiertes Shirt. »Ich bin mir sicher, Aiden oder Marcus oder sonst wer wird mit dir über Ares reden wollen, aber bevor es so weit ist … Was ist heute passiert? Ich weiß, dass du Zeus getroffen hast. Aiden hat es gesagt. Habt ihr … miteinander gekämpft?«

Er zog die Unterlippe zwischen die Zähne und wandte den Kopf ab. »Wir haben nicht gekämpft.«

Vor Schock war ich mehrere Sekunden sprachlos. »Nicht?«

»Klingt unglaublich, ist aber wahr. Zeus hat sich nicht einmal bemüht, auf mich loszugehen.«

Ich beugte mich vor. »Und du?«

»Ich habe es nicht mal versucht. Er wollte reden.«

Ich runzelte die Stirn. »Wieso siehst du dann aus, als hättest du dich mit einem Müllhaufen duelliert?«

Kurz zuckten seine Lippen, was gut aussah.

»Das war, nachdem Zeus wieder fort war.«

Ich stach ihm einen Finger in den Oberschenkel. »Da musst du wohl mehr in die Einzelheiten gehen.«

Er seufzte schwer, sodass sich seine Brust hob.

»Hast du heute schon die Nachrichten gesehen?«

Mit so einer Frage hatte ich nicht gerechnet. »Nein, warum?«

Eine Sekunde verging, und Seth schlug die Augen auf.

»Zeus wollte nur reden. Nun ja, er wollte mir eher einen Rat geben, und ich habe einiges gesehen.«

Das ergab alles keinen Sinn. »Was hast du gesehen?«

An seinem Kiefer arbeitete ein Muskel, und so langsam begann ich mir wirklich, wirklich Sorgen zu machen.

»Tod. Viele, viele unnötige Todesopfer, die man hätte vermeiden können.«

Ich saß reglos da. »Was … meinst du?«

»Tethys hat einen Tsunami hervorgerufen und Long Beach zerstört«, erklärte er, und mir stockte der Atem. »Anscheinend war sie wütend über Hyperions Tod, daher hat sie das Gebiet dem Erdboden gleichgemacht. Hat Hunderte getötet, wenn nicht noch mehr. Das hat Zeus mir gezeigt.«

Ich öffnete den Mund, doch es verschlug mir ein weiteres Mal die Sprache.

Seth ließ den Kopf hängen und warf mir einen Blick zu. »Ich weiß, ich habe diese Menschen nicht selbst getötet, aber meine Handlungen haben zu ihrem Tod geführt. Einige von ihnen … waren Kinder, Josie. Ich habe *Kinder* aus zerschmetterten und halb weggeschwemmten Häusern gezogen.«

Scharf sog ich den Atem ein und konnte ihn nur anstarren.

»Ich weiß, ich habe ihnen das nicht angetan, aber ich war der Grund dafür, und ich …« Stockend stieß er die Luft aus. »Zeus hat etwas zu mir gesagt, mit dem er so verdammt recht hat.«

»Was?«, flüsterte ich.

»Er hat gesagt, ich solle nicht in die Fußstapfen der Götter treten, und das will ich auch nicht. Seit Tausenden von Jahren haben sie so viel Unheil angerichtet, indem sie egoistisch oder unbedacht gehandelt haben.« Gequält sah er mir in die Augen. »Und ich habe das Gleiche getan.«

Ich erstarrte. »Seth …«

»Doch, Josie. Wir können ruhig ehrlich sein. Was Atlas angeht, kann man mir nichts vorwerfen. Ich habe auf der Stelle reagiert und hatte damals keine Ahnung, was ich bin. Ich war nicht … ganz bei Verstand, aber bei Hyperion? Ich wusste, was ich tat. Ich habe mich gerächt, und ich bin Manns genug, das zuzugeben. Und weißt du, was das Perverseste ist? Ich bereue immer noch nicht, ihn getötet zu haben. Ich bedaure, was meine Handlungen ausgelöst haben, aber ich …« Er beugte sich vor, legte die Hände unter seinem Kinn zusammen und starrte vor sich hin. »Zeus weiß, dass du schwanger bist.«

Ich keuchte auf. »Ist das schlecht? Es klingt so.«

»Ich glaube nicht. Ich glaube nicht, dass er einem von uns schaden will. Jedenfalls nicht jetzt«, fügte er hinzu, und ich war mir nicht sicher, ob ich erleichtert sein sollte oder nicht. »Und er hat mir eine Frage gestellt, Josie. Er wollte wissen, ob ich ein Kind in eine solche Welt setzen will.«

Ich schloss die Augen und ließ mich an die Rücklehne der Couch sinken. Das war eine schreckliche Frage an Seth, nachdem er ihm gezeigt hatte, wie Tethys auf Hyperions Tod reagiert hatte.

»Ich will unser Kind nicht in eine solche Welt bringen. Aber noch wichtiger, ich will nicht, dass unser Kind groß wird und erfahren muss, was ich getan habe. Wer ich bin.«

Abrupt riss ich die Augen auf. »Du bist ein großartiger …«

»Ich habe viel Böses getan, Josie.«

Er sah mich immer noch an, und seine Pupillen wirkten leicht erweitert.

»Eine Menge richtig mieses Zeug, und ich wollte deinetwegen besser werden. Dass ich Hyperion umgebracht habe, hat es für dich sicherer gemacht, mich jedoch nicht besser.«

»Ich weiß, dass du Schlimmes angerichtet hast, aber das ist nicht alles, was du bist.« Mir brach seinetwegen fast das Herz. »Du leistest Wiedergutmachung. Du *hast* schon vieles wiedergutgemacht. Du bist kein schlechter Mensch, und ich weiß ohne jeden Zweifel, dass unser Kind sich nie für seinen Vater schämen wird.«

Seine Kehle bewegte sich schnell, als er schluckte, und als er sprach, klang seine Stimme heiser. »Ich wünsche mir, dass das wahr ist. Ich brauche es.«

Tränen brannten mir in den Augen, und ich stand auf. Seth breitete die Arme aus, und mir war egal, ob er schmutzig war oder Gott weiß was an ihm klebte. Ich kletterte auf seinen Schoß und schlang die Arme um ihn. Er drückte mich fest an seine Brust; so eng, dass ich sein Herz klopfen hörte. Ein heftiger Schauer durchlief ihn, und mir stockte der Atem.

Ich wünschte mir nichts mehr, als dafür zu sorgen, dass er sich besser fühlte, aber wie sollte ich das anfangen? Was sollte ich sagen? Alle freundlichen Beschwichtigungsversuche wären bloß Lügen, und Seth würde das wissen. Wie man es auch drehte und wendete, seine Handlungen waren die Ursache für die Ereignisse in Long Beach und in L. A., und es kam nicht darauf an, dass er sie nicht persönlich ausgelöst hatte.

Auf Aktionen folgten Reaktionen, und das war ihm klar.

Er würde damit leben müssen. Ich konnte nur lindern, was er sich, wie ich wusste, selbst antat. Konnte ihm nur helfen.

Ich küsste seine schmutzige Wange und seine schweißüberströmte Stirn. Tränen hingen in meinen Wimpern, während er mir den Kopf entgegenhob, und ich drückte meine Lippen auf seine, küsste ihn und legte meine Hände an seine Wangen.

»Dann bleibt uns nur eines übrig«, erklärte ich und zog mich zurück, sodass wir uns direkt in die Augen schauten. »Wir sorgen dafür, dass es wahr wird.«

8. KAPITEL

JOSIE

Seth erzählte mir, was er in Long Beach gesehen hatte, von der Zerstörung und dem Tod, der herzzerreißenden Trauer, deren Zeuge er geworden war, als Menschen ihre Angehörigen aus dem Schutt zogen. Er wusste genau, wie viele Tote er geborgen hatte.

Sechsundfünfzig.

Vier davon waren Kinder.

Bei dem Gedanken an sie brach mir das Herz, und für Seth zersprang es in tausend Stücke, denn das hier … es war eine schwere Lektion, eine, die er lange nicht vergessen würde.

Ich verstand mich nicht besonders gut darauf, jemanden zu trösten, der im Prinzip verantwortlich für eine künstlich ausgelöste Naturkatastrophe war, doch ich erkannte rasch, dass ich ihn nur reden lassen und einfach da sein musste.

Und mir war ernst, was ich zu ihm gesagt hatte. Ich würde alles tun, wirklich alles, damit er sah, dass er ein ganz wunderbarer Vater sein würde und dass unser Kind sich, wenn es älter war, niemals für ihn schämen oder ihn fürchten würde.

Als Seth schließlich auf der Couch einschlummerte, war es, als werde er vor Erschöpfung ohnmächtig. Also schmiegte ich mich an ihn und legte eine Hand auf seine Brust. So schlief ich ein und fühlte dabei seine tiefen, regelmäßigen Atemzüge.

Ich war mir nicht sicher, wie viele Stunden vergangen waren, als ich spürte, wie jemand einen Arm um meine Taille legte und mich zur Seite zog. Ich landete an einem warmen, harten Brustkorb und schlug blinzelnd die Augen auf.

Dichte, dunkle Wimpern hoben sich, und bernsteinfarbene Augen sahen in meine.

»Hey«, murmelte er.

Schlaftrunken wurde mir klar, dass wir im Bett waren. Wir lagen auf der Seite, sodass wir einander ansahen, und Seths Haar war feucht und sein Gesicht sauber. »Wie sind wir ins Bett gekommen?«

»Ich habe dich vor ein paar Stunden hergetragen. Du hast tief und fest geschlafen. Bist nicht mal aufgewacht, als ich dir Schuhe und Jeans ausgezogen habe. Oder als ich geduscht habe.« Er schob mir eine Haarsträhne aus dem Gesicht. »Oder als ich wieder ins Bett gekommen bin.«

»Wirklich?« Ich gähnte. »Wie spät ist es?«

»Noch ziemlich früh.« Er zog die Hand aus meinem Haar und strich mit den Fingerspitzen über meine Stirn. »Tut mir leid, dass ich auf der Couch so weggesackt bin.«

»Ist schon in Ordnung.«

Jetzt trat eine andere Art Lächeln auf seine Lippen, kein trauriges, eher ein jungenhaftes.

»Du lügst.«

»Neee«, murmelte ich.

»Diese Couch ist ungefähr so bequem wie ein Nagelbrett.« Er strich mit dem Zeigefinger an meinem Nasenrücken hinunter. »Andererseits war ich dort, deswegen hast du wahrscheinlich so gut geschlafen wie noch nie.«

Verschlafen lachte ich auf. »Dein Ego erstaunt mich immer wieder.«

Er sah mir in die Augen, und sein Finger fand den Weg zu meiner Unterlippe.

»Du überraschst mich auch immer wieder.«

»Wieso? Habe ich geschnarcht?«

Er lachte leise. »Nein. Aber es ist schon ziemlich verblüffend, dass jemand, der so schön ist, klingen kann, als würde Chewbacca von einem Laster überfahren.«

»So klinge ich gar nicht.« Langsam wurde ich munterer und konnte wieder klar denken. »Du lü-hügst, du lü-hügst.«

Seth zwinkerte, und ich verdrehte die Augen.

»Aber das meine ich gar nicht. Du … du bist einfach erstaunlich, Josie.«

Wahrscheinlich verzog ich die Lippen zu einem albernen Lächeln. »Ja?«

»Ja.« Er ließ seinen Finger zu meinem Kinn gleiten. »Ich dachte nur, ich teile dir das mal mit.«

»Danke.« Unter den Jalousien fiel schwaches Licht ein und breitete sich über Seths Wangenknochen. »Wie geht's dir heute Morgen?«

Es hatte eine Zeit gegeben, da hätte er wahrscheinlich dichtgemacht und nicht auf die Frage geantwortet. Hätte einen Scherz gemacht und sie mit einem Lachen abgetan. Doch jetzt nicht.

»Ganz gut«, sagte er. Er schlug die dicht bewimperten Augen nieder und strich mit dem Finger meinen Hals entlang. »Ich denke über alles Mögliche nach, über das, was ich gesehen habe, aber mir geht's … ganz gut. Und dir?«

»Genauso.« Ich legte eine Hand auf seine nackte Brust, und er zuckte leicht, als ich ihn berührte. Mir gefiel es, dass etwas so Einfaches wie eine Berührung von mir solche Wirkung auf ihn ausübte.

Kurz sah er mir ins Gesicht. »Ich schulde dir Dank.«

Ich runzelte die Stirn. »Wofür?«

»Für gestern Abend. Dafür, dass du einfach da warst und mir zugehört hast.« Er ließ seinen Finger am Rand meines

Ausschnitts entlanggleiten. »Du hast keine Ahnung, was mir das bedeutet.«

Oh doch. Ich glaubte zu wissen, wie wichtig das war. »Ich werde immer für dich da sein. Komme, was da wolle. Ich liebe dich, Seth.«

Früher war es mir so schwergefallen, diese drei kurzen Worte auszusprechen. Es hatte eine Zeit gegeben, da hatte ich nicht den Mut gehabt, sie zu sagen. Aber jetzt hätte ich sie am liebsten von den Dächern heruntergeschrien wie eine Närrin.

Seine Augen nahmen einen warmen, bräunlichen Ton an. »Wiederhol das noch einmal«, flüsterte er.

Ich schaute ihm in die Augen und sagte es wieder und wieder, bis er mich mit seinem Mund zum Schweigen brachte. Er drückte die Lippen leicht auf meine, eine zarte Berührung, die so gar nicht zu seiner gewaltigen Kraft und Stärke passen wollte; und obwohl sein Mund so sanft über meinen strich, spürte ich es im ganzen Körper. Seth küsste mich zärtlich und schob sich gerade so weit hoch, dass ich ihn sehen konnte. Er lehnte sich zurück. Dann nahm er meine Hand von seiner Brust, schlang die Finger um meine, führte unsere zusammengelegten Hände an seine Lippen und drückte einen Kuss auf meine Handfläche.

»Ich werde niemals müde werden, das zu hören.« Er drückte meine Hand erneut auf seine Brust, wo sein Herz kräftig schlug, und umfasste meinen Nacken. »Und ich werde nie aufhören, es zu empfinden. Was ich für dich fühle, nimmt mit jedem wachen Moment zu, und manchmal jagt es mir eine höllische Angst ein, aber ich liebe dich. Gestern. Heute. Ich werde dich in tausend Jahren noch lieben.«

Wärme stieg in mir auf. Seine Worte zu hören war, als rekelte ich mich in der Sonne. Seth unterstrich sie mit einem

Kuss, der weit über den sanften, zärtlichen von eben hinausging. Er küsste mich, als wollte er Anspruch auf mich erheben, und ich ergriff genauso Besitz von ihm.

Was wir füreinander empfanden, zeigten wir uns ein ums andere Mal mit jedem Kuss und jeder Berührung. Irgendwie rutschte die Decke weg, und Seth fasste mich an den Hüften. Er zog mich zu sich und presste sich an mich. Die weite Sweathose, die er trug, bildete nur eine dünne Barriere zwischen uns, und der Minzgeschmack seiner Küsse und sein harter Körper an meinem erweckten mein Verlangen.

Ich wollte mehr – begehrte ihn so sehr, dass es mich überall schmerzte. Doch die Sehnsucht ging über das Körperliche hinaus, reichte tiefer, grub sich in meine Haut und drang durch meine Knochen und in meine Muskeln.

Verrückt, wie intensiv sich all das immer noch anfühlte – als wäre das unser erster Kuss, unsere erste Berührung. Vielleicht machte Liebe das mit einem. Ich hatte keinen Vergleich, aber mir gefiel der Gedanke. Anders konnte es nicht sein, denn es war jedes Mal so, als wäre dies unser erstes Mal und würde unser letztes bleiben.

»Wunderschön«, sagte er mit belegter Stimme und bewegte seinen Finger über eine meiner Brustspitzen.

Kaum dass er die Hand tiefer gleiten ließ und beinahe ehrfürchtig über meinen Bauch strich, zuckte ich zusammen, und mein Herz begann zu hämmern.

Er öffnete die Augen und schaute mich eindringlich an. »Und ich weiß, dass du in den kommenden Monaten noch schöner werden wirst.«

Mir ging das Herz so schnell und so weit auf, dass ich meinte, zur Decke hinaufschweben zu müssen. Das war ihm ernst. Seine Aufrichtigkeit war nicht zu verkennen.

Dann küsste er mich wieder. Diese Momente, diese Worte, die er gerade gesprochen hatte, waren kostbar und stark.

Er strich mit den Lippen an meinem Kiefer entlang, auf mein Ohr zu. Ein Schauer lief über meine Haut, und in einem Ansturm berauschender Lustgefühle spannten meine Muskeln sich an.

»Ich weiß, dass wir einen anstrengenden Tag vor uns haben.«

»Ja«, flüsterte ich.

Er küsste mich auf die Mundwinkel und zog sich zurück. »Wir müssen uns mit den anderen treffen und darüber sprechen, was gestern hier passiert ist.«

Ich räusperte mich und ließ zu, dass meine Augen zufielen. »Ja.«

Mit winzigen Küssen beschrieb er eine Spur von meinem Kinn zu meinem Hals und weiter. »Und außerdem müssen wir über diesen Halbgott reden.«

Als Seth mit seinem Mund eine meiner Brüste fand, krallte ich die Finger in die Bettdecke. Er hörte kurz auf, verweilte dann dort und entlockte mir ein zittriges Aufkeuchen.

Anschließend glitt er mit den Lippen über meine Rippen und traf auf eine kitzlige Stelle. »Wir müssen diesen Halbgott erwischen, bevor die Titanen es tun. Wenn er seinem Vater auch nur halbwegs ähnlich ist, dürfen die Titanen nicht auf die Idee kommen, dass er für sie als Akku wertvoller sein könnte.«

Das stimmte. Vor allem, wenn er andere so zu beeinflussen vermochte, dass sie gewalttätig wurden. Das war eine nützliche Gabe, wenn man Böses im Schilde führte.

Er küsste die Stelle direkt unter meinem Bauchnabel. »Aber da ist etwas, das wir zuerst tun müssen.«

Ich war gerade ein wenig konfus. »Und was ist das?«

»Du warst gestern nicht in der Krankenstation, stimmt's?«

»Nein.« Ich hob die Lider und zog das Kinn an, damit ich ihn sehen konnte. »Ich wollte, dass du dabei bist, sogar, wenn sie uns bloß sagen, wir müssten uns anderswohin wenden.«

Seth blickte auf und grinste auf eine Art, bei der mein Herz sich überschlug.

»Danke.«

»Ist doch selbstverständlich.«

Er musterte mich. »Wir müssen das erledigen, bevor der Tag wieder aus den Fugen gerät.«

»Einverstanden.« Ich erwiderte seinen Blick und grinste. »Dann sollten wir uns sofort fertig machen.«

Leise lachend kam Seth hoch und schob sich auf mich. »Ach, das machen wir nicht jetzt gleich.«

»Nicht?« Ich legte die Hände auf seine warmen Schultern.

Er stützte seine durchtrainierten Arme links und rechts von meinem Kopf auf die Matratze, und sie sanken tief ein.

»Ich glaube, ich habe mich versprochen«, erklärte er und streifte meinen Mund mit den Lippen. »Eins müssen wir vorher noch erledigen.«

Mein Magen kribbelte. »Und was ist das?«

»Nun ja, zuerst sollst du etwas tun.«

Mir stockte der Atem, da er mit seinem Mund meinen in Besitz nahm. Ich schlang die Arme um Seth und hielt ihn fest. Mit der Zunge strich er über meine. Er rutschte Stück für Stück tiefer und ließ sich viel Zeit dabei. Nichts trennte meine Haut noch von seinen Händen und seinen Lippen, irgendwie war mein Slip verschwunden. Ich dachte, das musste Göttermagie gewesen sein, doch dann wurde mir klar, dass er *wirklich* Magie ausübte, denn er fand mit seiner

Zunge diese empfindsame Stelle zwischen meinem Oberschenkel und meinem Hüftknochen. Meine Hände glitten aus seinem Haar, während er sich an der Innenseite meines Oberschenkels hinunterarbeitete, an mir knabberte und dann das lustvolle Feuer mit seiner Zunge linderte. Jeder Zungenschlag von ihm war wie ein Stromstoß.

Ich erschauerte, als sein warmer Atem über den intimsten Teil meines Körpers strich. »Und was … soll ich vorher tun?«

Er verzog die Lippen zu einem regelrecht schalkhaften Grinsen. »Du sollst meinen verdammten Namen schreien.«

SETH

Josie schlang eine Hand fest um meine, während wir über den Fußweg auf das zweistöckige Gebäude zuliefen, das neben dem Trainingszentrum lag.

Es war noch früh und nur wenige Studenten waren unterwegs. Die meisten gingen zur Cafeteria, um zu frühstücken.

Die Sonne schien hell, die Luft wurde wärmer, und mein Körper summte immer noch von dem, was ich im Bett mit Josie gemacht hatte. Der gestrige Tag war auf eine ganze Menge Arten vollkommen verdorben gewesen, aber der heutige … der heutige ließ sich schon besser an.

»Was meinst du, wie viele Studenten hier den Sommer über eingeschrieben sind?«, fragte Josie.

Ich warf ihr einen Blick zu. Sie hatte ihr Haar zu einer Art Wirbel hochgesteckt, der aussah, als würde er in den nächsten paar Sekunden von ihrem Kopf kippen. Wahrscheinlich hielt so etwas wie Mädchen-Magie ihn dort oben. »Bin mir nicht sicher«, antwortete ich. »Wenn ich raten müsste, würde ich sagen, einige Hundert. Vielleicht ungefähr tausend.«

»Ich weiß nicht, ob das im Vergleich zu einem normalen College viel ist.« Sie sah zu einer der Statuen der Musen hinüber. »Aber es kommt mir sehr viel vor.«

»Einige Studenten haben wahrscheinlich kein Zuhause mehr, in das sie zurückkehren können.« Ich verdrängte das kalte Gefühl, das sich in meiner Brust breitmachte. »Viele von ihnen haben während des Kriegs gegen Ares ihre Heimat verloren. Ich kann mir vorstellen, dass sie die Sommerkurse besuchen, um eine Unterkunft zu haben.«

Sie warf mir einen Blick zu. Ein paar Sekunden vergingen, dann drückte sie meine Hand.

»Warum fragst du?«

Sie zog eine Schulter hoch. »Der Campus kommt mir so leer vor. Angesichts dessen, was gestern passiert ist, wahrscheinlich gar nicht schlecht.«

Ich nickte. »Wohl wahr.«

Ich hielt ihr die Tür der Krankenstation auf und ging mit ihr einen breiten Gang entlang. Durch eine weitere Tür gelangten wir in ein Wartezimmer.

Wir traten an einen Schalter, hinter dem eine ältere Halbblüterin saß. Es war ein wenig merkwürdig, ein Halbblut in einer solchen Stellung anzutreffen. Vor der Abschaffung der Fortpflanzungsgesetze waren Halbblüter entweder Wächter, Gardisten oder Dienstboten gewesen. Berufe wie diesen hatten sie nicht ausgeübt, und ich bezweifelte, dass das schon allgemein üblich war. Die Universität war sicher einer der ersten Betriebe, die Halbblüter einstellten. Der Rest der Gemeinden würde wahrscheinlich nur langsam nachziehen.

Sie blickte auf, und mir war sofort klar, dass sie einmal Wächterin oder Gardistin gewesen sein musste. Auf der linken Wange der Frau prangte ein Daimonenmal – ein Biss.

Verdammte Daimonen.

Sie waren solche Bastarde.

Nervös sah sie zwischen uns hin und her. Sie spürte, was wir waren.

»Wie kann ich Ihnen behilflich sein?«

»Wir würden gern mit einem Arzt reden, falls einer verfügbar ist«, erklärte Josie.

Ich hielt immer noch ihre Hand. Den anderen Ellbogen setzte ich auf die Tresenkante und beugte mich vor. »Mit anderen Worten, es muss ein Arzt verfügbar sein.«

Als Josie dieses Mal meine Hand drückte, hatte das nichts Beruhigendes. Ich zwinkerte ihr zu.

Sie verdrehte die Augen.

Die Frau nickte. »Ich glaube, wir haben jemanden. Setzen Sie sich.«

Ich hob die Augenbrauen, sah Josie an, trat vom Schalter zurück und zog sie mit.

»Benimm dich«, murmelte sie.

Die Sekretärin verschwand.

»Immer.«

Josie warf mir einen scharfen, vielsagenden Blick zu, setzte sich und hob eine Hand an ihren Kopf, dann hielt sie jedoch inne und runzelte die Stirn. Ich wusste, was sie tat. Wenn Josie nervös war, nestelte sie an ihrem Haar herum und verdrehte die Strähnen. Sie schien vergessen zu haben, dass sie sich das Haar aufgesteckt hatte.

Ich wollte nicht, dass sie unruhig war, daher legte ich eine Hand auf ihren Rücken und rieb ihn. »Hey.«

Josie schaute mich über die Schulter hinweg an. »Was?«

»Wenn wir das hier hinter uns haben, sollten wir einen Boxenstopp einlegen und uns Speck besorgen.«

Ihre Augen leuchteten auf.

»Überredet.«

Leise lachend rieb ich ihr weiter den Rücken. »Danach gehen wir Alex und Aiden suchen.«

»Klingt nach einem Plan.« Sie biss sich auf die Unterlippe und sah zum Fenster. »Massier mir weiter den Rücken. Das gefällt mir.«

Lächelnd küsste ich sie auf die Wange. »Hatte nicht vor, damit aufzuhören.«

»Gut.«

Aus dem Augenwinkel erhaschte ich eine Bewegung. Es war die Sekretärin. Kaum saß das Halbblut wieder hinter dem Schalter, wurde die Tür rechts von uns geöffnet, und eine Reinblüterin trat ein. Sie trug blaue OP-Kleidung und einen weißen Laborkittel.

»Sie beide müssen mit einem Arzt sprechen?«, fragte sie.

Ich hatte so ein Gefühl, dass Ärzte normalerweise ihre Patienten nicht aus dem Wartezimmer abholten, aber andererseits bezweifelte ich, dass man auf der Krankenstation daran gewöhnt war, dass ein Gott und eine Halbgöttin einen Arzt sehen wollten.

Josie entzog mir ihre Hand und erhob sich. »Ja.«

Die Ärztin warf mir einen Blick zu, nickte und hielt die Tür auf. »Gemeinsam?«

»Selbstverständlich.«

Josie gab mir ein Zeichen und setzte sich in Bewegung. Ich stand von dem nicht besonders bequemen Stuhl auf, folgte ihr und gelobte mir, den Mund zu halten und mich zu benehmen, weil Josie so offensichtlich nervös war.

Die Ärztin wartete in einem schmalen Gang auf uns. Falls unsere Anwesenheit sie aus der Fassung brachte, ließ sie sich das nicht anmerken. Ihre Miene zeigte professionelles Interesse, nichts weiter.

»Ich bin Dr. Morales.« Sie streckte uns die Hand hin.

Josie schüttelte der Ärztin die Hand und wandte sich mir zu. »Ich bin Josie, und das ist Seth.«

Die Ärztin schloss ihre kühle Hand um meine. »Freut mich, Sie beide kennenzulernen. Treten Sie doch bitte ein.«

Dr. Morales öffnete die Tür zu einem kleinen Raum, der aussah wie jedes normale Sprechzimmer. Josie zögerte kurz, dann ging sie zur Untersuchungsliege und nahm auf dem Rand Platz. Ich bezog in ihrer Nähe Stellung und ließ die Hand weiter auf ihrem Rücken liegen.

»Also, was führt Sie beide her?« Dr. Morales holte sich einen dieser lederbezogenen Rollhocker heran.

Josie warf mir einen Blick zu und atmete tief ein. Ihre Wangen liefen zu einem hübschen Rosa an.

»Ich bin schwanger, und er ist … er ist, ähm, der Vater.«

Ich widerstand dem Drang zu grinsen. Manchmal war Josie einfach so verdammt niedlich.

Kurz huschte ein erstaunter Ausdruck über das Gesicht der Ärztin. Ich war mir sicher, sie erlebte es nicht oft, dass Leute in unserem Alter Kinder kriegten. Die Halbblüter waren früher zur Verhütung verpflichtet gewesen, und Reinblüter bekamen typischerweise erst Kinder, wenn sie viel, viel älter waren.

»Ich habe keine Ahnung, ob Sie wissen, was wir sind«, sagte Josie.

Dr. Morales schlug ein Bein über das andere. »Ich weiß, wer Sie sind.« Sie lächelte kurz. »Ich bin mir ziemlich sicher, dass jeder Sie hier kennt.«

»Okay.« Josie wirkte erleichtert. »Ich glaube nicht, dass ich schon weit bin oder so, aber wir haben keine Ahnung, was wir tun sollen, außer uns einen Termin bei einem Frauenarzt zu besorgen.«

»Wir haben hier keine Frauenärzte«, erklärte Dr. Morales.

»Damit haben wir gerechnet«, schaltete ich mich ein und bewegte dabei weiterhin meine Hand über Josies Rücken. »Ist ja nicht so, als bekämen hier viele Studentinnen Kinder, aber wir dachten, es wäre eine gute Idee, sich untersuchen zu lassen und herauszufinden, was unsere Optionen sind.«

»Okay.« Dr. Morales stand auf und griff nach dem Stethoskop, das um ihren Hals hing. »Ich kann eine allgemeine Untersuchung durchführen, um mich zu vergewissern, dass Ihre Vitalzeichen normal sind, und danach sehen wir weiter, ja?«

Josie biss sich auf die Unterlippe und nickte, und dann war es Zeit für mich, zurückzutreten und den beiden Freiraum zu lassen. Dr. Morales machte sich an die Arbeit und hörte Josies Herz und ihre Lunge ab. Sie untersuchte sogar Josies Ohren und so ungefähr alle Körperöffnungen bis auf die interessanten. Dann ging Dr. Morales dazu über, ihr Fragen zu stellen. Persönliche, bei denen Josie noch stärker errötete.

War das ihre erste Schwangerschaft?

War sie sich sicher, schwanger zu sein?

Was glaubte sie, wann sie schwanger geworden war?

An dem Punkt mischte ich mich ein. »Es sind ungefähr fünf bis sechs Wochen.«

»Sie können sich jetzt aufsetzen«, meinte Dr. Morales, nachdem sie Josies Bauch abgetastet hatte.

Keine Ahnung, wozu das gut sein sollte.

»Alle ihre Vitalzeichen sind perfekt, und Sie sind eindeutig noch in einem sehr frühen Stadium der Schwangerschaft. In dieser Phase wartet man normalerweise nur ab.«

»Was soll das heißen?«

Josie zog ihr Shirt glatt, und ich trat zu ihr und begann erneut, ihr den Rücken zu reiben.

Dr. Morales setzte sich wieder auf den Hocker. »Was wissen Sie beide über Schwangerschaften bei ... bei unserer Art?«

Ich zog die Augenbrauen hoch. »Also ...«

Josie zuckte die Achseln und ließ leicht die Beine baumeln. »Es ist nicht wie ... wie eine Schwangerschaft bei Sterblichen?«

Da lächelte die Ärztin. »In Bezug auf die Länge? Doch, die beträgt neun Monate. Manche Mütter können das Baby nicht bis zu Ende austragen, genau wie bei Sterblichen, und bekommen das Kind ein wenig eher. Das scheint bei unserer Art verbreiteter zu sein, besonders unter den Reinblütern. Und ich kann mir vorstellen, dass das angesichts der Menge an Äther, die Sie beide in sich tragen, auf Sie zutreffen könnte.«

»Moment mal.« Besorgnis stieg in mir auf. Ich hatte nicht viel Ahnung von Babys, doch ich wusste, dass eine Frühgeburt schlecht sein konnte, sehr schlecht. »Wie früh?«

»Nichts allzu Ernstes. Ganz bestimmt im dritten Trimester, üblicherweise nach ungefähr acht Monaten, aber ...« Sie stieß hörbar die Luft aus. »Es ist bekannt, dass es schwierig ist, eine Schwangerschaft über die ersten drei Monate hinaus zu erhalten, wenn die Eltern beide Reinblüter sind, und bei Halbblütern ist das noch schwerer.«

Ich erstarrte, bewegte meine Hand jedoch weiter. »Das wusste ich nicht.«

»Das hatte ich schon vermutet. Ich weiß, man redet nicht viel über Schwangerschaften bei …«

Sie verstummte, aber ich wusste, was sie meinte. Da ich als Apollyon halbblütig gewesen war, war es mir verboten gewesen, mich fortzupflanzen.

»Niemand kennt den Grund wirklich. Manche glauben aufrichtig, es ist einfach Schicksal, ohne eine medizinische Ursache.«

Ich verzog die Oberlippe. *Schicksal. Bei den Göttern.*

»Kann ich etwas tun, um sicherzugehen, dass ich das Kind nicht verliere?«, fragte Josie.

»Wir haben schon Frauen von dem Moment an, in dem sie ihre Schwangerschaft entdeckt haben, Bettruhe verordnet, und es hat keinen Unterschied gemacht. Die Schwangerschaft besteht weiter.« Dr. Morales sah mich an. »Oder nicht.«

Das klang für mich nach vollkommenem Blödsinn.

Josie blickte aus aufgerissenen Augen zu mir auf.

»Im Moment haben Sie noch mehrere Wochen, bevor Sie das zweite Trimester erreichen«, richtete sich Dr. Morales jetzt an sie. »Ich kann Ihnen jedenfalls sagen, dass Frauen im letzten Schwangerschaftsdrittel ausgeprägtere Symptome zeigen.«

»Was bedeutet das?« Ich legte eine Hand auf Josies Nacken und strich mit dem Daumen an ihrem Puls entlang.

»Stärkere Müdigkeit. Die Mütter leiden für gewöhnlich nicht im ersten Drittel unter Übelkeit und Erbrechen wie schwangere Sterbliche, sondern im dritten. Rückenschmerzen und Ähnliches, aber bei Ihnen beiden … Bei Ihnen könnte das vollkommen anders sein.«

Josie neigte den Kopf. »In welcher Hinsicht?«

»Soweit ich weiß – und zugegeben, es ist lange her, dass

ich die Vorlesung über ›Mythen und Legenden‹ gehört habe –, war dabei niemals vom Kind eines halb göttlichen und eines göttlichen Wesens die Rede.«

Mist.

Wir waren uns beide so sicher gewesen, dass es schon einmal einen Fall wie unseren gegeben haben musste. Wenn nicht, dann hieße das …

Josie hörte auf, die Füße baumeln zu lassen. »Sie sagen also, dass wir die Ersten sind?«

»Der erste dokumentierte Fall, von dem ich weiß.« Wissbegier trat in Dr. Morales' Blick. »Bei dieser Schwangerschaft ist alles möglich.«

9. KAPITEL

JOSIE

Den besten Frauenarzt.

Das hatte Seth verlangt, als Dr. Morales erklärte, sie werde ein paar Anrufe tätigen, um uns einen Frauenarzt zu besorgen. Ich dagegen wäre an diesem Punkt schon über irgendeinen Arzt glücklich gewesen, der Spezialist für diese ganze Geschichte von wegen Babys und Geburt war.

Vor Seth und mir waren noch nie ein Gott und eine Halbgöttin zusammengekommen und hatten dabei ein Kind gezeugt? Das war … Wow, das kam mir verrückt vor. Es hieß außerdem, dass alles, was Dr. Morales über das Problem, eine Schwangerschaft zu halten, bis hin zu den stärkeren Symptomen im dritten Trimester gesagt hatte, vielleicht gar nicht zutraf.

Wie die Krankenschwester vor ihr, die den Schwangerschaftstest durchgeführt hatte, nahm Dr. Morales mir Blut ab, um sich zu vergewissern, dass die entsprechenden Hormone darin vorhanden waren.

Ich brauchte keine Blutuntersuchung, die mir bestätigte, was ich bereits wusste. Ich war immer noch schwanger. Egal, wie man es nennen wollte, ob Instinkt oder die Intuition einer werdenden Mutter, ich wusste Bescheid.

Seth und ich hatten keine Chance, über das zu reden, was die Ärztin uns erklärt hatte, denn wir gingen in die Cafeteria, um uns Frühstücksspeck zu holen, und stolperten dabei über Alex und Aiden. Sie waren auf dem Weg zu Marcus, und schlussendlich landeten wir zu viert in dessen Büro.

Alexander, Alex' Vater, war ebenfalls dort; ein stummer Wächter, der in dem Moment, als er seine Tochter erblickte, so herzlich lächelte, dass er Lachfältchen um die Augen hatte.

Ein scharfer Stich durchfuhr mein Herz, während ich zusah, wie Alex sich von Aidens Seite löste, zu ihrem Vater lief und ihn umarmte. Es war kein brennendes Gefühl wie Eifersucht oder Missgunst. Aber ich beneidete die beiden schon um ihre Beziehung. Das wünschte ich mir auch von meinem Vater. Zum Teufel, ich hätte meinen Vater wenigstens gern *gesehen*. Daher fühlte ich mich vor allem … traurig.

Ich sah weg und ging auf den Schreibtisch zu, wobei ich Seths Blick auffing. In seinen Augen lag ein weicher Ausdruck, sodass ich mich fragte, ob er wusste, was ich dachte. Als ich um ihn herumtrat, strich er mit den Fingern über meinen Arm, was merkwürdig beruhigend auf mich wirkte. Ich nahm Marcus gegenüber auf einem der hochlehnigen Stühle Platz.

»Danke«, sagte Marcus, setzte sich hinter seinen riesigen Mahagoni-Schreibtisch und warf Seth einen Blick zu. »Dafür, dass Sie nicht einfach in meinem Büro erschienen, sondern durch die Tür hereingekommen sind.«

Aiden, der neben dem anderen leeren Stuhl stand, feixte.

»Ich dachte mir, ich könnte Bewegung gebrauchen.« Seth verschränkte die Arme vor der Brust. »Aber Sie können davon ausgehen, dass ich später auftauche, wenn Sie am wenigsten damit rechnen.«

Marcus warf ihm einen eigenartigen Blick zu und sah dann Alex an, die auf dem Stuhl neben mir saß.

»Ich nehme an, ihr seid alle hier, um über die gestrigen Ereignisse zu reden?«

Wie üblich übernahm Alex die Führung und meldete sich zu Wort. »Wir glauben, wir haben einige Informationen über die ermordete Halbblüterin.«

Marcus lehnte sich zurück und schlug ein Bein über das andere. »Momentan wäre mir nichts lieber als der Name des Täters.«

»Den haben wir nicht«, schaltete sich Aiden ein.

»Und was würden Sie tun, wenn Sie einen Namen hätten?«, erkundigte sich Seth.

Langsam glitt Marcus' Blick zu Seth, der neben mir stand. »Ich müsste die Person wohl den Behörden übergeben, aber das ist *nicht* das, was ich gern *tun* würde.«

Seth neigte den Kopf. »Verstanden.«

»Okay.« Ich atmete tief aus. »Da wir das jetzt geklärt haben … Auf der Maske von gestern befand sich Ares' Symbol.«

Marcus' Unterkiefer verspannte sich. »Ja.«

»Und nachdem wir mit Seth darüber gesprochen haben, glauben wir, dass der oder die Unbekannten – ob nun eine Person oder eine Gruppe – Anhänger von Ares sind«, fuhr ich fort. »Jedenfalls vertreten sie einige seiner Überzeugungen.«

»Letzten Endes hat Ares die Halbblüter gehasst. Er hat sie genauso betrachtet wie die Sterblichen. Viele Reinblüter waren einer Meinung mit ihm – mit der Vorstellung, dass die Reinblüter über die Welt der Sterblichen herrschen und Halbblüter und Sterbliche ihnen untertan sein sollten«, erklärte Seth.

Seine Stimme klang flach und emotionslos, aber ich wusste, wenn er von Ares sprach, war das für ihn vermutlich so, als traktierte er sich wieder und wieder selbst mit einem glühenden Schürhaken.

Vor allem, wenn man bedachte, wer sich im Raum befand.

»In der Zeit, als ich *Sanierungen* für die Götter durchgeführt habe, habe ich viele seiner Unterstützer ausgeschaltet, aber nicht alle«, fügte Seth hinzu.

»Am liebsten würde ich ja glauben, dass es nicht so ist. Dass die Unbekannten, die für die Ereignisse auf dem Campus verantwortlich sind, nichts mit Ares zu tun haben«, schaltete sich Aiden ein. »Aber wir dürfen die Bedeutung von Ares' Symbol auf der Maske nicht unterschätzen.«

»Und das ergibt auch Sinn.« Alex beugte sich mit sichtlich verspannten Schultern vor. »Wir hatten hier jede Menge Probleme …«

»Nicht nur hier«, unterbrach Marcus sie. »In einigen Reinblüter-Gemeinden und Covenants ist es zu ähnlichen Vorfällen und zu Morden gekommen.«

»Sie müssen also irgendwie organisiert sein«, fuhr sie fort. »Oder?«

»Das sind die meisten Hass-Gruppen. Manche besser als andere, kann ich mir vorstellen.« Marcus rieb sich mit zwei Fingern die Schläfe, als wollte er einen Kopfschmerz wegmassieren. Etliche Sekunden verstrichen, dann ließ er die Hand auf die Stuhllehne sinken. »Ares' Namen je wieder zu hören war das Letzte, was ich mir gewünscht hätte.«

»Da sind wir schon zu zweit.« Alex sprach leise, und ich wusste, dass Seth das Gleiche dachte wie sie. »Er mag ja tot sein, aber ich glaube, wir haben nicht zum letzten Mal von ihm gehört.«

»Also, wie sieht der Plan aus?«, fragte Marcus und kam gleich zum Wesentlichen, wie immer.

»Egal, ob es sich um eine Gruppe Reinblüter handelt, die Ares' Überzeugungen anhängen oder nicht, ich finde, wir müssen mit dem Offensichtlichen beginnen. Mit den Reinblütern hier auf dem Campus«, sagte Alex.

»Nicht nur mit den Studenten, sondern auch mit dem Personal«, pflichtete Aiden ihr bei.

Wir hatten nicht darüber gesprochen, aber offenbar waren wir derselben Ansicht.

»Also brauchen wir eine Liste, auf der jede einzelne Person aufgeführt wird.«

Marcus zog eine Augenbraue hoch. »Das sind eine Menge vertraulicher Informationen.«

»Ich weiß.« Aidens Lächeln wirkte angespannt. »Und ich weiß, dass es gegen eine Menge Regeln verstößt, sie weiterzugeben, aber wir müssen jede Person überprüfen können.«

»Und wonach suchen?«

Josie beugte sich vor. »Das kommt darauf an, was Sie über die Studenten und das Personal hier haben. Ihren Hintergrund, ihre Herkunft, Angaben über ihre Familien und so.«

Josie klang eifrig, sodass ich sie ansah.

»Wenn Sie über solche Informationen verfügen, könnten wir ein Profil erstellen.«

Alexander warf ihr einen scharfen Blick zu.

Alex wandte sich Josie zu. »Was meinst du mit Profil?«

»Ein Verfahren, das beim FBI und anderen Polizeibehörden eingesetzt wird, um Menschen zu identifizieren, die möglicherweise Verbrechen begehen werden, und um bei bereits verübten Verbrechen Muster zu erkennen«, erklärte sie. »Es basiert auf psychologischen Verhaltensweisen und dem, was der Profiler über andere weiß, die ähnliche Taten begangen haben.«

Alex starrte sie verständnislos an, und meine Mundwinkel zuckten.

»Okay. Zum Beispiel existieren dort draußen schon Täterprofile von Menschen, die Hassverbrechen begehen. Man kann solch ein Profil nehmen und es auf einen Reinblüter anwenden. Ich wette, man könnte einige Warnzeichen finden – eine ähnliche Kindheit, sehr frühe Berührung mit Vorurteilen. Typischerweise sind sie vorher nie straffällig geworden, sie stehen anderen weniger offen gegenüber, oder sie befinden sich in einer Situation, in der sie irgendwie das Gefühl haben, ihnen sei Unrecht geschehen. Die Liste ließe sich fortsetzen.« Ihre Wangen liefen rosig an. »Aber ich meine damit, dass wir wahrscheinlich nicht mit jedem einzelnen Reinblüter hier zu reden brauchen. Mit den nötigen Informationen könnten wir die Zahl der möglichen Verdächtigen eingrenzen. Ich bin mir sicher, dass man einfache Profile im Internet findet, oder Sie könnten sich welche besorgen, falls Sie Kontakte bei den Justizbehörden haben.«

Marcus neigte den Kopf. »Wir verfügen tatsächlich über einige Kontakte bei der Justiz.«

»Also …« Josie lehnte sich zurück. »Dann würde ich mich mit ihnen in Verbindung setzen und sehen, ob sie solch ein Profil haben. Oder besser noch, falls Ihre Kontakte darin ausgebildet sind, könnten Sie vielleicht die Informationen durchgehen …«

»Moment. Du hast Psychologie studiert, oder, Josie?«, meldete ich mich zu Wort, und Josie sah mich aus großen Augen an. Ich nickte. »Sie kann ein Profil erstellen und herausfinden, mit wem wir reden müssen.«

Josie sah Marcus an. Ein Augenblick verging. »Ich habe Psychologie studiert und war wirklich gut in meinem Jahrgang«, sagte sie dann.

Verdammt, und ob. Mein Mädchen war schlau.

»Aber ich habe noch nie ein Profil erstellt. Ich kenne zwar die Grundlagen, doch für so etwas brauchen Sie jemanden, der darin ausgebildet ist. Zumindest, um Ihnen ein paar Hinweise zu geben.«

Stirnrunzelnd betrachtete ich ihren Hinterkopf.

Marcus schien darüber nachzudenken. »Diese Art von Informationen an jemanden zu übergeben ist eine ernste Sache. Um ehrlich zu sein, würde ich mich wohler dabei fühlen, wenn ich Ihnen diese Aufzeichnungen überlasse, als bei jedem anderen in diesem Raum.«

Alex klappte die Kinnlade herunter. »Also, ich fühle mich irgendwie beleidigt.«

Ich zuckte die Achseln. »Dass Sie sich nicht wohl dabei fühlen würden, mir diese Informationen zu überlassen, erstaunt mich allerdings nicht.«

»Ich bin überrascht, dass Sie mir nicht vertrauen würden«, erklärte Aiden, und ich verdrehte die Augen.

Ein Lächeln trat auf Marcus' Gesicht. »Alle bis auf Josie haben persönliche Erfahrungen mit Ares gemacht. Ich habe das Gefühl, diese Aufgabe erfordert jemanden, der nicht direkt mit ihm konfrontiert war. Aber eigentlich kann ich so brisante Informationen nicht herausgeben.«

Alex öffnete den Mund, blieb jedoch stumm, als Marcus die Hand hob. »Ich kann allerdings Kontakt zu einigen Personen, die ich kenne, aufnehmen, die uns helfen können.«

Das war besser als nichts.

»Und was tun wir, wenn wir herausfinden, wer dahintersteckt?«, fragte Alex in dem Moment, in dem Marcus seine

Hand sinken ließ. »Wenn wir es hier aufhalten, dann verhindern wir vielleicht nicht, dass es auch anderswo passiert.«

»Also, wenn das Profil hier funktioniert und wir die Personen finden, die für die Angriffe verantwortlich sind, warum sollte es damit anderswo nicht klappen?«, fragte Aiden. »Das Verfahren könnte in allen Gemeinden oder Schulen umgesetzt werden, die vor diesen Problemen stehen.«

»Aber was wird dann aus den Leuten? Wenn jemand oder eine Gruppe herumläuft und wegen der Menge an Äther in ihrem Blut andere tötet, muss man sie natürlich aufhalten, bloß wie?«

»Wir arbeiten nicht so wie ein Gericht bei den Sterblichen«, sagte Marcus. »Wir sind da eher …«

»Oldschool«, erklärte Aiden. »Auge um Auge und so weiter.«

»Oh«, flüsterte Josie. »Das beantwortet meine Frage.«

Marcus seufzte. »Sobald Sie alle aus meinem Büro verschwunden sind, mache ich mich mit den Personalakten an die Arbeit.«

Wenigstens hatten wir diesen Teil besprochen, und es fühlte sich an, als würden wir wegen der verdammten Reinblüter hier wirklich etwas unternehmen. Aber das war nicht das Einzige, was auf der Tagesordnung stand. »Wir müssen über den verbliebenen Halbgott reden.«

Alex nickte. »Wir hatten gestern keine Gelegenheit, dir davon zu erzählen, doch es ist gut möglich, dass er … Ares' Sohn ist.«

Einen Moment lang hatte ich den Eindruck, Marcus würde tatsächlich fluchen. Er öffnete den Mund, klappte ihn jedoch wieder zu. Schließlich entschied er sich für »Götter«.

»Genau«, murmelte Aiden. »Ares erhebt überall sein hässliches, perverses Haupt.«

Marcus beugte sich vor und legte die Arme auf den Tisch. »So sieht es aus.« Er stieß angewidert einen Seufzer aus. »Und wie kommen wir auf diese Idee?«

Als Alex ihrem Onkel alles erklärte, spürte ich, wie die Stimmung im Raum umschlug. Marcus verstand, ohne dass wir es ihm erklären mussten, warum es so wichtig war, diesen verfluchten Halbgott zu finden, und zwar am besten vorgestern.

»Die Titanen könnten ihn auf Arten benutzen, die wir noch nicht erlebt haben.« Marcus schürzte die Lippen. »Seine Kräfte hätten nicht die gleiche Auswirkung auf Rein- und Halbblüter, doch wenn er in die falschen Hände fällt, könnte das sogar noch mehr Probleme schaffen. Aber die Frage bleibt – wie wollt ihr ihn finden?«

»Deacon besteht darauf, uns zu begleiten.« Seufzend stützte Aiden sich auf die Lehne von Alex' Stuhl. »Mir ist gar nicht wohl dabei, Luke und er haben jedoch ein Talent dafür, Halbgötter aufzuspüren. Wir müssen sobald wie möglich nach England und ihn finden.«

»Und ich schätze, wenn er Ares' Sohn ist, würde ich ihn erkennen.« Alex fing an, ihre Haare zu verdrehen, genau wie Josie immer. »Ich weiß, das klingt verrückt, aber ich würde ihn einfach … ich würde ihn erkennen.«

Ihr Vater sah aus, als machte ihn das alles nicht glücklich.

Ich verstand, was Alex meinte. »Ich wüsste auch, wer er ist«, erklärte ich. Sie warf mir einen Blick zu und nickte kaum wahrnehmbar. Wir würden beide in der Sekunde, in der wir den Kerl sahen, Bescheid wissen. »Ich kann sie hinüberbringen. Spart Zeit und Geld für die Flüge.«

Marcus zog eine Augenbraue hoch. »Wäre es denn klug, mit so vielen Halbgöttern und einem Gott dort aufzutauchen? Selbst wenn die Titanen seinen Aufenthaltsort noch nicht gefunden haben, wird sie das zwangsläufig anziehen.«

»Ich bleibe zurück«, meldete sich Josie zu Wort. »Klar will ich gern nach Pluckley und vielleicht ein Gespenst sehen, aber das wäre nicht klug.«

Aiden nickte. »Einverstanden.«

»Ich finde das sehr intelligent.« Marcus nickte ebenfalls.

Den wahren Grund, aus dem Josie nicht mitgehen wollte, kannte er noch gar nicht. Ich warf ihr einen Blick zu, und sie schien die Frage darin zu lesen, denn sie verzog leicht die Mundwinkel und nickte.

Ich rückte näher an sie heran und sah Marcus an. »Da ist etwas, das Sie nicht wissen.« Ich sah Alex' Vater an. »Sie auch nicht, aber Sie hätten es früher oder später sowieso herausgefunden.«

Marcus zog die Augenbrauen hoch, während Alex sich eine Hand vor den Mund legte – offensichtlich, um dahinter ein Lächeln zu verbergen.

Dann sprach ich die Worte aus, von denen ich inzwischen wusste, dass sie mir verdammt große Freude bereiteten. Worte, auf die ich merkwürdig stolz war. »Josie und ich erwarten ein Kind.«

Wenn ich gedacht hatte, Marcus mit diesem ganzen Mist um Ares auf dem falschen Fuß erwischt zu haben, hatte ich ihn bis jetzt noch nicht wirklich schockiert gesehen. Zur Hölle, ich konnte mich nicht erinnern, ihn schon einmal so vor den Kopf geschlagen erlebt zu haben. Nicht mal, als ich zum ersten Mal mit Josie aufgekreuzt war oder als ich auf der Suche nach ihr ohne Vorwarnung aus dem Nichts in seinem Büro aufgetaucht war.

Er starrte uns an, als hätte er nicht einmal eine Ahnung, wie Babys gemacht wurden.

Alex kicherte unterdrückt.

»Habe ich Sie jetzt schockiert?«, fragte ich, und einer meiner Mundwinkel zuckte.

»Ja. Nein.«

Marcus schüttelte leicht den Kopf, und ich hatte keine Ahnung, was er meinte. Aber dann schaute er Josie an.

»Ein Kind eines Gottes und einer Halbgöttin. Das …«

»Hat es noch nie gegeben.« Josie grinste. »Wissen wir. Wir haben es gerade erfahren.«

»Und das … das wird ganz wunderbar werden.«

Man sah den Dekan nur selten lächeln. Er tat es nicht oft, und für gewöhnlich wirkte es mehr wie eine Grimasse, aber dieses Lächeln war echt und erwärmte seine normalerweise kühlen grünen Augen.

»Jetzt verstehe ich, wieso Sie zurückbleiben wollen. Ich finde das eine reife und weise Entscheidung. Wie weit sind Sie?«

»Sie ist ungefähr in der sechsten Woche.« Ich beugte mich über Josie und schnippte leicht an ihr Ohr. Sie schoss mir einen strafenden Blick zu, aber sie grinste.

»Ich vermute, das Kind kommt erst im Januar, aber wir wissen hoffentlich mehr, sobald wir bei einem Arzt waren, der auf Babys spezialisiert ist.«

»Herzlichen Glückwunsch.« Marcus stand von seinem Stuhl auf. »Das meine ich ehrlich.«

Dann tat er das wahrscheinlich Schockierendste, was ich bei diesem Mann je erlebt hatte. Er trat zu mir und streckte mir die Hand entgegen.

Eine gefühlte Minute verging, bis ich mich aus meiner Erstarrung riss. Wie benommen schüttelte ich ihm die Hand.

Marcus hatte mir noch nie die Hand gegeben. Ich stand da und starrte ihn an wie ein Idiot, als er sich zu Josie beugte und sie auf die Wange küsste.

Aiden zog eine Augenbraue hoch und sah mich an. Als sich unsere Blicke trafen, lächelte er und legte eine Hand in Alex' Nacken.

Marcus zog sich zurück und lehnte sich an seinen Schreibtisch. »Der heutige Tag war voll unerwarteter Enthüllungen. Eine war sehr gut.« Er sah mir kurz in die Augen und musterte mich, als hätte er mich noch nie gesehen, dann ließ er den Blick durch den Raum schweifen. »Und einige nicht so gut.«

»Klingt so langsam nach einem normalen Tag«, merkte Alex an. »Oder zumindest ...«

Ein Klopfen an der Bürotür ließ sie verstummen. Als die Tür geöffnet wurde, drehte ich mich um.

Ein Gardist steckte den Kopf herein. »Tut mir leid, wenn ich störe, aber das kann nicht warten.«

»Ist in Ordnung, Banks. Was gibt es?«

Kerzengerade und mit steifen Schultern trat Banks in den Raum. Ich hatte so ein Gefühl, dass der »nicht gute« Teil des Tages gleich noch schlimmer werden würde.

»Wir haben gerade einen Anruf aus einer unserer Gemeinden in Chicago erhalten. Anscheinend hat es einen Zwischenfall gegeben, und sie haben den Kontakt zu einigen ihrer Leute in verschiedenen Stadtteilen verloren.«

Ich runzelte die Stirn, und Alex drehte sich um und sah Aiden an.

Marcus stand reglos da. »Haben wir noch weitere Informationen?«

Banks nickte. »Ich glaube, Sie sollten sich das ansehen. Es läuft überall in den Nachrichten.«

Marcus griff in eine Schublade und nahm eine schmale Fernbedienung heraus. Er drückte auf einen Knopf, und die oberen Türen des Aktenschranks aus Mahagoni, der links vom Schreibtisch stand, glitten auf und enthüllten einen Fernseher, von dem ich nicht geahnt hatte, dass er existierte. Das Gerät schaltete sich ein, es war auf einen Nachrichtensender eingestellt.

»Oh Mist«, murmelte Alex in dem Moment, in dem sie das Eilmeldungsbanner am unteren Rand des Bildschirms erblickte.

Mutmaßlicher Terroranschlag in der Nähe des South Wacker Drive. Angeblich zahlreiche Verletzte und Todesopfer.

Niemand brauchte das Banner zu lesen, um zu begreifen, was los war. Auf dem Bildschirm sah man chaotische Szenen. Menschen strömten über Gehwege und stürzten aus den Gebäuden auf die verstopften Straßen, wo der Verkehr vollständig zum Erliegen gekommen war. Kurz waren Menschen zu sehen, die von Kopf bis Fuß mit Staub bedeckt waren. Die Kamera bewegte sich unruhig und zeigte andere, die zwischen den Flüchtenden standen und nach oben starrten, und dann schwenkte die Kamera ebenfalls nach oben.

Dunkler Rauch quoll aus mehreren Wolkenkratzern, verdüsterte den Himmel und verdeckte die Sonne.

Ich biss die Zähne zusammen und starrte kopfschüttelnd auf den Bildschirm. Der Reporter kommentierte das Video aus dem Off. Man ging von einem Bombenanschlag aus – wahrscheinlich einem Selbstmordattentäter. Sterbliche. Manchmal vergaß ich, wie gewalttätig selbst die sein konnten.

»Das ist schrecklich«, flüsterte Alex. »In diesen Büros müssen so viele Menschen sein.«

Die Kamera ging wieder in die Totale und richtete sich auf die Menschenmengen am Fuß der brennenden Gebäude. Sie verharrte einen Moment und zoomte dann den Rauch heran, der aus den Wolkenkratzern aufstieg.

»Oh mein Gott.« Josie schoss so schnell von ihrem Stuhl hoch, dass er fast umfiel. »Heiliger Scheiß.«

»Was?«, fragte ich.

»Dieser Mann – der Mann da in der Menge.« Sie stürzte zum Fernseher. »Das war *Cronus.*«

10. KAPITEL

JOSIE

Ich starrte auf den Bildschirm, und mein Magen fühlte sich an, als wäre er mir bis auf die Zehen hinuntergerutscht. Ich konnte nicht glauben, wen ich gerade gesehen hatte.

»Bist du dir sicher?«, fragte Seth, der plötzlich an meiner Seite war.

»Ja.« Mit aufgerissenen Augen sah ich ihn an. »Nicht in einer Million Jahre werde ich vergessen, wie er aussieht.«

Er biss die Zähne zusammen. »Ich glaube dir.«

Die Kamera zoomte jetzt das Gebäude heran. »Können Sie das zurücklaufen lassen?«

»Ich denke schon.« Marcus war aufgestanden, runzelte die Stirn und starrte auf die Fernbedienung hinunter. »Ich glaube, es ist einer von diesen Knöpfen …«

»Herrje.« Alex trat zu ihm. »Gib mir mal die Fernbedienung.«

Marcus reichte sie ihr, und innerhalb von ein paar Sekunden liefen die Bilder rückwärts.

»Da«, sagte ich, und mir stockte der Atem. »Anhalten.«

Alex stoppte und schaltete auf Pause. Sofort entdeckte ich ihn in der Menge. Meine Haut kam mir eiskalt vor, und ich deutete auf ihn. »So hat er nicht ausgesehen, als ich ihm begegnet bin. Da war er gebrechlicher, doch er ist es.«

Alle drängten sich hinter mir zusammen, um einen ersten Blick auf den Mann zu erhaschen, den ich als Cronus kannte. »Als ich bei ihm war, war er viel dünner. Er war ein alter Mann, aber er ist es *wirklich*.«

Cronus stand auf einem Gehweg. Seine Schultern waren jetzt breit, und wo seine Brust eingesunken gewesen war, spannten nun Muskeln das blassblaue Hemd, das er trug. Seine Haut hatte sich geglättet und war faltenlos. Dieser zottige Bart war zu einem ordentlichen Kinnbart zurückgeschnitten, und sein weißes Haar war kürzer und über den ausgeprägten Wangenknochen glatt zurückgekämmt.

Das Unheimlichste war jedoch seine Haltung. »Kommt das nur mir so vor, oder schaut er direkt in die Kamera?«

»Zur Hölle.« Aiden schob sich näher heran und neigte den Kopf zur Seite. »Es sieht wirklich so aus.«

»Lass die Aufnahme weiterlaufen, Alex«, befahl Marcus.

Beim ersten Mal war es mir entgangen, weil es ein Schock gewesen war, ihn zu sehen, und die Kamera war schnell weitergeschwenkt, aber als die Aufnahme erneut abgespielt wurde, war es nicht zu verkennen.

Cronus lächelte.

»Götter.« Marcus stieß etwas wie ein Knurren aus. »Die sind dafür verantwortlich.«

Alex spulte zurück und stoppte den Film bei dem Bild von Cronus. Seine Augen wirkten beinahe normal, aber die Iris waren schwarz, fast wie Obsidian.

»Was wurde bei dem Anruf aus der Gemeinde bei Chicago noch gesagt?«, meinte Seth zu Banks.

Banks schluckte heftig. »Nur das, was Sie auch im Fernsehen sehen, und dass sie in der Stadt niemanden von unseren Leuten erreichen können.«

»Wenn die Titanen in Chicago sind und die Gemeinde die Reinblüter in der Stadt nicht erreicht, dann heißt das, dass die Titanen sie haben«, erklärte ich und dachte zurück an die … Leichen der Reinblüter, die um das Haus verstreut gelegen hatten. »Sie werden sich von ihnen nähren. Ich habe es erlebt.« Ich fuhr zu Marcus herum. »Sie müssen die Reinblüter da herausholen. Sofort.«

Seth fluchte unterdrückt. »Wo liegt diese Gemeinde?«

»In der Nähe von Lincoln Park; eine geschlossene Wohnanlage«, antwortete Banks. »Sie bildet so etwas wie eine Stadt innerhalb der Stadt.«

»Also könnten wir sie wegbringen, ohne allzu sehr aufzufallen?«, fragte Seth.

»Ich glaube schon.« Banks sah Marcus an. »Wir sollten anrufen und ihnen mitteilen, dass wir unterwegs sind.«

»Wir müssten sie mit Bussen herausholen. Angesichts der Lage in der Stadt wird das ein Problem«, erklärte Marcus, dessen grüne Augen blitzten.

»Damit werden sie rechnen«, meldete ich mich zu Wort, und Marcus wandte mir seine Aufmerksamkeit zu. »Ich weiß, dass ich noch nicht lange in Ihrer Welt lebe, aber ich habe gesehen, was die Titanen Reinblütern antun. Sie saugen sie aus, als wären sie bloß ein Snack. Wenn die Gemeinde die Reinblüter in der Stadt nicht erreichen kann, sind sie schon verloren. Tut mir leid, das zu sagen, aber sie sind tot.«

Banks wurde bleich.

»Josie hat recht. Wir müssen das überprüfen, bevor wir mehr Leute schicken. Wenn das eine Falle ist, würden wir sie wie Lämmer zur Schlachtbank führen«, erklärte Seth. »Ich kann hinspringen und mich umsehen. Mich vergewissern, dass es sicher ist, Busse hineinzuschicken. Sie müssen dann nur noch herausfinden, wie Sie die Busse dort hinbekommen.«

Mein Herz setzte einen Schlag aus. Seth am selben Ort wie Titanen? Ich wusste, dass das, was Zeus ihm in Long Beach gezeigt hatte, ihn erschütterte, es war dennoch ein Risiko.

Womöglich das eines Weltuntergangs.

»Das wird ein strategischer Albtraum, aber ich kann dafür sorgen«, erklärte Marcus.

»Ich will Sie begleiten«, verkündete Aiden.

Über die Schulter warf Seth ihm einen Blick zu. »Versuchen Sie gerade, mein bester Freund zu werden?«

Aiden grinste. »Ich dachte, wir wären schon beste Freunde.«

»Ich finde das eine gute Idee«, sagte ich vorsichtig, was mir einen verkniffenen Blick von Seth eintrug. Ich reckte die Schultern. »Du hast keine Ahnung, worauf du dich einlässt, Seth. Vielleicht ist es gar nichts, oder vielleicht …« Ich presste die Lippen zusammen und schüttelte den Kopf. »Es könnte grauenhaft werden.«

Lange reagierte Seth nicht, doch dann nickte er. »Deinetwegen«, erklärte er und sah mir in die Augen. Über die Schulter warf er Aiden einen Blick zu. »Sie können mitkommen.«

»Wenn du ihn mitnimmst, sollte ich auch mitgehen.« Alex quetschte sich an Aiden vorbei. »Ich will nicht …«

»Ich nehme nur Aiden mit.« Seths Blick wurde hart. »Und bevor du es aussprichst, es hat nichts damit zu tun, dass du ein Mädchen bist.«

Ihre Augen blitzten und wirkten wie brennender Whisky. »Das wollte ich gar nicht sagen. Ich wollte sagen, dass du mich nicht mitnimmst, weil du ein Mistkerl bist.«

Ich starrte sie an, Seth dagegen zeigte kaum eine Regung. Anscheinend war er es gewöhnt, dass Alex so etwas sagte.

»Das Risiko ist zu groß.«

»Aber Pluckley wäre das nicht?«, schoss sie zurück. »Du hattest kein Problem damit, dass die Jungs oder ich dorthin gehen.«

Aiden wandte sich zu ihr um. »Alex …«

»Komm mir nicht mit ›Alex‹«, fuhr sie ihn an.

Ich hielt den Mund und warf Marcus einen Blick zu. Wortlos verständigten wir uns. Wir würden beide einfach schweigen.

Seth versuchte es noch einmal. »Wir haben keinen Grund zu der Annahme, dass die Titanen auch nur in der Nähe von Pluckley sein könnten. Aber wir können mit Sicherheit sagen, dass Cronus in Chicago ist.«

»Ich kann auf mich selbst aufpassen.« Alex' Wangen waren vor Zorn rot angelaufen.

»Das wissen wir«, beschwichtigte Aiden sie. »Niemand würde das je infrage stellen.«

»Ich hinterfrage deine Fähigkeiten auch nicht. Die Titanen werden mich spüren, und sie werden Aiden wahrnehmen. Wir können dort keinen weiteren Halbgott gebrauchen«, erklärte Seth. »Es wird uns beiden schwer genug fallen, da unter dem Radar zu bleiben.«

Einen Moment lang dachte ich, Alex würde weiter Einwände erheben, doch sie gab schließlich nach. Nicht gern. Als sie und Aiden das Büro verließen, um Aidens Waffen holen zu gehen, war ich mir sicher, dass er einiges zu hören bekommen würde.

Die Pläne für Pluckley wurden zurückgestellt, bis wir wussten, womit wir es in Chicago zu tun hatten, und ich erklärte mich bereit, Luke und Deacon zu informieren.

Sobald wir wieder in unserem Zimmer waren, huschte ich um Seth herum und stellte mich direkt vor ihn. »Ich mache mir Sorgen«, gestand ich.

»Babe.« Er nahm meine Hände. »Du weißt doch, dass mir nichts passieren wird.«

Das stimmte nicht ganz. »Cronus kann dich töten.«

»Er kommt nicht mal in meine Nähe.« Er senkte den Kopf, sodass wir uns in die Augen sehen konnten.

»Du kannst Cronus töten«, erinnerte ich ihn.

Seine Miene zeigte, dass er verstanden hatte.

»Ich habe es nicht auf ihn abgesehen. Ich weiß es besser. Jetzt.«

Größtenteils glaubte ich ihm, aber Seth wusste, dass Cronus sich von mir genährt hatte, und Seth war … nun ja, Seth war *Seth*. »Versprich es mir.« Fragend sah ich ihm in die Augen. »Versprich mir, dass du von dort verschwindest, bevor es auf einen Kampf hinausläuft.«

Er lehnte seine Stirn an meine, ließ meine Hände los und umfasste meine Wangen. »Versprochen.«

SETH

Als ich mich mit Aiden traf und mit ihm nach Chicago sprang, nagte Josies Angst an mir. Ich nahm es ihr nicht eine Sekunde übel, dass sie sich Sorgen machte, ich könnte ausrasten und Cronus töten.

Götter, um ganz ehrlich zu sein, wünschte ich mir nichts mehr, als zuzusehen, wie er sein verdammtes Leben aushauchte. Er hatte sich von Josie genährt, genau wie Hyperion. Also ja, ich sehnte mich danach, diesen Bastard *langsam* umzubringen.

Aber ich würde es nicht tun.

Es war vollkommen gegen meine Natur, doch ich würde das Versprechen halten, das ich Josie gegeben hatte.

Aiden und ich tauchten direkt hinter dem Eingangstor der Gemeinde-Wohnanlage auf, und sofort raste ein kalter Schauer über meinen Rücken, der nichts mit dem Wind zu tun hatte, der die Blätter in der baumbestandenen Straße peitschte.

Hier stimmte etwas nicht.

Jenseits der drei Meter hohen steinernen Einfriedung hörte ich lautes Hupen, heulende Sirenen und fernes Stimmengewirr. Aber innerhalb dieser Mauern?

»Es ist still«, sagte Aiden, dem dasselbe aufgefallen war wie mir, während er den Blick über den leeren Park schweifen ließ, vor dem wir standen. »Viel zu ruhig.«

Und nicht nur das, der Wind trug den Geruch von verbranntem Plastik und Metall heran, und darunter lag ein Hauch von etwas anderem. Etwas Scharfes, Metallisches.

»Der Anruf bei Banks kam von hier«, erklärte ich und ging an einem verlassenen Spielplatz vorbei zum Ende des Parks. »Kann noch nicht länger als zwanzig, dreißig Minuten her sein.«

Aiden gab keine Antwort und hielt wachsam Ausschau nach jeder Bewegung. Wir erreichten die Hauptstraße.

»Ich habe ein schlechtes Gefühl«, murmelte er und musterte aus zusammengekniffenen Augen einen stillen Coffeeshop, hinter dessen Fenstern es dunkel war.

Vom Gehweg trat ich mitten auf die Straße. »Sehen Sie sich das an.«

Aiden folgte mir. Weiter unten an der Kreuzung standen Autos mit geöffneten Türen.

»Was zum Teufel …«

Ich setzte mich in Bewegung und passierte mehrere Backstein-Reihenhäuser, die verlassen wirkten. Als ich den letzten Wagen erreichte, spähte ich auf der Fahrerseite hinein. »Leer.«

»Als wären sie alle von Aliens entführt worden.« Eine Hand an den Dolch gelegt, den er am Oberschenkel trug, trat Aiden auf die andere Seite. Er ging zum nächsten Auto und beugte sich hinunter.

Dann taumelte er zurück. »Mist.«

»Was?« Ich blickte auf.

»Eine Leiche.«

Ich ging zu ihm, sah hinein und sog scharf den Atem ein. Ein männlicher Reinblüter lag zusammengesackt auf dem Beifahrersitz. Seine Kehle war aufgerissen, sodass Fleisch und geronnenes Blut zu sehen waren.

Im Grunde hatte ich schon in dem Moment, in dem wir ankamen, damit gerechnet. Jetzt bestand kein Zweifel mehr.

Die Titanen waren hier gewesen.

Ich richtete mich auf und warf einen Blick über die Schulter. Vor uns, an der nächsten Kreuzung, sah ich auf dem Gehweg einen dunklen Umriss, halb verborgen hinter leeren Tischen und Stühlen. »Was ist mit den anderen Autos?«

Aiden ging voran. »Nichts. Der Rest ist leer.«

Ich umrundete einen verlassenen Geländewagen und kam an einem umgestürzten Motorrad vorbei. Besorgnis schlug mir auf den Magen, als der schwere Blutgeruch stärker wurde.

Die dunkle Silhouette auf dem Gehweg erwies sich als das, was ich befürchtet hatte. Ein Toter. Noch ein Mann, er lag auf dem Rücken und streckte einen Arm aus, als griffe er nach jemandem oder etwas. Sein Bauch war aufgerissen, als wäre ein wildes Tier über ihn hergefallen.

Blass und die Zähne zusammengebissen ging Aiden weiter und bog um eine Ecke. Dort blieb er regungslos stehen, ließ die Arme schlaff herabhängen und ballte die Hände zu Fäusten. »Götter.«

Mein Instinkt sagte mir schon, was ich sehen würde, bevor ich diese vollkommene Vernichtung allen Lebens zu Gesicht bekam.

Sprachlos starrte Aiden die Leichen an, die Straße und Bürgersteige übersäten. Er bewegte den Mund, als versuchte er, Worte zu finden.

Ich hatte so etwas schon gesehen.

Tote, die wahllos verstreut auf dem Boden lagen, als hätte ihr Leben nichts bedeutet, als verdienten ihre Überreste nicht den allergeringsten Respekt.

Als ich so etwas zuletzt gesehen hatte, war ich allerdings verantwortlich dafür gewesen. Während der Zeit, in der ich die *Sanierungen* für die Götter durchführte, ließ ich diejenigen, die sich auf Ares' Seite gestellt hatten, im gleichen Zustand zurück. Was hatte Apollo mich noch an jenem Abend gefragt, als er mich auf die Suche nach Josie schickte?

Musst du eigentlich immer so eine Schweinerei anrichten?

Ich hätte es nicht zu tun brauchen. Hätte es nicht tun sollen.

An meinem Kiefer zuckte ein Muskel, als ich zur Leiche einer jungen Frau aufsah. Sie hing mit ausgestreckten Armen an einer Hausfassade. Ihre Hände waren an die Mauer genagelt, und die Vorderseite ihres Körpers war von Blut durchtränkt. Unter ihr war auf Griechisch eine Nachricht hingeschmiert, wahrscheinlich mit ihrem Blut.

Η μετακίνησή σας στη συνέχεια

Jetzt seid ihr am Zug.

Ich bezweifelte, dass es ein Zufall war, dass die Frau langes blondes Haar hatte.

Glühender Zorn fraß sich durch meine Adern, als ich den Blick von ihr losriss und mich zur Straße umwandte. So viel Tod.

Die Titanen waren nicht nur hier gewesen, um sich zu nähren.

»Sie sind gekommen, um zu töten«, erklärte ich, »und das haben sie getan. Sie sind hergekommen, um zu morden und uns eine Nachricht zu hinterlassen.«

11. KAPITEL

SETH

Aiden sah starr zu der Frauenleiche hoch. »Wie … wie kann man jemandem das antun?«

Angeekelt trat ich vor und hob einen Arm. Ich konnte sie nicht da hängen lassen. »Wir müssen sie herunterholen.«

»Einverstanden«, murmelte er.

»Ich ziehe die Pflöcke heraus. Dann wird sie aber herunterfallen«, erklärte ich warnend.

Aiden spannte die Schultern an, nickte jedoch. »Bin bereit, wenn Sie es sind.«

Ich rief das Luftelement an und zog die Pflöcke heraus. Sofort fiel sie nach vorn, doch ich bremste ihren Sturz ab. Aiden fing ihren schlaffen Körper auf und legte ihn behutsam auf den Boden. Jetzt konnte ich ihr Gesicht besser erkennen.

Götter, sie war so jung – jünger als Josie.

Aiden überkreuzte ihr die Arme auf der Brust und stand dann auf. »Hier draußen liegen mindestens fünfzig Leichen, und diese Gemeinden haben einige Hundert Einwohner, wenn nicht mehr.«

Ich musterte all die Wohnhäuser und fürchtete, dass es hinter diesen geschlossenen Türen genauso schlimm aussah wie auf den Straßen. »Etliche haben sie wahrscheinlich mitgenommen, als sie …«

Ein moschusartiger, dumpfer Geruch lag mit einem Mal in der Luft. Aiden und ich drehten uns gleichzeitig um.

Mitten auf der Straße standen zwei Wächter zwischen den Leichen.

Jedenfalls waren sie einmal Wächter *gewesen*.

Danach zu urteilen, wie etwas Pechschwarzes ihre Augäpfel durchzog, waren diese unbekannten Wächter jetzt tot.

»Schatten«, stieß Aiden knurrend hervor und löste die Titandolche, die er an den Schenkeln trug.

»Warum stinken sie so?«, fragte ich.

Aiden verzog den Mund. »Ich glaube, die Antwort darauf will ich gar nicht wissen.«

»Auch wieder wahr.« Ich grinste widerwillig.

Einer der Schatten lächelte. »Mögt ihr unser Werk nicht? Ich glaube, ihr hat's auch nicht gefallen.«

Ich neigte den Kopf zur Seite. »Ach, du bist von der redseligen Sorte? Toll.«

Aiden schoss vor, krachte gegen den Schatten und rammte ihm die Klingen tief in den Bauch. Der Schatten brüllte auf und stieß Aiden beiseite, der aufstöhnend auf die Mauer eines Buchladens traf. Beim Aufprall flogen Zementstückchen davon.

Ich zog eine Augenbraue hoch, als er sich langsam aufrappelte. »Das hat nicht besonders gut geklappt, oder?«

Aiden reckte den Mittelfinger.

Grinsend hakte ich meine Dolche los, die ich dieses Mal nicht vergessen hatte. Ich brauchte ein Ventil für den heftigen Zorn, der in mir wütete, und rannte auf den schwatzhaften Schatten zu. Adrenalin schärfte meine Sinne, als er auf mich losging. Dann neigte er den Kopf zur Seite und schnüffelte. Ich sah, in welchem Moment der Schatten erkannte, wer und was ich war.

»Mich wirst du nicht durch die Gegend werfen, Kumpel.«

Ich griff den Schatten an und blieb fluchend stehen, als er einfach verschwand und hinter mir wieder auftauchte. Ich fuhr herum. Blut quoll aus zwei Einstichlöchern im Hemd des ehemaligen Wächters.

»Was zur Hölle…?« Das hatte ich noch nie bei einem Schatten erlebt. Andererseits wusste ich, dass die Schatten mit dem Alter stärker wurden, was die Manipulation des Körpers, den sie besetzten, anging.

Ich holte aus, aber der Schatten verschwand und tauchte ein paar Schritte links von mir wieder auf. Ich ließ mich in die Hocke fallen und wollte der Kreatur die Beine wegtreten, doch bevor ich traf, verschwand der Schatten.

Sein tiefes, kehliges Lachen verriet mir, wo er sich nun befand. Ich sprang auf und zielte mit der Klinge erneut auf seine Bauchgegend. Über seine Schulter hinweg sah ich, dass Aiden auf uns zustürzte.

Das Wesen bewegte sich beunruhigend schnell, fuhr herum, hielt Aidens Dolch auf und brach ihn ab. Dann legte es eine Hand um Aidens Kehle und hob ihn hoch. Sein Körper vibrierte, als es Aiden musterte.

»Weißt du, was wir in der Höllengrube mit Jungs wie dir machen? Mach mal die Beine …«

Aiden packte es an seinen kräftigen Handgelenken, zog die Beine an und stieß sich von der Brust des Schattens ab wie von einem Sprungbrett. Die Kreatur musste ihn loslassen, und Aiden rollte sich im Fallen ab und sprang wieder auf.

Ich schoss nach vorn und flankte dabei über einen Fahrradständer. Dann trat ich dem verblüfften Schatten in den Rücken und warf ihn um. Wir fielen beide auf den harten Zement des Gehwegs, rollten davon und kamen dem Rand einer niedrigen Böschung, unter der ein Bach floss, gefährlich nahe.

Ich hätte mit Leichtigkeit Akasha anrufen und das hier beenden können, aber ich wollte … nein, ich *brauchte* den brutalen, rücksichtslosen Kampf. Nachdem ich gesehen hatte, was sie diesem Ort, diesen Menschen angetan hatten, musste ich mir die Hände schmutzig machen.

Ich warf den Schatten auf den Rücken und schlug ihm mit der Faust so kräftig aufs Kinn, dass sein Kopf zur Seite flog. Dann holte ich mit der anderen Hand, der mit dem Dolch, aus und wollte dem Mistkerl die Klinge tief in den Kopf stoßen.

Der Schatten verschwand, und ich krachte zu Boden und konnte mich in letzter Sekunde gerade noch abfangen. »Das wird jetzt wirklich ätzend.«

Über mir tauchte der Schatten wieder auf, packte mich am Kragen, hob mich mit meinem ganzen Gewicht hoch und bewies dabei erstaunliche Kraft.

Dieser Schatten hielt sich für einen harten Typen.

Ich bog den Rücken durch, holte mit den Beinen aus, schlang sie um die Taille des Schattens und machte mich mit beiden Armen aus seiner Umklammerung los. Dann ließ ich meinen Oberkörper nach unten schwingen und setzte beide Hände auf dem schmutzigen Boden auf. Indem ich meinen Schwung und das Gewicht des Schattens ausnutzte, stellte ich den schwachsinnigen Bastard auf den Kopf.

Als ich aufsprang, sah ich, wie Aiden gegen den anderen Schatten kämpfte, der das Herumstehen leid geworden sein musste.

Ich drehte mich um und konzentrierte mich auf den überdrehten Schatten vor mir. »Kannst du nicht mal fünf Sekunden stillhalten?«

»Du bist ein *Gott*«, stieß er mit tiefer, gutturaler Stimme aus. »Warum erledigst du mich nicht einfach?«

»Gutes Argument.« Ich warf mich nach vorn, duckte mich unter dem Arm des Schattens weg und schlang ihm einen Arm um den Hals. »Wahrscheinlich, weil mir das hier Spaß macht.« Ich drückte zu. In der Ferne jaulte eine Hupe.

Der Schatten lachte. »Weißt du, was mir Spaß gemacht hat?«

»Nein«, stieß ich gepresst hervor, als das Wesen in meinem Griff zappelte. »Und es ist mir auch ziemlich egal.«

»Oh, aber ich glaube, das wird dich interessieren.« Er lachte wieder. »Ich habe zugesehen, wie Hyperion deine Schlampe über ein Feld von Leichen gezerrt hat. Na, ist das nicht ein großer Spaß?«

Seine Worte überrumpelten mich.

Der Schatten bückte sich und warf mich über seine Schulter. »Schwachkopf«, stieß er hervor.

Ich traf mit der Hüfte voran auf die Kante einer niedrigen Backsteinmauer. Der explosive Schmerz lähmte mich kurz. Sekundenschnell stand der Schatten über mir. Er stellte mir einen Fuß direkt auf die Bauchgegend, und bevor ich mich festhalten konnte, kippte ich über den Rand.

Obwohl ich nur ungefähr einen Meter tief fiel, tat die Landung höllisch weh. Einen Moment lang rührte ich mich nicht. Offensichtlich hatte ich mich zu sehr auf meine göttlichen Kräfte verlassen und diesem Schatten erlaubt, die Oberhand zu erlangen.

Damit war jetzt Schluss.

Ich sprang auf, ignorierte den Schmerz und stieß mich ab. Ich flog durch die Luft und landete auf der Böschungsmauer.

»Wo willst du denn hin?« Der Schatten bewegte sich auf Aiden zu. »Ich dachte, wir wollten spielen.«

Kurz erhaschte ich einen Blick auf Aiden, der sich dem anderen Schatten von hinten näherte und ihm den Dolch in den Rücken stieß. Dunkles, öliges Blut schoss aus der Brust des Schattens, als sich dort, wo das Herz saß, ein Loch auftat.

Das Schmerzgebrüll des Schattens verriet mir, dass das wehgetan hatte.

Aiden riss die Klinge zurück, und der Wächter warf den Kopf nach hinten. Er öffnete den Mund, und schwarzer Rauch quoll heraus. Der Körper des Wächters sackte als nutzloser Haufen aus Muskeln und Knochen zu Boden und hinterließ einen modrigen Geruch.

Wo zur Hölle steckten die Furien, wenn man eine brauchte? Sie fraßen diese Wesen gern.

Aiden hob den Kopf und erblickte mich. »Spielen Sie immer noch mit dem da herum?«

»Ja.« Ich zuckte die Achseln und sprang von der Backsteinmauer. »Wir klären noch ein paar Dinge.«

Der Schatten sah zwischen uns hin und her. »Ich habe ihm gerade erzählt, wie Hyperion seine Schlampe von einer Freundin immer grün und blau geschlagen hat.«

Ich umklammerte den Dolch und marschierte auf ihn zu. »Du weißt wirklich nicht, wann du besser den Mund hältst.«

»Weißt du, was passieren wird?« Der Schatten drehte Aiden den Rücken zu. »Ihr werdet den Krieg verlieren, und Cronus wird dafür sorgen, dass du lange genug lebst, um mit anzusehen, wie er ihr die Eingeweide aus dem Körper reißt.«

Daraufhin verschwand der Schatten.

»Hinter Ihnen!«, schrie Aiden.

Ich wirbelte herum und holte dabei aus, denn ich war diesen Bastard, der sich nun hinter mir befand, und seine höhnischen Bemerkungen so verdammt leid. Heftiger, tödlicher Zorn überrollte mich in giftigen Wogen. »Verflucht sollst du sein.«

Ich hörte auf zu denken.

Ich machte einen Satz nach vorn und packte den Schatten an der Schulter. Dann beugte ich mich vor, zog ihn auf mich zu und trat das Wesen direkt unters Kinn. Sein Hals wurde nach hinten geschleudert und knirschte ekelerregend. Ich fuhr herum und spürte, wie sich mein Gesicht zu einer wütenden Maske verzerrte, als ich ihm die Klinge zuerst durch den Hals rammte, einfach nur, um seinen gutturalen Schrei zu hören, und dann in die Brust.

Auch er öffnete den Mund, doch dieser Schatten würde nicht entwischen, um einem weiteren unschuldigen Menschen in den Hals kriechen zu können. Verdammt, nein. Ich zapfte Akasha an, traf damit die schwarze Wolke mit der tödlichsten Energie, die existierte, und zerschmetterte sie vollständig.

»Mistkerl«, stieß ich hervor und trat zurück.

»Glauben Sie, da sind …« Ein Aufstöhnen schnitt Aiden die Worte ab.

Ich fuhr herum und sah gerade noch, wie er rückwärts davonflog, als hätte ihm der Hulk einen Schlag versetzt. Er landete in der Windschutzscheibe eines Geländewagens und krachte durch sie *hindurch*.

Mist.

Ich fuhr herum und musterte die Straße. Da ich nichts sah, wartete ich nicht. Ich rannte zum Geländewagen, riss die Beifahrertür auf und stellte fest, dass Aiden quer über den Vordersitzen lag.

Er rührte sich nicht.

Mist, Mist.

Ich fasste ihm unter die Arme und zerrte seinen – verflixt schweren – Körper aus dem Wagen und auf die Straße. Gerade wollte ich uns eiligst zurückteleportieren, als eine

Energiewelle über meine Haut lief. Zeichen tauchten darauf auf, und ich drehte mich ruckartig um.

Vor mir schlug die Luft Wellen, und begleitet von knisternden Entladungen erschien plötzlich jemand vor mir. Ein hochgewachsener, schlanker Bastard mit blauem Iro und in Lederhose. Sonst hatte er nichts an.

Ich ließ Aiden fallen.

Er würde schon wieder in Ordnung kommen.

Irgendwann.

Der Titan stand da, starrte mich an, während ich mich aufrichtete, und sagte nichts. Über die Entfernung hinweg trafen sich unsere Blicke. Sein Äußeres verriet mir, wer er war. Oceanus. Er hatte sich zwar nicht von Josie genährt, aber er hatte der anderen Halbgöttin, die die Titanen gefangen hielten, noch Schlimmeres angetan.

Viel, viel Schlimmeres.

Ich rang meinen Zorn nieder. »Schöne Haare.«

Oceanus grinste höhnisch. »Ich dachte nicht, dass du auftauchen würdest, aber Cronus hatte recht, als er meinte, du würdest.«

»Und wie kamst du auf die Idee, ich könnte es nicht tun?«

Die pechschwarzen Augen des Titanen glitzerten. »Hast du eine Ahnung, wie lange es gedauert hat, bis die Olympier den Mumm zusammengekratzt hatten, um uns entgegenzutreten?«

»Weiß nicht. Ist mir auch egal.«

Er neigte den Kopf zur Seite. »Das wird dich schon noch interessieren.«

»Ist das so?«

Er nickte. »Ihr werdet diesen Krieg nicht gewinnen.«

»Du klingst da so zuversichtlich.« Aus dem Augenwinkel erahnte ich eine Bewegung. Schwarzer Nebel kroch auf beiden Seiten der Straße zwischen den Häusern heran. Er wogte dünn und flaumig über den Gehweg, und fransige Fetzen flossen über die Bordsteinkante.

Schatten.

Massen davon.

»Die Olympier sind geschwächt«, erklärte Oceanus. »Ohne Ares können sie sich keine Hoffnung machen.«

»Wir brauchen sie nicht.«

Oceanus lächelte düster. »Die jungen Halbgötter haben keine Chance gegen uns.«

Die Schatten hatten etwas vor.

Sie leckten an den Leichen und glitten über sie hinweg. Es war, als wälzte sich ein Nebel aus Schatten über die reglosen Gestalten. Durch deren vor Entsetzen aufgerissenen, starren Münder drang er in die Körper ein.

»Wie ich schon sagte, werdet ihr diesen Krieg nicht gewinnen. Nicht noch einmal.«

»Versuchst du dich oder mich davon zu überzeugen?« Ich sah, wie an der Leiche, die mir am nächsten lag, ein Finger zuckte. An einem anderen Körper bewegte sich ein Bein krampfartig.

»Ich will dich von gar nichts überzeugen.«

Dieser abgefahrene Bastard blinzelte nicht, nicht ein einziges Mal.

»Ich bin hier, um dir einen Deal anzubieten.«

12. KAPITEL

SETH

Einer nach dem anderen standen die toten Reinblüter vom Boden auf, eine grauenhafte, blutige Masse. Alle zugleich sahen mich an; eine Armee wieder zum Leben erweckter Reinblüter, die sich zwischen dem Titanen und mir erhob.

Ich hatte in meinem Leben ja schon allerhand gesehen, aber das – das war verteufelt gruselig.

Ich schaltete auf Alarmstufe Rot. »Einen Deal?«

Oceanus senkte sein Kinn zu etwas, von dem ich nur vermuten konnte, dass es ein Nicken darstellte.

»Bring uns Zeus' Kopf, und ihr habt nichts von uns zu befürchten.«

»Ist das dein Ernst?« Ich stieß ein heiseres Lachen aus.

Er runzelte die dunklen Brauen. »Klinge ich, als würde ich scherzen? Bring uns Zeus' Kopf, und wir lassen euch in Ruhe.«

Hinter mir hörte ich, dass Aiden zu Bewusstsein kam. Meine Gedanken wirbelten durcheinander, als mein Hirn versuchte, das, was Oceanus sagte, zu verarbeiten. »Und warum würde es ausreichen, Zeus zu töten?«

Langsam breitete sich ein Lächeln über das Gesicht des Titanen. »Weißt du denn gar nichts?«

»Also, das war jetzt ziemlich unhöflich.«

»Wenn Zeus stirbt, folgt Cronus ihm auf den Olymp nach. Wir herrschen wieder, wie es sein sollte.«

»Und dann lasst ihr die anderen Titanen los und tötet den Rest der Götter?«

»Wir lassen ihnen die Wahl. Sie werden selbst über ihr Schicksal entscheiden.«

»Warum legt sich Cronus nicht selbst mit Zeus an? Oder hat er Angst?«

Unter meinen Füßen bebte leicht der Boden, und ich hatte das Gefühl, dass Cronus sich in der Nähe befand. Er hatte mich gehört, und es gefiel ihm nicht.

Ich grinste schief.

»Weil wir wollen, dass du dein Schicksal selbst wählst, Seth. Schlag dich auf unsere Seite. Du kannst Cronus nicht besiegen«, antwortete Oceanus kühl.

Irgendetwas passte da nicht zusammen. »Weißt du, was ich denke? Es hat einen Grund, warum ihr wollt, dass ich das tue. Cronus will nicht gegen mich antreten. Liegt es daran, dass ich Perses getötet habe?«

Oceanus' Nasenflügel blähten sich, und die Schatten traten unruhig auf der Stelle.

»Oder daran, wie leicht ich Hyperion umgebracht habe?«, fragte ich und ließ einen Teil meiner Kräfte durch meine Haut dringen. Mein Blickfeld nahm einen weißlichen Ton an. »Und er hat Angst, dass ich ihn töte?«

»Du weißt, was passiert, wenn du Cronus ausschaltest.«

Ja, er hatte jedoch keine Ahnung, dass mir das tatsächlich etwas ausmachte. »Komme ich dir vor wie jemand, der sich deswegen Gedanken macht?«

»Das solltest du aber.« Oceanus reckte das Kinn. »Wir werden einen neuen Anfang einläuten, eine *bessere* Welt.«

Ein Schauer lief mir über die Schultern, als ich an die Prophezeiung dachte, die Ewan, der Nymph, mir gemacht hatte.

Das Ende des Alten ist hier, und der Beginn des Neuen kündigt sich an.

Die Prophezeiung galt mir, oder? Oder ging es dabei um mehr als um mich?

»Wir werden alle Fehler der Olympier wiedergutmachen«, fuhr der Titan fort.

»Das ist aber eine außerordentlich lange Liste«, erwiderte ich trocken.

Oceanus neigte das Kinn. »Bring uns seinen Kopf, sonst machen wir diese Stadt dem Erdboden gleich und vernichten anschließend alles, was sich uns in den Weg stellt. Ihr habt Zeit bis zur *Kronia*. Wir warten.«

Kaum hatte Oceanus diese Worte ausgesprochen, löste er sich in Luft auf, aber mir war klar, dass er noch in der Nähe war. Ich konnte ihn spüren.

Daher vergewisserte ich mich, dass ich die verdammten Schatten auslöschte, alle fünfzig. Dann ging ich zu Aiden, und wir verschwanden von dort. Ich konzentrierte mich auf Alex und traf sie in ihrem Zimmer an.

Sie stieß einen kurzen Aufschrei aus, als Aiden und ich plötzlich vor ihr auftauchten. Der Schrei schlug in ein Keuchen um.

»Aiden?« Sie kam aus dem Schlafzimmer herbeigestürzt und humpelte dabei, weil sie nur einen Schuh trug. »Was ist passiert?«

»Mir geht's gut.« Er hob den Kopf. An seinem Kiefer prangte eine rotviolette Prellung. »Ich muss mich bloß setzen.«

Alex' Blick begegnete meinem, als sie einen Arm um Aidens Mitte schlang, um einen Teil seines Gewichts zu halten.

»Titanen?«

»Und Schatten auf Speed«, antwortete ich. »Er wird dir alles erzählen, aber ich muss zu Marcus.«

»Okay.« Besorgt führte sie Aiden ins Schlafzimmer. Sie blieb lange genug stehen, um mir über die Schulter einen Blick zuzuwerfen. »Danke, Seth.«

Ich hatte keine Ahnung, wofür sie mir dankte. Ich konzentrierte mich auf Marcus und ließ mich ins Leere fallen. Eine Sekunde später materialisierte ich in seinem Büro.

»Götter.« Er keuchte auf. Er wollte sich gerade hinter dem Schreibtisch niederlassen und erstarrte mitten in der Bewegung.

»Tut mir leid«, sagte ich. »Dieses Mal ohne Anklopfen.«

Er rückte seine Krawatte zurecht und setzte sich kopfschüttelnd hin. Marcus war nicht allein. Laadan und Alexander saßen in seinem Büro, und der Fernseher lief immer noch und zeigte Szenen aus Chicago.

»Sollte ich mir Sorgen machen, weil Sie so schnell aus Chicago zurück sind?«

»Ja, das sollten Sie.« Ich blieb neben den Stühlen stehen, auf denen Laadan und Alexander saßen. »Ich kann es nur so sagen, wie es ist. Die Gemeinde in Chicago ist verloren.«

»Was?« Laadan schlug sich eine Hand an die Brust.

»Das verstehe ich nicht. Banks hat doch eben noch mit ihnen gesprochen. Zwischen dem Anruf, den er von da bekommen hat, und dem Zeitpunkt, zu dem Aiden und Sie dort eingetroffen sein müssen, kann nur eine halbe Stunde vergangen sein.« Marcus zog die Augenbrauen zusammen und starrte mich an. »Was ist passiert?«

»Wir haben eine Wohnanlage voll … toter Reinblüter vorgefunden. Die Titanen sind nicht dort eingedrungen, um sich zu nähren. Sie haben diese Reinblüter abgeschlachtet.«

Laadan erbleichte und ließ den Kopf hängen. »Götter.«

»Dort waren auch Schatten. Aiden und ich haben gegen sie gekämpft, und das waren keine normalen Schatten.«

»Ist es möglich, dass da noch jemand am Leben ist? Reinblüter?«, fragte Laadan.

Ich nickte. »Möglich ist es schon, aber wenn Sie jemanden dorthin beordern, um sie herauszuholen, schicken Sie nur noch mehr Menschen in den Tod. Ich habe gesehen, wie Schatten in über fünfzig tote Reinblüter gefahren sind.«

Alexander kniff die Augen zusammen.

»Ja, es war wie direkt aus *Game of Thrones* entsprungen«, sagte ich. »Noch einmal, das sind keine normalen Schatten. Falls dort tatsächlich noch Reinblüter gelebt haben, ist es gut möglich, dass sie tot sind, bis Sie genug Wächter und Gardisten zusammengetrommelt haben, um dort einzudringen. Ganz zu schweigen davon, dass sie meine Anwesenheit spüren würden und wüssten, dass etwas im Gang ist, wenn ich sie hinüberbringe.«

»Aber sollen wir sie dortlassen, damit sie umgebracht oder ausgesaugt werden?«, verlangte Laadan von Marcus zu wissen. »Das können wir nicht machen.«

Marcus schwieg einen Moment lang. »Was, glauben Sie, wird passieren, wenn wir Verstärkung nach Chicago schicken?«

»Meine ehrliche Antwort? Die Leute werden alle sterben.«

»Selbst wenn Sie sie begleiten würden?«, beharrte er.

»Wenn ich dorthin zurückkehre, steigt die Chance, dass ich noch einen Titanen töte. Glauben Sie mir.« Ich hielt seinem Blick stand. »Ich kenne meine Grenzen und weiß, wie weit meine Geduld reicht. Außerdem weiß ich, dass ich … ein kleines Problem damit habe, mich bei diesen Bastarden zu beherrschen.«

Ein verblüffter Ausdruck huschte über Marcus' Gesicht;

ich vermutete, dass es mit meinem Eingeständnis zu tun hatte.

»Sie glauben, dass die Titanen sich in dieser Wohnanlage aufhalten? Jetzt, in diesem Moment?«

»Ich weiß, dass sie sich dort verkrochen haben. Sie warten.«

»Worauf?« Laadan drehte sich zu mir um.

»Tja, nun kommt das Verrückteste überhaupt. Oceanus ist aufgetaucht und hat mir einen Deal angeboten.«

Marcus legte die Hände flach auf den Schreibtisch. »Einen Deal?«

»Sie wollen, dass ich ihnen Zeus' Kopf bringe.«

Laadan sog pfeifend den Atem ein, und einem Moment dachte ich, die Frau würde in Ohnmacht fallen.

Marcus' Reaktion fiel gedämpfter aus. »Ist das so?«

»Jepp. Sie sagen, wenn ich ihnen Zeus' Kopf bringe, lassen sie uns in Ruhe.« Ich zog die Augenbrauen hoch. »Das heißt natürlich, dass Cronus den Thron auf dem Olymp besteigt, sobald ich Zeus töte. Die Titanen behaupten, sie würden dem Rest der Götter die Wahl lassen: sich fügen oder sterben.«

Marcus lehnte sich zurück. »Falls die Titanen die Kontrolle über den Olymp übernehmen, werden sie sich nicht länger vor den Sterblichen verstecken. Sie werden die Welt wieder in das Zeitalter von Opfergaben und Furcht zurückwerfen.«

Was sich nicht sehr davon unterschied, wie die Olympier mit der Menschheit verfuhren, aber ich vermutete, dass Marcus das wusste.

»Was haben Sie geantwortet, Seth?«, fragte er.

Ich zog eine Augenbraue hoch. »Was glauben Sie denn?«

Er sagte nichts, und ich spürte, wie Alexander Löcher in mich hineinstarrte.

Ich verschränkte die Arme und musste mir ins Gedächtnis rufen, dass ich mit den beiden keine besonders gute Vorgeschichte hatte. »Nein, ich habe mich nicht bereit erklärt, durchzubrennen und Zeus umzubringen.«

»Gut zu hören«, murmelte Laadan.

Ich grinste schief. »Ich will Ihnen allen gegenüber ehrlich sein. Es hat wenig mit Zeus zu tun, sondern größtenteils damit, dass ich kein Idiot bin. Ich glaube keine Sekunde daran, dass die Titanen die bessere Wahl sind. Oder dass einer von uns sicher vor ihnen wäre.«

Marcus strich sich mit dem Zeigefinger übers Kinn. »Nein, das wären wir nicht. Das ist eine interessante Entwicklung. Was hat er darüber gesagt, was passiert, wenn Sie es nicht tun?«

»Oceanus sagte, dann würden sie die Stadt vernichten und dass das nicht das Ende wäre.«

Laadan schloss die Augen, und ich vermutete, dass sie betete.

»Haben sie Ihnen ein Ultimatum gestellt?«

»Ja, sie sagten, ich hätte Zeit bis zu etwas, das *Kronia* heißt. Keine Ahnung, was zum Teufel das sein soll.«

Laadan ließ eine Hand in den Schoß sinken. »Die *Kronia* war, glaube ich, ein altes Athener Fest zu Ehren von Cronus. Nach dem, was ich gelesen habe, war es sogar ein sehr schönes Fest. Große Gelage wurden veranstaltet, und die Herren haben ihre Sklaven bedient. Soziale Zwänge waren vergessen.«

»Klingt nach einem großen Spaß«, murmelte ich. »Irgendeine Vorstellung, wann dieses Fest stattfand?«

Sie zog die Nase kraus und starrte in die Luft. »Ich glaube, es wurde von Ende Juli bis in die ersten Augustwochen begangen.«

»Das ist eine gute Nachricht. Wir haben noch Zeit.« Zumindest etwas über einen Monat.

»Trotzdem müssen wir den letzten Halbgott so schnell wie möglich holen«, beharrte Marcus.

»Wir brechen morgen früh auf.« Ich wandte mich zum Gehen, drehte mich aber noch einmal zu Marcus um. »Sie werden Wächter in diese Gemeinde entsenden, oder?«

Er sah zu mir auf. »Ich muss es versuchen.«

»Sie schicken sie in den Tod, Marcus.«

Er wandte den Blick nicht ab. »Wenn ich die Leute vor die Wahl stelle, was glauben Sie, wie sie sich entscheiden werden?«

Ich wusste es schon. »Sie würden gehen, obwohl sie wüssten, wie ihre Chancen stehen.«

Und das war die verdammte Wahrheit. Wächter waren keine Selbstmörder, sie waren nur gefährlich mutig. Ich hatte nicht den geringsten Zweifel daran, dass sie, wenn Marcus ihnen die Möglichkeit gab, gehen und sterben würden, um andere zu retten.

JOSIE

Ich musste duschen.

Staub klebte an fast jedem Quadratzentimeter meines Körpers, und das war ätzend, weil ich mir *schon wieder* die Haare waschen musste.

Das hatte ich davon, dass ich an einem windigen Tag im Freien mit den Elementen trainiert hatte. Der Wind hatte den losen Dreck hochgewirbelt, und er hatte sich auf meiner Haut und meinen Haaren abgesetzt.

Dabei war ich gerade einmal eine halbe Stunde draußen gewesen.

Am liebsten hätte ich ja ein Bad genommen. Natürlich wäre das eklig, so schmutzig wie ich war, und diese Badewanne war absolut nicht geeignet, um sich darin einzuweichen. Aber die in Seths Haus auf der Insel?

Die Badewanne dort hätte ich heiraten können.

Ich drehte den Hahn auf, bis Wasserdampf in die Luft stieg, und streifte meine schmutzigen Kleider ab. Während ich ein Handtuch nahm und es griffbereit auf das Waschbecken legte, konnte ich die Sorge, die sich in meiner Magengrube breitmachte, nicht verdrängen.

Seth war immer noch nicht zurück.

Es war zu keinem neuen Erdbeben gekommen, was ich als gutes Zeichen wertete. Natürlich glaubte ich ihm, dass er sein Versprechen hielt; doch wenn ein Titan aufkreuzte und ihn angriff?

Seth würde alles tun, um sein Versprechen zu halten, aber wusste er wirklich, wie stark er war? Die Situation konnte außer Kontrolle geraten, bevor es ihm wirklich klar war.

Ich schloss die Augen, stellte mich unter den herunterprasselnden Wasserstrom und ließ ihn mit Staub und Schweiß auch all meine Sorgen wegspülen. Mehr als alles andere wünschte ich mir, mich in Seth zu verlieren. Ich wollte ihn hier haben, wo ich wusste, dass er in Sicherheit war und ich …

Ich seufzte.

Verrückt, dass ich ihn vermisste, obwohl er erst ungefähr eine Stunde fort war, aber ich konnte … also, ich konnte einfach nicht genug von ihm bekommen. Wenn wir getrennt waren, fehlte er mir furchtbar, und je länger wir ohne einander waren, umso mehr hasste ich es.

Wahrscheinlich fühlte sich Liebe so an.

Unwillkürlich verzog ich die Lippen zu einem Lächeln,

als ich daran dachte, wie er mich einfach in den Armen gehalten hatte, während wir über die Zukunft redeten, über unser Kind. Immer, wenn er das tat, passierte etwas Eigenartiges. Ich fühlte mich … normal.

Als wären wir beide normal und hätten eine Zukunft.

Ich wandte mich ab, schnappte mir das Duschgel und seifte mich ein. Meine Haut war seit … also mindestens ein paar Tagen merkwürdig empfindsam. Hatte wahrscheinlich mit Schwangerschaftshormonen zu tun. Sie waren nicht zu unterschätzen, denn jetzt gerade sehnte sich mein Körper beinahe schmerzhaft nach Seth. Als hätte er mir irgendwie ein Brandzeichen aufgedrückt, und nur er konnte das Brennen lindern.

Götter.

Das klang lächerlich, und ich machte absolut die Hormone für diesen Gedanken verantwortlich, aber in diesem Moment fühlte es sich so an.

Ich legte den Kopf in den Nacken, biss mir auf die Unterlippe und deponierte den Luffa-Schwamm auf der kleinen Ablage. Meine Hand glitt über meinen Bauch und dann tiefer. Mir stockte der Atem. Meine eigene Berührung war nichts im Vergleich zu dem, was Seth tun konnte, besonders, wenn er mit dem Daumen …

Beim bloßen Gedanken daran, was er mit seinen Fingern anstellte, drehte sich mir der Kopf. Ich strich mir mit der anderen Hand über die Brust, schluckte ein Aufstöhnen hinunter und schwenkte die Hüften. Meine Anspannung nahm zu. Ich war so …

»Du kannst einfach nicht aufhören, an mich zu denken, oder?«

Aufkreischend riss ich die Augen auf und zog meine Hand weg.

Seth stand direkt vor der Duschkabine; das goldblonde Haar umspielte seine wie gemeißelten Wangenknochen und streifte seine Schultern. Er hatte die vollen Lippen verschmitzt ein wenig verzogen, doch sein Blick war wie flüssiges Feuer und richtete sich auf etwas, das tief unterhalb meiner Augen lag.

»Du musst damit aufhören«, stieß ich keuchend aus, sobald ich meine Stimme wiederfand. »Sonst hänge ich dir ein Glöckchen um.«

»Das war wahrscheinlich das Heißeste, was ich in all meinen Jahren zu Gesicht bekommen habe.« Seth zog meine Hand weg und stieg vollständig angezogen in die Dusche. »Du hast ja keine Ahnung, wie dringend ich das sehen musste.«

Ich zuckte zusammen, und das Herz wurde mir schwer, als ich den Blick über seine Gesichtszüge schweifen ließ. War das Blut an seiner Schläfe? »War es so schlimm?«

»Schlimmer«, murmelte er.

Mein Herz raste. In mir vermischten sich Begehren und Verlegenheit, und ich machte mir wieder Sorgen. Doch dann blickte er mir in die Augen. Ich musste wissen, was passiert war, mein Instinkt sagte mir jedoch, dass er in diesem Moment etwas anderes brauchte. Ich ließ jede Scham fahren und verbannte die Sorge in meinen Hinterkopf.

»Wunderschön«, flüsterte er.

Das Wasser prasselte auf ihn herab, aber er schien es nicht zu bemerken. Seine ganze Aufmerksamkeit galt mir.

»Und das hier?« Er hob meine Hand an seine Lippen und nahm einen Finger in den Mund.

»Ach herrje …« Mir wurden die Knie weich. Mein Blut kochte.

»Ich bin eifersüchtig.« Er ließ meine Hand los, schlang einen Arm um meine Taille und hob mich hoch. »Ich hätte fast alles gegeben, um zu sehen, wie das angefangen hat.«

Ich konnte kaum atmen und schon gar nicht denken. All meine Synapsen feuerten gleichzeitig, und das Gefühl, an seine feuchte Kleidung gepresst zu werden, entflammte mich. »So aufregend war das wirklich nicht.«

»Bist du übergeschnappt? Wahrscheinlich war es so aufregend, dass ich einen Herzanfall gekriegt hätte.« Er senkte den Kopf und strich mit den Lippen über meine.

Ich öffnete einladend den Mund, während ich meine Hände über seinen durchtrainierten Brustkorb führte und sie lose in seinem Nacken verschlang. Sein Geschmack war etwas, dessen ich niemals müde werden würde.

Nun wurde sein Kuss fordernder, tiefer. Nichts hätte mich auf die ungehemmte Intensität seines Kusses, seiner Umarmung vorbereiten können. Und ich bekam ein wenig Angst. Nicht vor ihm oder meinen Empfindungen, sondern vor dem, was passiert sein mochte, während er in Chicago war. Er küsste mich wie ausgehungert, und als seine Zunge über meine glitt, erfüllte er all meine Sinne. Als er schließlich den Kopf hob, war mir schwindlig.

Seth grinste wölfisch und schaute mir in die Augen. Dann drückte er mich mit einer beeindruckenden Aufwärtsbewegung an die Rückwand der Dusche. Mit einem Knie schob er meine Oberschenkel auseinander. Als ich den glatten Stoff seiner Hosen fühlte, stöhnte ich auf.

»Ich habe dich vermisst«, gestand ich errötend und strich mit den Fingern durch seine nassen, seidigen Haarsträhnen.

Er drückte mir einen Kuss aufs Kinn. »So lange war ich doch gar nicht fort.«

»Ich weiß.«

Seine warmen, festen Lippen lagen an meiner Halsbeuge, als er sagte: »Was hast du gemacht, während ich unterwegs war?«

»Ich habe mit den Elementen trainiert.« Ich legte den Kopf zurück und schloss die Augen. »Ich war von oben bis unten verdreckt.«

Einen Moment lang rührte er sich nicht, dann spürte ich seine Lippen auf meinen. Sanft küsste er mich und zog erneut eine Spur aus heißen Küssen meinen Hals hinunter und über eins meiner Schlüsselbeine. Sein Mund kam einer Brustspitze sehr nahe und streifte die Rundung. Mein Atem ging flacher und schneller, als er die Spitze leckte. Ich zitterte am ganzen Körper.

»Hast du an mich gedacht?«, fragte er neckend. »Moment mal. Natürlich hast du das.«

Ich wollte ihm schon antworten, dass das eine unglaublich dumme Frage war, doch dann sog er meine Brustspitze in den Mund, und es war mir egal. Lust durchfuhr mich, und ich keuchte auf. Er ließ eine Hand zwischen meine Oberschenkel gleiten und strich über meine feuchte Haut. Mein Keuchen schlug rasch in Stöhnen um.

Seth hob den Kopf und rieb seine Nase an meinem Hals unter meinem Ohr. »Du bist so schön. Verdammt, du bist so verflucht schön.«

Mein Körper spannte sich an. Heiße Schauer überliefen mich in rascher Folge. Seths Finger berührten mich kaum, und dennoch war ich kurz davor, dahinzuschmelzen. Das hier war nicht *nett* – oh nein, es war unverhülltes, schmerzhaftes Verlangen.

Ich schob die Hüften vor und rieb mich an seinem Schenkel und seiner Hand. Immer intensiver empfand ich meine Lust, die mich schwindlig und atemlos machte.

Seth stieß etwas wie ein Knurren tief aus seiner Kehle aus. Er fasste mich an der Hüfte, sodass ich mich nicht mehr rühren konnte, und hielt die andere Hand still. »Willst du noch mehr?«

Frustriert riss ich die Augen auf. War das sein Ernst? *Und ob.* Ich drückte gegen seine Schultern, aber er sah auf mich herunter, und seine Miene verriet mir, was er von mir wollte. Ein Teil von mir hätte ihn am liebsten geohrfeigt. Und ein anderer … wollte in ihm ertrinken.

Teuflisch grinsend umkreiste er mit seinem Daumen diesen einen sehr empfindsamen Punkt, sodass mein Körper zuckte.

»Ich warte, Babe.«

»Ja«, flüsterte ich und starrte ihn wütend an. »Okay. *Ja.*«

Er lächelte zufrieden. Ich erwartete, dass er mit seiner Hand weitermachen würde, wo er aufgehört hatte, doch er drückte die Lippen unter mein Kinn und arbeitete sich von dort langsam tiefer. Er begann wieder ganz von vorn. Sein Haar streifte meine Brust, als er mit seinem Mund über mein Schlüsselbein strich. Ich stieß einen leisen Laut, der mir fremd in den Ohren klang, aus.

Seth kniete vor mir nieder und spreizte meine Oberschenkel. Ausgeliefert – ich war ihm absolut ausgeliefert. Blitze durchzuckten meinen Körper, als er meine Beine weiter auseinanderdrückte und mich an den Hüften festhielt. Er ließ die Zunge über meinen Nabel und dann tiefer wandern.

Ich erinnerte mich an das erste Mal, als er das getan hatte. Damals war ich noch zögerlich, doch heute konnte ich es kaum erwarten. Ich spreizte die Beine weiter, um ihm besseren Zugang zu gewähren.

Er küsste die Innenseite meiner Oberschenkel und rieb seine Nase an der feuchten Haut. Als er sich ein Stückchen weiterbewegte, raubte mir seine Berührung den Atem. Dann setzte er seine Lippen ein, und ich schrie auf. Ich verlor mich in den heftigen Empfindungen, packte sein Haar und drängte ihm die Hüften entgegen. Er stieß wieder so etwas wie ein Knurren aus, und ich reckte mich ihm entgegen. Mein Herz hämmerte. Wassertropfen perlten von meiner Brust. Glühende Hitze stieg in mir auf, bis ich fürchtete, sie könnte mich verzehren. Es fühlte sich an, als schmelze ich dahin. Ich atmete schwer, jeder Muskel zuckte, und ich steuerte auf einen überwältigenden Höhepunkt zu.

»Seth, oh ja …« Ich bäumte mich auf und kam so heftig, dass ich fast an der Wand hinuntergerutscht wäre. Er nahm seinen Mund jedoch nicht weg und hielt mich, während köstliche Nachbeben meinen Körper durchliefen.

Bevor die Zuckungen abgeklungen waren, stand Seth schon mit einer einzigen, fließenden Bewegung auf und schloss mich in die Arme. Ich war mir nicht sicher, wie er es schaffte, dabei das Wasser abzudrehen. Musste mit seinen göttlichen Kräften zu tun haben. Ehe ich michs versah, trug er mich zum Bett und legte mich darauf. Benommen sah ich zu ihm auf. Ich konnte mich nicht vom Anblick seiner Augen losreißen, die wie glühende Lava wirkten.

Er riss sich das Shirt herunter und ließ es auf den Boden fallen. Mein Blick wurde von der lichten blonden Haarlinie angezogen, die unter seinem Hosenbund verschwand.

Ich stützte mich auf die Ellbogen und grinste, während er mich anschaute und die Augenbrauen hochzog. »Du bist atemberaubend«, meinte ich. »Aber das weißt du ja bestimmt schon.«

Er trat aus der nassen Hose heraus, beugte sich über mich und setzte die Hände rechts und links von mir auf, sodass ich gefangen war.

»Das musst du gerade sagen.«

Ich legte den Kopf zurück. »Ich liebe dich, Seth.«

Er stieß ein tiefes Brummen aus und strich mit einer Wange über meine. »Ich weiß.«

Ich legte die Hände auf seine Brust und ließ sie über seine Muskeln hinabgleiten. Warm und hart presste er sich an meinen Oberschenkel. »Du musst darauf antworten: Ich liebe dich auch.«

Seth fasste mich an den Hüften und setzte mich auf sich. »Ich glaube, das habe ich schon. In der Dusche.«

Ich küsste sein stoppeliges Kinn, dann ließ ich die Hand zwischen uns wandern und umschloss ihn. Seth bäumte sich auf, und mein Herz raste schon wieder. »Das reicht nicht.«

Er hob die Hände und legte sie um meinen Nacken. In unserem dunklen Zimmer leuchteten seine Augen förmlich, er verschlang mich geradezu mit seinem Blick. Mein Herz geriet ins Stolpern.

»Ich liebe dich.« Seine Stimme klang heiser vor Erregung.

»Schon besser.«

Mit einer fließenden Bewegung richtete er sich auf, drang tief in mich ein und erstickte meinen überraschten Aufschrei, indem er seinen Mund auf meinen presste. Er schlang die Arme um meine Taille und drückte mich fest an sich, stieß das Becken aufwärts und zog mich zugleich nach unten. Meine Zehen rollten sich ein, als meine Verblüffung in Lust umschlug, und ich klammerte mich an seine Schultern.

»Ich liebe dich jetzt«, erklärte er und bewegte die Hüften. »Und ich werde dich immer lieben.«

Ich legte die Stirn an seine und drückte meinen Po nach unten. Wir atmeten beide heftig. »Immer? Das … das höre ich gern.«

Er beugte sich nach hinten, und wir schauten uns in die Augen.

Wortlos umfasste er meinen Po, damit ich meine Stöße beschleunigte. Ich konnte nicht wegsehen und hatte das Gefühl, in diese leuchtenden Augen zu stürzen. Heftiges Prickeln durchströmte mich. Unter mir bewegte er seinen herrlichen Körper in einem furiosen Rhythmus. Schnell und heftig kam ich. Seth umfasste meine Wangen, dirigierte meinen Kopf zu sich hinunter und küsste mich wild. Empfindungen durchzuckten mich wie Blitze, meine Muskeln spannten sich an, und auch er fand seine Erlösung. Heftig stieß er die Hüften vor, dann mischten sich unsere Schreie, als er mich noch einmal zum Höhepunkt brachte.

Irgendwann später regte ich mich und nahm den Kopf von seiner Brust, doch er hielt mich fest. Ich räusperte mich. »Was ist in Chicago passiert?«

Lange gab er keine Antwort, und als er es mir dann erzählte, wünschte ich fast, er hätte es nicht getan. Ich begriff kaum, was er sagte; dieses Grauen, das die armen Menschen gespürt und gesehen haben mussten. Und noch schlimmer, wenn Seth nicht tat, was die Titanen verlangten, würden weitere Unschuldige umkommen. Sterbliche. Reinblüter. Halbblüter. Alle.

»Das ist furchtbar«, flüsterte ich.

Und zum ersten Mal versicherte Seth mir nicht, dass alles wieder gut werden würde.

13. KAPITEL

JOSIE

Ich stand unter hohen Ulmen – Bäume, die dick und so dicht belaubt waren, dass nur sporadisch ein Sonnenstrahl durch die buschigen Äste drang – und spürte, wie mein Leben verrann. Alles war so vollkommen gewesen, so fantastisch, und nun …

Starb ich.

Es ging so schnell. Gerade hatte ich vor Seth gestanden, in seine wunderschönen goldenen Augen gesehen und seine Hände gehalten, und jetzt war nur noch dieser Schmerz da, der mein Herz stillstehen ließ. Unerwartet. Brutal.

In der kühlen Brise lief eine feine Gänsehaut über meine nackten Arme. Ich versuchte einzuatmen, aber die Luft kam nirgendwohin. Dann sah ich auf das weiße Kleid hinunter, das fast bis auf meine Füße reichte – das Kleid, das zu tragen ich so aufgeregt gewesen war, so *bereit*.

Blut quoll aus meiner Brust, lief an der Vorderseite des Kleides hinunter und ruinierte es.

Ruinierte alles.

Überall um uns herum kam Geschrei auf. Chaos, bei dem sogar die dicken Äste der Bäume zu zittern und zu beben schienen. Seth streckte die Arme nach mir aus. Seine Verwirrung wich einer wilden Mischung aus Furcht und Zorn.

Zu spät. Zu spät.

Ich drückte mir die zitternden Hände an die Brust, konnte aber den Blutstrom nicht stillen, der zwischen meinen Fingern hervorquoll.

Oh *Götter*, ich würde sterben.

Meine Knie gaben unter mir nach, doch ich fiel nicht zu Boden. Starke, warme Arme schlossen sich um mich, ließen mich behutsam hinunter und hielten mich fest. Ich blinzelte und versuchte, etwas zu sehen, während ich mich an seine harte, warme Brust drückte. Bernsteinfarbene Augen erwiderten meinen Blick – Augen, in denen vor Sekunden noch Liebe und Glück gestanden hatten, in denen sich jetzt jedoch das Grauen widerspiegelte.

Jedes Mal, wenn ich stockend Luft holte, wusste ich, dass es auf das Ende zuging, dass einer dieser Atemzüge mein letzter sein würde, und dann wäre alles vorbei.

»Seth«, flüsterte ich. »Lass mich nicht gehen.«

»Nein.« Seine Miene verzerrte sich. Tränen standen in seinen Augen, als er meinen Kopf anhob und seine Lippen auf meine Stirn drückte. »Ich lasse dich niemals gehen, Josie. *Niemals.*«

Meine Hände rutschten ab und hingen kraftlos herunter. Ich versuchte, noch einmal zu sprechen, ihm zu sagen, dass ich ihn liebte und immer lieben würde, aber ich schaffte es nicht, die Worte über meine Zunge zu bringen.

»Josie.« Seine Stimme brach, und er wiegte sich mit mir vor und zurück. »Ich liebe dich. Ich liebe dich, und ich lasse dich nicht gehen. Niemals werde ich …«

Ich rang nach Luft, erwachte mit einem stummen Schrei, der in meiner Kehle brannte, und fuhr ruckartig hoch. Das Laken rutschte mir bis auf die Taille hinunter, als ich eine Hand auf meine Brust legte. Mein Herz hämmerte.

Nur ein Traum.

Das sagte ich mir wieder und wieder, während ich in das dunkle Schlafzimmer sah und versuchte, meinen Herzschlag zu beruhigen. Es war nur ein Traum gewesen.

Ich schob mir das schweißnasse Haar aus dem Gesicht und drehte mich zur Seite. Meine Augen passten sich an die Dunkelheit an, und ich erkannte Seths Profil. Er lag mir zugewandt auf der Seite. Einer seiner schweren Arme ruhte auf meiner Hüfte und meinem Bauch. Er schlief fest. Eine blonde Haarsträhne fiel ihm über die Wange und berührte einen Mundwinkel.

Am liebsten hätte ich ihn geweckt, um zu hören, wie er meinen Namen sagte, und um seine Berührung zu fühlen. Um die Erinnerung an den Traum durch all die wunderbaren Empfindungen auszulöschen, die er mir bereiten konnte.

Doch ich tat es nicht.

Ich ließ mich vorsichtig auf die Seite hinunter, sodass unsere Gesichter nur Zentimeter voneinander entfernt waren, und biss mir auf die Unterlippe. Und was, wenn …?

Wenn das gar kein Traum war?

Ich schloss die Augen, denn mir stockte der Atem. Was, wenn das eine Prophezeiung gewesen war, so wie die anderen? Was, wenn ich nicht geträumt, sondern meinen eigenen Tod gesehen hatte?

Ich saß in der Mitte des Betts und versuchte, mich darauf zu konzentrieren, mein Haar zu flechten, doch das fiel mir schwer.

Seth war praktisch nackt.

Er war gerade aus der Dusche gekommen, und alles, was der Mann anhatte, war ein Handtuch, das sich um seine schmalen Hüften schlang. Ein Handtuch! Es bedeckte kaum etwas. Außerdem hatte ich keine Ahnung, wie es oben blieb, als er zur Kommode schlenderte. Das Spiel seiner mächtigen Bizepse war deutlich zu sehen, als er die Hand hob, um sein blondes Haar, das nass dunkler wirkte, zurückzustreichen und die feuchten Strähnen zu ordnen. Das Handtuch hing so tief, dass es all diese interessanten Mulden und glatten Flächen sehen ließ.

Als ich ihn ansah, schien der Traum eine Ewigkeit zurückzuliegen.

Meine Finger verharrten in meinem Haar, während ich zusah, wie er ein schwarzes Shirt herauszog. Wie in aller Welt sollte ich mich konzentrieren, wenn ich all das zu bewundern hatte?

Über die Schulter warf Seth mir einen Blick zu. »Siehst du etwas, das dir gefällt?«

»Eine Menge.« Ich beschäftigte mich wieder mit meinem Zopf. »Ich sehe eine Menge, das ich liebe.«

Er zog einen Mundwinkel hoch und warf das Shirt aufs Bett. Als Nächstes landeten schwarze Boxershorts neben mir, gefolgt von einer Kampfhose.

Eine Wächteruniform.

Zum Anbeißen.

Ich sicherte den Zopf mit einem Haargummi und warf ihn mir über die Schulter. »Ich wünschte, ich würde heute mit euch gehen.«

Er wäre sofort nach dem Treffen mit Marcus nach Pluckley aufgebrochen, doch dann war die Sache mit Chicago passiert. Spät am gestrigen Abend waren Alex und Aiden aufgetaucht, um über den Besuch in Pluckley zu diskutieren. Aiden hatte ein paar Prellungen, war aber ansonsten in Ordnung. Ich hatte nicht wirklich darauf geachtet, worüber sie sprachen. Die Ereignisse in Chicago standen im Vordergrund meiner Gedanken.

Was zum Teufel sollten wir tun? Unmöglich, dass Cora oder Gable innerhalb eines Monats auch nur annähernd bereit sein würden, sich den Titanen zu stellen, selbst wenn ihre Fähigkeiten entblockiert würden. Ich trainierte mit den Elementen, seit ich über meine Kräfte verfügte, und beherrschte sie immer noch nicht vollständig.

Und das wussten die Titanen.

Seth richtete sich auf und drehte sich zu mir um. »Das ist der Plan. Ich bin irgendwie schockiert, dass Aiden nachgegeben und Deacon erlaubt hat, mitzugehen, aber jetzt kommt er mit uns.«

»Mich überrascht es auch.« Ich ließ die Hände in den Schoß sinken. »Ich hoffe, sie sind vorsichtig. Ich meine, Luke ist ein krasser Kämpfer und Deacon auf seine Art ebenfalls, aber er … er hat ein gutes Herz.«

»Du hast ein gutes Herz.« Seth spielte mit dem Handtuch, das um seine Hüften lag.

»Ja, aber laut dir bin ich außerdem eine krasse Kämpferin.« Ich warf ihm ein freches Lächeln zu.

»Ja, das stimmt. So ist es. Macht mich mächtig an.«

»Nur du kannst von so etwas angemacht werden.«

»Es kommt auch nur auf mich an.«

Ich verdrehte die Augen, und dann wollten sie fast nicht damit aufhören, denn Seth ließ das Handtuch fallen und *oh du meine Güte*.

Meine Ohrläppchen glühten, als ich den Blick über seine Brust und seinen Bauch und weiter nach unten schweifen ließ. *Wow.* Ich biss mir auf die Unterlippe.

»Ich werde nicht den ganzen Tag weg sein«, erklärte er, und zum Teufel, ich hatte keine Ahnung, wovon er redete. »Ich habe vor, die anderen hinüberzubringen und mir einen Überblick über die Stadt zu verschaffen, und dann soll Aiden mich rufen, wenn sie dort fertig sind. Ich werde dich hier nicht allein lassen.«

»Hä?«

Seth grinste. »Du hörst überhaupt nicht auf das, was ich sage.«

Ich blinzelte und zwang mich, in sein Gesicht zu sehen. »Yeah, das ist … in Ordnung für mich.« Hilflos hob ich die Hände. »Was erwartest du denn? Du stehst nackt hier, und du bist so nett anzusehen.«

»*Du* bist schön anzusehen.«

»Aber ich bin vollständig angezogen, daher …«

»Schade.« Er stützte sich mit den Fäusten auf die Matratze, beugte sich zu mir und küsste mich. Es war so sanft und zärtlich, dass es in meinem Bauch kribbelte. Als er sich zurückzog, wiederholte er, was er gesagt hatte. »Ich bleibe nicht lange fort.«

Wie von selbst schlossen sich meine Augen. Ich lehnte die Stirn an seine. »Du weißt doch, dass ich hier sicher bin, oder?«

»Es sei denn, die Mauern werden durchbrochen, und das ist in der Vergangenheit schon so oft passiert, dass ich nicht wirklich auf ihre Sicherheit vertraue«, rief er mir ins Gedächtnis. »Deswegen weiß ich nicht, ob du hier sicher bist.«

Ein leichtes Lächeln umspielte meine Lippen. Manche hätte seine übertriebene Fürsorge gestört, ich fand sie rührend. »Aber *sie* sind weniger gut geschützt als ich«, wandte ich ein und schaute ihn an. »Wenn die Titanen kurz davor sind, diesen Halbgott zu finden, könntet ihr in Gefahr geraten. Was ich momentan nicht bin.«

Seth antwortete nicht. Er schaute mir in die Augen. Lange Sekunden vergingen.

»Ich glaube nicht, dass die Titanen sich weit von Chicago entfernen werden.«

»Das wissen wir nicht genau. Deswegen will ich nicht, dass du dir Sorgen um mich machst.« Ich drückte mit dem Zeigefinger auf die kleine Delle in seinem Kinn. »Und du brauchst dich auch nicht meinetwegen zu überschlagen, um so schnell wie möglich wieder hier zu sein.«

Er senkte den Kopf und knabberte an meinem Finger. »Was hast du heute vor?«

»Ich glaube, ich gehe in die Bibliothek und sehe, ob ich Medusa finde. Wenn überhaupt jemand weiß, wie es kommt, dass die Halbgötter Fähigkeiten zeigen oder wie man ihre Kräfte entblockieren kann, dann vielleicht sie.« Ich entzog meine Finger seinen neckischen kleinen Küssen. »Und denk bloß nicht, ich hätte nicht gemerkt, dass du nicht auf das, was ich gesagt habe, reagiert hast.«

»Verdammt«, murmelte er und setzte sich so nackt wie am Tag seiner Geburt neben mich. »Ich hatte gehofft, das würde dir nicht auffallen.«

Ich zog eine Augenbraue hoch.

Sein Grinsen wirkte jungenhaft. »Na schön. Ich werde mich nicht überschlagen, um zurückzukommen. Aber ich werde nicht bei ihnen bleiben, und zwar nicht, weil ich mir Sorgen um dich mache, sondern weil ich Langeweile kriegen und dich vermissen werde. Und dann beginne ich mich zu fragen, ob du gerade duschst … und dich selbst anfasst.«

»Hör auf.« Ich wandte den Blick ab und grinste errötend. »Wie kannst du dich in einem Ort langweilen, in dem es angeblich mehr Gespenster gibt als irgendwo sonst auf der Welt?«

»Wahrscheinlich, weil es da gar keine gibt.« Er küsste mich auf die Wange, stieß sich vom Bett ab und begann endlich, sich anzuziehen.

Keine Ahnung, ob ich es bedauern sollte oder nicht. »Besser, es spukt da, sonst wird Deacon enttäuscht sein.«

Er knöpfte seine Hose zu und warf mir über die nackte Schulter hinweg ein Grinsen zu. »Ich könnte wetten, dass er enttäuscht wird.« Er griff nach seinem Shirt. »Meinst du, du kannst mit deiner Suche nach Medusa warten, bis ich zurück bin?«

»Seth.« Ich sah ihn streng an. »Als ich das letzte Mal nachgefragt habe, hasste Medusa Männer. Besonders solche wie dich.«

Mit den Armen in den Ärmeln erstarrte er. »Wie mich?«

»Ja. Wie du. Wenn du dabei bist, wird sie nie mit mir reden.« Ich hielt inne. »Und ehrlich, ich glaube, sie mag dich nicht einmal leiden.«

»Sie kennt mich doch gar nicht.« Er zog sich das Shirt an. »Wie unhöflich.«

Ich lachte leise. »Ist dein Ego jetzt verletzt?«

Darüber schien er nachzudenken.

»Nee.«

»Habe ich auch nicht erwartet.«

Sein Grinsen wurde breiter. Er trat wieder auf mich zu und stützte seine Hände rechts und links von meinen Beinen auf.

»Hab eine Frage an dich.«

»Vielleicht habe ich ja eine Antwort.«

Seine feuchten Haarsträhnen fielen nach vorn über seine Wangen.

»Bist du mitten in der Nacht aufgewacht?«

Mit der Frage hatte ich nicht gerechnet. »Habe ich dich geweckt?«

Er neigte den Kopf zur Seite. »Ein wenig. Ich war irgendwie im Halbschlaf, aber ich hatte den deutlichen Eindruck, dass du dich aufgesetzt und dann wieder hingelegt hast.« Er zog sich zurück und ließ die Hände von der hellbraunen Steppdecke gleiten. »Und ich glaube, du hast mich angesehen.«

»Oh Gott«, murmelte ich und spürte, wie meine Wangen heiß anliefen. »Warum hast du nichts gesagt?«

»Wieso warst du wach?«

Ich rutschte verlegen herum und zuckte mit den Schultern. »Ich hatte einen Traum.«

Forschend sah er mir in die Augen. »Einen Albtraum? Wie die anderen, die du früher hattest?«

Nach meiner Gefangenschaft bei Hyperion hatte ich oft Albträume gehabt. In letzter Zeit waren keine mehr aufgetreten, aber es erstaunte mich nicht, dass Seth vermutete, es sei solch ein Traum gewesen.

In diesem Moment war mir klar, dass ich ihm die Wahrheit über meinen Traum von letzter Nacht erzählen konnte. Ich konnte ihn mir von der Seele reden und die Angst abschütteln, die an mir klebte wie ein hartnäckiger Husten. Aber das tat ich nicht.

»Yeah.« Ich schlug die Augen nieder. »Es war nur ein Albtraum.«

Er legte zwei Finger unter mein Kinn, sodass ich wieder aufsehen musste. Seths Blick wirkte weich.

»Nächstes Mal weckst du mich, Babe. Du brauchst dich nicht allein damit herumzuschlagen. Okay?«

»Okay«, flüsterte ich.

Keine Ahnung, warum ich mich dagegen entschieden hatte, ihm davon zu erzählen. Vielleicht, weil Seth dann womöglich ausgeflippt wäre, und das wollte ich nicht. Nicht jetzt, wo er dorthin ging, an einen Ort, den die Titanen eventuell bald entdecken würden. Und vielleicht … vielleicht auch, weil ich Angst hatte, dass es realer würde, wenn ich es ausspräche.

Wenn ich es laut sagte, machte ich es zu etwas, das passieren konnte.

Passieren *würde*.

SETH

»Ich glaube, ich bin noch nie so aufgeregt gewesen.« Deacon sah aus, als würde er gleich in Ohnmacht fallen. »Ich kann es kaum abwarten.«

Vorsichtig warf ich einen Blick in Aidens Richtung.

Die Prellung am Kinn, die er sich gestern zugezogen hatte, war verheilt, und als er jetzt den Kopf schüttelte, war die Zuneigung in seiner Miene nicht zu verkennen. Aber auch sein Ärger war glasklar. Aiden sah aus, als wollte er seinen Bruder umarmen und ihn gleichzeitig erwürgen.

»Du wirst so enttäuscht sein, wenn du erkennst, dass es nur ein langweiliges kleines Dorf ist und nichts weiter«, erklärte ich.

»Wage es nicht, das zu sagen.« Deacon keuchte auf, und neben ihm sah Luke zu Boden. »Beschrei es bloß nicht.«

Josie lehnte sich an mich. »Ja, beschrei es nicht, Seth.«

Ich blickte auf sie hinunter und legte einen Arm um ihre Schultern. Sie zog die Nase kraus und schaute mich an. Seufzend musterte ich Deacon. »Du wirst so viele Geister zu sehen kriegen, dass du denkst, du bist in der Unterwelt.«

»Auf jeden Fall.« Deacon nickte grinsend.

Alex stand von der Couch auf. »Okay, ich finde, wir sind so weit. Legen wir los.«

Alex.

Immer ungeduldig.

Luke wandte sich an Josie: »Cora und Gable wissen, wohin wir wollen. Und dass wir nicht genau abschätzen können, wie lange wir brauchen, aber dass du hier bist.«

»Cool. Colin ist jetzt mit ihnen zusammen, richtig?«

Colin? Zur Hölle. *Dieser* Typ.

Luke nickte. »Yeah, er wird für ihre Unterhaltung sorgen.«

»Mit anderen Worten dafür, dass sie nicht in Schwierigkeiten geraten«, sagte Aiden.

Er steckte einen Dolch in das Futteral, das um seine Brust geschnallt und dazu da war, versteckt unter seinem Shirt getragen zu werden. Er griff nach einem weiteren Dolch, und ich grinste. Dieses Mal hatte ich an meine Waffen gedacht und ließ sie nicht zurück.

»Ich finde, es wäre klug, sie würden in ihren Zimmern im Wohnheim bleiben«, bemerkte Aiden.

Ich öffnete den Mund, um darauf hinzuweisen, dass es auch klug wäre, wenn Josie es ihnen nachtäte, aber sie musste meine Gedanken gelesen haben, denn sie bohrte ihre Fingernägel in meinen Arm. Aus zusammengekniffenen Augen sah ich sie an.

»Ich sorge dafür, dass sie bleiben, wo sie sind, und in Sicherheit.« Josie ignorierte mich vollkommen. »Unterdessen will ich sehen, ob ich Medusa auftreibe und ihr ein paar Informationen entlocke.«

Deacon zog einen Schmollmund. »Zur Hölle, das könnte mich glatt dazu verleiten, hierzubleiben.«

»Wirklich?« Aiden sprang darauf an wie ein verdammtes Känguru. »Ich bin sicher …«

»Ziemlich sicher, dass Medusa nichts von männlichen

Wesen hält«, schaltete sich Alex ein. »Wir werden Deacon wohl nicht los.«

»Eher habe ich euch beide an der Backe«, protestierte Deacon. »Das beschreibt die Realität treffender.«

»Okay.« Luke trat vor. »Ich finde, es ist Zeit, dass wir aufbrechen.«

Das war es.

Und ich war mir nicht sicher, wie ich mich dabei fühlte.

Josie hatte recht damit, dass die Truppe, die nach Pluckley unterwegs war, stärker in Gefahr schwebte als sie, dennoch gefiel mir der Gedanke nicht, dort zu sein und nicht bei ihr. Zum Teufel, es hatte mir nicht einmal gefallen, als ich auf die Insel gesprungen war, um mich aufzuladen.

Josie strich mir über den Rücken. Sie sprach leise, und was sie sagte, war nur für mich bestimmt: »Denk daran, was ich gesagt habe. Mach dir meinetwegen keine Sorgen.«

Ich drehte mich zu ihr um. »Du weißt, dass ich das nicht kann.«

»Du kannst es aber versuchen. Genau wie ich.«

Sie lächelte, als ich nach ihrem Zopf griff. Ich senkte den Kopf und strich mit der Nase über ihre. »Um mich brauchst du dir keine Gedanken zu machen, *psychi mou*. Ganz gleich, was geschieht, ich komme zu dir zurück. Immer.«

Mit den Lippen streifte sie meinen Mund, und ich fand ihre Hand.

»Ich weiß.«

»Sollen wir lieber den Raum verlassen oder so?«, erkundigte sich Aiden.

»Halten Sie den Mund«, erwiderte ich, und Deacon lachte, als ich eine Hand um Josies Wange legte. Am liebsten hätte ich ihr versichert, dass ich zurück war, bevor sie heute Abend zu Bett ging. Aber die Wahrheit war, wir hatten keine Ahnung, was wir vorfinden würden. Vielleicht ein langweiliges, idyllisches Dorf, oder, schlimmer noch, die Titanen könnten dort sein.

Ich sprach so leise, dass nur sie mich hören konnte: »Falls wir auf Titanen treffen, werde ich sie nicht töten.« Ich wollte sie beruhigen und sie wissen lassen, dass ich … dass ich aus dem, was in Long Beach passiert war, gelernt hatte. »Wehtun werde ich ihnen schon, aber ich bringe sie nicht um.«

»Ich weiß.« Sie drückte meine Hand.

Verdammt.

Sie *wusste* es.

Ich liebte diese Frau.

Sie stellte sich auf die Zehenspitzen, legte eine Hand auf meine Brust und küsste mich. »Pass auf dich auf.«

»Immer.«

14. KAPITEL

JOSIE

Zuzusehen, wie Seth und die Truppe vor meinen Augen verschwanden, war reichlich merkwürdig.

Den einen Moment standen sie da, und Seth sah mich eindringlich an, als wollte er dafür sorgen, dass ich das Letzte war, was er im ganzen Universum sah, dann waren sie weg. Es kam mir vor wie ein Foto, das einem vor den Augen verblasste, und dauerte nur Sekunden.

Als ich das Wohnheimzimmer verließ und leise die Tür hinter mir zuzog, dachte ich unwillkürlich daran, wie mein Leben gewesen war, bevor ich Seth in jenem Treppenhaus traf. Hätte ich damals gesehen, wie sich jemand vor meinen Augen in Luft auflöste, wäre ich überzeugt gewesen, die gleichen Symptome zu entwickeln wie meine Mom.

Mein Herz zog sich zusammen, und ich stieß heftig die Luft aus. Meine arme Mom. Sie war krank gewesen. Daran bestand kein Zweifel, aber wie viel davon war auf ihre psychische Krankheit zurückzuführen und wie viel auf das, was Apollo ihr angetan hatte?

Auf diese Frage hatte ich nie eine Antwort bekommen, denn ich hatte meine Mom verloren, bevor mir das überhaupt klar geworden war. Apollo hatte mich belogen. Er hatte mir erzählt, sie sei in Sicherheit, aber das … war sie nicht gewesen.

Ich wusste nicht einmal genau, wie sie gestorben war.

Vielleicht war das besser so. Keine Ahnung.

Die Traurigkeit, die die Gedanken an sie nach sich zog, hing mir noch nach, als ich den Gang entlangging und an

Coras Zimmertür klopfte. Ein paar Sekunden vergingen, bis die Tür einen Spaltbreit geöffnet wurde. Nur ein schmales Stück ihres Gesichts war zu sehen. *Kluges Mädchen.*

»Hey«, sagte ich. »Kann ich kurz reinkommen?«

Die Tür wurde aufgezogen, und Cora trat beiseite. »Klar.«

Wie erwartet war sie nicht allein. Colin saß auf dem Stuhl, der der Tür am nächsten stand, und Gable auf der Couch. Der Fernseher lief; er war auf einen Nachrichtensender eingestellt, der über den Anschlag in Chicago berichtete. Die Sterblichen wussten nicht, dass die Titanen dahintersteckten, und an diesem Punkt hatte ich keine Ahnung, ob das gut oder schlecht war.

Ich warf einen Blick auf den Couchtisch und entdeckte ein dickes Buch. *»Mythen und Legenden?«*

»Dachte mir, die beiden könnten etwas leichte Lektüre gebrauchen.« Colin lächelte. »Sie haben darin gelesen, und ich habe ihre Fragen beantwortet, so gut ich konnte.«

»Leichte Lektüre?« Cora schnaubte verächtlich, quetschte sich an mir vorbei und ließ sich auf die Couch fallen. »Dieses Buch wiegt so viel wie ein Neugeborenes.«

»Ich weiß. Richtig eingesetzt könnte es eine tödliche Waffe sein«, sagte ich.

Gable nickte. »Wir haben darin gelesen und eine Menge gelernt – verrücktes Zeug, das wir nicht eine Sekunde lang geglaubt hätten, bevor … na ja, bevor alles passiert ist.«

»Was du nicht sagst.« Ich lehnte mich an die Wand. »Bis ich Seth getroffen habe und hier gelandet bin, habe ich das ganze Zeug für alte, schwachsinnige Legenden gehalten.«

»Und ihr habt nicht einmal gewusst, dass Wesen wie ich existieren.« Colin legte einen Fuß auf den Couchtisch.

»Ich kann mir immer noch nicht vorstellen, wie ihr das

alles geheim gehalten habt.« Cora schüttelte den Kopf und starrte das Buch an. »Es kommt einem so unmöglich vor.«

Wenn man darüber nachdachte, war es wirklich unglaublich.

»Sind alle weg?«, fragte Colin.

Ich nickte. »Jepp. Vor ein paar Minuten. Ich wollte nur kurz vorbeischauen und sehen, wie es läuft.«

»Gut«, antwortete Gable, zögerte jedoch. »Glaube ich.«

Cora warf ihm einen Blick zu und konzentrierte sich dann wieder auf mich. »Habt ihr noch etwas darüber herausgefunden, was diesem Mädchen passiert ist?«

»Hast du den beiden erklärt, was es mit dem Symbol auf sich hat?«, fragte ich Colin.

»Ja. Ich dachte, es wäre am besten, wenn sie alles wüssten.«

Das fand ich auch. Wissen war tatsächlich Macht. Ich berichtete ihnen, worüber wir mit Marcus gesprochen hatten. »Hoffentlich hilft uns das, herauszubekommen, wer dahintersteckt, damit wir diese Leute aufhalten können.«

»Das ist sehr gescheit.« Coras dunkle Augen leuchteten interessiert auf. »Ist bestimmt um einiges einfacher, als den ganzen Campus zu verhören.«

»Nicht wahr?« Stolz auf mich selbst, lächelte ich.

Ich blieb noch ein wenig und erzählte von meinem Plan, hoffentlich Informationen darüber aufzutreiben, wie ihre Fähigkeiten vollständig entblockiert werden konnten. Weder Gable noch Cora wussten, dass meine Kräfte dadurch freigesetzt worden waren, dass Apollo einen Dolch in mein Herz geschleudert und damit mein sterbliches Leben beendet hatte. Kommt Zeit, kommt Rat, dachte ich mir. Wissen bedeutete zwar Macht, aber dieses Wissen brauchten die beiden im Moment nicht.

Nachdem ich versprochen hatte, später wiederzukommen, bat ich Colin auf ein Wort in den Gang hinaus.

Er stand auf und folgte mir nach draußen. »Was ist?«, fragte er.

»Hast du gehört, was in Chicago passiert ist?«

Er strich sich durchs Haar und runzelte die Stirn. »Der Terroranschlag?«

Er wusste es nicht. Ich sah den Flur entlang, um mich zu vergewissern, dass er leer war, doch ich sprach dennoch leise: »Das waren die Titanen.«

»Was?« Er riss die Augen auf. »Ist das dein Ernst?«

Ich nickte. »Sie haben auch eine Reinblüter-Gemeinde ausgelöscht. Ich glaube, Marcus will nicht, dass sich das überall herumspricht, und ich …« Ich holte tief Luft. »Ich habe ein ganz schlechtes Gewissen, das überhaupt vorzuschlagen, aber ich finde, wir sollten Cora und Gable nicht sagen, dass die Titanen dahinterstecken.«

Er neigte den Kopf zur Seite. »Ich weiß nicht, Josie. Sie müssen wissen, womit sie es zu tun bekommen.«

»Einverstanden, aber wir brauchen sie nicht zu Tode zu ängstigen«, wandte ich ein. »Im Grunde sind sie Sterbliche – sie haben ihr ganzes Leben als Sterbliche verbracht, und wir knallen ihnen so viel an den Kopf. Glaub mir, es könnte zu viel für sie sein, wenn sie erfahren, dass die Titanen für die Ereignisse in Chicago verantwortlich sind.«

Colin schwieg und nickte dann. »Da hast du auch wieder recht. Wir wollen nicht, dass sie vollkommen dichtmachen oder davonlaufen.«

»Genau.«

»Danke, dass du mir Bescheid gesagt hast, aber verdammt.« Er lehnte sich an die Wand. »Diese Titanen sind kein Scherz.«

»Nein.«

Er seufzte. »Ich habe überlegt, ob ich nachher mit Cora und Gable trainieren soll, ein paar grundlegende Kampftechniken. Was meinst du?«

»Ich finde das eine gute Idee.«

»Cool.« Er stieß sich von der Wand ab. »Bis später?«

»Jepp.« Ich überließ es ihm, sich weiter mit dem Frage-und-Antwort-Spiel zu beschäftigen.

Ich hatte für heute einen Plan.

Der Gang vor unseren Zimmern war leer, aber das Foyer war immer dicht bevölkert, sogar im Sommer. Ich drückte mich an den in den Statuen eingeschlossenen Furien vorbei. Für mich wirkten sie mit ihren unter dem elegant geschwungenen Kinn gefalteten Händen, den zurückgelegten Schwingen und in Stein gehauenen heiteren Mienen wie wunderschöne betende Engel. Doch wie man mir erklärt hatte, dienten sie als Warnung. Die Götter waren unzufrieden, und alle warnten mich und versicherten mir, ich wolle auf keinen Fall erleben, wie sie losgelassen wurden.

Seth vermutete, dass ihre Anwesenheit etwas mit den Feindseligkeiten zwischen Rein- und Halbblütern zu tun hatte, doch darum hatten die Götter sich bisher nicht gekümmert. Also, wer wusste das schon? Aber in Anbetracht der ganzen Sache mit Ares' Symbol auf der Maske könnte er recht haben.

Seth hatte mir auch unmissverständlich klargemacht, dass diese Furien völlig anders als meine Freundin Erin waren. Dass sie, sobald sie losgelassen waren, alles vernichten würden, was ihnen im Weg stand, mich eingeschlossen. Ich konnte einen Schauder nicht unterdrücken, als ich an ihnen vorbei zu den Glastüren ging.

Niemand sprach mich an; das taten sie nie. Zum Teufel, in

der ganzen Zeit, die ich schon hier war, war Colin der Einzige, der mich angesprochen hatte. Aber ich spürte die Blicke.

Irgendwie witzig oder eher ironisch.

Als ich in der Universität angekommen war, hatten die Studenten hier mich größtenteils ignoriert. Für sie war ich unsichtbar gewesen. Ein Geist. Sie hatten sich nur für Seth interessiert, und das hatte mich ohne Ende geärgert. Aber jetzt? Sie wussten inzwischen, dass ich eine Halbgöttin und Apollos Tochter war, daher starrten sie mich mit großen Augen an, wie sie Seth anstarrten.

Ehrlich, mir wäre es lieber, sie hätten mich wieder ignoriert, denn ich fand die Blicke ziemlich nervenaufreibend.

Ich trat nach draußen, blinzelte und wünschte mir sofort, ich hätte eine Sonnenbrille mitgenommen. Ich hätte wetten können, dass Seth sie einfach aus dem Nichts hätte erscheinen lassen, wenn er bei mir gewesen wäre.

Weil er etwas so Besonderes war.

Ich genoss die angenehm warme Luft und ließ mir Zeit, als ich dem Fußweg zur Bibliothek folgte. Es war … herrje, es war wunderschön, Wärme zu erleben, die nicht feuchtheiß und drückend war.

Sie erweckte bei mir die Sehnsucht danach, ganze Tage in der Sonne zu liegen und zu faulenzen. Faule Tage mit Seth und … und unserem Kind. Wir drei auf einer Decke, wie wir den Tag vertrödelten. In dem Moment, in dem dieses Bild vor mein inneres Auge trat, spürte ich einen solchen Ansturm süßer Sehnsucht, dass es mir fast die Beine unter dem Körper wegriss.

Wie konnte etwas so Einfaches wie ein mit Nichtstun verbrachter Tag eine solche Auswirkung auf mich haben? Aber so war es. Wirklich, und ich wünschte es mir so sehr, dass ich es zu schmecken glaubte.

Eines Tages, schwor ich mir. Eines Tages würde ich es bekommen, doch dafür musste ich herausfinden, wie zur Hölle wir diese Titanen in die Unterwelt zurückschicken konnten.

Die einzige Person abgesehen von meinem ewig abwesenden Vater, von der ich wusste, dass sie vielleicht eine Ahnung davon hatte oder eine andere Möglichkeit kannte, war Medusa.

Als ich die riesige Treppe hinauflief und die Bibliothek betrat, überkam mich ein merkwürdiges Déjà-vu-Gefühl. Ich erinnerte mich daran, wie ich auf der Suche nach ihr zum ersten Mal hier hineingegangen war.

Jetzt fehlte nur noch Deacon.

Kühle, muffig riechende Luft kam mir entgegen, als ich die gewaltige Bibliothek betrat. Auf diesem Campus war einfach alles irrsinnig groß.

Der Anblick der massiven, hohen Regale, die bis zur Decke reichten, erinnerte mich an die Radford-Universität und an die vielen, vielen Abende, die ich dort in der Bücherei verbracht hatte, um mir den Prüfungsstoff einzuhämmern. Wie von selbst verzogen sich meine Lippen zu einem Lächeln, und ein Gefühl von Nostalgie stieg in mir auf.

Das Merkwürdige war, dass ich … dass ich Radford nicht vermisste.

Bei der Erkenntnis blieb ich wie angewurzelt stehen. Mir fehlten Erin und die wenigen guten Freunde, die ich dort gefunden hatte, doch ich wäre nicht zurückgegangen, selbst wenn das möglich gewesen wäre. Ich führte jetzt ein völlig anderes Leben, das wahnsinnig gefährlich sein konnte, jedoch ein *besseres*. Vielleicht würde ich ja eines Tages wieder aufs College gehen. Natürlich durften Halbgötter einen Abschluss machen, und ich kannte einige Personen, die total von ein paar Therapiesitzungen profitieren könnten. Aber mein Leben war nicht sinnlos oder unvollständig, weil ich nicht am College studierte. Diese Einsicht war … ein Wow-Moment für mich.

Die Wahrheit war, dass ich schon einige Zeit so empfand, doch es kam mir beinahe … *verkehrt* vor, mir das einzugestehen. Aber damit hatte es sich jetzt. Ich würde mich nicht länger in eine Hülle pressen, in die ich nicht mehr hineinpasste.

Meine Schritte fühlten sich ein wenig leichter an als vorhin, als ich aufgebrochen war.

Als ich das letzte Mal nach Medusa suchte, traf sie mich dabei an, wie ich ziellos zwischen den Regalen umherstreifte, doch dieses Mal wusste ich, wo ich sie finden würde.

Ich ging an den leeren Tischen vorbei, blickte mich um und stellte fest, dass sich hier fast keine Studenten aufhielten. Zugegeben, im Sommer schrieben sich nicht viele ein, aber ich hätte mit mehr gerechnet. Was hatte Deacon noch über die Bibliotheken gesagt? Die Halbblüter fänden sie unheimlich, den Reinblütern dagegen machten sie nichts aus? Etwas in der Art.

Äußerst merkwürdig.

Ich schlenderte einen der Gänge entlang und tat, was ich immer machte, wenn ich von so vielen Büchern umgeben war.

Ich grinste wie eine Schwachsinnige und ließ die Fingerspitzen über die Buchrücken gleiten, und zwar die ganze Reihe entlang bis zum Ende. Dann bog ich nach rechts ab und ging zu der Stelle unterhalb der breiten, verschnörkelten Treppe. Meine Schritte wurden langsamer, und ich blieb stehen. Einmal, zweimal blinzelte ich, denn ich wusste, das, was ich sah, konnte nicht wahr sein.

»Was zur Hölle …?«, stieß ich hervor.

»Psst«, wies mich von irgendwoher jemand zurecht.

Ich sah mich in dem Halbdunkel um. Das ergab keinen Sinn. Die Türen … sie waren *verschwunden*. Wie war das möglich? Eilig trat ich vor und untersuchte die kahle Wand, die jedoch nicht den kleinsten Spalt aufwies. Vorher waren dort drei Türen eingelassen gewesen. Drei. Das war verrückt.

Ich fuhr herum, marschierte den schmalen Gang zwischen den Regalen und der hinteren Wand des Raumes entlang und sah mich nach der Person um, die mich zum Schweigen gebracht hatte. Ich traf sie dabei an, wie sie mithilfe des Luftelements Bücher in das oberste Regalfach räumte.

»Entschuldigen Sie«, sagte ich, um ihre Aufmerksamkeit zu erwecken. »Was ist aus den Türen unter der Treppe geworden?«

»Türen unter der Treppe?« Sie hob ein Buch an, das aussah, als wöge es ungefähr zehn Kilo. Leicht wie eine Feder schwebte es aufs oberste Regalbrett.

»Ja.« Ich drehte mich um und zeigte zurück zur Wand. »Da waren drei Türen. Sie sind nicht mehr da.«

Die ältere Dame runzelte die Stirn und hob ein weiteres Buch an. »Ich weiß nicht, wovon Sie reden. Dort sind noch nie Türen gewesen.«

15. KAPITEL

SETH

Die Dorfkirche, hinter der wir zu fünft auftauchten, musste Hunderte von Jahren alt sein. Offensichtlich wurde das Gebäude immer noch genutzt und war gut in Schuss, aber verdammt, es war alt.

»Musstest du uns ausgerechnet hierher bringen?« Alex' Blick schweifte über die uralten Grabsteine, die um die Kirche herum verteilt standen und sich aus dem dichten Gras erhoben wie krumme und schiefe Zähne. Die meisten Inschriften waren unleserlich; die Zeit hatte Worte und Daten gelöscht.

»Ich dachte mir, das wäre die sicherste Stelle, um aufzutauchen«, erklärte ich. »Das Dorf ist nicht groß. Sobald wir das Kirchengelände verlassen, befinden wir uns so ziemlich in der Ortsmitte, und das Letzte, was wir gebrauchen können, ist, vor den Augen von Sterblichen aus dem Nichts aufzutauchen.«

»Merkwürdig, dass Sie tatsächlich über so etwas nachdenken.« Aiden neigte den Kopf zur Seite. »Ich bin so daran gewöhnt, dass Sie sich …«

»Einen Scheißdreck darum scheren?«, half ich ihm.

»Yeah. So ungefähr.«

Ich zog eine Schulter hoch. Die Wahrheit war, dass ich es in der Vergangenheit wahrscheinlich genossen hätte, einen Sterblichen so zu erschrecken, dass er sich in die Hose machte, aber jetzt? Die möglichen Folgen waren die kurze Belustigung nicht wert.

»Das ist das Unheimlichste, was ich je gesehen habe«,

erklärte Alex, die Aidens und mein Gespräch anscheinend mitgehört hatte.

»Echt jetzt?« Aiden zog die Augenbrauen hoch und drehte sich zu ihr um. »Ich war mir ziemlich sicher, dass die Riesenspinnen in der Unterwelt das Unheimlichste waren, was wir je gesehen haben.«

»Oh ja.« Sie runzelte die Stirn. »Die hatte ich ganz vergessen.«

Aiden starrte sie an.

»Wie in aller Welt konntest du das vergessen?«, fragte Luke, dann wandte er sich um. »Verdammt. Wo will er hin?«

Deacon war schon unterwegs durch die ungleichmäßigen Reihen. Als Luke nach ihm rief, blickte er über die Schulter.

»Das ist das Erstaunlichste, was ich je gesehen habe«, schrie er, und ich runzelte die Stirn. »Ihr müsst euch ein paar von diesen Grabsteinen anschauen.«

Luke seufzte und warf Aiden einen Blick zu. »Typisch dein Bruder.«

»Typisch dein Freund«, schoss Aiden zurück.

»Auch wieder wahr.« Ein weiterer Seufzer. »Ich gehe ihn besser holen.«

Es dauerte ein paar Minuten, Deacon loszueisen, und noch ein paar, bis er sich in Bewegung setzte.

»Geh du voran«, sagte ich zu Luke, von dem ich wusste, dass er ausführliche Recherchen über das Dorf angestellt hatte. *Nützliche* Recherchen. Im Gegensatz zu Deacon, der alle Geister auflisten konnte, die angeblich in Pluckley umgingen.

Der schreiende Mann.

Schattenmenschen.

Der Schulmeister, der sich aufgehängt hatte.

Die rote Lady.

Die weiße Lady.

Luke wusste, wohin wir uns wenden sollten. »Ich vermute mal, der beste Platz, um uns einen Überblick zu verschaffen, ist dieser Pub, den ich gesehen habe. Erscheint mir wie eine kluge Wahl. Er liegt mittendrin in allem.«

Dorthin brachen wir also auf, wobei Deacon die Gruppe mit diversen Gespenstergeschichten, die er gehört hatte, beglückte.

Mein erster Eindruck von Pluckley war genau so, wie ich es mir vorgestellt hatte. Grüne Hügel. Häuser, die fast so alt waren wie einige der Bäume, und schmale Straßen. Das Dorf war malerisch, und ich dachte, dass Josie es sicher gern gesehen hätte.

Sie hätte sich wahrscheinlich auch gern Deacons Geschichten angehört.

Als wir die Straße entlanggingen, ließ ich mich ein Stück zurückfallen und behielt alles im Auge. Ich nahm keine merkwürdigen Empfindungen oder Energiewellen wahr, aber ich blieb auf der Hut.

»Die Häuser sehen aus wie aus dem *Hobbit*«, sagte Deacon gerade, und ich grinste. Irgendwie stimmte das. »Ich dachte, in Großbritannien wäre es regnerisch und trübe?«

Luke tätschelte Deacon die Schulter. »Ab und zu kommt hier schon die Sonne heraus.«

Deacon murmelte leise etwas, auf das Alex antwortete, und sofort war ich dankbar dafür, dass hier anscheinend eine Menge Touristen unterwegs waren und Fotos schossen, denn sonst wären wir aufgefallen wie bunte Hunde. Ich hätte mir Gedanken gemacht, weil Deacon so viel Aufmerksamkeit auf sich zog.

Götter.

Ich verzog den Mund.

Dieses ganze »verantwortungsvolle Benehmen« war verdammt anstrengend.

Aiden ließ sich zurückfallen und ging neben mir her. »Fühlen Sie etwas?«, fragte er. »So wie gestern?«

»Bis jetzt nicht.« Wir bogen nach rechts ab, diese Straße war dicht an dicht von Backsteinhäusern gesäumt. Ich warf Aiden einen Blick zu und sah, dass er ebenfalls alles aufmerksam musterte. »Das könnte sich ändern.«

»Allerdings.« Er ließ die Arme locker an den Seiten herabhängen. »Ich wollte Ihnen etwas sagen.«

Nur die Götter wussten, was das werden sollte. »Will ich das jetzt wissen?«

Aiden grinste matt. »Ich bin stolz auf Sie.«

Ich warf ihm einen Blick zu und blieb beinahe stehen. Ich fand keine Worte. Absolut keine.

Er lachte leise. »Hat Ihnen das die Sprache verschlagen? Das werde ich ausnutzen, bevor Sie mir befehlen, den Mund zu halten. Sie haben Oceanus gestern nicht angegriffen. Der alte Seth hätte das getan. Und der alte Seth hätte Zeus herausgefordert, ohne Rücksicht auf die Folgen. Ihn vielleicht sogar getötet. Zumindest hätten Sie ihm wehgetan. Dass Sie anscheinend bloß mit ihm *geredet* haben, beweist, wie sehr Sie sich verändert haben und dass ich mich geirrt habe.«

Aiden hatte sich geirrt?

Gerade war der verdammte Tartarus zugefroren.

»Ich habe mich geirrt, als ich sagte, es sähe aus, als machten Sie sich keine Sorgen und Ihnen sei alles egal«, fuhr er fort. »Deswegen wollte ich nur sagen, dass ich stolz auf Sie bin.«

Ich verdaute seine Worte. »Halten Sie den Mund«, erwiderte ich dann.

Lächelnd wandte Aiden den Blick ab.

Hier waren noch nie Türen gewesen?

Nein.

Unmöglich.

Mir klappte die Kinnlade herunter. Ich war nicht die Einzige, die sie gesehen hatte. Beim ersten Mal war Deacon bei mir gewesen, und wir hatten diese Türen beide bemerkt. Außerdem war ich zusammen mit Medusa hindurchgegangen.

Ich riss mich aus meiner Erstarrung. »Hier arbeitet noch eine andere Bibliothekarin. Sie ist *so* groß.« Ich reckte die Hand über meinen Kopf, so hoch ich konnte. »Und sie hat sehr … lockiges Haar. Sie trägt eine Sonnenbrille. Ist sie heute da?«

Die Bibliothekarin runzelte die Stirn. »Wir haben eine andere Bibliothekarin, die in Vollzeit arbeitet, aber das klingt nicht nach Lilly. Dann ist da noch Janice, die an den Wochenenden und dienstags und donnerstags hier ist, doch sie hat glattes Haar und ist kleiner als ich.«

Die Frau, die sie beschrieb, war nicht die, nach der ich suchte, es sei denn, Medusa war auch Gestaltwandlerin. Aber was wusste ich schon? Vielleicht war sie es.

Ein weiteres Buch schwebte am Regal hinauf und sortierte sich dieses Mal auf dem zweitobersten Regalbrett ein.

»Sind Sie sich sicher, dass die Person, die Sie suchen, hier arbeitet?«

Eigentlich hatte ich keine Ahnung, ob Medusa tatsächlich hier angestellt war. »Vielleicht nicht«, erklärte ich und wich zurück. »Danke für Ihre Hilfe.«

Ich drehte mich um, hielt mich links und kam wieder an den leeren Tischen vorbei. Was zur Hölle war hier los? Hatte Medusa die Bibliothek verlassen und deswegen die Türen mitgenommen?

Falls ja, war das richtig ätzend.

Denn was hatte ich dann noch in der Hand? Ein dickes, fettes Nichts, denn wenn Medusa fort war, konnte ich nur darauf hoffen, dass mein Vater zufällig auftauchte und uns irgendwelche nützlichen Informationen gab. Was ebenso wahrscheinlich war wie die Aussicht, dass ich beschließen könnte, nie wieder Frühstücksspeck zu essen.

Das war eine große Sache. Gewaltig.

Die Zeichen der Halbgötter, die sie brauchten, sobald ihre Kräfte freigesetzt waren, befanden sich in einem Raum, in den Medusa mich geführt hatte.

Und dieser Ort hatte unterhalb der Bibliothek gelegen … und doch irgendwie außerhalb davon.

Er war eins der Portale zum Olymp gewesen.

Frustriert stampfte ich praktisch zurück zum Wohnheim. Dort angekommen, marschierte ich in die Mitte meines Wohnzimmers und sah zur Decke auf.

»Apollo?«, rief ich und zuckte zusammen, weil ich mir irgendwie dumm vorkam. Ich ließ den Blick über die Decke schweifen und wartete. Nichts. »Dad?«

Ich griff nach meinem Zopf und strich mit den Fingern darüber, während ich es noch einmal versuchte. »Apollo? Wenn du mich hören kannst – ich muss wirklich, ernsthaft mit dir reden, sofort.«

Stille.

Ich trat so nahe an die Schlafzimmertür, wie ich konnte – keine Ahnung, um besseren Empfang vom Olymp zu haben oder so. »Ich muss dringend mit dir über die Halbgötter und die Titanen sprechen. Wir haben keine Ahnung, wie wir die einen begraben und die Kräfte der anderen entblockieren sollen.«

Immer noch nichts.

Meine Frustration wich Zorn. »Und die Türen in der Bibliothek sind verschwunden. Wie sollen die Halbgötter Zugang zu ihren Zeichen bekommen, wenn Medusa nicht da ist? Wie zur Hölle sollen wir die Titanen bekämpfen? Was sollen wir tun? Außerdem können wir die Halbgötter nicht zum Kampf ausbilden. Es würde Monate, wenn nicht Jahre dauern, bis sie an dem Punkt wären, an dem sie sich einem Titanen stellen können. Ganz zu schweigen davon, dass sie im Grunde Menschen sind. Man kann von ihnen nicht erwarten, dass sie in der Lage sind, so zu kämpfen, wie wir das brauchen.«

Und immer noch kam keine Antwort.

Ich ließ meinen Zopf los, ballte die Hände zu Fäusten und starrte nach oben, bis das dumme – ach, so dumme – Brennen hinter meinen Augenlidern mich zwang, die Augen zu schließen. »Weißt du eigentlich, dass ich schwanger bin? Ich werde Mutter, Seth wird Vater, und du …« Mir brach die Stimme, und ich hatte einen Kloß im Hals. »Du wirst *Großvater*. Ist dir das denn völlig egal?«

Ich stand schweigend da, schaute mich um und ließ den Kopf hängen. Heiße Tränen stiegen mir in die Augen – törichte Tränen. Furchtbar töricht, weil ich mir nicht einmal sicher war, wieso das Ausbleiben einer Antwort mich so bedrückte. Ja, er war mein Vater, aber er hatte mich nicht großgezogen, und er hatte mir nicht wirklich signalisiert, dass er auch nur entfernt interessiert daran war, eine Art Vater-Tochter-Beziehung aufzubauen.

Verdammt, es tat trotzdem weh.

Zittrig stieß ich den Atem aus und wischte über meine feuchten Wangen. »Reiß dich zusammen«, befahl ich mir. »Wir haben keine Zeit zum Heulen.«

Schließlich tat ich einen tiefen, reinigenden Atemzug, warf mir den Zopf über die Schulter und verließ mein Zimmer. Da ich wusste, dass Cora und Gable bei Colin gut aufgehoben waren, wollte ich das Nächstbeste tun, was mir übrig blieb, nachdem Medusa abgetaucht war und mein Vater wer weiß was trieb.

Ich würde mit den Elementen trainieren.

Als ich nach draußen trat, zogen am Himmel Wolken auf und schoben sich vor die Sonne, sodass die Temperatur sank. Da ich aufs Feld gehen wollte, wo es sogar an einem ruhigen Tag windig werden konnte, wünschte ich, ich hätte mir einen Hoodie oder so geschnappt, ich ging dennoch weiter. Vielleicht würde es sich ja wieder aufheitern.

Ich näherte mich der Krankenstation und den Gebäuden, in denen die Cafeteria untergebracht war, umrundete eine Hausecke und passierte eine Gruppe Studenten, die neben dem Weg auf dem Rasen zusammenstanden. Dann erreichte ich den Rand des ausladenden Vorbaus, der den Eingang zur Cafeteria bildete. Ich ging weiter und …

Zwischen den dicken Marmorsäulen kam ein Gartenstuhl aus schwerem Metall angeflogen, segelte über den Fußweg und krachte in der Nähe in einen Baum.

»Heiliger Scheiß!«

Etwas Großes raste auf mich zu. Ich sprang beiseite und drückte mich an die Hauswand. Ich wäre beinahe von … von einer Person umgeworfen worden. Ich stieß mich von der Wand ab und fuhr herum, als der Mann mit einem ekelerregenden Knacken auf den Fußweg prallte. Unter ihm zersplitterte der Marmor.

Als ich zum Platz vor der Cafeteria sah, sog ich scharf den Atem ein. Überall wimmelte es von Leuten. Halbblüter. Reinblüter. Unter ihnen waren Wächter und Gardisten, die Befehle brüllten. Es war das absolute Chaos.

Und ich war mitten hineinspaziert.

SETH

Die Sonne war untergegangen, und obwohl es Sommer war, brannte in dem aus Backstein gemauerten Kamin ein Feuer. Wenn ich noch eine einzige Platte mit Backfisch und Pommes frites aus der Küche kommen sah, würde ich das Gebäude wahrscheinlich niederbrennen.

Bisher hatte der Ausflug nach Pluckley … nichts ergeben. Die Gäste des Pubs waren ehrlich gesagt so sterblich, dass sie mich zu Tode langweilten. Keine Schlägereien, nicht einmal Geschrei. Nun ja, im Fernsehen lief ein Spiel, und dabei war etwas Gebrüll aufgekommen, aber nichts Ungewöhnliches. Zu Deacons großer Enttäuschung hatte sich nicht mal ein Gespenst blicken lassen.

Alex und Aiden waren zwischendurch losgezogen, um die wenigen Läden vor Ort auszukundschaften. Auch dort hatten sie nichts Verdächtiges entdeckt.

Ich fand, dass es höchste Zeit für mich war, von hier zu verschwinden und zu Josie zurückzukehren, aber …

Da war dieses merkwürdige Gefühl zwischen meinen Schulterblättern, das immer stärker wurde. Schon seit zwei Stunden. Dieses scharfe Kribbeln hatte eingesetzt, während ich auf dem Holzstuhl saß und bitteres Ale trank, und seitdem nicht nachgelassen. Es erinnerte mich an das Gefühl, das man bekommt, wenn jemand einen durchdringend anstarrt.

Doch abgesehen von ein paar neugierigen Blicken der Dorfbewohner schenkte uns niemand die geringste Beachtung. Immer wieder schaute ich über meine Schulter und sah nichts. Ich schaffte es jedoch, mir die Gesichter der Stammkunden einzuprägen.

Falls der Halbgott hier war, versteckte er sich gut; und

wenn wir nicht an jede Tür klopfen wollten, brauchten wir einen besseren Plan.

»Was habt ihr jetzt vor?«, fragte ich, nachdem Alex von der Toilette zurückgekehrt war.

Aiden lehnte sich zurück und legte einen Arm über Alex' Stuhllehne. »Ich finde, wir können der Sache noch ein paar Stunden geben, aber ich sehe keinen Sinn darin, über Nacht zu bleiben.«

Deacon blickte von der Dessertkarte auf. »*Und ob* ich über Nacht bleibe.«

»Deacon …«

»Du wirst meinen kalten, toten Körper von hier wegzerren müssen, damit ich die Chance verpasse, in der Frühstückspension da unten an der Straße abzusteigen. Wusstest du …?«

»Ich glaube wirklich nicht, dass ich hören will, was für ein Geist dort umgeht«, schaltete sich Luke ein.

Das Prickeln zwischen meinen Schulterblättern wurde stärker.

Luke ignorierte Deacons verkniffenen Blick. »Wir können aufbrechen. Uns noch mal in der Stadt umsehen. Vielleicht …«

Ein jäher schwerer Aufschlag zog unsere Aufmerksamkeit auf sich. Als ich diesmal über meine Schulter sah, rollte ein Barhocker über die unebenen Bodendielen. Mein Blick huschte zur Theke. Dort standen mehrere Männer und wandten uns den Rücken zu.

Aiden nahm den Arm von Alex' Stuhl, und sie drehte sich auf ihrem Platz um. »Vielleicht nur ein Betrunkener.«

»Möglich«, murmelte Alex.

Ein Mann in einem dunklen Hemd stolperte rückwärts, und ein kleinerer, älterer Kerl mit grauem Haar hob seinen großen Krug mit bernsteinfarbenem, schaumigem Nass.

»Was hast du für ein Problem, Kent?«, verlangte der Jüngere zu wissen. »Du benimmst dich wie ein Volltrottel.«

»Wow.« Deacon riss die Augen auf. »Das ist hardcore.«

Besagter Volltrottel drehte sich um und hielt seinen Krug fest. »Du willst mich wohl verscheißern.«

»Was?«, flüsterte Alex. »Hat er ihn mit …?«

Ich kicherte. »Es bedeutet etwas anderes.«

Aiden warf ihr ein kurzes Grinsen zu und konzentrierte sich wieder auf die Bar.

Was immer der jüngere Typ darauf sagte, ging im Gelächter und Gejohle von den billigen Plätzen an der Bar unter. Das war alles ziemlich normal. Hörte sich nach einem gewöhnlichen Streit unter Betrunkenen an.

»Verfluchte Bastarde.« Der Jüngere streckte die Faust aus, reckte in einer überall auf der Welt verständlichen Geste den Mittelfinger und wandte der Theke den Rücken zu.

Ohne ein Wort warf der Alte – der alt genug sein musste, um es verdammt noch mal besser zu wissen – dem Jüngeren sein Bier *mit* dem Humpen an den Hinterkopf.

Der Mann taumelte nach vorn, krachte mit den Knien auf die Bodendielen und hielt sich den Schädel.

»Ach du Heiliger.« Alex keuchte auf und schoss von ihrem Stuhl hoch.

»Wa'um hassssen das gemacht?«, verlangte jemand an der Bar zu wissen, zog eine finstere Miene und trat zurück.

Sein blondes Haar war so zerzaust, als hätte er in einem Windkanal gestanden.

Der Alte, der mich an Santa Claus erinnerte, wedelte mit der Hand, um den anderen wegzuscheuchen.

»Funk mir bloß nicht dazwischen, du Riesenarsch.«

Blondie schoss vor und schlug Santa die Faust ins Gesicht. Der Alte torkelte zurück, und es sah aus, als würde er fallen. Wahrscheinlich würde er sich die Hüfte brechen.

Ich legte die Füße auf Alex' frei gewordenen Stuhl und verschränkte die Arme.

Doch Aiden war schneller als sie. Er war geradezu von seinem Platz hochgeschossen und fing Santa an den Schultern auf, bevor er stürzen und sich verletzen konnte.

»Vorsicht.« Aiden richtete ihn auf und ließ erst los, als er sicher zu sein schien, dass der Mann nicht umfallen würde.

Santa Claus wirbelte herum. Rote Flecken überzogen sein Gesicht. »Wer bist du denn?« Er musterte Aiden von oben bis unten, seine Miene zeigte ein beeindruckendes Ausmaß an Widerwillen, wie es nur ein Brite aufbringen konnte. »Nichts als ein schwachsinniger Hu…«

»Sprechen Sie diesen Satz nicht zu Ende«, riet Aiden ihm. »Das ist mein Ernst.«

»Ach ja?«, blaffte Santa kampflustig.

Aiden starrte von oben auf den korpulenten Kerl hinunter. »Ja«, erklärte er mit ausdrucksloser Stimme.

Jemand stieß einen Schrei aus, der einer Banshee würdig gewesen wäre. Luke stand auf, als der Mann, der den Bierkrug auf den Hinterkopf bekommen hatte, mit einem Barhocker, den er hoch über seinem Kopf hielt, auf die Theke zustürmte.

Alex stürzte vor und riss dem Mann, dem Blut über den Nacken rann, den Barhocker weg. Sie stellte ihn auf den Boden. »Also, das ist jetzt nicht nett. Sie könnten jemandem sehr wehtun.«

Der Mann drehte sich zu Alex um und sah sie an, musterte sie genau. »'ne Hackfresse biste jedenfalls nich'.«

Ich hatte keine Ahnung, was »Hackfresse« bedeutete,

aber Aiden gefiel es gar nicht, das zu hören. Innerhalb einer Nanosekunde stand er neben Alex. Ganz falsche Aktion, denn Santa war nach wie vor auf dem Kriegspfad. Er griff sich den Barhocker.

»Oh Mist.« Lukes Augen weiteten sich.

Deacon streckte die Hand aus, schnappte sich eine kalte Fritte von meinem Teller und steckte sie sich in den Mund.

Santa warf den Barhocker über die Theke. Das Teil flog durch die Luft wie eine verdammte Frisbee-Scheibe. Der Barkeeper duckte sich in der letzten Sekunde, und der Hocker krachte in das Regal mit den Schnapsflaschen. Glas splitterte, und Alkohol spritzte umher.

Das war jetzt aber schnell eskaliert.

Der Barkeeper sprang hoch und flankte über die Bar. *Flankte*. Er stürzte sich auf Santa und kollidierte mit dem Tisch neben uns. Teller zerschellten, und ein stämmiger Rothaariger schnappte sich sein Bier, um es zu retten.

Luke duckte sich, und eine Flasche flog über seinen Kopf hinweg. Er drehte sich zu mir um. »Hast du vor, in näherer Zukunft aufzustehen und uns zu helfen?«

»Noch nicht.« Ich ließ den Blick durch das Lokal schweifen und suchte nach neuen Gesichtern. Ich war mir sicher, alle Neuankömmlinge gesehen zu haben, aber offensichtlich war mir jemand entgangen. Denn wenn die anderen recht damit hatten, wer der Halbgott war, befand er sich in diesem Raum.

Deacon streckte die Hand über unseren Tisch aus und griff nach meinem kaum berührten Teller. »Ich bewahre ihn für dich auf.«

»Klar«, murmelte ich und musterte die Theke.

Deacon wich zurück und barg den Teller an seiner Brust.

»Götter.« Alex fuhr herum und packte einen großen,

mageren Burschen, der schnurgerade auf Deacon zuhielt, am Kragen. Sie stieß ihn von sich, worauf er auf dem inzwischen glitschigen Boden ausrutschte. »Unterhältst du dich gut, Seth?«

»Ungemein.«

Dann sah ich ihn.

Jedenfalls seinen *Rücken*.

Er war hochgewachsen, und das dunkle Haar reichte ihm im Nacken bis an den Kragen seines weißen Hemdes. Gerade duckte er sich mit Leichtigkeit unter einem Boxhieb weg, der auf dem Kinn eines armen Kerls landete. Er hielt einen Krug mit etwas, das wie Bier aussah, in der Hand.

Alle meine göttlichen Instinkte sagten mir, dass er derjenige war, nach dem wir suchten.

Langsam breitete sich ein Lächeln über mein Gesicht, als ich schließlich von meinem Stuhl aufstand. »Ich glaube, wir haben einen Volltreffer, Leute.«

16. KAPITEL

JOSIE

Stumm und fassungslos sah ich zu, wie ein Halbblüter vom Vorbau sprang und einen Reinblüter so in den mit Marmorplatten gepflasterten Weg stampfte, dass der Stein splitterte. Er hob den Reinblüter bis über die Schultern hoch und ließ ihn dann mit dem Rücken voran hinunterkrachen wie beim Profi-Wrestling.

»Heiliger Scheiß«, flüsterte ich. Ich wollte schon den Blick abwenden, als etwas Merkwürdiges meine Aufmerksamkeit anzog. Der Reinblüter auf dem Boden trug eine Maske.

Die gleiche Maske, die ich neben der Leiche des halbblütigen Mädchens gesehen hatte. Bevor ich diese Wahrnehmung richtig verarbeiten konnte, veränderte sich meine Umgebung vollständig.

Glühende Hitze schoss durch die Luft. Aus dem Augenwinkel sah ich, wie ein verdammter Feuerball schnurgerade auf den Rücken des Halbblüters zuhielt. Ich reagierte, ohne nachzudenken.

Ich hob die Hand und rief das Wasserelement. Energie durchströmte mich, und um mich herum sammelte sich Feuchtigkeit in der Luft und kondensierte. Aus dem Nichts entsprang ein Regenguss und löschte den Feuerball, bevor er den Halbblüter treffen konnte.

Wasser.

Ach, du Heiliger.

Endlich hatte ich das Wasserelement korrekt eingesetzt.

Am liebsten hätte ich eine kleine Party für mich selbst veranstaltet, aber ich hatte keine Zeit, stolz auf mich zu sein.

Der feuerwütige Reinblüter wandte sich mir zu, und der Halbblüter fuhr herum. Das Reinblut hob die Hand, doch in dem Moment, als er mich richtig sah und erkannte, *wer* ich war, erstarrte er auf der Stelle. Auch er trug *diese* Maske.

Es war die Bronzemaske, die das ganze Gesicht bedeckte und nur Sehschlitze für die Augen freiließ. Die Wangen waren übertrieben rund geformt, und der geschlossene Mund war zu einem grotesken Lächeln verzogen. Mitten in die Stirn der Maske war dieser verdammte Kreis, von dem ein Pfeil ausging, eingraviert.

Die Maske für sich zu sehen war eine Sache, aber jemanden zu sehen, der sie trug, war ein ganz anderes Erlebnis.

»Na, das ist ja wirklich eine Maske wie aus einem Albtraum«, sagte ich.

Der Maskierte schlurfte einen Schritt zurück, dann gab er Fersengeld und rannte davon, wobei er Haken zwischen den am Boden liegenden Halb- und Reinblütern schlug.

Ich setzte mich in Bewegung, sah mich auf dem offenen Gelände des Campus um und erkannte, dass mehrere der Kämpfenden maskiert waren. Dutzende.

»Danke«, sagte der Halbblüter, wischte sich über die Stirn und musterte den feuchten Fleck auf dem Fußweg. »Mist. Das hätte mich umgebracht.«

Ich wollte ihn schon fragen, was passiert war, da sah ich eine andere Halbblüterin an uns vorbeifliegen, den Bauch gegen ihre Oberschenkel gepresst, als schlänge sich ein unsichtbares Seil um ihre Taille, das sie zum Eingang der Cafeteria zurückzog. Die ganz in Weiß gekleidete Gardistin schoss in einem solchen Tempo durch die Luft, dass mir klar war, sie würde sich jeden einzelnen Knochen brechen, wenn sie gegen das Gebäude knallte.

Ich musste etwas unternehmen.

Ich fuhr herum und zapfte das Luftelement an, aber es war zu spät. Die Gardistin prallte gegen die Wand. Dort, wo ihr Hinterkopf auf die Backsteinmauer traf, spritzte Blut.

Ich zuckte zusammen und sog scharf den Atem ein.

Jemand schrie etwas, doch ich verstand die Worte nicht, weil ich von Grauen erfüllt war. Die Gardistin sackte zu einem blutigen Häufchen zusammen.

»Götter.« Zornbebend fuhr ich herum.

Innerlich schaltete ich teilweise ab, während ich an dem Halbblut vorbeimarschierte. Meine Wut brannte sich fast durch meine Haut, als ich mich einem Halbblut und einem maskierten Reinblüter näherte, die miteinander kämpften. Der Reinblüter hatte die Oberhand und saß auf dem Halbblüter. Die Wolken wichen auseinander, und ein Sonnenstrahl ließ eine Klinge – *ein richtiges Messer* – aufblitzen, mit dem der Reinblüter ausholte.

Das war kein Kampf.

Sie versuchten, die Halbblüter zu massakrieren – schlachteten sie ab, so wie sie dieses Mädchen getötet und kurz nach meiner Ankunft hier jenen anderen Halbblüter umgebracht hatten.

Ohne zu überlegen, was ich tat, packte ich den maskierten Reinblüter bei den Schultern. Ich war so was von *stinksauer*. Da draußen waren Titanen, die wild entschlossen waren, den Olymp und die Erde an sich zu reißen, und sie bekämpften sich gegenseitig? Weswegen? Weil eine Gruppe mehr Äther im Blut hatte?

Das war so verdammt dumm, dass es schon tragisch war.

Meine Berührung erschreckte ihn. Sein abwärts stoßender Arm verharrte, der Reinblüter drehte den Kopf in meine Richtung, und ich stellte fest, dass ich in diese unheimlichen Augenschlitze sah.

»Bastard«, sagte ich und zapfte das Luftelement an.

Der maskierte Reinblüter flog rückwärts davon, prallte auf den Boden und rollte noch ein Stück. Das Messer verlor er im Gras.

Ich überrumpelte einen weiteren maskierten Reinblüter und schleuderte ihn mitten auf den Fußweg. Der Mann war wie vom Donner gerührt, als ich mich über ihn beugte und die Maske an den Rändern fasste. Ich riss sie ihm vom Gesicht, und er stöhnte.

Ich sah in die smaragdgrünen Augen eines Reinblüters, der nicht viel älter sein konnte als ich. Das ging mir an die Nieren und erschütterte mich. Der Kerl war so jung. »Was ist mit dir nicht in Ordnung?«

Er wurde kalkweiß im Gesicht.

Unter dem unnatürlichen Feuer, das ich herbeirief, erhitzte sich das Metall. Flammen waberten über die Maske, und innerhalb von Sekunden rieselte deren Asche aus meinen Händen.

»Grundgütige Götter.« Der Reinblüter schob sich auf den Händen rückwärts davon wie eine Krabbe und rollte sich ab. Er stand auf und rannte weg.

Lächelnd wischte ich mir die Hände an der Jeans ab.

Ich fühlte mich wie eine krasse Kämpferin – wie Maggie aus *The Walking Dead*. Ich führte die …

Jemand riss mich an den Schultern nach hinten. Ich verlor das Gleichgewicht und landete krachend auf meinem Hinterteil. Eine schattenhafte Gestalt verdeckte die Sonne, und als Nächstes sah ich einen dicken Stiefel auf mich zukommen, der direkt auf meinen Bauch zielte. Panische Angst überfiel mich. Nicht um mich, sondern um mein Kind.

Ich wälzte mich zur Seite und stöhnte, als der Stiefel meine Hüfte traf. Der dumpfe Schmerz, der mich durchfuhr, war jedoch nichts im Vergleich zu dem, was hätte passieren können. Ich richtete mich auf alle viere auf und sprang hoch. Ein eigenartiges Gefühl schoss durch meinen Leib. Kein richtiger Schmerz, sondern eher so etwas wie ein Ziehen. Ich hatte keine Zeit, mich damit zu beschäftigen, und warf mich zur Seite. Da ich wusste, dass ich einen Nahkampf vermeiden musste, rief ich das Luftelement.

Der maskierte Reinblüter machte einen Satz und brach zusammen, als es ihm die Beine wegriss. Er ging dort zu Boden, wo ich gerade noch gelegen hatte. Ich blickte auf und sah Colin.

»Hey«, sagte ich und legte eine Hand auf meinen Bauch. »Danke.«

Besorgt verzog er das Gesicht. »Geht's dir auch gut?«

»Ja.« Schwer atmend nahm ich die Hand von meinem Bauch. Wenn Alex oder Deacon ihm nicht davon erzählt hatten, wusste er nicht, dass ich schwanger war. Ich warf ihm einen Blick zu und sah, dass sein Shirt mit dunklen Flecken übersät war. Blut. Mein Magen überschlug sich. »Wo sind Cora und Gable?«

»In Coras Zimmer. Jedenfalls wäre das besser so. Ich war gerade unterwegs, um ihnen etwas zu essen zu besorgen.« Er schüttelte den Kopf und fuhr sich mit der Hand durchs schwarze Haar. »Das ist verrückt. Sie haben in der Cafeteria angegriffen. Ungefähr fünfzig von ihnen und alle in diesen verdammten Masken. Haben einfach angefangen, auf Halbblüter und Gardisten einzustechen.«

Wieder überlief mich das Grauen. »Fünfzig?«

»Wo stecken Seth und die Truppe?«, erkundigte Colin sich und fuhr herum.

Ein Wächter hatte einen der maskierten Reinblüter zu fassen bekommen und den Bastard zu Boden gerungen.

Ich brauchte einen Moment, um den Wächter zu erkennen, aber es war Alex' Vater, Alexander.

»Sie sind noch nicht zurück.« Wenn Seth hier wäre, hätte er schon die Geduld verloren und die Reinblüter alle außer Gefecht gesetzt. »Wir werden damit fertig. Wir müssen.«

Colin wandte sich wieder zu mir um. »Wir schaffen das. Wir …«

Ich drehte mich zur Seite und sah einen der Wächter über das Gelände rennen. Falls ich erleichtert war, dann war das Gefühl kurzlebig.

»Sie kommen!«, brüllte er panisch. »Sie kommen!«

Bei dem Grauen, das in seiner Stimme lag, machte mein Herz einen Satz. Ich rannte auf den Wächter zu, und Colin folgte dicht hinter mir. »Wer kommt?«

Angst stand in seinen Augen, als er mich erreichte und meine Hand packte. Die Art von Furcht, bei der es mir kalt über den Rücken lief.

»Nicht dort entlang. Da dürfen Sie nicht hin!«

»Was wollen Sie …?«

Ein Schrei, der mich an den eines verwundeten Tieres erinnerte, zerriss die Luft. Mehrere verwundete Tiere. Hoch und schrill.

Schreie.

Entsetzensrufe mischten sich mit etwas Unheimlicherem, Nichtmenschlichem. Ein Kreischen übertönte die Schreie.

Maskierte Reinblüter sanken auf die Knie und versuchten panisch, sich die Ohren zuzuhalten.

In der Ferne entdeckte ich etwas Dunkles am grauen Himmel. Große … Vögel? Sie waren zu dritt und glitten auf ihren Schwingen dahin …

»Heiliger Scheiß«, stieß ich hervor und taumelte einen Schritt zurück. »Das sind keine Vögel, oder?«

»Nein.« Der Wächter zerrte an meiner Hand. »Die Furien sind losgelassen, und sie sind zornig.«

Colin klappte die Kinnlade herunter. »Die Furien?«

»Sie vernichten alles, was ihnen im Weg steht. Wir müssen irgendwo rein.« Der Wächter setzte sich in Bewegung und zog mich hinter sich her. »In die Bibliothek.«

Ich schaffte es, meine Füße in Gang zu setzen, aber ich musste über die Schulter sehen, konnte einfach nicht anders. Lautlos bewegten sie ihre Schwingen und kamen immer näher. Eine löste sich aus der Gruppe und stürzte auf die Erde zu wie ein Torpedo.

Die Schreie wurden lauter.

Als wir die Treppe erreichten, stieß Alexander zu uns. Heftiges Prickeln breitete sich in meinem Nacken aus, und die winzigen Härchen an meinen Armen stellten sich auf. Instinktiv fasste ich die Hand des Wächters fester.

»Halt!«, schrie ich.

Ein dunkler Schatten fiel über uns. Colin hatte das obere Ende der Treppe erreicht und erstarrte. Mein Herz tat stockend einen Satz, und dann landete eine Furie vor den geschlossenen Türen der Bibliothek. Sie sah nicht so aus, wie ich erwartet hatte. Ganz und gar nicht.

Diese Furie war wunderschön und schien nur aus goldenem Haar und Pfirsichhaut zu bestehen. In ihrem weißen, durchscheinenden Gewand war sie einfach umwerfend. Sie hatte diese geschmeidige Eleganz, die ich früher immer mit Erin in Verbindung gebracht hatte. Die Schwingen der Furie wirkten zerbrechlich und fast durchsichtig, und ihre Miene zeigte heitere Gelassenheit.

Sie nahm Colin ins Visier, neigte den Kopf zur Seite und taxierte ihn. Sie … sie schnüffelte. Langes blondes Haar fiel ihr über die Schultern.

»Schwindel, Schwindel, Schwindel«, rief sie und lachte, es klang wie ein Windspiel.

»Zurück«, sagte der Wächter neben mir mit leiser Stimme. »Colin, *zurück.*«

Ich konnte dem Wächter nur beipflichten. Ich hatte gesehen, wie brutal Erin kämpfte, und sie war meine Freundin. Diese Furien dagegen? Ich hatte keine Ahnung, wozu sie in der Lage waren, doch sie waren gerade erst aus ihren Gräbern befreit worden, daher vermutete ich, dass sie ein wenig … aggressiv werden könnten.

Colin trat einen gemessenen Schritt zurück, und ich spürte, wie Alexander hinter mir in die Hocke ging. Wir waren nicht die Einzigen auf der Treppe oder unter dem Vorbau, die die gleiche Idee gehabt hatten. Wir waren nur die Einzigen, die reglos blieben.

»Nicht bewegen«, sagte der Wächter, ohne den Blick von der Furie zu nehmen, so langsam vermutete ich, dass er Erfahrung mit ihnen hatte. »Bleibt einfach alle ganz still stehen …«

Ein halbblütiges Mädchen löste sich von der Außenwand der Bibliothek und sprintete auf die Treppe zu.

Die dichten blonden Locken hoben sich von den Schultern der Furie, dann schoss sie mit einer Geschwindigkeit davon, wie ich es schon so oft bei Seth gesehen hatte. Ihre nackten Füße lösten sich vom Steinboden des Vorplatzes, als sie sich in die Luft erhob und die gewaltigen Schwingen zu beiden Seiten ihres Körpers ausstreckte.

Sekundenschnell veränderte sie sich.

Ihre Pfirsichhaut wurde grau, die Schwingen wurden dicker und nahmen ebenfalls einen Grauton an. Schlanke Finger verwandelten sich in rasiermesserscharfe Klauen. Das blonde Haar verdunkelte sich und legte sich zu Locken – heiliger Scheiß, es waren Schlangen, wie bei Medusa.

Die Furie packte den Kopf der Halbblüterin und schlug die scharfen Klauen hinein, sodass scharlachrotes Blut an deren Gesicht hinunterlief. Und dann, nach einer kleinen Drehung des Handgelenks der Furie, endete der Schrei des Mädchens abrupt.

Vollkommen mühelos hatte die Furie ihr den Hals gebrochen.

»Oh mein Gott«, flüsterte ich, und mein Magen schlingerte.

Alle setzten sich gleichzeitig in Bewegung, doch die Furie war schneller. Sie packte wieder jemanden – dieses Mal einen maskierten Reinblüter, hob ihn in die Luft und riss ihn entzwei.

Finster entschlossen hielt die Furie jetzt auf Colin zu.

Jemand umfasste meine Schultern, und ich sah in Alexanders Augen, als ich mich umdrehte. Der Mann konnte nicht sprechen, doch ich verstand seine Botschaft. *Lauft*. Zu viert drehten wir uns um. Ich hatte keine Ahnung, wohin wir rannten, aber der Plan war mir recht.

Was ich gerade gesehen hatte …

Wir liefen nach unten und hatten die halbe Höhe der Treppe erreicht, als ich einen seltsamen, gekrächzten Laut vernahm, der in einen Schrei umschlug. Ich sah hinter mich, und mein verdammtes Herz blieb fast stehen. Die Furie hatte Colin.

»Nein!«, schrie ich und fuhr herum.

Der Wächter wollte mich aufhalten, aber ich konnte schnell sein, wenn es darauf ankam, und schoss an ihm vorbei. Die Furie hatte die Krallen in Colins Brust geschlagen und hob ihn hoch. Colin wehrte sich und versuchte, die knochigen Pranken der Furie festzuhalten, doch es nützte nichts. Rotes Blut lief an seinen Armen hinunter und tropfte auf die Steinplatten des Vorbaus.

Nein, nein, nein.

Colin war einer von den Guten. Er lief nicht herum und tat Leuten weh. Er *beschützte* sie. Er war freundlich. Und er war von Anfang an nett zu mir gewesen, obwohl Seth ihm das extrem schwer gemacht hatte.

»Josie! Nein!«, brüllte der Wächter, aber ich flitzte schon die Treppe hinauf.

Als ich die tödlichste Energie anrief, die ich in mir trug, hob die Furie den Kopf. Akasha. Die Macht stieg in mir auf und wurde stärker, bis sie explodierte. Mit einem Aufschrei riss ich die Hand hoch. Weißes Licht schoss aus meiner Handfläche und fand sein Ziel. Der Lichtstrahl beschrieb einen Bogen und schlug in die Schulter der Furie ein.

Sie kreischte vor Schmerz auf und ließ Colin fallen; bei mir mischten sich Zorn und Angst mit starker Energie, und ich ließ nicht von ihr ab. Ich war mir vage bewusst, dass Alexander und der Wächter herbeistürzten und Colin aufhoben, aber er … er bewegte sich nicht.

Heulend kam die Furie auf mich zugeschossen, doch die weiß schimmernde Energie schloss sie ein und hielt sie auf. Die Macht von Akasha zog sich zurück und fuhr wieder in mich. Taumelnd wich ich einen Schritt seitwärts, als die Furie auf dem Stein einschlug und zu einem Häufchen schlanker Arme und zerbrochener Schwingen zusammensackte. Sie rührte sich nicht.

Ich hatte sie getötet.

Ich hatte eine Furie umgebracht.

Oh Mist, war das jetzt schlecht?

Bei den schrillen Schreien, mit denen die anderen Furien reagierten, liefen mir kalte Schauer über den Rücken. Eine war erledigt, aber zwei waren noch übrig. Ich vermutete, dass sie ziemlich sauer waren.

Mein Herz pochte, als ich mich umdrehte. Die Furien hielten mitten im Flug inne. Sie waren nur ein paar Meter entfernt, und ich verspannte mich, da ich mir nicht sicher war, ob ich es mit beiden gleichzeitig aufnehmen sollte.

Sie hatten es jedoch nicht auf mich abgesehen.

Auf lautlosen Schwingen glitten sie durch die Luft und legten die Köpfe zurück, als hätten sie etwas gehört. Der Mund wurde mir trocken, während ich darauf wartete, dass sie angriffen.

Zwei grelle, blendende Lichtblitze, dann ...

... waren sie verschwunden.

Ich hatte keine Ahnung, was gerade passiert war, aber ich beschloss, dem geschenkten Gaul nicht ins Maul zu schauen, sondern eilte die Treppe hinunter, zu der Stelle, an der der Wächter und Alexander sich über den am Boden liegenden Colin beugten. Beide knieten so, dass ich nur Colins Beine sah. Offenbar war er nicht so schwer verletzt, wie ich befürchtet hatte, sonst hätten sie ihn zur Krankenstation gebracht, sie knieten jedoch einfach nur dort.

»Wie geht's ihm?«, fragte ich und wischte mir die feuchten Handflächen an den Hüften ab. Ich hatte ein merkwürdiges, zittriges Gefühl. »Ist er ...?«

Über die Schulter warf der Wächter mir einen Blick zu. Sein Gesicht war bleich, und er schüttelte den Kopf. Ich schwankte. Dann sah ich das ganze Blut. Es war zu viel. Es bedeckte Colins Brust und seinen Bauch und lief vorn an seiner Hose hinunter. So viel Blut, dass es eine Lache unter ihm bildete. Alexander kniete darin, und seine Hände – seine Hände lagen immer noch auf Colins Brust und drückten darauf, als könnte er die Ströme von Blut aufhalten, doch sie ließen sich nicht stoppen.

Ich wollte mir die Hände vor den Mund schlagen, sie verharrten jedoch auf halbem Weg in der Luft, denn ich sah Colins Gesicht. Ich sah seine Augen. Sie waren weit aufgerissen und starrten in den Himmel, da wusste ich tief in meinem Herzen, dass es zu spät war.

Ich war zu spät gekommen.

17. KAPITEL

SETH

»Seht zu, dass ihr diese Leute unter Kontrolle kriegt«, befahl ich und trat über einen am Boden liegenden Typen hinweg, der gerade k. o. gegangen war.

Alex fuhr herum. »Was?«

Ich ging weiter, glitt aus der Tür und in die Nacht hinein. Es war erst ein paar Sekunden her, seit ich gesehen hatte, wie der Kerl hinausgegangen war, aber als ich nach draußen trat, war die Straße vor der Bar leer.

Stirnrunzelnd suchte ich mit den Augen das Kopfsteinpflaster des uralten Gehwegs ab. Links und rechts war niemand zu sehen und … »Mist.«

Langsam kroch zarter Nebel über die Straße, Fetzen davon leckten an der Bordsteinkante und schlangen sich um meine Knöchel. Dieser Dunst hatte nichts Übernatürliches, aber unheimlich war er auf jeden Fall.

Hinter mir öffnete sich die Tür, und Deacon kam heraus, der sich immer noch meinen Teller an die Brust drückte. »Die anderen haben mich geschickt, um nach dir zu sehen … Wow, schau dir diesen Nebel an.«

»Es ist nur Nebel, Deacon.« Frustriert versuchte ich, etwas durch die verfluchten Schwaden zu erkennen, aber anscheinend gehörte der Röntgenblick nicht zu meinen göttlichen Kräften. Wo zur Hölle war der Typ geblieben?

»Ich weiß nicht.« Deacon trat nach links und nahm ein Stück Backfisch. »Das ist gespenstisch. Also genau die Atmosphäre, die perfekt für eine Geistersichtung ist, wenn ich je eine gesehen habe. Ich wette, der *Wanderer* ist in der Nähe …«

Ich schüttelte den Kopf, ließ mich von meinem Instinkt leiten und trat von der Bordsteinkante hinunter, während Deacon von einem Geist faselte, der umging und … keine Ahnung, den Leuten ins Gesicht schrie?

Ich drang weiter in den Nebel vor und kam auf eine Art Marktplatz. Die Geschäfte dort waren geöffnet gewesen, als wir zum Pub gingen. Doch jetzt war es hinter den großen, quadratischen Schaufenstern dunkel. Ich passierte eine Parkbank und blieb an einer Ecke stehen. Das eigenartige Kribbeln saß immer noch zwischen meinen Schulterblättern, aber als ich die Straße überquerte, sah ich rein gar nichts. Hier draußen war es so verdammt still, dass ich mich zu fragen begann, ob der Typ in der Bar eine Halluzination gewesen war.

Mist. Vielleicht war er *wirklich* ein Geist.

Ein Geist, der in Bars ging und die Zeche prellte.

Klang nach einem cooleren Gespenst als dem, das herumlief und Leuten ins Gesicht schrie. Ich kehrte um in Richtung Pub. Vielleicht war er ja in die andere …

»Suchst du nach mir, Kumpel?«

Mein Rücken erstarrte. Der Mistkerl war direkt hinter mir, und ich hatte ihn nicht mal kommen gehört. Ich fuhr herum, und da stand er neben der Bank, an der ich gerade vorbeigegangen war.

In dem Moment, als ich ihn sah, wusste ich Bescheid.

Verflucht.

Sogar im Halbdunkel war mir klar, dass er Ares' Sohn war. Auch ohne das, was vorhin in dem Pub passiert war, hätte ich es gewusst, sobald ich ihm gegenüberstand.

Der Kerl sah aus wie eine jüngere Version von Ares. Dunkles Haar. Dunkle Augen. Kalte Miene.

Mist.

Die verdammten Schicksalsgöttinnen hatten ihre elenden Finger im Spiel, das wusste ich einfach. Nur sie hätten dafür gesorgt, dass von allen Halbgöttern ausgerechnet Ares' Sohn überlebte.

Er musste die Gasse entlanggegangen sein und gewartet haben, und er hielt immer noch den Bierkrug in der Hand.

»Kann schon sein«, sagte ich und ließ die Hände herabhängen.

Der Typ trank einen Schluck von seinem Bier. »Wer bist du?«

Ich schwieg. Ihn anzusehen und mir klarzumachen, wer zur Hölle sein Vater gewesen war, ließ ein bitteres, mit Zorn vermischtes Gefühl in mir aufsteigen, doch darüber hinaus empfand ich … nichts. Verflucht nichts.

Er stellte den leeren Krug auf die Bank, doch er ließ mich nicht aus den Augen.

»Oder sollte ich fragen, *was* du bist?«

Interessant. »Eine eigenartige Frage.«

»Tatsächlich?« Der Kerl trat um die Bank herum, kam aber nicht näher. »Ich glaube nicht.«

Sollten wir jetzt Ratespiele anstellen? »Wie kommst du darauf?«

Der Typ reckte das Kinn. »Also, seit März passiert immer dasselbe, wenn ich mit anderen Leuten zusammen bin. Sie versuchen, sich gegenseitig totzuschlagen, aber bei dir und der Gruppe, mit der du unterwegs bist? Schien keine Auswirkungen auf euch zu haben.«

Seit März? Ein Puzzlestück rückte an seinen Platz. Um diese Zeit waren Josies Kräfte entblockiert worden. Hatte der Umstand, dass sie zur Halbgöttin geworden war, bei den anderen Fähigkeiten erweckt? Das hätte Sinn ergeben.

Ich war es leid, um den heißen Brei herumzureden. »Du hast uns nicht beeinflusst, weil wir keine Sterblichen sind.«

Falls diese Worte den Typen verblüfften, ließ er sich nichts anmerken. Was nur heißen konnte …

»Wie heißt du?«

Er verzog einen Mundwinkel zu einem höhnischen Grinsen, das mir so verflucht vertraut war, dass ich es ihm beinahe aus dem Gesicht geschlagen hätte.

»Mein Name ist Erik.«

»Wo sind deine Eltern?«

»Tot.«

»Weißt du, wer dein Vater war?«

Erik gab keine Antwort.

»Aber *ich* weiß, wer dein Vater ist.«

Erst da sah ich, dass er reagierte. Seine Nasenflügel blähten sich.

»Wie heißt du?«

»Seth.«

Erkenntnis huschte über sein Gesicht, und er stieß schwer den Atem aus. »Verflucht und zugenäht.«

JOSIE

Wie betäubt ging ich hinter Marcus her und spürte meine eigenen Schritte nicht. Eigentlich fühlte ich gar nichts.

Wir befanden uns im geschlossenen Foyer des Hauptgebäudes, und jeder einzelne Reinblüter, der an dem Angriff teilgenommen hatte und noch lebte, war demaskiert worden und kniete mit auf dem Rücken gefesselten Händen auf dem Boden.

Colin hatte gesagt, ungefähr fünfzig von ihnen hätten angegriffen, und zweiundvierzig waren festgenommen worden. Diese zweiundvierzig hatten es fertiggebracht, neun Halbblüter und zwei reinblütige Gardisten umzubringen. Und die Furien hatten …

Ich schluckte heftig.

Sie hatten viele getötet.

»Ich will, dass alle verhört und dann hinter Gitter gesteckt werden«, befahl Marcus mit einer Stimme, die vor kaum gezügelter Wut schroff klang. »Ich werde die Familie jedes Einzelnen von Ihnen benachrichtigen. Persönlich.«

Einer der Reinblüter, ein dunkelhaariger junger Mann, grinste höhnisch, und Marcus reagierte augenblicklich. Blitzschnell war er bei ihm und rammte dem Reinblüter das Knie unters Kinn, sodass dessen Kopf nach hinten geschleudert wurde.

Die alte Josie hätte aufgekeucht und wäre verblüfft über Marcus' Reaktion gewesen. Aber jetzt? Ich hätte es ihm am liebsten nachgetan.

Am liebsten hätte ich sie alle umgebracht.

Marcus krallte die Faust ins Haar des Reinblüters und riss seinen Kopf noch einmal zurück. Das Grinsen war von dessen jetzt blutigem Gesicht gewichen.

»Hat Sie das amüsiert?«, fragte Marcus. »Weil Sie nämlich heute Abend alles andere als amüsiert sein werden, wenn wir Sie in die Zellen stecken, die sich direkt unter Ihnen befinden.«

Ein Mädchen am Ende der Reihe zitterte, Tränen liefen ihr über die Wangen. »Es tut mir leid. Bitte. Es tut mir leid …«

»Aufhören.« Marcus ließ den Reinblüter los, der zusammensank. Blut tropfte auf den Boden. Marcus richtete sich auf. »Ich weiß Ihre plötzliche Anwandlung von Reue zu schätzen, aber momentan habe ich kein Interesse daran.«

Mit steifen Bewegungen drehte er sich um und winkte mir, ihm zu folgen. Mit einem letzten Blick auf die Reinblüter ging ich hinter ihm her zu Alexander, der auf uns wartete.

Ich konnte ihn nicht anschauen.

Denn dann hätte ich das geronnene Blut an seinen Händen und Unterarmen gesehen. Ich starrte auf den Boden.

»Sehen Sie zu, dass Sie dem Mädchen, das geweint hat, ordentlich zusetzen. Sie wird als Erste auspacken«, wandte Marcus sich an Alexander. »Aber keiner von ihnen kommt davon. Haben Sie verstanden?«

Ich blickte auf und sah, wie Alexander nickte. Unsere Blicke trafen sich, und seine Augen sprachen tausend Worte. Jedes Einzelne war für mich wie ein Stich in die Brust, was bewies, dass ich noch fühlen konnte. Ich war alles andere als betäubt. Ich presste die Lippen zusammen und versuchte, die Fassung zu bewahren.

Alexander marschierte davon, und Marcus ließ den Kopf hängen. »Ich habe noch nie einen Studenten geschlagen.«

Ich blinzelte. »Er hat es verdient.«

»Das stimmt. Aber ich hätte es trotzdem nicht tun sollen.«

Seine Bemerkung verblüffte mich. Ich warf einen Blick zu den Reinblütern. Jetzt befahl man ihnen, aufzustehen. »Ich möchte sie alle umbringen. Ich weiß, dass ich das nicht tun sollte, aber ich wünsche es mir.«

Marcus schwieg lange. »Und ich glaube, ich würde Sie nicht aufhalten.«

Eine ganze Weile sagte keiner von uns etwas.

»Haben Sie etwas von Seth oder einem der anderen gehört?«, fragte er dann.

Ich schüttelte den Kopf. Sie konnten kein Handy mitnehmen. Was immer Seth tat, wenn er sich von einem Ort an den anderen versetzte, ruinierte er Handys und machte sie unbrauchbar.

»Und unsere Halbgötter? Sind sie in Sicherheit?«

»Ja.« Nach dem Angriff hatte ich nach den beiden gesehen. Ihnen ging es gut, aber ich … ich hatte ihnen sagen müssen, was passiert war.

Colin war …

Colin war tot.

Das war mit das Schwerste, was ich je hatte tun müssen.

Sein Körper lag im … Kühlraum der Krankenstation, und sein Leben war vorbei. »Das hat er nicht verdient«, sagte ich mit heiserer Stimme. »Keiner von ihnen hat das, aber diese Furien …«

»Sie kennen weder Gut noch Böse. Sie sind perfekte Killermaschinen. Blinde Gerechtigkeit.«

Zitternd verschränkte ich die Arme. In meiner Brust herrschte eine Kälte, die sich nicht vertreiben ließ. »Erin war nicht so.«

»Ihre Mitbewohnerin am College?«

»Ja. Sie war … sie war wie ich, wie alle anderen.« Ein merkwürdiges Gefühl machte sich in meinem Bauch breit. Nicht schmerzhaft. Eher … unbehaglich. Ich verlagerte mein Gewicht von einem Fuß auf den anderen. »Sie ist nicht herumgelaufen und hat alle umgebracht, die sie gesehen hat.«

Marcus drehte sich zu den abgeschlossenen Türen des Foyers um. Ich folgte seinem Blick. Alles, was ich sah, war ein Meer aus weiß gewandeten Gardisten und schwarz gekleideten Wächtern.

»Ihre Freundin hat mit Sterblichen zusammengelebt. Sie hat Empathie erlernt und sich angepasst. Aber Furien sind alles andere als Menschen, Josie, im Gegenteil.«

Das hatte ich mit eigenen Augen gesehen.

»Colin war ein großartiger Student«, erklärte Marcus nach kurzem Schweigen, und mir stockte der Atem. »Aber was noch wichtiger ist, er war ein guter Mensch, der wusste, was Verlust bedeutet und der dennoch darüber hinweggekommen ist.«

Meine Unterlippe zitterte. Colins Familie war im Krieg gegen Ares getötet worden, und jetzt war er auch nicht mehr da, nicht in einem Krieg umgekommen, sondern durch eine Furie, die durch Hass und Bigotterie losgelassen worden war.

»Er hatte eine außerordentlich strahlende Zukunft vor sich.«

Marcus' Stimme klang belegt, und ich dachte, dass er das schon viel zu oft erlebt hatte. Wie viele Studenten waren wohl während des Krieges gegen Ares auf ähnliche Weise umgekommen? Zu viele, da war ich mir sicher.

»Er wird reich belohnt werden. Ich weiß, dass der Tod in der Welt der Sterblichen etwas anderes ist, aber ich kann Ihnen versichern, dass er seine Familie wiedersehen wird und ...«

Jäher, scharfer Schmerz schoss durch meinen Unterleib und erschreckte mich. Keuchend krümmte ich mich und hielt mir den Bauch. Was in aller Welt ...? Der Schmerz war ebenso schnell wieder verschwunden, wie ... Ich schrie auf, als erneut ein glühender Stich durch mein Becken fuhr.

»Josie!« Mit einem Mal stand Marcus direkt neben mir und umfasste meine Schultern. »Was ist los?«

Ich zwang mich, auszuatmen. Angst stieg in mir auf. Dieser Schmerz – *oh Götter* –, dieser Schmerz war nicht normal. »Weiß nicht. Ich glaube ... ich glaube, es ist das Baby.«

18. KAPITEL

SETH

Alex starrte Erik zögerlich und neugierig an, und sie wirkte mehr als ein bisschen beunruhigt.

Erik hatte uns in seine Mietwohnung in einem der Steinhäuser, nur ein paar Straßen vom Pub aus, mitgenommen. Alex hatte im hinteren Teil des Raums neben einem übergroßen Poster von David Bowie Stellung bezogen, und Aiden und die Jungs saßen mit Erik zusammen.

»Er sieht aus wie er«, flüsterte Alex mir zu. »Das ist verrückt, aber er sieht genau wie Ares aus.«

Ich verschränkte die Arme und lehnte mich an die Wand. »Ich weiß, und ich kann dir was noch Verrückteres erzählen.« Ich sah sie bedeutungsvoll an und sprach leise. »Er sagt, dass er ungefähr zu der Zeit, als Josies Fähigkeiten entblockiert wurden, begann, andere zu beeinflussen. Bezweifle, dass das Zufall war.«

Sie zog langsam eine Augenbraue hoch. »Klingt zweifelhaft.«

»Und willst du etwas noch Verrückteres hören?« Ich warf Erik einen Blick zu, dessen Augen so dunkel waren wie der verdammte Himmel draußen. »Erik«, forderte ich ihn auf, »erzähl den anderen von Ares.«

Aiden drehte sich um, runzelte die Stirn und sah in meine Richtung. Ich nickte.

»Ich kannte meinen Vater.« Erik lehnte sich zurück und schlug ein Bein übers andere, sodass ein Knöchel auf seinem Knie lag. »Habe ihn öfter getroffen, als ich zählen kann. Er hat mir erklärt, wer ich bin und was er war. Mein Vater war ein Gott.«

Alex' Anspannung war mit Händen zu greifen. Sie löste sich von der Wand. »Dein Vater war ein psychotischer Massenmörder, der versessen darauf war, ganze Völker zu vernichten.«

Über Aidens Schulter hinweg sah Erik sie an. »Na, dann will ich dir mal glauben.«

Deacon, der bei ihnen saß, zog die Augenbrauen hoch. »Du brauchst nicht nur ihr Wort darauf zu nehmen. Er war alles, was Alex gesagt hat.«

An Eriks Kiefer zuckte ein Muskel. »Er hat mir von einigen von euch erzählt.« Er warf Alex und mir einen Blick zu. »Euch beide hat er auch erwähnt. Die Apollyons?«

»Die Apollyons.« Ich lächelte, und dann ließ ich mich verschwinden, um direkt vor Erik wieder aufzutauchen.

»Verdammt noch mal.« Erik fuhr zurück.

»Ich bin kein Apollyon mehr.« Ich schubste seinen Fuß von seinem Knie, sodass er zu Boden fiel. »Ich bin ein Gott. Genau wie dein Vater. Nur, dass er tot ist, und dieses Mädchen da hinten, das jetzt eine Halbgöttin ist, hat ihn getötet. Also tätest du besser daran, uns zu glauben.«

»Seth«, sagte Aiden warnend, und Luke fluchte unterdrückt.

»Hast du mich verstanden, *Kumpel*?«, fragte ich und ließ nur einen kleinen Teil meiner Göttlichkeit an die Oberfläche treten. Ich wusste, was Erik sah. Augen, die nun vollständig weiß waren.

Er sog heftig den Atem ein, doch er wandte den Blick nicht ab und sah zu mir auf. »Verstanden.«

»Gut.« Ich lächelte, und als ich mich umdrehte, waren meine Augen wieder normal. »Wir haben eine Menge zu besprechen, aber das wird nicht hier passieren.«

Erik sah sich im Zimmer um, er wirkte leicht verunsichert. »Was meinst du?«

»Vielleicht sollten wir damit noch abwarten.« Aiden schlug sich mit den Händen auf die Knie.

»Sie wollen abwarten? Na schön«, sagte ich. »Aber ich bin schon zu lange fort und muss zurück. Sie wollen noch bleiben? Ihre Sache.«

»Allzu lange können wir nicht hierbleiben«, erklärte Alex. »Nicht alle auf einmal. Das Risiko ist zu groß.«

»Warum? Warum ist es gefährlich? Du hast gesagt, mein Vater sei tot …«

»Es hat nichts mit deinem Vater zu tun.« Lukes Hände lagen auf der Lehne von Deacons Stuhl. »Es hat mit den Titanen zu tun. Hat dein Vater dir von ihnen erzählt?«

»Ja. Er hat mir erklärt, wer sie *waren*.« Stirnrunzelnd rieb sich Erik mit einer Hand über die Brust.

»Tatsache ist, dass sie inzwischen frei sind und Halbgötter wie dich jagen, um sie als so eine Art Akku zu benutzen«, sagte ich und grinste, während Deacon das Gesicht verzog. »Wir haben keine Ahnung, ob sie schon wissen, wo du bist, aber sie haben diese schicke Fähigkeit, Halbgötter aufzuspüren, und davon existieren neben dir noch zwei. Sie werden dich finden, und da es mir verboten ist, sie zu töten, werden sie dich wahrscheinlich verschleppen. Also kommst du entweder mit uns oder nicht. So oder so breche ich auf, ob du nun dabei bist oder nicht.«

»Was Seth zu sagen versucht«, begann Aiden, »ist, dass …«

Ohne Vorwarnung zischte ein Energieblitz durch den Raum. Zeichen brachen aus meiner Haut hervor und liefen in schwindelerregenden Mustern ineinander. Die Ankunft eines Gottes stand bevor.

Nur eine Sekunde später tauchte vor der geschlossenen,

mit Vorhängen versehenen Tür eine schimmernde Lichtsäule auf. Sie verlosch und enthüllte Apollo in seiner ganzen göttlichen Pracht – einen extrem hochgewachsenen, massigen Mann mit Haar von der Farbe der Sonne und weißen Augäpfeln, aus denen elektrische Funken sprühten.

Der arme Erik erschrak fast zu Tode und sprang auf, das Gesicht bleich und die Augen aufgerissen und obsidianschwarz. Er mochte ja im Lauf seines Lebens mehrfach seinem Vater begegnet sein, aber er war es nicht gewöhnt, dass vor ihm Götter aus dem Nichts auftauchten.

Ich hatte keine Chance, ein Wort zu Apollo zu sagen.

Er drehte sich zu mir um. »Josie braucht dich, sofort. Geh«, sagte er.

Bei diesen Worten blieb mir mein verdammtes Herz fast stehen. Ich hinterfragte seinen Befehl nicht und nahm mir keine Sekunde, um etwas darauf zu erwidern. Ich konzentrierte mich auf Josie und ließ mich ins Nichts fallen.

Das verblüffte Aufkeuchen, das ich sofort hörte, stammte nicht von Josie.

Als ich die Augen öffnete, erblickte ich einen Unbekannten: einen Reinblüter, der hellblaue Arbeitskleidung trug – einen Krankenhauskittel. Jetzt sah ich auch den Rest des Zimmers. Es war klein und in Weiß gehalten und nur an einer Wand mit einem Schränkchen und einem Waschbecken ausgestattet.

»Götter.« Der Reinblüter taumelte zurück und zerquetschte dabei etwas, das wie ein Plastikbecher aussah.

Jetzt begriff ich. Das hier war die Krankenstation.

»Josie!« Ich schoss um den Reinblüter herum und sah sie. Mir war, als würde mir der Boden unter den Füßen weggezogen wie noch nie zuvor in meinem Leben. »Was ist passiert?«

Sie lag in einem schmalen Bett mit hochgestelltem Kopfteil, und eine dünne Decke reichte bis zu ihrer Taille. Ich musterte sie. Ihre Wangen waren gerötet. Keine sichtbaren Verletzungen. Keine Ahnung, ob das gut oder schlecht war.

Ich nahm ihre Hand. »Was ist los, Josie? Warum bist du auf der Krankenstation?«

Sie warf dem Reinblüter einen Blick zu und holte tief Luft. In diesem Moment hörte die ganze verfluchte Welt auf, sich zu drehen, denn in meinem Kopf formte sich eine Frage, die ich nicht aussprechen konnte.

Ist etwas mit dem Baby?

Der Reinblüter räusperte sich. »Ich lasse Sie beide dann eine Weile allein. Dr. Morales kommt zurück, so schnell sie kann.«

»Danke«, antwortete Josie.

Der Reinblüter nickte in meine Richtung, schob sich am Bett vorbei und durch die Tür, die er leise hinter sich schloss.

»Babe.« Meine verdammte Hand zitterte, als ich ihr über die Wange strich, und mein Herz hämmerte. »Sag mir, was los ist, denn in meinem Kopf überschlägt sich im Moment alles, und nichts davon ist gut.«

»Seth.« Sie legte eine Hand um meinen Unterarm, ihre Finger fühlten sich kühl an. Ihre Schultern verspannten sich. »Seid ihr zurück? Habt ihr den Halbgott gefunden und ihn hergebracht?«

»Wir haben ihn gefunden, aber er ist noch nicht hier. Wir reden später darüber, denn das ist mir im Moment ziemlich egal.«

Josie runzelte die Stirn. »Wenn ihr nicht fertig seid, warum bist du hier?«

»Dein Vater hat mir befohlen, herzukommen.«

Verblüfft riss sie die Augen auf, und ihre Hand glitt von meinem Unterarm.

Ich strich mit dem Daumen an ihrem Kiefer entlang. Mein Herz raste immer noch. »Erzähl mir, was passiert ist.«

Sie sah mich aus ihren blauen Augen an. »Du hast keine Ahnung, was los war, während du fort warst?«

Ich lachte kurz und rau auf. »Ich weiß gar nichts.«

Da wandte sie den Blick ab. »Es hat einen Angriff gegeben – die Reinblüter. Anscheinend haben sie in der Cafeteria eine Gruppe Halbblüter überrumpelt. Sie haben … sie haben neun Halbblüter und zwei reinblütige Gardisten getötet, Seth. Haben sie erstochen oder die Elemente eingesetzt. Ein paar von ihnen konnte ich aufhalten.«

»Du hast gekämpft?« Mir war schlecht. War sie verwundet? War unser Kind verletzt? *»Psychi mou …«*

»Ich musste doch etwas tun, Seth. Ich bin ahnungslos mitten hineinspaziert. Ich wollte nicht weglaufen und mich verstecken.«

Natürlich nicht.

Josie war mutig, und das war gefährlich, weil ihr das nicht einmal klar war.

Sie schluckte und presste die Lippen zusammen, und mein Unbehagen verdreifachte sich und brannte in meinen Adern wie Säure. Ich setzte mich auf die Bettkante, auf der Höhe ihrer Hüfte, und nahm wieder ihre Hand. »Ist da noch mehr?«, fragte ich, denn ich spürte es.

Josie nickte und kniff die Augen zusammen. »Die Furien sind losgelassen worden.«

Ich erstarrte vollkommen.

Das war das Letzte, was ich zu hören erwartet hatte. Ich hatte mit eigenen Augen gesehen, wozu Furien in der Lage waren, wenn sie aus ihren Gräbern losgelassen wurden.

Absolute Zerstörung.

»Sie sind aus dem Nichts aufgetaucht, und sie waren brutal.« Sie legte den Kopf zurück an das extrem flache Kissen. »Es spielte keine Rolle. Sie haben die Menschen einfach zerrissen. Uns haben sie im Freien erwischt.«

Ich zog ihre Hand an meine Brust. »Mit wem warst du zusammen?«

Sie öffnete ihre wunderschönen Augen und sah mich an.

»Da war ein Wächter.« Sie runzelte die Stirn. »Ich weiß nicht einmal seinen Namen. Er kannte mich, aber ich …« Josie seufzte. »Mit ihm, Alexander und …« Ihr brach die Stimme. »Und Colin.«

Sofort wusste ich Bescheid.

Sie brauchte mir nicht zu erklären, dass etwas wirklich Schlimmes passiert war. Ich schloss die Augen, zog ihre Hand an meinen Mund und drückte einen Kuss auf ihre Fingerknöchel.

»Die Furie ist geradewegs auf Colin zugeschossen, ich habe versucht, sie aufzuhalten«, flüsterte sie mit belegter Stimme. »Ich habe sie getötet, Seth. Ich habe sie umgebracht. Ich habe eine Furie erledigt.«

Ich sah sie an. »Ach, Josie, Babe, du hast getan, was du tun musstest.«

»Ich weiß.« Tränen stiegen ihr in die Augen und ließen ihre Stimme rau klingen. »Aber ich bin zu spät gekommen. Die Furie hatte Colin in den Klauen und hat ihn getötet.«

Mir wurde schwer ums Herz. Ich ließ ihre Hand los, beugte mich über sie, umfasste ihre Wangen und legte die Stirn an ihre. Den Kerl hatte ich nie leiden können, und dabei hatte er eigentlich nie etwas getan. Die Abneigung ging von mir aus, aber er war Josie ein guter Freund gewesen, und ich wollte nicht, dass sie noch jemanden verlor, weil sie schon so viele Verluste erlitten hatte.

»Es tut mir so leid.« Ich neigte den Kopf und küsste die Träne weg, die über ihre Wange rann. »So leid.«

»Das hat er nicht verdient, Seth. Den Schmerz, den er gespürt haben muss – die Angst … Das hatte er nicht verdient.« Ihr stockte der Atem, und sie krallte eine Hand in mein Shirt. »Keins der Opfer hat das verdient.«

»Ich weiß.« Ich strich mit dem Zeigefinger an ihrem Kiefer entlang und küsste ihre andere Wange. »Das hätte nicht passieren dürfen.«

Ich konnte mich des Gefühls nicht erwehren, dass ich hätte hier sein sollen. Ich sprach es nicht aus, denn das musste sie gerade jetzt nicht hören, aber verdammt, ich war ständig unterwegs, wenn Josie mich am meisten brauchte. Nicht nötig, immer da zu sein, um sie zu beschützen, doch ich hätte es gern getan. Ich wollte bei ihr sein, um sie davor zu behüten, solche furchtbaren Dinge zu sehen und in Gefahr zu geraten.

Noch schlimmer, nichts von alldem erklärte, wieso sie in diesem Bett lag.

Ein Teil von mir mochte nicht mal fragen, weil ich mir nicht sicher war, was ich tun würde. Schon nach allem, was ich in Long Beach gesehen hatte, wusste ich, dass ich mich beherrschen musste und nicht einfach emotional reagieren durfte. Aber ich hatte keine Ahnung, was ich tun würde, wenn unserem Kind etwas zugestoßen war.

Alles rief eine Reaktion hervor, und mir war klar, dass meine die ganze verfluchte Welt erschüttern würde. Noch nie hatte ich solche Furcht empfunden wie die, die jetzt in mir aufstieg. Ungefiltert und vernichtend erfasste sie mich. Ich zog mich gerade so weit zurück, dass ich Josie ansehen konnte. Ich bereitete mich darauf vor, das zu hören, was mir solche Angst machte. Tränen hingen an ihren dichten Wimpern, und ich atmete flach.

Ich würde mich zusammenreißen, komme, was da wolle. Wenn es schlechte Nachrichten waren, würde ich für sie da sein. Ich würde nicht durchdrehen und sie im Stich lassen. Dieser Mann war ich nicht mehr.

»Rede mit mir.« Ich brachte sie dazu, mich anzusehen. »Geht es dir gut? Ist alles in Ordnung mit unserem Kind?«

19. KAPITEL

SETH

Josie krallte eine Hand in mein Shirt. »Mir geht's gut«, flüsterte sie und zupfte daran. »Und dem Baby auch.«

Ich hatte sie nicht richtig verstanden.

Unmöglich.

Ein heftiger Schauder überlief mich. »Josie …«

»Ein Reinblut hat mich niedergeschlagen«, fuhr sie fort und behielt mich dabei im Auge. »Ich bin nicht verletzt worden, aber ich habe mich merkwürdig gefühlt. Doch ich hatte keine Zeit, richtig darüber nachzudenken, denn da kamen die Furien.«

Mein Magen verkrampfte sich wieder. »Ist dieser Reinblüter noch am Leben?«

»Keine Ahnung.«

Ich würde es herausfinden. »Und was ist passiert?«

»Die ganze Sache mit den Furien, und danach war ich mit Marcus zusammen. Er hat alle Reinblüter festnehmen lassen, die an dem Angriff beteiligt waren, und sie wurden gerade zum Verhör abgeführt, als ich diesen scharfen Schmerz im Bauch spürte.«

Ich hielt ihre Hand fest und sog den pfefferminzartigen Geruch der Krankenstation ein. *Mist.*

»Er ging weg, doch dann habe ich ihn wieder gefühlt«, erklärte sie. »Zusammen mit diesem eigenartigen Ziehen. Das hat mir Angst gemacht, und Marcus – er war wirklich gut. Er hat mich sofort hergebracht und die Ärztin geholt, obwohl sie hier wahnsinnig viel mit den vielen Verletzten zu tun haben.«

Das zeugte jetzt vielleicht von einem miesen Charakter, aber die anderen Verletzten waren mir momentan wirklich egal. Mein Magen überschlug sich erneut. »Und es war nicht das Baby?«

Sie lächelte verhalten. »Die Ärztin glaubt nicht. Sie vermutet eine Muskelzerrung.« Ihr Lachen klang heiser. »Ich wusste gar nicht, dass Halbgötter sich einen Muskel zerren können, aber anscheinend können wir. Schätze, ich habe überreagiert.«

»Das hast du nicht.« Ich drückte ihre Hand, während verhalten Erleichterung in mir aufstieg. »Wenn du das Gefühl hast, etwas stimmt nicht, gehst du zum Arzt. Ich finde, du hast das Richtige getan.« Ich wünschte, die Ärztin wäre hier, und strich Josie mit dem Daumen über die Handfläche. »Bist du dir sicher, dass mit dem Baby alles in Ordnung ist?«

»Sie und die Schwester haben mich untersucht, mir Blut abgenommen und noch einen Schwangerschaftstest durchgeführt. Bei der Untersuchung hat sich nichts Besorgniserregendes ergeben, und sowohl die Blutuntersuchung als auch der Test waren positiv.« Sie rutschte im Bett herum und hielt sich weiterhin an meinem Shirt fest. »Du kannst den Äther des Babys nicht mehr erkennen, oder?«

»Ich habe ihn nur gesehen, als die Blockade deiner Kräfte aufgehoben wurde. Sowohl dein Äther als auch der des Babys waren ein paar Sekunden später nicht mehr wahrzunehmen.« Ich atmete ein. »Was ist mit diesen Bildern, die sie bei schwangeren Frauen machen? Ich glaube, es heißt Ultraschall.«

»Tatsächlich ist die Ärztin gerade unterwegs, um so ein Gerät zu holen, eins fürs Becken oder so, nur um zu bestätigen, dass ein … Herzschlag da ist.« Sie biss sich auf die Unterlippe. »Wie du weißt, ist sie keine Frauenärztin, also beherrscht sie nur die Grundlagen, aber sie hat mit allem anderen wirklich viel zu tun.«

Moment mal. Was hatte sie da gesagt?

»Ein Herzschlag?« Als sie nickte, war ich froh, dass ich saß, denn meine verdammten Knie fühlten sich eigenartig an. Ich zog ihre Hand noch einmal an meinen Mund und küsste jeden Fingerknöchel einzeln. »Okay.«

Sie beobachtete mich genau. »Aber es könnte zu früh sein, um den Herzschlag zu sehen«, erklärte sie mir. »Ich bin erst knapp in der siebten Woche. Nach dem, was sie mir erzählt hat, kann man im Ultraschall nur manchmal schon in der siebten bis achten Woche einen Herzschlag erkennen.«

Ich nickte.

Es klopfte an der Tür. Einen Augenblick später öffnete sie sich, und eine Reinblüterin mittleren Alters schob einen Rollwagen herein. Als Dr. Morales mich auf dem Bett sitzen sah, blieb sie wie angewurzelt stehen und riss die Augen auf. Sie stand da, hielt sich am Rollwagen fest und sah nicht aus, als hätte sie vor, weiter in den Raum hineinzutreten.

»Hi.« Josie ließ mein Hemd los, setzte sich auf und lehnte sich zur Seite, damit sie an mir vorbeischauen konnte. »Seth ist gerade gekommen.«

»Das sehe ich.« Die Ärztin ließ den Wagen los. »Tut mir leid. Wenn ich Sie sehe, weiß ich nie, ob ich Ihnen die Hand geben oder mich verbeugen soll.«

Mein Grinsen wurde breiter. »Ich mag es ganz gern, wenn sich Leute vor mir verbeugen …«

Josie schlug mir auf den Rücken, und einen Moment lang dachte ich, Dr. Morales würde ohnmächtig werden.

»Sie brauchen nichts dergleichen zu tun«, erklärte sie.

»Och, so macht das keinen Spaß.« Ich grinste Josie zu und streckte die Hand aus. »Jedenfalls sind Sie hier, um mir zu sagen, dass es meinem Kind gut geht, oder? Und wenn wir Glück haben, sehen wir heute einen Herzschlag?«

Dr. Morales schüttelte mir die Hand, dann räusperte sie sich und kam zum Wesentlichen: »Ja. Wie ich Josie schon sagte, scheint mit der Schwangerschaft alles in Ordnung zu sein, aber wir wollen versuchen, einen Herzschlag zu erkennen.«

»Gut«, murmelte ich. »Das ist wirklich gut.«

»Seth.« Josie seufzte. »Lass ihre Hand los, damit sie ihren Job machen kann.«

»Klar.« Ich ließ los und zwinkerte.

Die Ärztin sah aus, als würde sie gleich umkippen.

Josie boxte mir mit dem Ellbogen in die Rippen. »Benimm dich«, flüsterte sie. »Und wie geht es allen anderen?«, fragte sie dann lauter.

»Von denen, die eingeliefert worden sind, haben wir niemanden verloren, also gute Nachrichten.«

»Ja, so ist es.«

Josies Anspannung ließ etwas nach, aber ich bemerkte ihre Traurigkeit und hätte alles getan, um sie ihr abzunehmen.

Dr. Morales schob den Wagen auf die andere Seite des Betts. »Fühlen Sie sich immer noch gut?«, fragte sie, während sie mit dem Gerät hantierte, das darauf stand.

»Ja. Ich fühle mich absolut gut.«

»Das ist schön.«

Sie drückte auf ein paar Knöpfe; dann drehte sie sich um und schaute zum Hocker, der in der Ecke stand. Ich rollte ihn zu ihr hinüber, und sie sah aus aufgerissenen Augen zu mir auf.

»Ähm, danke.«

»Kein Problem.« Ich blieb stehen, da ich vermutete, dass die Ärztin Platz brauchte, aber weit entfernte ich mich nicht.

Ich trat ans Kopfende des Bettes. »Also, was passiert bei dieser Untersuchung?«

»Sie ist minimalinvasiv. Ich benutze diese Sonde«, erklärte sie und wies darauf. »Ich führe sie über Josies Unterleib, und sie übermittelt das Bild auf diesen Bildschirm hier.«

»Cool.« Ich grinste auf sie hinunter.

Sie schüttelte den Kopf.

»Aber vielleicht zeigt es keinen Herzschlag, richtig?«

»In diesem Stadium kommt es darauf an. Außerdem sollte diese Untersuchung uns einen klaren Aufschluss darüber geben, wann Sie empfangen haben, selbst falls es noch zu früh für einen Herzschlag ist.« Dr. Morales warf mir einen Blick zu. »So oder so sollten Sie sich, wie wir Anfang der Woche besprochen haben, wirklich bald bei einem Frauenarzt vorstellen. In diesem frühen Stadium der Schwangerschaft ist das keine große Sache; aber je eher, desto besser. Ich habe wie versprochen ein paar Anrufe getätigt und müsste bald etwas hören.«

»Ich hoffe, dieser Anruf kommt bald.« Ich verschränkte die Arme. »Sehr bald.«

»Ich auch.« Dr. Morales lächelte Josie zu und streckte die Hand nach der Decke aus. »Darf ich?«

Josie nickte. »Jepp.«

Die Ärztin schob sie hinunter und rollte dann Josies Shirt hoch, sodass ihr Unterleib entblößt wurde. »Das wird jetzt ein wenig kalt. Nur, damit Sie Bescheid wissen.«

Es musste sehr kalt sein, denn Josie zuckte zusammen, als das Gel ihre Haut berührte. Dr. Morales griff nach der Sonde und bewegte sie kreisförmig über Josies Bauch.

Josie blickte auf und grinste mir kurz zu. »Ich bin froh, dass du rechtzeitig zurückgekommen bist, um dabei zu sein.«

»Ja, ich auch, Babe.« Meine Gefühle und Gedanken überschlugen sich. Das Ganze war von Anfang bis Ende eine emotionale Achterbahn. Als ich Josie in diesem Bett sah, erlebte ich den Schreck meines Lebens, und jetzt … jetzt würde ich vielleicht das Herz meines Kindes schlagen sehen.

Was für ein merkwürdiger Tag.

»Die Fruchtblase müsste ich auf jeden Fall erkennen können«, erklärte die Ärztin, als sich auf dem Bildschirm des Ultraschallgeräts ein körniges Bild aufbaute. »Gute Nachrichten, Leute. Ich kann Ihnen ohne jeden Zweifel versichern, dass die Schwangerschaft intakt ist.«

Josie stieß heftig den Atem aus. »Können Sie?«

Dr. Morales nickte. »Ja … und dort.« Lächelnd drehte sie sich zur Seite und wies auf die grauen und schwarzen Flecken. »Das hier ist die Fruchtblase, und sehen Sie den kleinen pulsierenden Punkt dort?«

Ich kniff die Augen zusammen. Da war etwas. Keine Ahnung, was. »Ja.«

»Ich auch«, sagte Josie.

»Das ist der Herzschlag des Babys.«

Der Herzschlag des Babys.

Der Boden musste unter meinen Füßen geschwankt haben. Der ganze Raum drehte sich, aber gute Götter, da war er. Der Herzschlag unseres … unseres Kindes. Abgesehen von diesem blinkenden Punkt hatte ich keine Ahnung, was das alles auf dem Bildschirm darstellte; doch das Bild dieses pulsierenden Etwas prägte sich fest in mein Hirn ein.

»Wirklich?«, flüsterte Josie und tastete nach meiner Hand, ohne den Blick vom Bildschirm zu nehmen. Fest schloss sie ihre Finger um meine.

»Ja.« Dr. Morales bewegte den Cursor. »Mal sehen, ob ich das ausmessen kann. Ich habe das lange nicht mehr getan, aber … Ich glaube, Sie sind ungefähr sechs Wochen weit, plus oder minus fünf Tage.«

Josie biss sich auf die Lippe und starrte den Bildschirm an. »Das dachten wir uns auch.«

»Sie haben richtig vermutet.« Dr. Morales führte die Sonde über Josies Bauch, und das Bild auf dem Schirm kippte. Grüne Buchstaben erschienen. »Die Herzfrequenz beträgt hundertzwanzig Schläge pro Minute. Das ist ein guter, kräftiger Herzschlag.«

Josie atmete so tief durch, dass ihre Brust sich hob, und sie sah mich an. »Das ist unser Baby.«

»Ja.« Meine Stimme klang belegt. »Ja, das ist es.« Ich blinzelte, denn einen Moment lang war mein Blickfeld ein wenig verschwommen.

Josie fasste nach meiner Hand und kniff die Augen zu. Ich beugte mich über sie und strich ihr mit meiner freien Hand das Haar aus dem Gesicht. Ich küsste sie auf die Wange und legte meine Stirn an ihre. Dr. Morales sagte etwas davon, das Bild auszudrucken, und erklärte noch einmal, sie hoffe, bald von den anderen Ärzten zu hören, aber Josie und ich sahen einander nur tief in die Augen. In diesem Moment befand sich niemand außer uns im Raum, und alles, was außerhalb dieses Zimmers passiert war, war bedeutungslos.

Empfindungen stiegen in meiner Brust auf, bis es beinahe schmerzte. »Junge oder Mädchen?«, flüsterte ich an ihrem Mund.

Josies Lachen tanzte über meine Lippen. Sie schlang einen Arm um meinen Nacken und schmiegte ihr Gesicht an meine Schulter. Ich saß auf der Bettkante und umarmte sie.

Ich ließ ihre Hand nicht los.

Sie hielt meine fest.

20. KAPITEL

JOSIE

Unglaublich, wie man an einem einzigen Tag Angst, Hass und herzzerreißende Trauer erleben und dann so etwas atemberaubend Schönes wie den Herzschlag seines Babys sehen konnte. Ich fasste es kaum.

Der Herzschlag meines Babys löschte den Schmerz über Colins Tod nicht aus, aber er war eine willkommene Erinnerung daran, dass es da draußen noch Wunder gab.

Das Leben ging weiter.

Und als ich frisch geduscht und in einem flaumig weichen, weißen Bademantel gehüllt auf dem Bett saß, während Seth nach Cora und Gable sah, klammerte ich mich an diese Gewissheit. Das Leben war doch schön.

Meinem Kind ging es gut. Laut Dr. Morales mehr als gut. Sein kleines Herz schlug kräftig.

Ich schob mir das nasse Haar aus dem Gesicht und sah zur Decke auf, denn ich mochte die Augen nicht längere Zeit schließen. Obwohl ich mich an dieses gute Gefühl klammerte, erwartete mich dann das Bild der Furie, die ihre Klauen tief in Colins Brust krallte. Ich wusste, wenn ich meine Gedanken schweifen ließe, würde ich wieder hören, wie die Knochen der Halbblüterin brachen, als sie gegen die Mauer geschleudert wurde.

Und mir war klar, dass ich an meinen Vater denken würde, wenn ich nicht aufpasste.

Daran, wie ich heute nach ihm rief und er nicht antwortete. Wie er mir nicht zu Hilfe gekommen war, als die Furien losgelassen waren. Ich würde daran denken, dass er zugesehen haben musste, weil er Seth zu mir schickte.

Aber er war mir nicht erschienen.

Die Tür wurde geöffnet, bevor ich dieser katastrophalen Gedankenkette erlaubte, sich festzusetzen, und eine Sekunde später schlenderte Seth ins Schlafzimmer. Im schwach beleuchteten Raum fand sein Blick mich sofort.

»Wie geht's ihnen?«, erkundigte ich mich.

»Gut.« Er trat zu mir und küsste mich auf die Schläfe. Dann richtete er sich wieder auf. »Sie wissen Bescheid, dass sie den Rest des Abends auf ihren Zimmern bleiben sollen.«

Das war gut zu hören. »Haben sie denn etwas zu essen? Sollten wir …«

»Sie haben zu essen, Babe.« Er wandte sich um und legte die Dolche ab, die er um die Taille trug, sodass sie unter seinem Shirt verborgen lagen. »Im Moment haben sie alles, was sie brauchen.«

Bis auf Colin. Er hatte so gut mit ihnen umgehen können.

Ich griff nach dem Gürtel meines Bademantels. »Ich finde, ich sollte bei ihnen sein.« Ich wollte vom Bett klettern, doch Seth drehte sich um, und sein Blick stoppte mich.

»Du gehörst genau dorthin, wo du bist.«

»Ich fühle mich gut, Seth. Ich habe nichts außer einem gezerrten Muskel.«

»Ich weiß, dass alles in Ordnung ist, aber heute war ein ganz mieser Tag für dich.« Er drehte sich um und legte zwei Titan-Dolche auf die Kommode. Dann griff er hinter seinen Rücken. »Es schadet nicht, es ein paar Minuten ruhiger angehen zu lassen.«

Wahrscheinlich hatte er recht, aber ich hatte das Gefühl, ohnehin die Hälfte der Zeit eine ruhige Kugel zu schieben. Ich ließ die Schultern nach vorn sacken und seufzte. »Erzähl mir von dem anderen Halbgott.«

Seth legte eine Pistole neben die Dolche auf der Kommode. »Er ist der, mit dem wir gerechnet haben. Ares' Sohn.«

»Das hatte ich erwartet, jedoch gehofft, es würde nicht so kommen.« Ich sah zu, wie Seth seine Stiefel auszog. »Wie war er?«

»Abgesehen davon, dass er eine Bar voll alter Männer dazu gebracht hat, sich wie beim Wrestling zu prügeln, und nachher den Besserwisser hat raushängen lassen?« Er beugte sich vor und zog die Socken aus. »Er scheint ganz in Ordnung zu sein.«

»Ich habe das Gefühl, da kommt noch ein ›aber‹.«

Schief grinste er. »Er weiß, wer sein Vater war. Ist Ares sogar ein paarmal begegnet.«

»Oha.« Ich riss die Augen auf, zog die Beine aufs Bett und breitete den Saum meines Bademantels über die Knie. »Das ist wahrscheinlich nicht gut, oder?«

»Ich weiß es wirklich nicht.«

Er nahm das Lederband aus seinem Haar. Goldblonde Strähnen fielen nach vorn und hingen ihm über die Wangen, als er den Kopf senkte.

»Er wusste über mich Bescheid – was Alex und ich früher waren. Ares hat ihm wahnsinnig viel erzählt. Schlussendlich wissen wir nicht, wie er sich verhalten wird. So oder so können wir nicht zulassen, dass er den Titanen in die Hände fällt. Nicht mit seinen Kräften.«

Ich biss mir auf die Unterlippe und nickte. »Du hast gesagt … du hast gesagt, Apollo sei erschienen?«

Seth, der dabei gewesen war, seinen Gürtel abzunehmen, blickte auf. »Ja. Ist aus dem Nichts aufgetaucht. Hat mir befohlen, zu dir zu springen, was ich getan habe.«

Ich öffnete den Mund, klappte ihn wieder zu und versuchte es erneut. »Glaubst du, er ist bei ihnen?«

»Ich hoffe es jedenfalls, denn ich werde verdammt noch mal nicht demnächst zurückgehen, um sie zu holen.« Er ließ den Gürtel auf die Kommode fallen. »Ich finde, Apollo kann sie zurückbringen.«

»Und wenn nicht?«

»Dann ist das ihr Problem.«

»Seth.«

Er warf mir kurz ein Grinsen zu, das ich aus den Augen verlor, als er in seinen Nacken griff, den Rand des Shirts fasste und es sich über den Kopf herunterzog.

»Wenn ich die nächsten paar Stunden nichts von ihnen höre, springe ich zurück und sehe nach ihnen. Aber ich bezweifle ernsthaft, dass Apollo sie einfach dort sitzen lässt.«

Ich bewunderte flüchtig all die herrliche nackte Haut, die Seth zeigte. Er warf das Shirt beiseite, und es landete irgendwo vor dem Bett auf dem Boden. Ich riss den Blick von ihm los und sah starr in die Richtung, in der das Shirt gelandet war. »Nachdem ihr heute Morgen fort wart, bin ich in die Bibliothek gegangen. Ich habe nicht nur Medusa nicht gefunden, sogar die Türen, durch die sie mich geführt hat, sind verschwunden.«

»Verschwunden?«

»Jepp. Komplett, als hätten sie dort nie existiert. Als ich die Bibliothekarin nach Medusa fragte, erfuhr ich, dass dort anscheinend niemand arbeitet, der ihr auch nur entfernt ähnlich sieht.« Ich schlang die Arme um meine Knie. »Und als ich wieder hier war, da … Mann, ich komme mir so blöd vor, aber ich habe nach Apollo gerufen. Du weißt schon, ihn um Hilfe gebeten. Ich meine, wie sollen wir die Titanen begraben, wenn nicht einmal sechs Halbgötter übrig sind, um ihre Kräfte auf natürliche Weise zu entblockieren? Was sollen wir tun? Also habe ich nach ihm gerufen, aber er … er hat nicht geantwortet.«

Ich hörte nicht, wie Seth sich bewegte, doch plötzlich war er da und saß neben mir auf dem Bett. Er legte die Finger um mein Kinn und drehte meinen Kopf so, dass ich ihn ansah.

»Babe …«

»Ich habe nicht wirklich damit gerechnet. Ich dachte mir, er hört nicht einmal darauf.« Ich zog eine Schulter hoch. »Aber er passt auf. Er wusste, dass mir etwas passiert war. Doch statt zu mir zu kommen, ist er dir erschienen. Warum?«

Ein schmerzlicher Ausdruck huschte über Seths Miene.

»Keine Ahnung. Ich wünschte, ich wüsste es. Verdammt, und wie.«

Ich schloss die Augen, beugte mich vor und fiel praktisch mit dem Gesicht auf seine Schulter. Harte Worte stiegen in meiner Brust auf. Ich wollte sie nicht aussprechen, aber sie bahnten sich einen Weg. »Ich hasse ihn.«

»Psychi mou.«

»Das sollte ich nicht, ist schon klar. Ich weiß, es macht mich zu einem schlechten Menschen, aber ich hasse ihn.«

»Das macht dich nicht zu einem schlechten Menschen.« Er schlang die Arme um mich, zog mich an sich und hob mich gleichzeitig hoch. Ich landete auf seinem Schoß. Mein Gesicht klebte immer noch an seiner Schulter, und mein Bademantel rutschte mir über einen Arm hinunter.

»Es macht dich nur sterblich.«

»Aber ich bin nicht sterblich.«

Er strich mit den Lippen über den Streifen nackter Haut an meiner Schulter. »Du weißt schon, was ich meine.«

»Ja.« Ich drehte den Kopf, sodass meine Wange an seiner

Schulter lag. »Er hat meine Großeltern nicht gerettet. Sie sind gestorben. Er hat mich wegen meiner Mutter belogen. Sie ist tot. Ich weiß nicht einmal, ob es Erin gut geht. Er könnte auch in diesem Punkt lügen.« Zittrig atmete ich ein. »Und du hast gesagt, Zeus wusste, dass ich schwanger bin. Das heißt, dass Apollo es wissen *muss*. Ist ihm das eigentlich vollkommen egal?«

Seth schob eine Hand in mein nasses Haar. »Es interessiert ihn, und das sage ich nicht, damit du dich besser fühlst, Babe. Ich glaube, er macht sich etwas aus dir. Er hat nur eine ganz miese Art, das zu zeigen.«

Tränen brannten in meinen Augen, und noch mehr Worte stiegen auf. »Ich hasse ihn nicht«, flüsterte ich.

Er schlang den Arm fester um meine Taille. »Ich weiß.«

Ich schluckte heftig.

»Umarme mich«, flüsterte Seth mir ins Ohr.

Halbherzig drückte ich mich an ihn.

Seth lachte leise. »Umarme mich, Josie.«

Ich stieß einen übertrieben lauten Seufzer aus, ließ meinen Bademantel heruntergleiten, befreite meine Arme und schlang sie um Seth.

»Das ist mein Mädchen.«

Ich umarmte ihn fest und rutschte so herum, dass ich die Knie zu beiden Seiten seiner Hüften aufsetzte. »Was sollen wir tun, Seth?«

»Das ist eine schwierige Frage.« Er zog mein Haar unter dem Bademantel hervor.

Das war sie wirklich, doch ich dachte mir, ich würde mit dem Offensichtlichen beginnen. »Was sollen wir mit den Titanen machen? Großartig, wir haben Ares' Sohn. Toll. Aber wir haben nicht genug Halbgötter, um ihre Kräfte zu entblockieren. Der Plan ist schlecht.«

Seth lehnte sich leicht zurück, um mich auf die Wange küssen zu können. »Eigentlich war der ganze Plan von Anfang an Mist.«

Ich konnte mich eines Auflachens nicht erwehren. »Ja.«

»Uns fällt schon was ein.«

Ich nahm die Hände von seinen Schultern und ließ sie auf seine Brust gleiten. Unter meinen Handflächen fühlte sich seine Haut warm an. »Das sagen wir immer, aber bis jetzt ist uns nichts eingefallen.«

»Dagegen lässt sich schwer etwas einwenden.«

Ich grinste, doch das Lächeln verging mir schnell wieder. Mit dem Zeigefinger zog ich seinen Kiefer nach. Seine Augen schlossen sich wie von selbst, und seine dichten Wimpern sanken auf die glatte Haut oberhalb seiner Wangen.

»Ich sage es immer wieder: weil wir müssen«, erklärte er. »Wir haben keine andere Wahl.«

Seth hatte recht.

Wir mussten so viel austüfteln, dass wenig Raum blieb, um sich auf Schmerz und Angst und alles andere zu konzentrieren, aber was hatte er noch gesagt, als er hereingekommen war?

Dass ich Zeit hatte, es ruhig angehen zu lassen?

Ganz ehrlich, die Zeit hatten wir nicht. Wir mussten uns jede wache Sekunde darauf konzentrieren, eine Möglichkeit zu finden, die Titanen zu begraben und die Reinblüter zu stoppen, die die Halbblüter angriffen.

Scharfer Schmerz durchfuhr meine Brust und fühlte sich so real an, dass ich hart die Luft einsog. Vor meinem inneren Auge stieg das Bild von Colin mit wachsbleichem Gesicht und leerem Blick auf …

Ich schob den Gedanken beiseite und konzentrierte mich wieder auf Seth. Er schaute mich auf diese eindringliche Art an, bei der ich immer das Gefühl hatte, er könnte direkt in meinen Kopf sehen.

Ich wollte nicht denken; wollte den Schmerz nicht fühlen, der auf mich wartete, oder die Angst vor dem großen Unbekannten, das uns beide erwartete.

Nicht in diesem Moment.

Ich ließ den Blick über sein Gesicht schweifen und prägte mir die Winkel und Flächen ins Gedächtnis ein. Mit den Fingerspitzen zeichnete ich die Wölbung seiner Wange nach und vermaß seine Nasenwurzel mit den Daumen. Von dort aus strich ich mit dem Finger an seiner Oberlippe und der volleren Unterlippe entlang.

»Das gefällt mir«, sagte er mit rauer Stimme, legte den Kopf zurück und schloss die Augen, sodass ich seinen Hals vor mir hatte. »Fühlt sich gut an.«

Ich spürte, dass er meine Berührung zutiefst genoss, denn ich fühlte, dass er erregt war.

Andererseits hatte ich das Gefühl, dass er es schon genoss, wenn ich ihn auf eine bestimmte Art ansah, und das liebte ich. Neunzig Prozent der Zeit kam ich mir vor wie ein ungelenkes, unbehagliches Etwas, aber Seth gab mir *immer* das Gefühl, schön und begehrt, erwünscht und geschätzt zu sein.

Ich strich an seiner Kehle hinunter, drückte meine Lippen auf seine und küsste ihn sanft. An meinem Mund stieß Seth ein leises, entzückendes Summen aus. Immer tiefer ließ ich meine Finger gleiten und staunte darüber, wie seine Bauchmuskeln sich bei meiner Berührung anspannten. Unter meinen Händen spürte ich den losen Gürtel meines Bademantels.

Seth atmete langsam ein und öffnete die Lippen, und die Gelegenheit nutzte ich, um mit meiner Zunge in seinen Mund einzutauchen. Dabei fasste ich den Gürtel und zog ihn weg. Der Bademantel klaffte auseinander, und als ich die

Schultern bewegte, rutschte er über meine Arme hinunter und blieb an meinen Ellbogen hängen. Ich griff zwischen uns und suchte nach dem Knopf an Seths Hose.

Seth stöhnte in meinen Kuss hinein, fasste meine Oberarme und hielt mich fest. Er löste seinen Mund von meinem und öffnete die Augen. Sie wirkten wie Seen aus flüssigem Bernstein.

»Babe«, murmelte er und blickte hinunter auf meine nackte Brust. »Was machst du?«

»Wonach sieht's denn aus?«

Sein Brustkorb hob sich heftig. »Ich glaube, ich habe eine ganz gute Vorstellung davon. Aber wir sollten das jetzt wirklich nicht tun.«

»Warum nicht?« Ich presste die Lippen auf seine, und Seth erwiderte meinen Kuss.

Er atmete schwerer. »Muss ich dich daran erinnern, dass du gerade verletzt worden bist? Und Dr. Morales hat gesagt …«

»Ich habe mir einen Muskel gezerrt, Seth.« Lächelnd wiegte ich mich an ihm und wurde mit einem weiteren Knurren belohnt, das tief aus seiner Kehle aufstieg. »Und wir können es ja ruhig angehen lassen.«

»Josie.« Er stöhnte es fast. »Du weißt, dass ich dich begehre. Immer. Aber als Apollo mich heute Abend holen kam, da dachte ich … Ich war auf das Schlimmste gefasst.«

Ich kniff die Augen zu.

»In den Sekunden, die es gedauert hat, bis ich hier war, habe ich das Ärgste befürchtet. Und dass es nie wieder Momente wie diesen geben würde«, fuhr er fort und stöhnte auf, als ich mich bewegte. »Sekunden nur, Josie, aber sie kamen mir wie eine Ewigkeit vor.«

»Seth«, flüsterte ich, obwohl es mir den Hals zuschnürte. »Dann holen wir uns doch diese Sekunden zurück.«

Er wollte etwas antworten, aber ich drückte meinen Mund auf seinen, um seine Ängste zu stillen, und wir küssten uns … küssten uns, als würden wir diesen Luxus nie wieder haben.

»Im Moment will ich an gar nichts denken«, erklärte ich ihm und knabberte an der zarten Haut an seinem Hals. »Ich will nur das Gute spüren, das wir haben. Ich will nur dich, Seth. Ich will nur diese Augenblicke.«

Er erschauerte und ließ meine Arme los. »Wie kann ich dir etwas abschlagen?«

»Kannst du nicht.« Wieder griff ich nach seinem Hosenknopf. »Weil du mich liebst.«

»Ja.« Er legte eine Hand um meinen Hinterkopf, die andere ließ er in meinen Bademantel gleiten und legte sie an meine Taille. »Ich liebe dich so sehr, dass es mich manchmal fast umbringt.«

Ein Schauer durchlief mich, und ich vergaß beinahe, was ich tat. Doch ich schaffte es, seine Hose aufzuknöpfen und den Reißverschluss hinunterzuziehen. Seth schlang den Arm fester um mich und hob sich gerade so weit an, dass ich ihm die Hose bis auf die Schenkel hinunterschieben konnte. Kaum dass ich die Hand zwischen uns gleiten ließ und ihn umfasste, spannte er sich an.

»Josie.« Er stöhnte.

Ich stemmte mich hoch. Sein Atem strich über meine Kehle, als ich ihn so zurechtrückte, wie ich ihn haben wollte. Seth fand auch mit seiner anderen Hand den Weg in meinen offenen Bademantel und umfasste meine Hüfte. Langsam, Zentimeter für Zentimeter, arbeitete ich mich hinunter. Auf halber Höhe angekommen, stoppte ich und begann wieder von vorn. Ich musste.

Seth stöhnte. »Götter, du bringst mich um.«

Ich blickte zu ihm auf. »Mache ich … mache ich das richtig?«

»Dabei kannst du nichts verkehrt machen.«

Ich hielt still. »Wirklich?«

Er senkte den Kopf und strich mit den Lippen über meinen Mund. »Na ja, wenn du mich beißen würdest, und nicht nur im Spaß …«

»Seth.« Ich lachte.

»Nein, Babe. Du kannst nichts falsch machen.«

Ich grinste, doch dann verging mir das Lächeln. Ich keuchte, als ich den Druck und seine Fülle spürte, ließ los und sank auf ihn hinunter.

Ich merkte, dass Seth zitterte und seine Hände, die auf meinen Hüften ruhten, öffnete und schloss. Einen Moment lang konnte ich mich nicht bewegen, es war, als würde sich flüssiges Feuer in meine Adern ergießen.

Dann musste ich es tun.

So geschickt war ich wirklich nicht, und ich neigte eigentlich nicht dazu, die Initiative zu ergreifen. Doch ich verdrängte die Unsicherheit und verließ mich einfach auf meinen Instinkt und auf das, was mein Körper wollte.

Und der wusste genau, was er brauchte.

Ihn.

Immer nur ihn.

Ich rückte nach vorn, schob mich ein Stück in die Höhe und stieß dann wieder nach unten. Beim köstlichen Ziehen, dass ich dabei spürte, keuchte ich auf und presste meine Brust an die von Seth. Ich ließ die Finger durch sein Haar gleiten und lehnte die Stirn an seine.

»Du fühlst dich so verdammt gut an«, flüsterte er in die Luft zwischen unseren Mündern hinein. »Jedes einzelne Mal, Josie.«

Wir nahmen uns Zeit.

Wir ließen es langsam angehen.

Und Seth … *Götter*, Seth hielt mich einfach in den Armen, während ich mich über ihm bewegte, meine Hüfte kreisen ließ und ihn tief in mich aufnahm. Irgendwie empfand ich dadurch alles noch intensiver, noch allumfassender, wie ein süßes Feuer, das mich verzehrte. Schließlich zersprang ich in eine Million winziger Fragmente. Es war, als hätte jeder einzelne Körperteil von mir diese Erlösung erfahren. Vielleicht hatte sogar ein Teil meiner Seele so etwas wie Frieden gefunden.

Einige Zeit später lag Seth auf dem Rücken. Ich konnte mich nicht genau erinnern, wie er seine Hose losgeworden war, aber sie befand sich zusammengeknüllt am Fußende des Bettes. Mein Bademantel hing mir immer noch um die Ellbogen; ich war zu träge, um ihn abzustreifen.

Ich ruhte auf Seth und zog winzige Kreise auf einen seiner Oberarme. Meine Gedanken begannen umherzustreifen, und ich versuchte nicht, sie aufzuhalten. Nicht einmal, als sie sich den Titanen zuwandten.

Unser einziger Vorteil war, dass nicht alle Titanen befreit worden waren. Inzwischen hatten wir es nur noch mit Tethys, Oceanus und Cronus zu tun. Mit dreien. Außerdem hatten wir einen Haufen Schatten am Hals, aber als die Olympier schon einmal gegen die Titanen gekämpft hatten, hatten die Götter sie alle besiegt.

Wie hatten die Olympier die Titanen geschlagen?

Ich wusste, was ich in *Mythen und Legenden* gelesen hatte und was man mir erzählt hatte. Dass sie es nur gemeinsam geschafft hatten, die Titanen zu stürzen, aber …

Ich versuchte, mir die Legenden ins Gedächtnis zu rufen, die ich vor Jahren gelesen hatte. Das war, bevor ich begriff, dass die Götter real waren. An Einzelheiten konnte ich mich nicht erinnern, doch etwas passte nicht zusammen. Es war, als läge einem ein Wort auf der Zunge und man kam nicht drauf. »Seth?«

»Hmm?«

»Wie haben die Olympier die Titanen geschlagen?«

Einen Moment lang gab er keine Antwort. »Das ist eine merkwürdige Frage.«

»Ja.«

»Sie haben alle zusammen gegen die Titanen gekämpft und sie in ihre Grabkammern gesteckt«, erklärte er und strich mit den Fingern an meinen Oberschenkeln entlang.

Darüber dachte ich nach. »Ich habe das Gefühl, schon einmal etwas anderes gehört oder gelesen zu haben. Vor langer Zeit, bevor … das alles begann.«

»Gut möglich. Viele der Legenden, die die Sterblichen kennen, haben einen wahren Kern, sind jedoch im Lauf der Jahre aufgebauscht worden.« Er gähnte. Ein Moment verging. »Ich habe ganz vergessen, dir das zu erzählen, aber Ares' Sohn, Erik … Er hat seine Kräfte ungefähr von dem Zeitpunkt an gespürt, als deine entblockiert wurden.«

»Tatsächlich? Das ist seltsam.« Das war es wirklich, denn das hatte Apollo nie erwähnt. Er hatte gesagt, es bräuchte dafür sechs Halbgötter und sie müssten alle zusammen sein. Wie konnten dann meine Kräfte Auswirkungen auf andere Halbgötter haben?

Erik hatte bei dieser Geschichte den Kürzeren gezogen. Seine Anwesenheit rief Gewalt hervor, aber …

Mir fiel etwas ein.

»Ich hatte gerade eine Idee.«

Seths Hand verhielt an meinem Schenkel. »Hat es etwas mit dem zu tun, was du vorhin gemacht hast? Denn dann brauche ich noch ein Weilchen, um mich zu erholen.«

»Nein.« Ich stützte mich auf seiner Brust ab, ignorierte sein Stöhnen und setzte mich auf. Aufregung machte sich bei mir breit, als die Idee sich festsetzte und ausbreitete. »Es hat nichts mit dem Halbgott zu tun. Nicht wirklich, sondern eher damit, was hier los ist.«

Unter seinen langen Wimpern hindurch warf er mir einen trägen Blick zu. »Okay.«

Ich holte tief Luft. »Wenn Ares' Sohn Auswirkungen auf andere hat und sie aggressiv macht – was ist, wenn hier das Gleiche der Fall ist? Am Covenant? Was, wenn etwas Ähnliches die Reinblüter hier beeinflusst und sie zu diesen Taten anstiftet?«

21. KAPITEL

SETH

Josie zerrte *Mythen und Legenden*, diesen dicken Wälzer, unter dem Bett hervor und ließ es neben mir auf die Matratze fallen.

»Wie ist das Buch unter das Bett geraten?«, fragte ich und sah zu ihr auf. Sie hatte ihren Bademantel wieder angezogen, aber den Gürtel nur nachlässig um ihre Taille geschlungen, sodass die beiden Seiten auf sehr interessante Weise auseinanderklafften und mich ablenkten.

»Keine Ahnung.« Sie krabbelte zu mir herüber und ließ sich im Schneidersitz neben mir nieder. »Es ist eines Tages vom Bett gefallen, und ich war zu faul, es aufzuheben.«

Ich grinste.

»Was?« Sie senkte den Kopf, schlug das Buch auf und blätterte die Seiten durch. »Dieses Ding ist schwer.«

Ich hätte sie darauf hinweisen können, dass sie ja das Luftelement zur Verfügung hatte, aber ich vermutete, dann würde sie mir auf den Kopf schlagen.

Ich lehnte mich ans Kopfende. »Wonach suchst du?«

»Ich suche nach … dem hier!« Sie fasste das Buch an den Seiten und legte es auf meinen Bauch.

Brummend schnappte ich es, bevor es auf einen sehr empfindsamen Teil hinunterrutschen konnte. Ich runzelte die Stirn, als ich sah, dass es bei mehreren Abschnitten über Ares aufgeschlagen war. »Josie.« Ich sah sie an. »Ares' Sohn ist nie auf dem Campus gewesen.«

»Ich weiß, aber Erik ist nicht Ares' einziger Sohn. Okay. Also, als Deacon mir von Alex und Aiden erzählt hat, da hat er mir auch geschildert, was nach Alex' erstem Kampf gegen Ares passiert ist. Dass sie von zweien seiner Söhne sozusagen infiziert worden ist.« Sie lehnte sich herüber, überflog die Seite und deutete dann auf den Teil über Ares' Kinder. »Phobos und Deimos, stimmt's?«

Meine Schultern verspannten sich, als ich auf ihre Namen hinuntersah. »Diese Bastarde vergesse ich in tausend Jahren nicht.«

Sie hatten Alex einen bösen Streich gespielt, ihre Ängste genutzt und sie verstärkt. Und schlimmer noch, sie hatten sie glauben gemacht, sie sei schwanger. Das war … verdammt, das war grauenvoll gewesen, und die Folgen sowohl für Alex als auch für Aiden …

Josie zog die Hand zurück. »Apollo hat die beiden ausgetrieben, richtig? Er hat Alex angesehen, dass sie infiziert war.«

Ich nickte. »Artemis war schon vorher etwas an Alex aufgefallen, aber Apollo hat sie entdeckt.«

»Glaubst du, es ist möglich, dass sie hier sind, jemanden infiziert haben und andere beeinflussen?«

Ich schüttelte den Kopf und sah wieder auf die Seite. Ares hatte wie die meisten Götter eine ganze Menge Kinder. Wenn man so lange lebte, konnte man im Lauf der Zeit eine ordentliche Brut ansammeln. »Möglich ist alles, doch sie haben nur Alex infiziert. Was nicht heißt, dass sie keine weitergehenden Auswirkungen erzielen könnten, wenn sie wollten.«

»Aber es ist nicht unmöglich, oder?« Josies Augen strahlten vor Aufregung. »Es könnte jedes von seinen Kindern sein. Phobos flößt Angst ein. Deimos kann Entsetzen hervorrufen, was mir übrigens das Gleiche zu sein scheint, doch egal. Und dann gibt es noch Enyo oder wie auch immer man ihren Namen ausspricht. Sie war seine Schwester und seine Geliebte – *igitt* –, aber sie kann Zwietracht stiften. Zwietracht, Seth.«

Ich hätte gern geglaubt, dass Josie eine Spur hatte. Dass wir nur diese eine Person oder Wesenheit finden mussten, und dann wären alle Probleme auf magische Weise gelöst.

Aber so funktionierte das selten.

Sie zog das schwere Buch von meinem Bauch, nahm es auf den Schoß und legte die Finger um den Einband.

»Und wenn wir einen der Götter dazu bringen, herzukommen und den nötigen Hokuspokus durchzuführen und sie zu rufen, könnten wir das, was hier passiert, beenden. All diese Morde. Und Colins Tod wäre nicht umsonst gewesen.«

Verdammt.

Ich erkannte, was da in ihren Augen leuchtete, warum sie so verzweifelt glauben wollte, dass sie diese Sache in Ordnung bringen konnte. Sie wollte Rache für Colins Tod. Sie wünschte sich, dass sein Tod am Ende eine Bedeutung hatte.

Und sie wollte diejenige sein, die ihm Gerechtigkeit widerfahren ließ.

Das begriff ich.

Behutsam zog ich ihr das Buch weg, klappte es zu und legte es beiseite.

»Warum tust du das?«, verlangte sie zu wissen.

Ich sah ihr in die Augen. »Ich weiß, du willst die Leute, die Person oder den Gott finden, die für Colins Tod verantwortlich sind. Das kann ich vollkommen verstehen.« Ich legte eine Hand um ihre Wange, ließ sie auf ihren Hinterkopf gleiten und schob die Finger in ihr Haar. »Ich will diese Leute auch finden.«

Sie erstarrte. »Du konntest Colin nicht mal leiden.«

Das stimmte. »Dennoch will ich den Verantwortlichen finden. Ich glaube bloß nicht, dass die Antwort in diesem Buch steht, Babe.«

Ihre Schultern sackten nach vorn, und sie wandte den Blick ab. Ich hasste es, wie sich Traurigkeit über ihre Miene breitete.

»Warum kann es nicht einer von denen sein?«, fragte sie nach kurzem Schweigen.

»Es könnte sein, aber … Josie, die Gewalttätigkeit und der Hass gegen die Halbblüter haben eine lange Geschichte. Jahrhunderte voller Bigotterie und Diskriminierung. Zum Teil von den Göttern geschürt. Teilweise liegt es auch daran, dass viele Reinblüter ganz einfach abstoßende Bastarde sind. Niemand zwingt sie, sich so zu verhalten. Sie entscheiden sich dafür, so zu sein.«

Josie schüttelte leicht den Kopf. »Wie kann sich jemand dafür entscheiden, so voller Hass zu sein, dass er andere ermordet?«

»Keine Ahnung.« Ich küsste sie auf die Wange. »Ich meine, doch, irgendwie schon.«

»Was?« Josie rückte von mir ab und sah mich forschend an. »Was meinst du damit?«

Ich zog eine Schulter hoch. »Ich habe abscheuliches Zeug getan, als ich mit Ares zusammen war. Ich habe Menschen getötet, Josie. Ich kann Ares die Schuld geben, aber es war nicht, als hätte ich keine Kontrolle über mich gehabt. Man hatte mich beeinflusst, bestimmte Dinge zu glauben, und danach habe ich gehandelt. Einige dieser Reinblüter hat man auch dazu bewogen, gewisse Dinge zu glauben. Man kann sie eines Besseren belehren. Mir ist es so ergangen, aber macht es meine Verbrechen ungeschehen, dass ich dazugelernt und mich verändert habe?«

Josie öffnete den Mund, doch ich wusste schon, was sie sagen würde.

»Ich weiß, du glaubst, dass das bei mir zutrifft«, sagte ich. »Aber ich weiß, dass noch ein sehr, sehr langer Weg vor mir liegt, um all meine Taten wiedergutzumachen.«

Sie schwieg und rutschte auf mich zu. Schweigend legte sie die Hände um meine Wangen und küsste sie. Dieses zarte Streicheln ihrer Lippen führte zu einem tieferen Kuss, der wiederum verdammt viel mehr als einen Kuss nach sich zog.

Stunden später lag ich neben ihr, während sie schlief. Meine Gedanken sprangen zu hektisch umher, als dass ich Schlaf hätte finden können, daher war ich wach, als jemand an die Tür klopfte.

Ich zog meinen Arm unter ihr hervor und war gar nicht überrascht, als sie sich nur tiefer in die Kissen schmiegte und diese verdammten Hüften bewegte, sodass es mir furchtbar schwerfiel, aus dem Bett zu steigen.

Doch ich tat es.

So erwachsen war ich inzwischen.

Ich fand meine Hose, die auf dem Boden lag, schlüpfte in sie hinein und ging ins Wohnzimmer. Als ich die Tür öffnete, stand Aiden davor.

»Aha, anscheinend haben Sie und die anderen zurückgefunden.«

»Ja, offensichtlich«, sagte er. Ich trat auf den Gang hinaus und zog die Tür hinter mir zu. »Ist bei Josie alles in Ordnung?«

»Ihr geht es gut.« Ich strich mir durchs Haar und schob es mir aus dem Gesicht. »Hier hat es einen Zwischenfall gegeben.« Ich berichtete Aiden vom Angriff der Reinblüter und von Colins Tod. »Aber Josie geht es gut. Sie hatte sich nur einen Muskel gezerrt.«

»Verdammt.« Aiden ließ den Kopf hängen und legte die Hände an die Hüften. »Colin kam mir wie ein netter Kerl vor.«

Ich gab ein zustimmendes Brummen von mir.

»Dieser Mist mit den Reinblütern ist das Letzte, was wir gebrauchen können.«

»Zweifellos. Also, hat Apollo alle zurückgebracht?«

Aiden nickte. »Ja, er hat es geschafft, Erik davon zu *überzeugen*, dass es eine kluge Entscheidung ist, uns zu begleiten.«

Ich lehnte mich an die Wand und verschränkte die Arme. »Ich weiß nicht, ob es mir gefällt, dass er hier ist. Ich weiß, dass er nicht dort draußen bleiben darf, wo die Titanen ihn finden können. Aber ich mag auch die Vorstellung nicht, dass er hier herumläuft. Wir haben schon genug Probleme ohne einen nicht entblockierten Halbgott, der vielleicht sauer darüber ist, hier zu sein.«

»Wohl wahr. Momentan ist er im ersten Stock, unter Lukes wachsamen Augen. Wir haben Erik neben Deacon und Luke untergebracht.« Aiden warf einen Blick den Gang entlang. »Alex wollte nachsehen, ob Marcus noch wach ist. Angesichts dessen, was passiert ist, wird sie wahrscheinlich eine Weile ausbleiben.«

»Gut möglich.«

Aiden konzentrierte sich auf mich. »Das ist nicht der einzige Grund, aus dem ich hier bin.«

Ich lehnte immer noch an der Wand, doch jeder Muskel an meinem Körper verspannte sich.

»Apollo will Sie sehen.«

Ich biss die Zähne zusammen und brauchte eine Sekunde, bis ich so weit war, dass ich antworten konnte. »Ach ja?«

»Ja«, sagte Aiden schroff.

»Hier ist er offensichtlich nicht. Ich kann ihn nicht fühlen.«

»Ich vermute, er kommt zurück. Hat gesagt, Sie sollen ihn in meinem Zimmer treffen.«

So langsam schmerzten meine Backenzähne. »Also, das finde ich merkwürdig. Er hat noch nie ein Problem damit gehabt, einfach in meinem Zimmer aufzutauchen, ganz egal, was ich gerade machte. Zum Teufel, meistens hatte er einen Riesenspaß dabei.«

»Ich finde das auch eigenartig.«

Ich wandte den Blick ab und schüttelte den Kopf. Der Mistkerl ging Josie aus dem Weg. Ich stieß mich von der Wand ab. »Gehen wir.«

Aiden seufzte. »Das wird sicher lustig.«

Verdammt, das würde einfach ganz prima werden. Ich schlenderte den Flur entlang, und in dem Moment, in dem Aiden die Tür öffnete und ich eintrat, lief mir ein Energieblitz das Rückgrat hinunter. Die Zeichen traten wirbelnd auf meine Haut.

Vor mir erschien Apollo, umgeben von schimmerndem Licht, in seiner ganzen goldenen Herrlichkeit. In dem Moment, in dem der Mistkerl sichtbar wurde, versetzte ich ihm einen Kinnhaken, sodass sein Kopf zurückruckte.

»Götter.« Aiden machte einen Schritt nach hinten.

Apollo wandte mir das Gesicht zu und kniff die vollständig weißen Augen zusammen, während er sich den Kiefer rieb. »War das nötig?«

»Nicht wirklich, aber es war ein verdammt schönes Gefühl.«

Apollo ließ die Hand sinken. »Wie ich sehe, verändert sich manches nie.«

»Ja, dito, Mistkerl.« Ich trat auf ihn zu, bis ich dicht vor ihm stand. »Weil ich sehe, dass du immer noch die Nummer mit dem ewig abwesenden Vater abziehst.«

Der Sonnengott blies die Nasenflügel auf. »Du solltest dir etwas zu tun suchen, Aiden.«

»Klingt nach einem guten Plan.« Aiden wich zur Tür zurück. »Ich glaube, ich sehe nach, ob Alex bei Marcus ist.«

Ich ignorierte ihn und hörte nur, wie sich die Tür hinter ihm schloss. »Du willst nicht, dass Aiden dabei ist, wenn wir darüber reden, wie deine *Tochter* nach dir gerufen hat, wieder und verdammt wieder, und du niemals antwortest?«

»Ich bin *wegen* meiner Tochter hier«, erwiderte Apollo knurrend und trat demonstrativ von mir weg. »Ich habe es dir schon mal gesagt, Junge. Denk nicht einmal, du wüsstest, was ich für sie tue oder getan habe ...«

»Es ist mir vollkommen schnurzegal, was du glaubst, für sie getan zu haben oder jetzt zu tun.« Zorn brodelte in mir wie Lava. »Offensichtlich weißt du, dass sie schwanger ist. Offenbar ist dir klar, dass sie dich in ihrem Leben braucht.« Dieses Eingeständnis brachte mich fast um, aber es musste gesagt werden. »Und du bist nicht da.«

Apollo wandte sich ab, ging wortlos zur Couch und setzte sich. Mehrere Sekunden vergingen, in denen er vor sich hin starrte, als konzentriere er sich auf etwas, das nur er sehen konnte.

»Geht es dem Baby gut?«

Ich ballte die Hände zu Fäusten und rang um Geduld, die ich nicht hatte. »Dem Baby geht es gut.«

Er schloss die Augen. »Vorhin habe ich ... ihre Panik gespürt. Ich wusste, dass es mit dem Baby zu tun hatte. Deswegen bin ich dir erschienen.«

»Großartig. Bin froh, dass ich für sie da sein konnte, aber

das beantwortet nicht die Frage, wieso du nicht selbst zu ihr gegangen bist.«

Er öffnete die Augen und sah mich an. Sie wirkten ziemlich normal und hatten das gleiche leuchtende Blau wie die von Josie.

»Du verstehst nicht.«

»Ach was. Nein, ich verstehe das nicht. Die Furien wurden losgelassen, Apollo. Du weißt, sie hätten sie schwer verletzen können. Vielleicht töten.« Ich trat auf ihn zu. »Sie hat zugesehen, wie einer ihrer Freunde gestorben ist. Also ja, ich verstehe nicht, warum du nicht eingeschritten bist.«

»Das ist nicht so einfach, wie du glaubst.« Er wandte den Kopf. »Ich weiß, dass sie heute Morgen nach mir gerufen hat. Sie wollte wissen, wie wir jetzt die Kräfte der Halbgötter entblockieren können.«

»Du weißt die Antwort darauf?«, fragte ich. »Und du konntest sie ihr nicht selbst geben?«

»Ich sage es dir.« Eisig sah Apollo mir in die Augen. »Die Kräfte der Halbgötter lassen sich nun nicht mehr entblockieren. Sie können nicht gegen die Titanen kämpfen.«

22. KAPITEL

SETH

Größtenteils war ich mir sicher, Apollo falsch verstanden zu haben. Er musste das wiederholen.

»Kannst du das noch einmal sagen?«

»Die Kräfte der Halbgötter können nicht erweckt werden. Damit das auf natürliche Art passiert, müssten sie zu sechst sein. Wie du wahrscheinlich schon vermutet hast, begannen sich einige ihrer Fähigkeiten zu zeigen, als Josie zur Halbgöttin wurde. Aber um die Elemente zu kontrollieren oder Akasha zu zügeln, müssten sie vollständig entblockiert sein, und das wird nicht passieren.«

Ich starrte ihn eine ganze Minute lang an, bis ich die Worte fand. »Warum nicht? Es muss doch … Warte.« Ich lachte heiser auf. »Da soll man mich doch mit einer rostigen Gabel in den Hintern stechen. Ich kapier's.«

Apollo zog die Augenbrauen hoch. »Ich hätte gut ohne dieses Bild leben können, das du mir gerade geliefert hast.«

Ich ignorierte seine Bemerkung. »Du sagst also, damit die Kräfte der Halbgötter freigesetzt werden können, müssten die Götter, die ihr Sperma oder Ei zur Verfügung gestellt haben, sie entblockieren. Das würde bedeuten, dass dieser Gott oder diese Göttin geschwächt wären.« Ich grinste. »Kann mir nicht vorstellen, dass Poseidon dabei mitmachen würde.«

Der Gott kniff die Augen zusammen. »Dahinter steckt noch mehr, Seth. Oder hast du vergessen, dass Ares tot ist und daher die Kräfte seines Sohnes nicht freisetzen kann?«

»Ich habe es nicht vergessen, aber drei voll funktionstüchtige Halbgötter wären besser als einer, richtig?«

»Richtig«, pflichtete er mir kühl bei. »Glaubst du, ich hätte mir nicht gewünscht, dass die anderen es mir nachtun oder dass ich nicht gefragt hätte?«

»Ich habe es aufgegeben, zu erraten, was du tust oder nicht.«

»Ich habe mit ihnen gesprochen.«

Ich brauchte nicht zu fragen, um zu wissen, wie die Antwort ausgefallen war. »Und was machen wir jetzt? Was für andere Optionen haben wir? Oder behauptest du, es sei hoffnungslos, die Titanen begraben zu wollen? Ihr habt doch sicher mitbekommen, dass sie gerade die Gemeinde in Chicago überrannt haben, und seid euch klar darüber, dass sie für das verantwortlich sind, was dort passiert ist, oder?«

»Ja. Wir sind uns dessen bewusst.«

»Und das reicht den anderen nicht, um die Kräfte der Halbgötter zu erwecken? Weißt du eigentlich, was für ein Angebot die Titanen mir gemacht haben?« Apollo biss die Zähne zusammen, doch ich hatte keine Ahnung, ob er von dem Deal wusste, den sie mir vorgeschlagen hatten. »Oceanus will, dass ich ihnen Zeus' Kopf bringe. Wenn nicht, vernichten sie Chicago und werden dabei nicht haltmachen.«

Schockierenderweise fragte er nicht, ob ich vorhatte, auf den Deal einzugehen.

»Und jetzt erzählst du mir, dass die Halbgötter keine Chance haben, ihre Kräfte zu erlangen? Was soll das Ganze dann? Falls das so ist, gib mir Bescheid, und ich suche mir mit Josie einen Ort, bei dem die Titanen Jahrzehnte brauchen werden, um uns zu finden.«

»Das wäre typisch für dich, was?«

Ich hielt seinem Blick stand und dachte ernsthaft darüber nach, was ich gesagt hatte und was ich tun würde. Und verdammt, ich dachte auch darüber nach, was Zeus zu mir gesagt hatte. »Das würde ich gern tun. Das ist das, was mein Instinkt mir eingibt, aber ich … ich will nicht, dass mein Kind in einer Welt aufwächst, die jede Minute untergehen kann. Ich will keine Welt, in der Josie an jedem Tag jede Sekunde über ihre Schulter sehen muss. Also lautet meine Antwort wohl nein. Ich werde es nicht tun. Ich würde es mir wünschen, aber ich könnte es nicht. Ich würde mir etwas einfallen lassen, um die Titanen zu begraben.«

Apollo erwiderte meinen Blick einen Moment lang und sah dann weg. »Was du aus Liebe und für dein Kind tun würdest, ist bewundernswert, Seth. Das kann ich dir versichern.«

Ich starrte ihn an.

»Liebe macht Menschen für gewöhnlich nicht besser. Sie glauben das gern, aber schlussendlich macht Liebe Menschen meist egoistisch. Und bei uns, den Göttern? Da ist Liebe eher ein Gift als ein Geschenk.«

Ich hatte keine Ahnung, was ich auf all das sagen sollte.

»Was würdest du denn tun, um dafür zu sorgen, dass dein Kind in eine bessere Welt geboren wird?«

Ich zögerte nicht, keine Sekunde. »Ich würde *alles* tun.«

JOSIE

Ich hatte ein hohles Gefühl in der Brust und starrte Seth an. Wir sollten uns mit Alex und Aiden treffen, damit ich endlich Ares' Sohn kennenlernte. Doch Seth hatte gerade die Bombe platzen lassen, dass Apollo hier am Covenant gewesen war und dass es keine Möglichkeit gab, die Kräfte der restlichen Halbgötter zu entblockieren.

Wir standen auf dem Flur bei der Treppe, die in den ersten

Stock führte. Es war noch früh am Morgen, daher war es im Gang, wo wir auf Aiden und Alex warteten, ruhig.

»Er war hier, an der Universität?« Ich hatte das Gefühl, das klarstellen zu müssen. Vielleicht meinte Seth ja, dass er in einer anderen Dimension oder sonst wo mit Apollo gesprochen hatte. »Also hier, im selben Gebäude wie ich?«

Seth nickte.

Ich öffnete den Mund, schloss ihn aber wieder. Ein paar Sekunden vergingen. »Und du hast mich nicht geholt?«

»Du hast geschlafen.«

Ich riss den Mund auf, blinzelte, schoss dann vor und schlug ihn auf den Arm. »Und du bist nicht auf die Idee gekommen, mich zu wecken?«

Seth umfasste meine Hand und sah mir in die Augen. »Es tut mir leid.«

»Es tut dir leid?« Gereizt versuchte ich, meine Hand wegzuziehen, doch Seth ließ sie nicht los. »Ich kann nicht glauben, dass du mich nicht geweckt hast.«

»Ich weiß.«

Seth zog mich an seine Brust und legte einen Arm fest um mich. Nach wie vor umklammerte er meine Hand, damit ich ihn nicht wieder schlug. Er drückte sein Kinn auf meinen Scheitel. »Und es tut mir *wirklich* leid, Josie. Aufrichtig.«

Ich begriff es nicht. Wieso hatte er mich nicht geweckt? Er wusste doch, wie sehr ich mir wünschte, meinen Vater zu sehen, mit ihm zu reden – ihn zu zwingen, mit mir zu sprechen. Seth wusste das besser als jeder andere.

Und dann ging es mir auf.

Scharf sog ich den Atem ein und wich zurück, und zwar so energisch, dass Seth mich loslassen musste. Allmählich dämmerte es mir – und verdammt, es tat weh. »Er wollte mich nicht sehen.«

Ein schmerzlicher Ausdruck huschte über Seths Gesicht, und ich wusste, dass ich recht hatte.

»Josie …«

»Ich habe recht, oder?« Mein Brustkorb brannte.

Er knirschte mit den Zähnen, wandte den Blick ab und gab keine Antwort, doch das reichte nicht. Ich wollte hören, wie er es aussprach. Keine Ahnung, warum, aber ich musste hören, wie er es sagte.

»Er wollte nur mit dir reden, mich wollte er nicht sehen. Deswegen hast du mich nicht geweckt.«

»Josie, Babe, ich …« Er verstummte und sah mich endlich wieder an. »Zwing mich nicht, es laut zu sagen.«

»Warum nicht?« Mein Herz hämmerte, und das brennende Gefühl hatte sich in meinen Magen verlagert. »Es ist die Wahrheit, oder? Was ist so falsch daran, sie auszusprechen?«

Seth trat auf mich zu, und ich wusste, er würde mich wieder in die Arme ziehen. Und wenn er das tat, würde ich in Tränen ausbrechen, weil ich vollkommen durcheinander war und wollte, dass mein Vater sich wie ein Dad benahm. Aber die Tür zu Alex' und Aidens Zimmer öffnete sich endlich, und sie traten heraus.

Erleichtert über die Unterbrechung fuhr ich zu ihnen herum. »Hi!«

Beide blieben wie angewurzelt stehen und sahen zwischen Seth und mir hin und her. Hatte wahrscheinlich mit meiner übertrieben fröhlichen Begrüßung zu tun.

»Hey.« Alex lächelte schwach. »Ich hoffe, ihr habt nicht allzu lange gewartet.«

»Ganz und gar nicht«, sagte ich hyperfröhlich und ignorierte die Frustration, die von Seth ausstrahlte.

Aiden sah von Seth zu mir. »Es hat uns so leidgetan, das

von Colin zu hören«, erklärte er mit vor Mitgefühl rauer Stimme. »Wir haben ihn nicht gut gekannt, doch er schien ein wirklich großartiger Kerl zu sein.«

»Das war er.« Ich presste die Lippen zusammen und wollte nicht an Colin denken. Ich wusste, das war verkehrt, aber es tat zu weh. Ich atmete tief ein. »Also, seid ihr beide bereit?«

»Jepp.« Alex blieb neben mir stehen, hob ihr herzförmiges Gesicht, um zu mir aufzusehen, und legte eine Hand auf meinen Arm. »Alles in Ordnung bei dir?«

Ich schluckte den Kloß in meinem Hals hinunter. »Ja, mir geht's gut und dem Baby auch.«

Alex drückte meinen Arm. »Freut mich, das zu hören.«

Ich wusste, dass ihr das ernst war, worüber ich am liebsten wieder in Tränen ausgebrochen wäre.

Lieber Gott, waren das die Schwangerschaftshormone? Oder hatte es mit Colin und meinem Vater zu tun? Wahrscheinlich eine Mischung aus allem. Glücklicherweise gingen wir jetzt die Treppe hinauf.

Leider blieb Seth zurück. »Wir müssen reden«, sagte er leise, als Alex und Aiden auf dem Treppenabsatz abgebogen waren.

»Ich glaube nicht.« Ohne ihn anzusehen, umklammerte ich das Geländer. »Ich kenne die Antwort. Es ist, was es ist.«

»Josie ...«

Anfangs war er hinter mir gegangen, doch jetzt stand er vor mir. Er konnte sich so schnell bewegen.

»Es gefällt mir nicht, dich so zu sehen.«

»Und mir gefällt es nicht, mich so zu fühlen. Ich will nur ...« Ich sah zum Fenster am Treppenabsatz und bewegte meine Schultern, um sie zu lockern. »Das wird schon wieder.«

Seth berührte mich leicht an einer Wange. »Sag mir, was ich tun kann, damit du dich besser fühlst. Sag es mir, und ich tue es. Alles.«

Als Reaktion auf seine Worte zog sich mein Herz zusammen. Hätte ich gesagt, es würde mich glücklicher machen, wenn er auf einem Bein hüpfte, hätte er es bestimmt getan. »Ich bin dir nicht böse.«

»Ich weiß.« Über uns öffnete sich knarrend eine Tür. »Es hat nichts mit mir zu tun.«

Es drehte sich nur um Apollo. Ich schloss die Augen und erschauerte, als Seth mit seiner Nase an meiner Wange entlangstrich und dann meine Mundwinkel küsste.

»Gehen wir«, sagte ich. »Die anderen warten auf uns.«

Lange bewegte Seth sich nicht, und sein warmer Atem streifte über meine Lippen. Dann zog er sich zurück. Er nahm meine Hand, und wir stiegen die Treppe hinauf. Alex und Aiden waren nicht im Treppenhaus geblieben, sondern warteten auf dem Gang. Offensichtlich wussten sie, dass etwas los war, und ließen uns Freiraum.

Ich spürte, wie meine Wangen sich rot färbten, und räusperte mich. »Glaubt ihr, er ist wach?«

»Ja.« Aiden trat vor die dritte Tür auf der linken Seite. »Wegen des Zeitunterschieds. Für ihn ist es Nachmittag.«

»Oh. Auch wieder wahr.«

Ich hatte keine Ahnung, was ich erwartete, als Aiden an die Tür klopfte. Ein paar Sekunden später wurde sie geöffnet, aber ich hätte nicht damit gerechnet, eine prächtige Aussicht auf eine männliche Brustwarze und noch sehr viel mehr geboten zu bekommen.

»Was zum Teufel …?« Seth neigte den Kopf zur Seite.

Ares' Sohn stand in der Tür und trug nichts als ein Handtuch, das er sich um die Hüften geschlungen hatte. Der Typ war schlank und hochgewachsen. Mit seinen hohen, markanten Wangenknochen und dem breiten Mund sah er ziemlich gut aus.

Anscheinend war ihm nicht klar, dass er in ungefähr fünf Sekunden sterben könnte, entweder durch Seths oder durch Aidens Hand.

»Hast du vergessen, dir etwas anzuziehen?«, fragte Aiden knapp.

Erik sah ihn an und zog die Augenbrauen hoch. »Ich komme gerade aus der Dusche«, erklärte er.

Oh du meine Güte, er hatte einen britischen Akzent. *Nett.*

»Hast du ein Problem damit, Kumpel?«

»Ja.« Seth trat vor mich und versperrte mir die Sicht, und ich verdrehte die Augen.

»Okaaay«, murmelte Alex, drehte sich langsam um und schaute mich stirnrunzelnd an.

Ich grinste.

Seufzend stieß Aiden die Tür auf und schob Erik aus dem Weg. »Geh dir was anziehen. *Götter.*«

Erik feixte, aber er verschwand ins Bad. Ich sah mich im Zimmer um und erblickte eine kleine schwarze Tasche. War das alles, was er mitgenommen hatte? Wahrscheinlich hatte er nicht vor, lange hierzubleiben.

Erik war schnell wieder da. Als er in den Wohnbereich trat, trug er Jeans. Und nichts weiter.

»Echt jetzt?«, murmelte Seth.

Am liebsten hätte ich ihn darauf hingewiesen, wie oft er selbst kein Hemd trug, entschied mich allerdings dagegen. Ich trat vor und streckte Erik die Hand entgegen. »Ich bin Josie.«

Unser neuester Halbgott nahm meine Hand und musterte mich ausgiebig. »Sehr nett, dich kennenzulernen, Schätzchen.«

»Wenn du ihre Hand noch länger hältst, geht das nicht gut aus«, erklärte Seth hinter mir.

Ich drehte mich um und warf ihm einen Blick zu. Darauf zog er die Augenbrauen hoch. Kopfschüttelnd sah ich wieder Erik an. »Bitte ignoriere ihn. Er ist ein Morgenmuffel.«

»Ich bin mir sicher, das ist der Grund.« Schief grinsend warf er Aiden und Alex, die nebeneinanderstanden, einen Blick zu. »Ich hatte gehofft, jemand würde mir Frühstück bringen.«

Seth schnaubte verächtlich. »Du solltest deswegen lieber etwas unternehmen, statt nur zu hoffen.«

»Ich darf dieses Zimmer also verlassen?«

Aiden antwortete, bevor Seth es tun konnte: »Noch nicht. Wie wir dir erzählt haben, haben wir hier einige Probleme. Es wäre nicht klug, wenn du allein dort draußen herumläufst.«

Erik setzte sich auf die Couch und sah zu uns auf. Seine Miene zeigte keinen Funken Sorge. Er sah mich an. »Und wer ist dein Vater?«, fragte er.

Sie hatten es ihm nicht gesagt? Verblüfft warf ich Seth einen Blick zu, doch der war damit beschäftigt, Erik zu mustern, als wäre der eine Amöbe, bei der er sich noch nicht sicher war, ob er sie zerquetschen sollte.

»Mein Vater ist Apollo«, antwortete ich.

»Wirklich?« Lächelnd lehnte Erik sich zurück. »Mein Vater war kein Fan von deinem.«

Ich blinzelte. Als Seth mir erzählte, dass Erik seinem Vater Ares begegnet war, erstaunte mich das ziemlich, aber ich vermutete, es handelte sich um eine einmalige Angelegenheit. Ich meine, es klang, als wäre Ares ein gemeingefährlicher Irrer gewesen, daher konnte ich mir nicht vorstellen, dass er viel Zeit mit seinem Sohn verbracht hatte.

»Hast du deinen Vater oft gesehen?«, fragte ich.

Erik zog eine Schulter hoch und rieb sich mit einem Finger über die Stirn. »Doch, ja. Nicht jeden Tag oder jede Woche, aber er war schon da. Also, wie ist der Plan?«, wollte er dann wissen. »Ich gehe mal davon aus, dass ihr mich nicht nur hergebracht habt, um mich in meinem Zimmer einzusperren.«

»Wir dachten, dass wir anfangen, dich zu trainieren, zusammen mit den beiden anderen, die du heute kennenlernen wirst«, erklärte Aiden und setzte sich auf eine Sessellehne. »Zumindest in den Grundlagen des Nahkampfs.«

»Deine vollen Halbgott-Kräfte sind noch blockiert, aber zur Selbstverteidigung brauchst du sie nicht«, schaltete Alex sich ein. »Wir bringen es dir bei.«

Während sie redeten, breitete sich in meiner Magengrube ein heißes, unangenehmes Gefühl aus. Ich wusste, ich sollte aufpassen, weil ich mich für diese Halbgötter verantwortlich fühlte, sogar für den hier, der Aiden ansah, als hätte er sich das alles ganz anders vorgestellt. Aber mein Hirn überschlug sich wegen dem, was Erik über seinen Vater gesagt hatte.

Ares hatte eine Beziehung zu Erik aufgebaut.

Der irre, mordlüsterne Ares.

Unterdessen unternahm mein Vater alles unter der Sonne, um sich nicht im selben Raum mit mir aufhalten zu müssen.

Ich trat von einem Fuß auf den anderen und versuchte, auf das zu achten, was geredet wurde, denn ich war mir ziemlich sicher, dass sie zu streiten begannen, aber … ich war mit den Gedanken nicht richtig dabei. Ich hatte das Gefühl, als wäre meine Haut gespannt und spröde und könnte jeden Augenblick platzen.

In diesem Moment wurde mir klar, dass ich gleich ausrasten würde, hier, mitten im Zimmer eines Fremden, der eine bessere Beziehung zu seinem mörderischen Psycho-Dad, der auch noch *tot* war, hatte als ich zu meinem, der quicklebendig und größtenteils kein Psycho war.

Ich musste aus diesem Raum verschwinden.

»Entschuldigt mich«, murmelte ich und ging. Ich wartete die Reaktion der anderen nicht ab, aber ich wusste, dass Seth mir folgte.

Ein paar Schritte von Eriks Zimmer entfernt holte er mich ein. »Ist dir schlecht, Josie?«

Einen Moment lang hatte ich keine Ahnung, wie er auf die Idee kam, doch dann wurde mir klar, dass mein Gesicht vermutlich rot angelaufen war und er wahrscheinlich dachte, ich müsste mich übergeben. *Morgenübelkeit, klar.* »Nein«, sagte ich schnell. »Mir ist nicht schlecht.«

Seine markanten Züge zeigten keine Erleichterung, als er auf mich zutrat. Sein Haar umspielte seinen kantigen Kiefer. In dem Moment, in dem er mich mit aufgewühltem Blick aus seinen bernsteinfarbenen Augen ansah, spürte ich, wie meine Selbstbeherrschung kleine Risse bekam.

»Du kannst das mit Apollo nicht mit dem vergleichen, was zwischen Ares und Erik war. In diese Richtung darfst du nicht denken.«

War ich denn so leicht zu durchschauen?

Ja, wie Fensterglas.

Ich seufzte. »Ich bin im Moment ein bisschen durcheinander. Mir geht's gut, Seth. Ich muss … ich muss nur ein paar Minuten allein sein. Bitte.«

Ein Blick in sein Gesicht verriet mir, dass er mich nicht allein lassen wollte, und ich wusste das zu schätzen, wirklich, doch ich brauchte etwas Freiraum, um wieder Ordnung in meinem Kopf zu schaffen.

»Ich hatte keine Möglichkeit, dir das früher zu erzählen, aber er hat nach dir gefragt, Josie. Nach dir und dem Baby. Er denkt an dich und macht sich Sorgen, er hat nur eine ganz miese Art, das zu zeigen.«

Stockend atmete ich ein. Dass er Seth nach mir gefragt hatte, machte es irgendwie noch schlimmer, weil er wirklich an mich dachte. »Ich muss einfach ein Stück gehen.« Die Sicht verschwamm vor meinen Augen. »Du hast gesagt, du würdest alles für mich tun, und jetzt möchte ich, dass du mich allein lässt.«

Seths Schultern verspannten sich, es war offensichtlich, dass ihm das nicht gefiel, doch dann nickte er.

Danke, bildete ich lautlos mit den Lippen und wollte davongehen, aber Seth schlang einen Arm um meine Taille und zog mich an seine Brust. Er hob mich so weit vom Boden hoch, dass meine Füße in der Luft baumelten. Heiß und fest lag sein Mund auf meinem, sodass sich in meinem Kopf alles drehte. Zwischen uns herrschte knisternde Spannung. Ich öffnete die Lippen, und seine Zunge umspielte meine. Obwohl ich den Kummer in der Brust spürte wie ein Gift, schien flüssige Lava durch meine Adern zu fließen. Seths Kuss war fordernd, besitzergreifend – alles verschlingend.

Als er mich auf den Boden stellte, war ich erstaunt, dass meine Beine noch funktionierten. Ich konnte nur zu ihm aufsehen; nun war mein Gesicht aus einem ganz anderen Grund rot angelaufen.

»Ich liebe dich«, sagte er. »Ich will nur, dass du das nicht vergisst.«

»Niemals.«

»Komm zu mir, wenn du so weit bist.«

Ziemlich aufgewühlt nickte ich, wich zurück und eilte dann davon. Meine Lippen fühlten sich geschwollen an, und mein Puls raste.

Ich hatte keine Ahnung, wohin ich ging, doch schließlich fand ich mich in dem umzäunten Garten wieder, in dem das ganze Jahr hindurch wunderbare Blumen blühten, es roch wie in einem herrlichen Blumenladen.

Ich ging an der Bank vorbei, blieb stehen und sah sie an. Hier hatte ich während der Zeit, in der Seth mich zurückgestoßen hatte, oft mit Colin zusammengesessen und geredet.

Colin war ... er war ein guter Freund gewesen.

Ich blinzelte Tränen weg und setzte mich auf die Bank. Dann strich ich mir das Haar aus dem Gesicht und fasste die Strähnen im Nacken zusammen. Ich schloss die Augen und atmete die warme Luft ein. Vielleicht war ich ja übermäßig emotional. Möglicherweise wäre ich mit der derzeitigen Entwicklung in Sachen Apollo besser fertiggeworden, wenn Colin nicht gerade ermordet worden wäre.

Ich kniff die Augen zusammen, doch die Tränen drangen unter den Lidern hindurch. Ich fragte mich, ob ich, wenn ich sie einfach zuließ, alles hinter mir lassen und einen klaren Kopf bekommen würde. Dann könnte ich mich auf das konzentrieren, was wichtig war – zum Beispiel den Umstand, dass es keine Möglichkeit gab, die blockierten Kräfte der Halbgötter zu wecken.

Aber ich fühlte mich ... Ich fühlte mich wie das kleine Mädchen von damals, das nicht begriff, wieso ihr Vater kein Teil ihres Lebens war, und dessen Mutter sich wünschte, es nicht bekommen zu haben.

Es war, als wäre ich wieder dort und fühlte mich unerwünscht.

Ich ließ meine Haare los, wischte mir die Wangen ab und setzte mich auf. Ich sah auf meinen Bauch hinunter und legte die Hände darauf, knapp unterhalb des Bauchnabels.

Mein Kind war noch nicht einmal auf der Welt, und ich konnte mir nicht vorstellen, sie oder ihn nicht sehen zu wollen, kein Teil seines Lebens zu sein. Ich begriff einfach nicht …

»Josie?«

Als ich meinen Namen hörte, blickte ich auf und sah Laadan um die Ecke kommen. Ich rechnete damit, Alexander hinter ihr zu sehen. Immer, wenn ich der Frau mit dem tiefschwarzen Haar begegnete, war er nicht weit entfernt.

Die beiden … waren ein Paar.

Ich wischte an meinem Gesicht herum und setzte ein falsches Lächeln auf. »Hey«, sagte ich und zuckte zusammen. »Was ist los?«

Ihre Miene war mitfühlend, als Laadan auf mich zukam. Sie hatte das lange Haar zu einem weichen Pferdeschwanz zurückfrisiert, wie ich ihn niemals hinbekam. Selbst in Jeans und Bluse strahlte sie angeborene Eleganz aus, die mir das Gefühl vermittelte, die Anmut eines neugeborenen Esels zu haben.

»Tut mir leid, Sie zu stören«, sagte sie leise, »aber Marcus und Alexander suchen nach Ihnen und Seth.«

Wahrscheinlich hatte es mit den Ereignissen von gestern zu tun. Ich schob meine Daddy-Probleme beiseite. »Seth ist mit Alex und Aiden und … ähm, Erik zusammen.« Keine Ahnung, ob sie wusste, wer Erik war. »Was gibt es?«

»Ich weiß nicht, wie ich Ihnen das sagen soll, aber Marcus

fand, Sie sollten es erfahren, bevor es sich herumspricht, wie es bei fast allem unvermeidlich passiert.«

Ich runzelte die Stirn. Ich hatte keine Ahnung, worauf sie hinauswollte.

Laadan verschränkte die Finger ineinander. »Colin … Colins Körper ist verschwunden.«

23. KAPITEL

JOSIE

Ich erinnerte mich nicht daran, wie ich zum Hauptgebäude des Covenants zurückgegangen war, aber ich wusste exakt, in welcher Minute Alexander ihn gefunden hatte, denn Seth tauchte plötzlich im Treppenhaus neben mir auf. Damit erschreckte er Laadan so, dass sie die Treppe hinuntergefallen wäre, hätte Seth sie nicht am Arm festgehalten.

»Tut mir leid«, sagte er, wartete, bis sie das Gleichgewicht wiedererlangt hatte, und wandte sich dann mir zu. »Ich hab's gerade gehört.«

Ich schüttelte nur den Kopf, denn ich hatte keine Ahnung, was ich sagen sollte. Wie in aller Welt konnte Colins Körper verschwinden? Wir waren unterwegs zu Marcus' Büro, und ich hoffte, er würde mehr wissen.

»Glaubst du, jemand hat ihn genommen?« Ich zuckte zusammen, als Laadan voranging. »Ich meine, seinen Körper?«

»Jemand muss es getan haben.« Seth legte eine Hand in mein Kreuz. Er wirkte abgespannt. »Ich habe keine Ahnung.«

Den Rest des Weges schwiegen wir. Als wir Marcus' Büro betraten, telefonierte er. Er hatte den Kopf gesenkt und kniff sich in die Haut zwischen den Augen. Kurz nach uns trafen Aiden und Alex ein. Laadan blieb mit besorgter, angespannter Miene vor Marcus' Schreibtisch stehen.

»Wo ist Erik?«, fragte Seth, als ich neben ihm Stellung bezog.

»Luke ist bei ihm«, antwortete Alex und setzte sich auf

einen der Stühle. »Und Deacon ist mit Cora und Gable zusammen und besorgt ihnen Frühstück und alles, was sie heute vielleicht brauchen.« Sie warf zuerst Marcus und dann mir einen Blick zu. »Wir müssen später über Erik reden.«

»Die Untertreibung des Jahres«, murmelte Seth.

Erstaunt fragte ich mich, was zum Teufel ich verpasst hatte, nachdem ich das Zimmer wegen meines Mini-Nervenzusammenbruchs verlassen hatte.

Marcus beendete das Telefongespräch. Er sah Laadan an. »Danke.« Er setzte sich und holte tief Luft. »Das war unsere Campus-Security. Sie suchen uns die Videos heraus, damit wir sehen können, wer Zugang zur Leichenhalle hatte.«

Ein Schauer überlief mich. Leichenhalle. *Ugh.* »Warum sollte jemand so etwas tun?«, fragte ich, obwohl ich nicht mit einer Antwort rechnete. »Ich meine, Gott. Warum sollte jemand einen Körper nehmen?«

Aiden verlagerte sein Gewicht und sah Marcus an. »Ich hasse es, das überhaupt zu denken, aber wenn ich davon ausgehe, was hier passiert ist, kann ich mir nicht vorstellen, dass diese Sache annähernd gut ausgeht.«

Langsam begriff ich und starrte ihn an. Meinte er, dass einer der Reinblüter, die gegen die Halbblüter waren, Colins Körper genommen haben könnte? Grauen und Furcht stiegen in mir auf. Was konnten diese Reinblüter nur mit Colins Körper vorhaben? Hundert grauenhafte Vorstellungen erwachten in mir.

»Wenn sie seinem Körper etwas antun«, begann ich an Marcus gewandt und erkannte meine eigene Stimme kaum wieder, »dann schwöre ich bei den *Göttern*, dass ich ausraste.«

»Wir wissen noch gar nichts Genaues«, sagte er, sein Ton war begütigend. »Momentan haben wir alle Reinblüter, die in den gestrigen Angriff verwickelt waren, in Gewahrsam. Ich weiß, das bedeutet nicht, dass wir alle haben, die dahinterstecken.«

»Bist du sicher, dass er tot war?«, fragte Alex unvermittelt.

Ich war nicht die Einzige, die sich umdrehte und sie ansah.

»Was denn?« Sie rang die Hände. »Leichen stehen nicht einfach auf und spazieren davon! Und, wisst ihr, einen Körper zu stehlen ist schon ziemlich extrem.«

»Danke, dass du das für uns klargestellt hast«, sagte Marcus trocken.

»Ja.« Ich verschränkte die Arme. »Er war tot. Dein Vater hat ihn gesehen. Vollkommen unmöglich, dass …« Ich schüttelte den Kopf, und Seth legte einen Arm um meine Schultern. »Er war tot.«

Seth zog mich an seine Seite, und ich spürte, wie seine Lippen meine Schläfe streiften.

»Dann brauchen wir seinen Körper«, erklärte Alex. »Ich will ja nicht auf dem Offensichtlichen herumreiten. Aber wenn wir …«

»Wir werden ihn finden«, versicherte Laadan uns. »Wir müssen.«

»Moment mal.« Ich wandte mich Alex zu. »Was passiert denn, wenn wir seinen Körper nicht finden, abgesehen davon, dass wir ihn nicht begraben können?«

Sie starrte mich einen Augenblick an. »Das weißt du nicht?«

»Nein, anscheinend nicht.«

Seth gab mir die Antwort: »Erinnerst du dich noch, wie wir Solos beerdigt haben?« Als ich nickte, sah er mir eindringlich in die Augen. »Wir haben Traditionen, die wir befolgen müssen, damit unsere Gefallenen in die Unterwelt eintreten können.«

Das Herz schlug mir bis zum Hals, als mir wieder einfiel, wie sie Münzen auf Solos' Augen gelegt hatten, um sicherzugehen, dass man ihn als Krieger empfangen würde. »Was wird aus ihm, wenn wir das nicht tun?«

Aiden wandte sich ab.

Seths Schultern verspannten sich. »Er wird am Styx festsitzen und den Fluss nicht überqueren können. Er wird die Ewigkeit in einer Art Vorhölle verbringen.«

SETH

Marcus versicherte uns, dass er uns Bescheid geben würde, sobald er etwas von der Security hörte, nachdem sie die Videoaufnahmen geprüft hatte. Ich fand allerdings, dass wir nicht abzuwarten brauchten, um zu erfahren, was passiert war.

Einer dieser verdammten Reinblüter hatte seinen Körper genommen, um Götter weiß was damit anzustellen. Nach allem, was Josie durchgemacht hatte, war das Letzte, was sie brauchte, solch eine Last auf der Seele.

Am liebsten hätte ich sie beiseitegenommen, um offen mit ihr über ihre Gefühle zu reden, aber unterdessen hatten wir noch ein weiteres Problem.

Wir vier saßen zusammen in einem der kleineren Gemeinschaftsräume des Wohnheims. Josie hatte sich auf einer Seite der Couch niedergelassen und die Beine an die Brust gezogen.

»Was ist mit Erik?«, fragte sie, und ich sah ihr an, dass sie in Gedanken noch in Marcus' Büro war.

Ich stand ihr gegenüber. »Abgesehen davon, dass er arrogant und unberechenbar ist, nicht wirklich hier sein will und eine Begabung dafür hat, jedem auf den Senkel zu gehen …« Ich verstummte, als mir klar wurde, dass alle, Josie eingeschlossen, mich erwartungsvoll ansahen. »Was?«

Grinsend legte Josie die Arme um ihre Knie. »Du hast dich ziemlich genau selbst beschrieben.«

»Habe ich nicht.«

Alex, die sich neben sie hatte fallen lassen, schnaubte wegwerfend. »Doch.«

Ich öffnete den Mund, verdrehte dann aber die Augen. »Egal. Ich will darauf hinaus, dass er momentan unberechenbar ist und etwas an sich hat, dem ich nicht traue.«

»Und das hat nichts damit zu tun, dass er halb nackt an die Tür gekommen ist?«, warf Alex grinsend ein.

Ich neigte den Kopf zur Seite und erwiderte ihren Blick.

»Hört mal, es kommt ja selten vor, dass ich mir mit Seth einig bin, aber in diesem Punkt bin ich es«, meldete sich Aiden zu Wort. »Er strahlt *wirklich* etwas Eigenartiges aus.«

»Und auch das hat nichts damit zu tun, dass er nur mit einem Handtuch bekleidet die Tür geöffnet hat?« Josie wiederholte Alex' Frage fast wörtlich.

Aiden warf ihr einen ausdruckslosen Blick zu.

»Wir vertrauen beide fest auf unsere Attraktivität«, schoss ich zurück und lächelte schmallippig. »Jedenfalls, wie ich gerade sagte, bevor ich unnötigerweise unterbrochen wurde, traue ich diesem Kerl nicht.«

»Er hat viel zu schnell eingelenkt, als Apollo aufgetaucht ist«, sagte Aiden. »Und ich glaube, dass es nichts damit zu tun hatte, dass Apollo ein Gott ist. Er hat Ja gesagt, sein Zeug gepackt und ist mitgekommen. Aber er zeigt kein Interesse daran, irgendetwas zu lernen.«

»Vielleicht fühlt er sich nur überwältigt.« Josie zog eine Schulter hoch. »Es ist viel zu verarbeiten, auch wenn man weiß, dass man ein Halbgott ist.«

»Um ehrlich zu sein, es ist, als wüsste er schon über die Titanen und das, was von ihm erwartet wird, Bescheid«, sagte ich, und als ich Aiden einen Blick zuwarf, nickte er. »Ihn scheint fast nichts zu überraschen.«

Stirnrunzelnd ließ Josie ihre Knie los und sank in einen Schneidersitz. »Was meinst du damit, dass er schon Bescheid weiß?«

»Ist nur so ein Gefühl. Als ob ihn nichts, was wir ihm erzählen, wirklich erstaunt.« Aiden gestikulierte in Alex' Richtung. »Das muss dir doch auch aufgefallen sein.«

Alex fasste in ihr Haar. »Ja. Ich hasse es, mich auf die Seite von euch Paranoikern zu schlagen, aber ich habe auch dieses Gefühl.«

»Wirklich?«, fragte Josie. »Was kann das bedeuten? Ares war schon tot, als die Sache mit den Titanen passiert ist.«

»Mist, die Optionen sind endlos.« Ich runzelte die Stirn und sah Alex und Josie an. Beide drehten in ihren Haaren. »Aber Ares wusste, dass Perses freigelassen worden war. Er hätte vorhersehen können, dass so etwas passiert – dass Perses die anderen befreit.« Sosehr ich es hasste, den nächsten Satz auszusprechen, musste ich es tun. »Wir wissen, dass Ares eine Beziehung zu Erik hatte. Wir wissen nur nicht, wie viel Ares ihm erzählt hat.«

»Ein gutes Argument.« Alex wiegte sich leicht hin und her. »Aber selbst wenn Ares ihm einen Haufen Unsinn eingeflößt hat, muss Erik begreifen, dass das nicht gut ausgehen wird.«

»Du wärest erstaunt, wie wirksam sein Unsinn sein kann.« Ich zog die Augenbrauen hoch und sah zu, wie Alex und Josie ihre Haarsträhnen zwirbelten. Ich kam nicht darüber hinweg, dass beide buchstäblich das Gleiche taten. »Okay. Ihr zwei macht mich wahnsinnig.«

Sie hörten auf und sahen sich an; sie waren keine Spiegelbilder, aber sie waren einander viel zu ähnlich. Verdammt unheimlich.

Aiden musste es auch aufgefallen sein, denn er blinzelte und schüttelte den Kopf.

»Was?«, verlangte Alex zu wissen und ließ die Hände in den Schoß sinken. »Was machen wir denn? Wir sitzen bloß hier und warten darauf, dass ihr auf den verdammten Punkt kommt.«

Josies Grinsen wurde breiter.

»Ihr habt beide ähnliche Ticks«, erklärte ich. »Keine Ahnung, wieso euch das noch nicht aufgefallen ist.«

Josie ließ die Hände sinken und warf die Lippen auf. »Na, jetzt wissen wir es ja.«

Alex neigte den Kopf zur Seite und sah sie an. »Liegt daran, dass wir absolut großartig sind.«

»Okay.« Ich seufzte und ließ die Sache auf sich beruhen. »Ich finde, wir sollten Erik im Auge behalten. Wie Aiden schon sagte, hat er etwas Eigenartiges an sich, und das hat nichts mit seinen sich entwickelnden Kräften zu tun.«

»Auf uns hat er aber keine Wirkung, oder?«, fragte Josie. »Ich war nicht lange genug in seiner Nähe, um mir eine Meinung dazu zu bilden.«

Ich überlegte einen Moment. »Er scheint diese Wirkung nur auf Sterbliche auszuüben, andererseits hat er noch nicht viele von uns getroffen. Wir wissen es wirklich nicht.«

»Deswegen sollten wir seine Kontakte beschränken.«

Alex nickte. »Ich finde das eine gute Idee, aber wir können ihn nicht in diesem Zimmer gefangen halten.«

»Nun ja, Alex und ich sind nur noch ein paar Monate hier«, erklärte Aiden und brachte den Umstand ins Spiel, dass ihre Zeit hier oben begrenzt war. »Aber bis dahin können wir ihn im Auge behalten.«

Alex tat leise ihre Zustimmung kund. Das war zwar alles schön und gut, doch ich hatte immer noch ein mieses Gefühl, weil Erik hier war. Könnte auch einfach daran liegen, dass der Kerl ein Bastard war.

Oder an etwas anderem – dem Umstand, dass er Ares' Sohn war.

Es könnte auch mehr dahinterstecken.

Egal, ich traute dem Typen nur so weit, wie ich ihn werfen konnte.

»So, da wir nun alle zusammen sind, kannst du den anderen ebenso gut erzählen, was Apollo gesagt hat.« Josie schmiegte eine Wange in ihre Hand und sah mich nicht an, während sie sprach. Stattdessen starrte sie auf ein Gemälde hinter mir, das eine der Musen darstellte. »Sie müssen wissen, womit genau wir es zu tun haben.«

»Was?«, fragte Alex und richtete sich kerzengerade auf, als hätte sie einen Stahlträger im Rücken.

Aidens Blick wirkte scharf. »Warum habe ich das Gefühl, dass das, was Sie gleich erzählen werden, mich aufregen wird?«

»Weil so die Welt ist, in der wir leben«, bemerkte ich grinsend. »Apollo hat bestätigt, dass es ziemlich üble Neuigkeiten gibt. Die Kräfte der Halbgötter können nicht entblockiert werden … zumindest nicht auf natürliche Art, weil es keine sechs von ihnen gibt. Demeter und Poseidon müssten tun, was Apollo getan hat, und das würde sie schwächen. Apollo glaubt nicht, dass es dazu kommt.«

Josie zog die Nase kraus, sagte aber nichts.

Alex schwieg einen Moment, dann sprang sie auf und explodierte fast: »Was zur Hölle sollen wir gegen die Titanen unternehmen? Josie ist die einzige Halbgöttin, die im vollen Besitz ihrer Kräfte ist …«

»Das stimmt nicht wirklich. Wir beiden sind auch noch da«, wandte Aiden ein.

»Aber wir haben keine Symbole oder was zum Teufel die anderen finden sollen, sobald ihre Kräfte entblockiert sind.« Alex begann, auf und ab zu gehen. »Und Eriks Kräfte können offensichtlich nicht freigesetzt werden, weil Ares tot ist. Was in aller Welt sollen wir tun?«

Aiden fluchte unterdrückt und strich sich über den Kopf. »Mit nur vier Halbgöttern gegen die Titanen waren die Chancen ja von Anfang an mies, aber jetzt?«

»Natürlich bist du auch ganz allein eine harte Kämpferin«, sagte Alex schnell zu Josie, die immer noch das Gemälde ansah. »Doch unsere Chancen sind gerade von ›ziemlich schlecht‹ auf ›vergiss es‹ gesunken.«

Josie neigte den Kopf zur Seite und sah mich an. »Wartet. Ich habe eine Idee. Aber sie ist ein bisschen verrückt.« Sie warf Alex und Aiden einen Blick zu. »Und irgendwie starrt sie uns direkt ins Gesicht. Apollo hat nicht gesagt, er hätte Demeter und Poseidon darum *gebeten*, richtig?«

Ich dachte an unser Gespräch zurück. »Nein. Er hat gesagt, er hätte mit ihnen gesprochen, aber er hat nicht ausdrücklich gesagt, er hätte sie gebeten.«

»Dann weiß ich, was wir tun müssen«, erklärte sie und sah mir in die Augen. »Wir müssen sie selbst darum bitten.«

24. KAPITEL

SETH

»Die Götter bitten?«, wiederholte ich.

Josie nickte. »Ich weiß, es klingt verrückt, doch vielleicht schaffen wir es ja, sie zu überzeugen.«

Ich öffnete den Mund, aber ich hatte nicht die geringste Ahnung, was ich darauf sagen sollte. Josie klang, als schlüge sie vor, wir sollten Marcus fragen, ob es in Ordnung sei, unsere Zimmer hier zu renovieren. Als wäre es nichts Besonderes.

»Was haben wir sonst für eine Option? Seht mal, ich wäre ja überglücklich, wenn wir einen Weg fänden, diese Titanen zu begraben, ohne gegen sie zu kämpfen, doch bis jetzt ist uns dazu nichts eingefallen.« Josie stand auf. »Und wir müssen etwas unternehmen. Drei von uns im Vollbesitz unserer Kräfte, das ist nicht viel, aber es ist besser als nichts, und außerdem sind nur noch drei Titanen übrig.«

»Und einer davon ist Cronus«, erinnerte ich sie. »Du weißt schon, *der* Cronus.«

»Ich weiß.« Sie sah mir in die Augen und stemmte die Hände in die Hüften. »Aber was haben wir für eine andere Wahl?«

»Da ist vielleicht was dran. Vielleicht könnt ihr beide die Götter überreden, ihre Kräfte zu erwecken«, sagte Aiden.

Alex war stehen geblieben. Auch sie stemmte die Hände in die Taille. »In der Vergangenheit haben sich die Götter noch nie als hilfreich erwiesen. Glaubst du wirklich, ihr beide könntet zwei von ihnen überreden, sich selbst zu schwächen?«

»Inzwischen hat sich vieles verändert«, sagte Josie.

Ja, vieles *hatte* sich verändert. Zur Hölle, alles. Aber würden die Götter uns wirklich zuhören, obwohl sie es nie zuvor getan hatten? Was hatte Apollo mich gefragt? Was ich tun würde, um dafür zu sorgen, dass mein Kind in einer besseren Welt aufwuchs?

Alles, hatte ich gesagt.

Ich wandte mich ab und rieb mir mit dem Handballen über die Brust. Die Sache war nur die, dass ich nicht wollte, dass Josie überhaupt gegen die Titanen kämpfte. Wir hatten darüber gesprochen.

»Wie ich schon sagte, ist das Letzte, was ich will, den Titanen gegenüberzutreten«, wiederholte Josie. »Ich weiß auch, dass wir nur zu dritt nicht wirklich gut aussehen, aber wir wären nicht allein. Wir haben dich, Seth. Wir haben Alex und Aiden. Und wir haben Luke.« Sie zögerte kurz. »Wir haben sogar Deacon.«

Aiden seufzte. »Sosehr ich es hasse, Deacon in so etwas zu verwickeln, aber er geht inzwischen wirklich gut mit dem Feuerelement um. Wenn sonst nichts, dann kann er die Titanen ausgezeichnet ablenken.«

»Wohl wahr.« Alex lachte, doch sie wurde rasch wieder ernst. »Cora und Gable sind allerdings nicht annähernd bereit. Nicht im Entferntesten.«

»Aber müssen sie wirklich gegen die Titanen kämpfen? Das ist etwas, worüber ich nachgedacht habe. Sie müssen ihre Symbole bekommen, und vielleicht ist das der Schlüssel.« Josie summte förmlich vor Aufregung.

Ich wusste, dass man sie nicht aufhalten konnte, wenn sie sich einmal etwas in den Kopf gesetzt hatte.

»Wir wissen es nicht«, gab sie sich selbst die Antwort. »Apollo hat verdammt noch mal weder mir noch sonst wem erklärt, wie genau wir die Titanen begraben sollen.«

»Selbst falls die Symbole die Titanen auf magische Weise in ihre Grabkammern schicken, werden sie nicht einfach dastehen und sich das gefallen lassen«, wandte ich ein. Meine Stimme klang schärfer, als ich beabsichtigt hatte.

»Ach, wirklich? Und ich dachte, sie würden auf die Knie fallen und uns anflehen, sie zurückzuschicken.« Josie kniff die Lippen zusammen. »Sobald Coras und Gables Kräfte entblockiert sind, brauchen wir uns eigentlich nur auf ihre Fähigkeit zu konzentrieren, Akasha einzusetzen. Nahkampf muss man trainieren, doch das ist das Letzte, was wir beim Kampf gegen die Titanen von ihnen erwarten.«

»Ich hasse es ja, hier die Schwarzmalerin abzugeben, aber selbst wenn ihr euch darauf einigt, die Götter zu fragen, bleibt noch ein Problem.« Ich sah Alex an, und sie zog die Augenbrauen hoch. »Wie wollt ihr auf den Olymp gelangen?«

»Das ist *allerdings* ein Problem«, pflichtete Aiden ihr bei. »Ich bezweifle ernsthaft, dass Apollo auf unseren Ruf antwortet und uns dorthin ploppt.«

Langsam richtete ich den Blick auf Aiden. »Haben Sie gerade *plopp* gesagt?«

»Halten Sie den Mund«, sagte er.

»Ich fand es irgendwie niedlich.« Alex trat zu ihm. »Mir gefällt das Wort.« Sie schlang die Arme um seine Taille. »Plopp, plopp, plopp.«

Ich starrte sie an und runzelte die Stirn. Manchmal fragte ich mich, ob Alex als Kind öfter auf den Kopf gefallen war. Als Teenager war sie das jedenfalls. Ich hatte dabei zugesehen. Häufig. Wahrscheinlich erklärte das eine Menge.

»Leute.« Josie wartete, bis sie unsere Aufmerksamkeit hatte. »Ich weiß, wo ein Portal zum Olymp liegt.«

»Die Bibliothek?« Alex ließ Aiden los und erschauerte sichtlich. »Ich hasse Bibliotheken.«

Aiden sah voller Zuneigung auf sie hinunter. »Aber nicht immer.«

Ihre Wangen liefen rosig an, und ich konnte mir gut vorstellen, dass zwischen ihnen einmal etwas in einer Bibliothek gelaufen war.

»Die Bibliothek? Die hier?«, fragte Seth.

Ich nickte und schlang einen Arm um meine Taille. Ich wusste, dass er nicht glücklich war, weil ich in eine Richtung dachte, die zu einer Konfrontation mit den Titanen führen würde, doch solange uns nichts anderes einfiel, war das der einzige Weg.

»Als ich Medusa getroffen habe, hat sie mir erklärt, dieser Ort liege unterhalb der Bibliothek, aber tatsächlich befand er sich außerhalb davon. Supermerkwürdig, aber dort habe ich auch den Pegasus gesehen«, sagte ich, und ein Lächeln trat auf Seths Lippen. Ich war so aufgeregt gewesen, weil ich einen Pegasus gesehen hatte, dass ich stundenlang darüber redete. »Medusa hat mir erklärt, wo wir waren. Sie behauptete, es sei ein Portal zum Olymp.«

»Wow«, murmelte Alex.

»Warte mal.« Seth strich sich eine Haarsträhne aus dem Gesicht. »Ich dachte, die Türen zu diesem Ort, an den Medusa dich gebracht hat, seien verschwunden?«

»Ja.« Das war der einzige Haken an meinem Plan. »Ich habe sie nicht mehr gesehen, und die Bibliothekarin, die ich angesprochen habe, hat getan, als wären sie nie da gewesen. Aber sie müssen dort sein.«

»Wir könnten die Wände einreißen«, schlug Aiden vor.

Alex sah zu ihm auf. »Ich kann mir total Marcus' Gesicht vorstellen, wenn du ihn um Erlaubnis fragst, in der Bibliothek Wände einzureißen.«

Seth schwieg einen Moment. »Wisst ihr«, sagte er dann, »ich fand schon immer, dass es besser ist, sich nachher zu entschuldigen, als vorher um Erlaubnis zu bitten.«

Als Seth und ich in unserem Zimmer wieder allein waren, drehte ich mich sofort zu ihm um. »Bist du wirklich einverstanden mit diesem Plan?«, fragte ich. »Eine Wand einzureißen und zum Olymp zu gehen?«

Seth trat in die kleine Kochecke. »Ich bin immer dabei, wenn man was hochgehen lassen und damit anderen auf die Nerven gehen kann.«

Ich zog eine Augenbraue hoch. Keine große Überraschung. »Was denkst du, abgesehen von diesem Teil?«

»Ehrlich?«

Ich nickte. »Ja. Ehrlich.«

»Wir haben darüber gesprochen, gegen die Titanen zu kämpfen. Wir wünschen uns beide, dass das die verdammt letzte Option ist.« Er öffnete die Kühlschranktür und griff nach einem Wasser. »Aber im Moment ist es die *einzige* Option. Durst?«

»Nein.«

Vor der offenen Kühlschranktür hielt er inne und warf mir einen Blick zu.

Ich verdrehte die Augen. »Okay. Ja, ich habe Durst.«

Seth zwinkerte und nahm noch eine Flasche. »Ich hasse die Vorstellung, dass du etwas tun sollst, das dich in Gefahr bringt.« Er trat auf mich zu und gab mir das Wasser. »Um ehrlich zu sein, macht mir das höllische Angst, aber ich würde alles tun, um dafür zu sorgen, dass unser Kind in einer Welt aufwächst, die nicht von Titanen terrorisiert wird, und ich weiß, dass du das Gleiche tun würdest.«

Ich umklammerte die Wasserflasche so fest, dass sie knackte. »Du weißt, dass ich nichts tun würde, was das Baby in Gefahr bringt.«

»Ich weiß.« Er trank und setzte die Flasche dann auf dem kleinen braunen Beistelltisch ab. »Aber das heißt nicht, dass du nicht irgendwann in eine gefährliche Situation geraten wirst. Du bist beim letzten Einsatz hiergeblieben, und es war nicht gerade sicher.«

Nein. Nicht, wenn idiotische Reinblüter herumliefen und wenn Furien losgelassen wurden. Ich schraubte die Flasche auf und trank einen Schluck. »Also sollten wir es tun. Alex und Aiden haben gesagt, dass sie Erik im Auge behalten, und Deacon und Luke bleiben bei Cora und Gable. Es hat keinen Zweck, das länger hinauszuschieben.«

»Wahrscheinlich sollten wir warten, bis die Bibliothek schließt, bevor wir hineingehen und versuchen, Wände zu sprengen.«

»Gutes Argument.« Ich grinste, doch das verflog schnell. »Und wenn hinter diesen Wänden gar nichts ist? Ich weiß ehrlich nicht, was wir dann machen sollen.«

Seth nahm meine Hand und zog mich zur Couch. »Wir lassen uns eben was anderes einfallen.« Er setzte sich und zog mich auf seinen Schoß. Ich hielt mein Wasser fest. »So machen wir es.«

Manchmal ließ Seth alles so einfach klingen. Ich trank von dem Wasser, lehnte mich an ihn und legte den Kopf an seine Schulter. »Weißt du, was ich mich gefragt habe?«

»Warum ich so großartig bin?«

Ich lachte leise. »Nein. Das weiß ich schon.« Ich strich mit den Fingern am Etikett der Flasche entlang. »Wunderst du dich nicht, wieso die Titanen sich so ruhig verhalten, seit sie Chicago unter Kontrolle haben? Wir haben keinen Mucks von ihnen gehört. Und als ihr Erik geholt habt, sind sie nicht aufgetaucht.«

»Doch, das überlege ich schon.« Er schlang einen Arm um meine Taille. »Ich glaube, nach dem, was Hyperion zugestoßen ist, haben sie Angst.« Seine dichten Wimpern schirmten seine Augen ab. »Ich sage das nicht, weil ich mir etwas darauf einbilde. Aber ich denke, sie haben nicht damit gerechnet, dass ich in der Lage dazu bin. Als ich Hyperion getötet habe, habe ich sie überrumpelt. Sie haben sich eingeigelt und halten sich bedeckt.«

»Oder sie planen noch etwas anderes, als die Stadt dem Erdboden gleichzumachen.« Ein Schauer lief mir über den Rücken. Ich drehte mich um und wollte das Wasser auf dem Tischchen neben der Couch abstellen, da sah ich am Telefon ein rotes Licht blinken. »Hey, wir haben eine Nachricht.« Ich reckte mich und drückte den Play-Knopf.

Eine Frauenstimme erfüllte das Zimmer: »Guten Morgen, hier ist Dr. Morales mit einer Information für Josie und Seth. Ich habe gute Nachrichten für Sie. Ich habe einen Frauenarzt gefunden, der Sie empfängt, sobald Sie wollen. Wenn Sie uns zurückrufen, geben wir Ihnen die Kontaktdaten.«

Die Nachricht war zu Ende, und ich sah Seth an. Er hatte die Lider gehoben, und Emotionen brodelten in seinen bernsteinfarbenen Augen. Unwillkürlich musste ich lächeln. »Unser Leben ist … so was von merkwürdig.«

25. KAPITEL

SETH

Der Morgen begann mehr als eigenartig.

Luke und Deacon standen Schulter an Schulter vor Josie und mir, und bevor sie auch nur den Mund aufmachten, war mir klar, dass das nichts Gutes bedeutete.

Wahrscheinlich, weil die beiden so früh auf waren.

»Wir sind gerade Laadan und Marcus begegnet und haben den größten Mist aller Zeiten erfahren«, begann Luke.

»Wirklich? Den größten?« Josie flocht sich ihren Zopf fertig und schlang ein Band um das Ende, um die Strähnen zu sichern. »In letzter Zeit hatten wir hier eine Menge Mist.«

»Ja, aber das hier schlägt dem Fass den Boden aus.« Deacon lehnte sich an Luke. »Marcus hat von der Security gehört. Sie haben die Videoaufnahmen ausgewertet.«

»Und *was* gefunden?« Ich war ungeduldig. Josie und ich hatten Pläne für heute und viel zu erledigen.

»Nichts«, antwortete Luke.

»Nichts?« Stirnrunzelnd stemmte Josie die Hände in die Hüften. »Was soll das heißen?«

»Es heißt, dass bis auf einen Arzt niemand die Leichenhalle betreten hat, und der hat sie zehn Minuten später verlassen. Und keine Leiche mitgenommen.« Deacon warf mir einen Blick zu. »Sie haben die Aufnahme überprüft, um festzustellen, ob sie manipuliert worden ist, aber sie haben keine Schnitte oder so was gefunden. Sein Körper ist einfach … verschwunden.«

Ich öffnete den Mund, doch ich hatte keine Ahnung, was

zum Teufel ich darauf sagen sollte. Überhaupt keine. Leichen machten sich nicht klammheimlich davon.

»Ist das möglich?«, rief Josie aus.

Deacons Augen weiteten sich. »Soweit ich weiß, nicht.«

»Aber … wie?« Josie wandte sich mir zu. »Wie konnte sein Körper einfach aus der Leichenhalle verschwinden?«

»Keine Ahnung.« Ich strich mir über den Kopf und legte die Hand in meinen Nacken. »Ich meine, wir haben alle schon verdammt komisches Zeug erlebt, aber das hier …« Ich war tatsächlich sprachlos.

»Ja.« Luke schüttelte den Kopf. »Wir haben Marcus gesagt, wir würden euch Bescheid geben. Er lässt den Arzt, der in der Leichenhalle war, verhören, um festzustellen, ob er möglicherweise damit zu tun hatte.«

Aber …

In seinem Satz schwang ein unausgesprochenes »aber«, denn auf der Video-Aufnahme hätte man sehen müssen, wie Colins Körper entfernt wurde.

An diesem Punkt verabschiedeten Luke und Deacon sich von uns, und wir gingen nach draußen. Auf dem Weg zur Krankenstation war Josie still. Ich wusste, dass sie an Colin dachte – an ihn und ihren Vater, an die Halbgötter und die Titanen. Ihre Gedanken mussten sie in tausend verschiedene Richtungen zerren.

»Wir finden heraus, was aus Colins Körper geworden ist«, sagte ich ihr. »Er kann sich ja nicht in Luft aufgelöst haben.«

»Ich weiß«, flüsterte sie.

Mir war klar, dass sie nicht vollkommen überzeugt davon war.

Ich war es auch nicht.

Das Schlimmste war, dass wir im Moment so viel zu tun

hatten, dass keiner von uns sich darauf konzentrieren konnte, was bei Josie große Schuldgefühle auslösen musste.

Dr. Morales war mit einem Patienten beschäftigt, doch die Empfangssekretärin reichte uns einen Zettel mit den Informationen der Ärztin. »Wo ist dieser Arzt?«, fragte ich, während wir hinausgingen.

Josie studierte die kleine Karte. »Sieht aus, als läge die Praxis in Manhattan.« Sie sah zu mir hoch. »Ich war noch nie in New York.«

»Es gibt für alles ein erstes Mal.« Ich stieß sie behutsam mit der Hüfte an, und wir gingen den Fußpfad entlang. Nur Gardisten und Wächter waren unterwegs. Aufgrund der Gewalttätigkeiten hatte Marcus eine Sperrstunde verhängt, aber es war noch früh am Tag, und keine Studenten waren zu sehen. »Manhattan ist ziemlich cool. Es wird dir gefallen.«

»Dr. Morales hat eine Nachricht auf die Rückseite der Karte geschrieben.« Sie drehte sie um. »Sie schreibt, wir könnten uns jederzeit in der Praxis melden und dass sie darauf warten, von mir zu hören.«

Ich nickte einem Gardisten zu, an dem wir vorbeikamen. »Willst du jetzt anrufen?«

»Ich … ich finde, wir sollten zuerst tun, was wir vorhaben.« Sie steckte die Karte in die Tasche des weiten Kleides, das sie trug. »Wir rufen hinterher beim Arzt an.«

»Du willst warten?«

Sie nickte und lächelte, doch das Lächeln erreichte ihre Augen nicht.

»Ja. Das ist etwas, worauf wir uns freuen können. Du weißt schon, nur für den Fall, dass wir bei den Göttern nichts ausrichten. Dann geht der Tag wenigstens mit etwas Erfreulichem zu Ende.«

Bei diesen Worten trat ein Lächeln auf meine Lippen, und ich streckte eine Hand aus und zog an ihrem Zopf. »Gefällt mir, wie du denkst.«

Nun zeigte ihr Lächeln echte Wärme. »Liegt daran, dass ich brillant bin.«

»Bilde dir mal nichts ein.«

Sie keuchte auf und schlug mich auf den Arm. »Schwachkopf.«

Wir hatten den Garten umrundet, und die Bibliothek kam in Sicht.

Ich lachte.

Josie schüttelte den Kopf, aber mit jedem Schritt, den wir taten, verlor sie etwas von ihrer Leichtigkeit. »Hier … hier ist Colin gestorben.«

Götter. Während wir den breiten Weg entlanggingen, nahm ich ihre Hand und drückte sie, doch ich wusste nicht, was ich sagen sollte. Im Marmor waren Risse zu erkennen, an die ich mich von vorher nicht erinnerte.

»Es war so viel … Blut, aber sie haben alles sauber gemacht. Sieht fast aus, als wäre nichts passiert.« Als wir die Treppe erreichten, presste sie die Lippen zusammen. »Ich … ich sehe es noch vor mir.« Sie starrte die Wand der Bibliothek an und stieß zittrig den Atem aus. »Und wir wissen nicht mal, wo Colins Körper ist und wie er einfach so verschwinden konnte.«

Oben angekommen, zog ich sie an mich. Ich legte eine Hand um ihren Nacken und küsste sie auf den Scheitel.

Sie zögerte, wir waren uns nahe und berührten uns doch kaum. Ein Moment verstrich, und sie trat zurück.

»Alles in Ordnung.« Sie sah zu mir auf. »Ich meine, ich bin bereit, das zu tun.«

»Ich habe nichts anderes gedacht.«

»Wirklich?« Josies Lachen klang heiser. »Seit gestern war ich vollkommen durch den Wind – na, wahrscheinlich schon vorher.«

»Du warst nicht durch den Wind«, widersprach ich und grinste kurz. »Aber falls doch, würde dir das niemand vorwerfen, vor allem ich nicht. Du hast eine Menge durchgemacht. Wenn jemand denkt, du würdest nicht mit allem fertig, dann hat er entweder nicht aufgepasst oder ein faules Leben geführt und musste sich nie mit etwas auseinandersetzen.«

»Danke.« Sie reckte sich und küsste mich auf die Wange. »Ich will nur, dass du weißt, dass ich ruhig genug dazu bin. Ich bin bereit.«

»Verdammt, und ob du das bist. Legen wir los.«

Wir kamen ungefähr eineinhalb Meter weit und standen vor unserem ersten Hindernis.

»Die Tür ist abgeschlossen.« Stirnrunzelnd musterte Josie das Geschlossen-Schild. »Wahrscheinlich wegen gestern.«

»Schlösser sind nicht wirklich ein Problem für mich.« Ich zwinkerte ihr zu. »Warte.« Ich nahm ihre Hand. »Halt dich fest.«

Josies leises Aufkeuchen ging in meinem Gelächter unter, als ich uns auf die göttliche Art in das Gebäude beförderte. Als wir unmittelbar hinter dem Eingang wieder auftauchten, drückte sie meine Hand so fest, dass ich schon dachte, sie könnte mir einen Knochen brechen.

»Das ist immer noch so eigenartig«, sagte sie und schluckte. »Okay. Wow. Dass die Bibliothek geschlossen ist, wirkt sich sogar zu unserem Vorteil aus.«

»Allerdings. Ich möchte wirklich nicht, dass eine Bibliothekarin einen Schreianfall kriegt, wenn ich ein Loch in die Wand sprenge.«

Leise lachend machte Josie ihre Hand los und ging zwischen den leeren Tischen entlang. »Wäre aber unterhaltsam.«

Kichernd folgte ich ihr. »Marcus wird so was von wütend sein.«

»Vielleicht auch nicht.« Sie sah über die Schulter zu mir. »Wenn wir mit guten Nachrichten zurückkommen, wird er, glaube ich, über den Schaden hinwegkommen, den wir gleich anrichten werden.«

Da war ich mir nicht so sicher. Marcus hielt nicht viel von Sachbeschädigung, aber was sollte es.

»Hier waren die Türen«, erklärte Josie, trat unter die Treppe und wies auf die Wand. »Drei Stück. Genau hier.«

Ich musterte den Wandabschnitt. »Und es war die mittlere?«

Josie nickte. »Ja.«

»Okay. Tritt beiseite.« Ich hob den rechten Arm, wartete, bis Josie hinter mir stand, und ließ einen Strahl Akasha los, der mit einem Donnerknall in die Wand krachte. Staubwolken stiegen in die Luft. Ich zog die Energie zurück und stellte fest, dass ich keine besonders große Öffnung im Mauerwerk geschaffen hatte. Nur gerade ausreichend, dass wir uns hindurchzwängen konnten.

Als der Staub sich legte, trat Josie hinter mir hervor. »Verdammt. Es ist noch hier.«

Hinter den Staubschwaden zeichnete sich ein hell erleuchteter Flur ab. »Endlich«, sagte ich. »Ausnahmsweise läuft mal etwas richtig.«

»Ich weiß.« Josie trat an mir vorbei. »Soweit ich mich erinnere, ist in diesem Gang eigentlich nichts, bis man ans Ende kommt.« Flotten Schrittes ging sie vor. »Mist. Das hatte ich vergessen.«

»Vergessen?« Ich blieb hinter ihr stehen.

»Verdammt.« Sie drehte sich zu mir um. »Siehst du diese Marmorwand? Medusa hat sie berührt, und eine Tür ist erschienen. Vielleicht …« Sie stürzte vor und klatschte eine Hand auf die Wand.

Ich hob eine Augenbraue. »Das hat jetzt nicht funktioniert.«

Sie zog eine finstere Miene. »Warum versuchst du es dann nicht? Vielleicht klappt es bei dir, weil du ja so was verdammt Besonderes bist.«

Grinsend schlenderte ich an ihr vorbei und legte eine Hand auf die Wand. »Sesam, öffne dich.«

»Echt jetzt?« Sie sah mich an.

»Hast du eine bessere … Oha.« Ich riss die Hand zurück. Die Luft schien Wellen zu schlagen und ließ den Marmor verzerrt erscheinen. Elektrische Spannung lag in der Luft, und meine Zeichen erwachten zum Leben und rasten über meine Haut.

»Es funktioniert!« Josies Augen strahlten.

Mit der Wand passierte eindeutig etwas. Der Marmor weitete sich und schrumpfte wieder zusammen. Oben erschien ein Riss, setzte sich durch die Mitte fort, und die Wand glitt zurück und enthüllte eine hölzerne Tür aus dunklen, senkrecht verlaufenden Balken, die von angelaufenen Metallbändern zusammengehalten wurden. Die Angeln knarrten, als sie sich öffnete.

»Heiliger Scheiß«, murmelte ich und sah auf meine Hand hinunter. »Vielleicht sollte die Welt aufhören, sich über ›Sesam, öffne dich‹ lustig zu machen?«

Josie warf mir einen merkwürdigen Blick zu und setzte sich in Bewegung. Eine Fackel ragte aus einer Wand. Ihre Flamme brannte ruhig und ließ sich vom Luftzug nicht stören. Weitere Fackeln waren in regelmäßigen Abständen eingelassen. Ihr sanfter Lichtschein fiel auf Statuen … »Liebe Götter, das sind die Männer, die Medusa in Stein verwandelt hat.«

»Ja, ich finde, wir sollten wirklich schneller gehen«, witzelte Josie.

Mit großen Augen musterte ich ihren Hinterkopf. Ich war mir ziemlich sicher, dass Medusa sogar Götter in Stein verwandeln konnte.

Je weiter wir den Gang entlanggingen, umso stärker wurde mir klar, dass einige der Zeichen, die auf meiner Haut kribbelten, auch in die Wände eingelassen waren. Ein eigenartiger Schauer lief mir das Rückgrat hinunter.

»Ich hoffe bloß, dass sie meine Anwesenheit nicht als direkte Kriegserklärung betrachten.«

Josie blieb stehen, ihr klappte die Kinnlade herunter. »Daran habe ich überhaupt nicht gedacht.«

Ich grinste. »Tja, jetzt ist es ein wenig zu spät dafür.«

Sie starrte mich an und setzte sich dann seufzend wieder in Bewegung. »Weißt du, ich glaube, wenn sie ein Problem damit hätten, dass wir hier sind, hätten sie schon eingegriffen.«

Hoffentlich war dem so.

Wir kamen an eine weitere Tür, die Josie aufstieß, bevor ich eine Chance hatte, ihr zu sagen, sie solle langsam machen. Die Tür schwang auf, und … flirrender Sonnenschein, der über eine Wiese mit blauen und roten Wildblumen fiel, übergoss uns.

Zuerst konnte ich mich nicht rühren. Es war, als wäre jeder meiner Muskeln blockiert, doch dann bewegte ich mich wie von selbst, als würde ich irgendwie durch den Eingang gezogen.

In dem Moment, als das Sonnenlicht auf meine Haut traf, atmete ich tief ein, und es war wie der erste Zug von einer vollkommen reinen Droge. Energie brauste durch meinen Körper, tränkte meine Haut und sickerte durch meine Muskeln, um in meinen Knochen zur Ruhe zu kommen.

Noch einmal blieb ich reglos stehen.

Während ich die Bäume betrachtete, die dicht an dicht den Rand der Wiese markierten, lief Energie summend über meine Haut. Ich fühlte ... ich fühlte mich, als hätte ich mich gerade genährt.

Josie drehte sich zu mir um. »Alles in Ordnung bei dir?«

»Ja«, bestätigte ich mit heiserer Stimme. Ich sah sie an. »Es ist ... Äther. Ich spüre ihn.«

»Ich auch, ich habe ihn sogar bei meinem ersten Besuch hier gefühlt. Die Luft ist damit getränkt.« Sie biss sich auf die Unterlippe. »Hier habe ich den Pegasus und die zwölf Symbole gesehen. Medusa sagte, wenn es zu Aktivitäten in der Nähe der Portale käme ...«

Wind kam auf, bewegte die feinen Haare an Josies Schläfen und ließ die schweren Äste beben. Instinktiv stürzte ich vor und stellte mich vor sie.

Da kam etwas auf uns zu – etwas Mächtiges.

Und es war kein Pegasus.

Vor uns erschien eine schimmernde Lichtsäule, in deren Mitte ein Gott stand.

»Hermes«, sagte ich, als das Licht verlosch. »Lange nicht gesehen.«

26. KAPITEL

JOSIE

Ich riss die Augen auf und sah den *Boten* an. Ich erinnerte mich, im Lehrbuch *Mythen und Legenden* von ihm gelesen zu haben. Er war der zweitjüngste Olympier und auch als »göttliches Schlitzohr« bekannt.

Für mich sah er so aus, wie ich mir einen Engel vorstellte.

Er war hochgewachsen und hatte einen lockigen blonden Haarschopf, der mich an Deacon erinnerte. Seine vollständig weißen Augen fand ich unheimlich.

Er zog einen Mundwinkel hoch. »Ist es wirklich schon so lange her, Seth?«

»Nicht lange genug«, antwortete Seth brummend, und ich richtete meinen Blick auf ihn. »Was verschafft uns die Ehre deiner Gegenwart?«

Der Gott lachte. »Ich bin hier, um euch zu geleiten.«

»Wohin?«, erkundigte Seth sich.

»Zu den Göttern, damit ihr mit ihnen kommuniziert, was sonst?« Sein Grinsen wurde breiter. »Seid ihr nicht deshalb hergekommen? Sie warten.«

»Dafür sind wir hier«, bestätigte ich, bevor Seth irgendetwas lächerlich Feindseliges sagen konnte. »Ich glaube, wir sind nur erstaunt darüber, dass sie uns … ähm … empfangen, obwohl unser Besuch unerwartet ist.«

»Unerwartet?« Hermes lachte. »Euer Besuch kommt nicht unerwartet.«

»Also, wenn das jetzt nicht unheimlich ist«, murmelte Seth.

Hermes zwinkerte uns zu. »Kommt.«

Er ließ uns nicht viel anderes übrig. Hermes wandte sich ab und schritt auf den Waldsaum zu, und ich hatte keine Ahnung, ob wir ihm folgen sollten. Mein Herz klopfte zum Zerspringen. Sollten wir diesem Gott einfach blindlings nachlaufen? Ich wechselte einen langen Blick mit Seth. Er nickte, nahm meine Hand und drückte sie.

Vermutlich war es sowieso zu spät, es sich anders zu überlegen.

Wir folgten Hermes, und ich fragte mich, wie lange wir gehen mussten und wohin wir geführt wurden, doch sobald wir unter den ersten Baum traten, begann die Luft um uns herum zu wogen. Als die Bäume über uns sich auflösten, sog ich verblüfft den Atem ein.

»Seth.« Ich keuchte und riss die Augen auf.

Während die Äste und das Laub verschwanden, drückte er meine Hand fester und zog mich an seine Seite. Tiefblauer Himmel breitete sich über uns aus. Das Gras unter unseren Füßen verhärtete sich und wurde zu Marmor. Die Baumstämme schrumpften und verwandelten sich in zarte Olivenbäume und mit Weinranken bewachsene Säulen. Statuen tauchten aus dem Nichts auf, sechs auf jeder Seite des Wegs, und jede war riesengroß.

»Was zur Hölle war das?«, fragte Seth.

»Der Wald ist eine Illusion«, erklärte Hermes. Er klang gelangweilt. »Wenn ihr ohne einen Führer wie mich gekommen wärt, wärt ihr in alle Ewigkeit weitergegangen und in der Illusion gefangen geblieben.«

»Das … das wäre nicht gut.« Ich musterte die Statuen, und rasch wurde mir klar, dass jede etwas anderes in der Hand hielt. Einen Helm. Einen Bogen. Eine Harfe. Einen Dreizack. Einen Speer. »Diese Statuen …«

Hermes warf uns einen Blick über die Schulter zu. »Das

hier ist die Insel der Götter, und *das* ist der Große Pantheon.«

»Der Große …« Seth verstummte, als ein gewaltiges Bauwerk in Sicht kam.

Es war eine riesige, von dicken Säulen getragene Kuppel. Das Gebilde war makellos weiß, als wäre es noch nie von Staub oder Regen berührt worden. Die Kuppel bestand aus einer Art Glas, das die Wolken zu spiegeln schien … nur, dass keine Wolken am Himmel standen.

Aus der Ferne drang weiches Vogelgezwitscher heran, aber ich sah auf dem Weg zum Pantheon keinen einzigen. Hinter den Bäumen raschelte es jedoch. Ich wandte den Kopf nach rechts und blieb wie angewurzelt stehen, als ich einen Blick auf ein weißes, geflügeltes Wesen erhaschte.

»Seth«, flüsterte ich, zog an seiner Hand und zeigte darauf. »Ich glaube, da ist ein Pegasus.«

»Wirklich?« Er reckte den Hals und riss die Augen auf.

Ein weißer Flügel erhob sich, und ich drehte mich zu Seth um. Seine Miene wirkte ehrfürchtig, und ich konnte mich nicht von der jungenhaften Aufregung losreißen, die sich auf seinem Gesicht spiegelte.

»Ich …« Er schüttelte leicht den Kopf. »Er ist wunderschön.«

»Kinder«, rief Hermes vom oberen Ende der breiten, langen Treppe. »Wir dürfen uns nicht aufhalten.«

Seth blinzelte, und unsere Blicke trafen sich, in seinem lag etwas Weiches, eine Eigenschaft, die er selten zeigte. Dann neigte er den Kopf und küsste mich auf einen meiner Mundwinkel.

»Gehen wir lieber weiter. Sie werden leicht ungeduldig.«

Ich nickte, setzte mich wieder in Bewegung und nutzte die Zeit, um mich auf die Begegnung mit den Olympiern …

und meinem Vater vorzubereiten. Falls er denn überhaupt hier war. Als wir zu Hermes traten, raste mein Puls. Vor zwei Türflügeln aus Titan blieb er stehen. Sie wichen auseinander, und uns kam kühle, süß duftende Luft entgegen.

Wahrscheinlich würde ich gleich einen Herzanfall bekommen.

Seth trat vor und musste an meiner Hand ziehen, damit ich weiterging. Ich kam mir vor wie in einem Traum. Ich setzte einen Fuß vor den anderen, spürte aber keinen meiner Schritte.

Nichts von alldem fühlte sich real an.

Das Innere der Kuppel war hell erleuchtet, und ich schaute zur Decke. Flaumige weiße Wolken zogen über das Glas. Ich stutzte, denn draußen standen keine Wolken am Himmel.

Dann senkte ich den Blick.

Und ich dachte nicht länger an die eigenartige Decke und die fragwürdigen Wolken. Vor mir saßen auf marmornen Thronen elf Götter. Ich brauchte nicht zu fragen, um die zwei in der Mitte zu erkennen.

Zeus und Hera.

Majestätisch. Das war mein einziger Gedanke, als ich die beiden ansah. Sie waren übermenschlich schön, groß und elegant.

Ich war so froh, dass ich mich heute für ein Kleid entschieden hatte, aber ich wünschte wirklich, ich hätte mir mehr Mühe mit meinen Haaren gegeben.

Rechts und links von ihnen thronten die restlichen Götter … unter ihnen mein Vater. Er saß am Ende der Reihe, die sich auf Zeus' rechter Seite erstreckte, und in dem Moment, in dem ich ihn sah, nahm ich keinen der anderen Götter mehr wahr.

Apollo schaute mich nicht an. Er sah Seth nicht an. Sein Blick schien über uns hinwegzugehen. Ich öffnete den Mund, um etwas zu sagen, gebot mir jedoch rechtzeitig Einhalt.

Am liebsten hätte ich ihn angeschrien. Ich wollte zu ihm hinaufstürmen und ihn schütteln. Ihn umarmen und ihn dann ohrfeigen, aber mein Verstand sagte mir, dass das weder die Zeit noch der Ort dafür war.

Seth ließ meine Hand los und bewegte sich so, dass er eher vor mir als neben mir stand. Er schirmte mich ab, doch so, wie seine Schultern sich anspannten, wirkte seine Haltung auch herausfordernd.

»Seth, Josie.« Zeus' Stimme klang wie Donnergrollen. »Ich nehme an, ihr beide seid aus einem extrem wichtigen Grund hier.«

»Oder extrem leichtsinnig«, warf Hades mit einem Akzent ein, der mich an Erik erinnerte. »In Anbetracht dessen, wer da vor uns steht, würde ich auf ›leichtsinnig‹ tippen.«

»Wenn ich es nicht besser wüsste, käme ich auf die Idee, dass du immer noch wütend bist, weil du Aiden und mich als Diener verloren hast«, sagte Seth. Ich hörte an seiner Stimme, dass er höhnisch grinste. »Ich wette, das ärgert dich täglich.«

Hades, den ich schon einmal kurz gesehen hatte, beugte sich auf seinem Thron vor. Sein Lächeln wirkte noch unheimlicher als alles andere hier.

»Du hast keine Ahnung, aber pass auf, *Seth*. Das Schicksal kann sich rasch gegen dich wenden.«

Ich erstarrte. Mir gefiel gar nicht, wie das klang.

Eine wunderschöne Blondine mit lockigem Haar seufzte schwer. »Du klingst wie ein Kind, das sein Lieblingsspielzeug nicht bekommen hat, Hades.«

Oh wow.

Hades warf ihr einen Blick zu, und ein beeindruckend finsterer Ausdruck legte sich über seine attraktiven Züge.

»Möchtest du über Lieblingsspielzeuge reden, Aphrodite?«

Das war …

Ruckartig wandte ich den Kopf wieder der Göttin im durchscheinenden weißen Kleid zu. Du meine Güte, das war *die* Aphrodite?

Lachend zuckte sie mit den Schultern. »Bis jetzt habe ich noch keins von meinen verloren.«

Hera zog eine Augenbraue hoch.

Seth verschränkte die Arme vor der Brust und neigte den Kopf zur Seite. Ein Gott, den ich noch nie gesehen hatte, lachte leise. Er war gekleidet, als käme er gerade von einem Jimmy-Buffett-Konzert, die volle Packung mit Cargoshorts, Sandalen und einem knalligen, rot und orange gemusterten Hawaii-Hemd.

»Hast du tatsächlich etwas Sinnvolles zu diesem Gespräch beizutragen, Dionysus?«, fragte Hades.

Der Partygott schnaubte verächtlich. »Nein. Ich werde nicht mal so tun, als ob.«

Ich zog die Augenbrauen hoch.

»Das erstaunt mich nicht im Mindesten«, warf eine andere Göttin ein und kniff sich in den Nasenrücken.

Sie war gekleidet wie eine sterbliche Power-Businessfrau.

Dionysus warf ihr einen Blick zu. »Weißt du, was ich glaube, Athena? Du bist so was von aufgeblasen, dass …«

»Sprich diesen Satz nicht zu Ende«, fiel eine Göttin ein, von der ich mir ziemlich sicher war, dass sie einen Overall trug. Ich meine, einen richtigen Arbeitsanzug. »Wähle deine Worte weiser.«

»Meine Worte weiser wählen?« Dionysus stieß ein schrilles Lachen aus. »Du klingst so abgedroschen wie ein Kornfeld im Herbst.«

Ein weiterer Gott zischte eine Antwort, und plötzlich war es, als wären Seth und ich gar nicht da, so beschäftigt waren sie damit, einander anzuzicken und möglichst das letzte bissige Wort zu haben.

Seufzend sah Seth mich über die Schulter an.

Die ganze Zeit über saß Apollo schweigend da und schaute über uns hinweg, als wären wir nicht anwesend. Ich konnte nicht glauben, dass die Götter wirklich so kleinkariert waren. Ich hatte Alex' und Deacons Geschichten gehört – sogar Luke und Seth hatten davon gesprochen, wie sie sich benahmen, aber ich hatte das immer für übertrieben gehalten. Ich meine, sie waren Götter – Wesen aus uralter Zeit, die in der Lage waren, die ganze Welt zu vernichten oder wieder aufzubauen.

Und hier hockten sie und zankten wie ein Haufen verwöhnter Gören.

Das hielt ich keine Sekunde länger aus. Mein bis zum Bersten gespannter Geduldsfaden riss. Ich trat vor, sodass ich Schulter an Schulter mit Seth stand. »Seid ihr jetzt fertig?«

Neben mir zuckte Seth zusammen, aber ich hatte ihre Aufmerksamkeit. Das unaufhörliche Gezeter verstummte. Alle elf starrten mich an.

Ein unguter Schauer lief mir den Rücken hinunter. »Während ihr hier über Spielzeug und Kornfelder streitet, hat Cronus eine ganze Reinblüter-Gemeinde überrannt und bedroht eine der größten Städte Amerikas. Ich bin mir sicher, ihr seid euch dessen bewusst.«

»Josie«, warnte Seth mich leise.

Ich ignorierte ihn. »Wir sind gekommen, um euch um

Hilfe zu bitten. Nicht, um Logenplätze bei eurem Familienstreit zu haben.«

Aus dem Augenwinkel meinte ich, ein schwaches Lächeln über Apollos Gesicht huschen zu sehen, aber das hätte auch Wunschdenken sein können.

»Du …« Hera legte die schlanken Arme auf die Lehnen ihres Throns und neigte das Haupt. »Du bist deinem Vater sehr ähnlich.«

Ich erstarrte.

»Und du?« Sie sah Seth an. »Ich hätte nie gedacht, dass eine Zeit kommen würde, da du schweigend vor uns stehst, anstatt uns zu drohen.«

»Der Tag ist noch jung«, sagte Seth.

Hera lachte leise. »Uns ist bewusst, was Cronus getan hat.«

»Dann müsst ihr auch wissen, warum wir hier sind«, warf Seth ein. »Wir brauchen euch, um die Kräfte der restlichen Halbgötter zu entblockieren.«

»Das wird nicht passieren«, erklärte ein Gott, der bisher geschwiegen hatte, und zog damit meine Aufmerksamkeit auf sich.

Ich nahm seine Ähnlichkeit mit Gable wahr.

Seth senkte den Kopf. »Das war's, Poseidon?«, fragte er und bestätigte meinen Verdacht. »Das steht nicht mal zur Debatte? Was sagst du dazu, Demeter?«

Die Göttin im Overall lächelte betrübt. »Ihr versteht nicht, wieso wir uns weigern.«

»Das sagt ihr ständig. Alle. Dass wir es nicht verstehen«, fauchte Seth. »Wie wär's, wenn ihr es so erklärt, dass wir es begreifen können?«

Die Antwort kam von Apollo: »Weil es keinen Unterschied machen würde.«

Seine Stimme traf mich wie ein Schlag vor die Brust. Ich hatte sie so lange nicht mehr gehört.

»Die Halbgötter würden einen Kampf gegen die Titanen nicht überstehen. Nicht jetzt, wo es nur noch so wenige sind. Ich habe es dir schon gesagt«, erklärte Apollo. »Die Halbgötter werden nicht standhalten.«

»*Mir* hast du davon nichts gesagt«, sagte ich und sog scharf die Luft ein, als er mich endlich ansah. Ich hielt seinen unheimlichen weißen Augen einen Moment lang stand und konzentrierte mich dann auf Demeter. »Ihre Kräfte müssen entblockiert werden, damit wir eine Chance haben. Sonst werden die Titanen Chicago vernichten und danach nicht haltmachen.«

»Seth könnte ihnen auch meinen Kopf bringen«, erbot sich Zeus.

»Das klingt mehr und mehr nach der besseren Option«, entgegnete Seth.

Die Wolken an der Glasdecke zogen sich zusammen, es wurde dunkler, und ich kämpfte gegen den Drang, Seth einen Ellbogen in die Rippen zu stoßen. »Ihr weigert euch also beide, die Blockierung der Kräfte unserer Halbgötter aufzuheben?«

»Wir nehmen unsere Ablehnung nicht auf die leichte Schulter, Kind. Nachdem wir so viele unserer Nachkommen verloren haben, wissen wir, dass sie scheitern werden.«

Die Traurigkeit in Demeters Lächeln breitete sich über ihr ganzes Gesicht aus, und ich nahm ihr aufrichtig ab, dass all das sie betrübte.

»Poseidon und ich würden ernstlich geschwächt, so wie es deinem Vater ergangen ist. Sollte es zu einem Kampf gegen die Titanen kommen, würden wir unter den Ersten sein, die fallen. Wir müssen uns darauf vorbereiten und auf der Höhe unserer Kräfte sein.«

Ich schluckte gegen den Kloß an, der sich plötzlich in meinem Hals breitmachte, und riskierte einen kurzen Blick zu Apollo. Er beobachtete uns angespannt. »Wenn ihr glaubt, es wäre sinnlos, die Kräfte der Halbgötter freizusetzen, und euch auf einen Krieg gegen die Titanen einstellt, warum unternehmt ihr nicht jetzt etwas? Ihr habt sie doch schon einmal besiegt.«

»Also, das ist mal eine gute Frage.« Seth setzte die Art von Lächeln auf, das die meisten Leute auf die Palme brachte.

»Damals hatten wir Ares«, antwortete Athena und warf Zeus einen Blick zu. »Außerdem haben wir die Titanen nicht allein geschlagen.«

Seth runzelte die Stirn. »Was soll das heißen?«

»Es bedeutet, dass die Fabeln, welche die Sterblichen erzählen, nur teilweise zutreffen.« Athena zog eine nackte Schulter hoch. »Und auch der Unterrichtsstoff an unseren eigenen Schulen ist nicht hundertprozentig korrekt. Siebzig Prozent oder so trifft es eher.«

Mir fiel die Kinnlade runter, und ich starrte die Götter an, während ich versuchte, Worte zu finden. Hatte ich nicht das Gefühl gehabt, dass in der ganzen Mythologie um den Aufstand der Titanen gegen die Götter, von der ich im Mythen-Lehrbuch gelesen hatte, etwas fehlte?

»Und welcher Teil von dem, was uns gelehrt wird, ist nicht wahr?«, verlangte Seth zu wissen. »Der, wo ihr den Helm der Unsichtbarkeit benutzt habt, um Cronus' Waffen zu stehlen?«, fragte er Hades, worauf der Gott der Unterwelt die Lippen zusammenpresste. »Oder ist der Teil falsch, wo du ihn mit einem Donnerkeil niederstreckst?«

Zeus' Kiefer spannte sich an.

»Wir haben ein Jahrzehnt lang gegen die Titanen gekämpft, aber keine Seite machte Fortschritte. Es war ein blutiger Vernichtungskampf.« Hera umfasste die Armlehnen ihres Throns. »Das ist die Wahrheit.

Doch schließlich haben wir die Titanen in ihre Grabkammern gebracht. Beide Legenden stellen eine Mischung dar aus Wirklichkeit und Dichtung.«

»Wir hatten Hilfe«, sagte Apollo, und ich spürte, wie er den Blick auf mich richtete. »Unter den Sterblichen gehen Legenden über die Hekatoncheiren und die Zyklopen um.«

Ich blinzelte verwirrt. »Hekatach … Was?«

Er verzog die Lippen zu einem Lächeln. »Die Hekatoncheiren waren im Grunde Riesen.«

Nun, da er es sagte, erinnerte ich mich, das irgendwo gelesen zu haben, als ich jünger war.

»Die Hekatoncheiren wollten sich an Cronus rächen, weil er sie gefangen gehalten hatte. Sie haben uns bereitwillig unterstützt. Die Zyklopen haben Waffen für uns gebaut«, erklärte Apollo. »Sobald die Riesen in den Krieg eingriffen, war er rasch zu Ende.«

Seth nahm die Arme herunter. »Moment mal. Wir haben die ganze Zeit nur ein paar Riesen und ein, zwei Zyklopen gebraucht? Nichts weiter?« Er klang, als könnte er jede Sekunde explodieren.

Die Göttin neben Apollo neigte den Kopf zur Seite. »So einfach ist das nicht, Seth. Die Zyklopen haben die Waffen hergestellt, die wir eingesetzt haben, und die Riesen waren grimmiger und stärker als die Titanen. Aber wir können sie nicht mal eben so rufen, damit sie für uns kämpfen.«

»Und warum nicht, Artemis?«

Das war also wohl meine Tante? Andererseits waren die Götter alle verwandt und schliefen miteinander, und im

Moment hatte ich wirklich nicht das Bedürfnis, darüber nachzudenken.

»Die Hekatoncheiren wollten uns helfen, aber wir mussten sie auf unsere Seite ziehen«, erklärte Zeus, und ich schwöre, dass er ein wenig blass geworden sein könnte. »Sie verlangten ein Opfer.«

»Natürlich«, murrte Seth. »Was denn? Ein paar jungfräuliche Priester und Priesterinnen?«

Zeus erstarrte. »Törichter junger Gott.«

Falls Seth beleidigt war, zeigte er es nicht. »Wo befinden sich diese Riesen jetzt?«

»In der Unterwelt«, sagte Hades. »Und bevor du eine idiotische Bemerkung dahin gehend machst, dass wir sie loslassen sollen, musst du erfahren, was es gekostet hat, sie auf unsere Seite zu ziehen.«

Hades warf Seth ein Lächeln zu, und mir lief es eisig das Rückgrat hinunter. Es war, als wehte mir plötzlich kalte Luft entgegen, und ich konnte nur an diese alte Redensart denken, denn es fühlte sich an, als wäre jemand über mein Grab gegangen.

Das war genau mein Gefühl.

Und ich wusste ohne jeden Zweifel, dass das, was die Götter uns sagen würden, alles verändern würde.

SETH

Wie üblich gefiel mir nicht, was die Götter erzählten, und auch die Richtung nicht, in die das alles verlief.

»Wie habt ihr sie auf eure Seite gezogen?«, fragte ich. Ich wollte herauskriegen, was zur Hölle ich tun musste, um das zu erledigen. Dann wollte ich den Rest der Ewigkeit mit

Josie verbringen; angefangen damit, uns auf die Geburt unseres Kindes vorzubereiten.

Zeus musterte mich eingehend. »Sie haben das Opfer eines Wesens mit absoluter Macht verlangt und mir eine Wahl gelassen. Dieselbe Entscheidung, vor die ich dich jetzt stellen werde, denn dieses Opfer kann ich nicht noch einmal bringen.«

»Was?«, fragte Josie. Ihre Anspannung und Nervosität war mit Händen zu greifen. »Was musstest du tun?«

Zeus sah mich unverwandt an. »Ich musste das einzige Wesen töten, das ich je geliebt habe.«

Eiskalt überlief es mich, als ich zu ihm aufsah. Was hatte er doch gleich an dem Tag, an dem Aiden und ich gegen die Hydra gekämpft hatten, zu mir gesagt?

Stirnrunzelnd sah Josie Hera an. »Das verstehe ich nicht.«

»Ich bin nicht seine wahre Liebe«, sagte Hera lachend. »Nie gewesen.«

Es erstaunte mich nicht wirklich, dass Hera nicht Zeus' wahre Liebe war, aber diese Geschichte hatte ich noch nie gehört.

»Natürlich nicht«, erklärte Zeus mit leiser Stimme, als stünden mir meine Gedanken ins Gesicht geschrieben. »Dieses Ereignis wurde aus der Geschichte gelöscht und ihr Name nie wieder ausgesprochen. Wenn du die Hekatoncheiren willst, musst du dieses Opfer bringen.«

Als ich seine Worte zu verarbeiten begann, wurde mir eiskalt. Ich schaute Josie an, die zu den Göttern aufsah. Ihr wunderschönes Gesicht war bleich, und ich sah exakt, in welchem Moment sie die Bedeutung begriff. Ich zuckte zusammen, und mir fiel wieder ein, was Zeus einmal zu mir gesagt hatte.

Was weißt du schon davon, was es heißt, ein Opfer zu bringen?

Ich riss die Augen auf und sah zu ihm hoch. *Nein. Nicht in tausend Jahren.* Er konnte nicht das meinen, was ich dachte. Er konnte nicht verlangen, dass ich Josie oder unser ungeborenes Kind opferte. Unkontrollierte Energien wallten in mir auf.

»Das Opfer würde von dir verlangt werden«, erklärte Zeus, »da du das einzige absolute Wesen bist, das sich in der Position befindet, diese Entscheidung zu treffen.«

»Du hast von Entscheidung geredet«, hakte ich nach. »Was ist das für eine Wahl? Denn das, was du da andeutest, wird nicht passieren.«

»Du musst opfern, was du am meisten liebst.« Apollo gab die Antwort. »Oder du musst dich selbst opfern.«

Der verdammte Boden schien unter meinen Füßen zu wanken. Was für eine verfluchte Wahl war das denn?

»Nein.« Josie fuhr zu mir herum und packte meinen Arm. »Lass uns gehen, Seth. Wir finden einen anderen Weg.«

»Es gibt keinen anderen Weg«, meldete sich Hera zu Wort. »Keinen, auf dem die Titanen geschlagen werden können, und das weiß er. Sobald der Schock vergeht, wirst du das ebenfalls erkennen.«

»Ja.« Josie wirbelte zu Hera herum. »Als ich es das letzte Mal geprüft habe, haben die Titanen uns eine verflucht viel bessere Option angeboten.«

Zeus zog eine Augenbraue hoch, doch ich sprach, bevor er etwas sagen konnte: »Josie, Babe …«

»Nein!«, rief sie, und ihre blauen Augen blitzten. »Das ist idiotisch. Wir finden einen anderen Weg. Wir müssen. Komm.« Sie zerrte an meinem Arm. »Gehen wir.«

Aber wohin? Zurück zum Covenant, um zu warten, bis das Ultimatum verstrich?

Die Halbgötter waren den Titanen nicht gewachsen.

Selbst im Vollbesitz ihrer Kräfte war es ziemlich aussichtslos. Die Titanen würden Chicago zerstören und ihr Vernichtungswerk fortsetzen. Es würde ein Zeitpunkt kommen, an dem ich Cronus würde töten müssen, und sein Tod würde Katastrophen auslösen, wie wir sie noch nie erlebt hatten.

Es gab eine andere Option.

Ja, ich könnte Zeus töten und Cronus seinen Kopf bringen, aber ich … Verdammt, das war nicht mehr ich. Ich wollte nicht dieser Mann sein. Nicht für Josie. Nicht für unser Kind.

Ich wollte ein besserer Mann sein.

Ich wollte besser sein als *sie*.

Ich blickte zu Zeus auf. »Du hattest die gleiche Wahl?«

»Ja«, antwortete er nach kurzem Schweigen. »Und ich bereue meine Entscheidung bis auf den heutigen Tag.«

»Wie gesagt, pass auf, denn das Schicksal kann sich rasch gegen einen wenden.« Hämisch grinsend schlug Hades ein Bein über das andere. »Aber du warst schon einmal in dieser Lage, nicht wahr? Du musstest dich zwischen dir und Alex entscheiden, und du hattest nicht die Kraft, dich zu opfern, wie sie es tun musste.«

Ich zuckte zusammen.

Diese Worte waren so verdammt wahr.

Alex hatte gewusst, dass sie sterben würde, wenn sie gegen Ares in den Kampf zog, und hatte es dennoch getan. Sie hatte keine Ahnung gehabt, dass Apollo ihr Ambrosia verabreicht hatte. Sie hatte diese Entscheidung getroffen.

Die Wahl, die ich damals nicht treffen konnte.

Josie sprach wieder, und ich sah sie an, schaute sie wirklich an. Götter, sie war wunderschön und gut und so verdammt loyal. So sehr, dass mir nie klar gewesen war, welches Glück ich hatte, sie zu haben.

Mit einem Mal gab es im Pantheon nicht mehr genug Luft, jedenfalls gelangte keine in meine Lunge. Ich konnte nicht atmen, während Zeus mich eindringlich musterte. Von allen möglichen Szenarien, die ich mir vorgestellt hatte, wäre ich auf diese Idee nie gekommen.

Alles hatte zu diesem Punkt geführt.

Tief im Inneren wusste ich, dass das die Wahrheit war. Von dem Moment an, in dem Ares für meine Geburt gesorgt hatte, bis zu dieser Sekunde war mein Leben auf diesen Augenblick zugesteuert. Vielleicht war es deswegen beim letzten Mal Alex gewesen. Was, wenn ich aus diesem Grund zum Gott geworden war? Und vielleicht … nur vielleicht würde ich auf diese Art wahrhaft Buße tun können.

Die Frau zu opfern, die ich liebte, um die Welt zu retten, oder mich selbst zu opfern, damit sie unser Kind in einer besseren Welt großziehen konnte.

Darüber brauchte ich nicht nachzudenken.

Apollo hatte mich gefragt, was ich tun würde, um Josie und unser Kind zu beschützen, und ich hatte erklärt, ich würde alles tun.

Das war mein Ernst.

»Warum?«, fragte ich mit heiserer Stimme.

»Weil Liebe selbstlos ist und eine Tat aus Liebe das größte Opfer«, sagte Zeus.

»Und was passiert dann?« Ich riss den Blick von Josies Augen los, die riesig wirkten. »Was passiert, wenn ich mich opfere?«

»Wenn du diese Wahl triffst, wird dir das gleiche Schicksal zuteil wie ihr«, erklärte Zeus. Er sprach von der Frau, die er einst geliebt hatte. »Du wirst aus der Geschichte gelöscht, und dein Name wird unter den Göttern nie wieder ausgesprochen werden. Wenn du diese Wahl triffst, werden sich die Hekatoncheiren erheben, und wir werden erneut an ihrer Seite kämpfen und die Titanen zurück in die Unterwelt zwingen.«

»Okay«, sagte ich und reckte das Kinn. »Ich mach's.«

27. KAPITEL

SETH

»Was?«, schrie Josie auf. »Was hast du gerade gesagt?«

Ich konnte sie nicht ansehen. Nicht jetzt.

Apollo schloss die Augen, und Hera beugte sich vor.

»Bist du dir sicher?«, verlangte Hera zu wissen. »Wenn du die Worte wiederholst, wird eine Kette von Ereignissen in Gang gesetzt, die du nicht mehr aufhalten kannst. Dein Tod ist das Ende. Götter gehen nicht in den Tartarus. Unser Ende ist endgültig. Wenn wir sterben, hören wir auf zu existieren.«

»Seth! Bitte nicht.« Josie zerrte an meinem Arm, und vor Qual brach ihr die Stimme.

Ich nahm ihre Hand und hielt sie fest. »Wenn ich das tue, werdet ihr verdammt noch mal dafür sorgen, dass es Josie an nichts fehlt. Dass sie und unser Kind in Sicherheit sind.«

»Ich kümmere mich persönlich darum«, erklärte Zeus.

»Seth!« Josie schoss vor mich und legte die Hände fest um meine Wangen. Sie zwang mich, sie anzusehen. »Du brauchst das nicht zu tun. Hast du mich nicht verstanden? So läuft das nicht …«

»Doch, ich muss das tun, *psychi mou*.« Sanft umfasste ich ihre Handgelenke und nahm ihre Hände von meinem Gesicht. »Das ist der einzige Weg, um das hier zu beenden.«

Tränen glänzten in ihren Augen. »Das kann nicht der einzige sein.«

»Josie«, rief Apollo.

Sie erstarrte und drehte sich langsam zu ihrem Vater um. Ihre Brust hob und senkte sich heftig, doch sie sagte nichts.

»Wenn er es nicht tut, bleibt nichts als Vernichtung und

Tod. Millionen werden sterben, und das schon, bevor Cronus ihn zwingt, sich ihm zu stellen. Die Titanen werden euch angreifen, und Seth wird Cronus töten.« Apollo erhob sich von seinem Thron. »Dutzende Millionen werden umkommen, wenn Cronus' Tod die Erde in ihren Grundfesten erschüttert. Ich habe es vorhergesehen.«

Die angespannte Stille dauerte lange an.

»Jetzt?«, sagte Josie dann. »Jetzt wagst du es, mit mir zu reden?«

Energie knisterte gefährlich, und sie stammte nicht von mir. Sie ging ganz allein von Josie aus.

Artemis rutschte auf ihrem Thron herum, und ein unsicherer Ausdruck schlich sich in ihre Miene.

»Es tut mir leid«, sagte Apollo.

Josie rang nach Luft und wollte vortreten, aber ich hielt sie am Handgelenk fest.

»Du hast das gewusst?«, verlangte sie zu wissen. »Du hast das die ganze Zeit gewusst? Von Anfang an? Du hast gewusst, wie das enden würde?«

Apollo wandte den Blick ab.

Einen Moment lang hatte ich den Eindruck, Josie würde explodieren, doch sie beherrschte sich. »Ich hasse dich«, sagte sie bitter.

Ich zog sie an meine Brust, und Apollo setzte sich. Ich wollte sie zu mir umdrehen, aber sie riss sich los und schlang die Arme um ihren Oberkörper. Schwer atmend starrte sie auf den Boden des Tempels.

Stockend tat ich einen Atemzug, löste den Blick von ihr und sah Zeus an. »Ich bringe das Opfer.«

»Dann sei es.«

Josies unterdrückter Aufschrei verhallte, als ein Mann vor den Göttern auftauchte. Ich hatte ihn noch nie gesehen. Er war jung, wahrscheinlich ein Teenager. Seine Augen … also, er besaß keine Augen. Wo sie hätten sitzen müssen, befand sich nichts als eingesunkene Haut. Er hielt eine offene Schatulle in den Händen, in der ein Dolch in der Form eines Eiszapfens lag. Die rasiermesserscharfe Spitze war anders als der Rest gefärbt, als wäre die Waffe in etwas eingetaucht worden.

»Der Dolch ist uralt«, erklärte Athena mit sanfter Stimme. »Er ist aus Thanatos' Schwert geschmiedet und tödlich.«

»Du hast bis Sonnenuntergang Zeit, das Opfer zu vollziehen.« Zeus stand von seinem Thron auf und trat vom Podium herunter. »Wir werden wissen, wann es vollbracht ist.«

Meine Augen brannten, doch der Grund war nicht das, was ich mir selbst antun würde, sondern das, was ich Josie zufügen würde.

Zeus hielt mir den Dolch mit dem Heft voran entgegen. Als ich ihn nahm, flüsterte er so leise, dass nur ich es hören konnte: »Dein Sohn wird mit großem Stolz an dich denken.«

JOSIE

Ich fühlte mich wie in einem dieser Albträume, aus denen man nicht aufwachen kann. Alles verschwamm um mich und war zugleich messerscharf und klar. Ich war mir vage bewusst, dass Seth auf mich zutrat, einen Arm um meine Schultern legte und mich an sich zog. Dieses Mal wehrte ich mich nicht, und als ich meinen nächsten Atemzug tat, befanden wir uns nicht mehr im Pantheon, sondern in unserem Zimmer im Wohnheim.

Seth ließ mich los und trat zurück. Ich sah zu, wie er den Dolch aufs Bett legte.

Er schaute mich unverwandt an. »Josie …«

»Warum?«, flüsterte ich. Sein Gesicht verschwamm vor mir, als mich ein Tränenansturm blendete. Ich war so wütend auf ihn, so völlig außer mir, und gleichzeitig war ich von Grauen erfüllt. Ich war schockiert, und nichts an dem Ganzen – nichts – kam mir real vor.

»Es ist nicht das, was ich mir wünsche«, erklärte er. »Götter, Josie, so hatte ich mir das heute nicht gedacht.«

»Nicht?« Ich lachte, aber es klang verzerrt. Ich wischte mir über die Wangen, trat ans Bett und setzte mich. »Das ist nicht richtig.«

Seth kam zu mir und kniete auf dem Boden nieder. Er sah zu mir auf, doch ich konnte ihn kaum anschauen, sonst wäre ich vollkommen zusammengebrochen. »Das kannst du nicht machen.«

»Ich muss.« Er nahm meine Hände. »Es ist der einzige Weg.«

Ich ließ den Kopf hängen. »Wie kannst du dir so sicher sein?«

Eine Weile verging, bis er antwortete: »Es klingt verrückt, aber ich weiß, dass das … dass es richtig ist. Mein ganzes Leben hat zu diesem Moment …«

»Du glaubst aufrichtig, dass dein ganzes Leben zu diesem Moment geführt hat, in dem du dich opfern musst?«

»Ja und nein.« Er legte die Hand an meine Wange und zwang mich, aufzusehen. »Bis ich dir begegnet bin, hatte mein Leben eigentlich nicht viel Bedeutung. Ich habe die Vorstellung von Schicksal immer gehasst, aber das hier fühlt sich an wie Schicksal. Es ergibt einen Sinn.«

Mit zitternden Händen umklammerte ich meine Knie. »Es ergibt überhaupt keinen Sinn, Seth.«

Er sog scharf den Atem ein, und es durchfuhr mich wie ein Messerstich.

»Babe …«

»Nein. Es ergibt keinen Sinn. Überhaupt keinen«, erklärte ich und krallte die Hände in meine Knie, bis sich die Nägel in die Haut bohrten. Ich musste mehrmals ansetzen, um die Worte auszusprechen, dennoch kamen sie nur als kaum hörbares Flüstern heraus: »Angeblich sollten wir die Ewigkeit haben.«

Seth schloss die Augen.

»Wir sollten die Titanen besiegen und dann wieder herkommen. Wir würden ein Zimmer für unser Kind aussuchen, und wir würden normale Dinge tun, zum Beispiel Babysachen kaufen und uns von Deacon eine Babyparty ausrichten lassen. Wir sollten zusammen sein.« Meine Stimme brach. »Und du würdest dabei sein, wenn unser Kind auf die Welt kommt. Du würdest dabei sein. Nicht tot.«

Seth löste seine Finger von meiner Wange, als er aufstand. Er wandte sich ab und strich sich durchs Haar.

»Es … es muss einen anderen Weg geben«, beharrte ich. »Das muss eine Art perverser Test sein, den wir bestehen müssen.« Obwohl mir die Knie zitterten, stand ich auf. »Vielleicht ist das alles. Eine Art kranke Prüfung, und wir können die Lösung finden, richtig? Wir …«

»Das *ist* eine Prüfung, Josie.«

Er sah mich an, und seine markanten Züge gaben schmerzhaft viel preis. Angesichts der Endgültigkeit, die seine Miene ausstrahlte, stockte mir der Atem, und ich schüttelte den Kopf, weil ich schon wusste, was er sagen würde.

»Einen anderen Weg gibt es nicht. Apollo hat recht. Wenn ich jetzt kein Ende mache, läuft es darauf hinaus, dass ich Cronus töte.«

»Ja und?«, fragte ich. »Dann bringen wir ihn eben um …«

»Ich weiß, dass du das nicht willst. Nicht, wenn dadurch Millionen Menschen sterben werden.«

»Dann töte Zeus! Das ist noch nicht vom Tisch. Wir töten Zeus und bringen Cronus seinen Kopf.«

»Nein.« Er umfasste meine Schultern und hielt mich fest. »Dieser Mann bin ich nicht mehr.«

Panik stieg in mir auf. »Wenn ich ihn töten könnte …«

»Ich will, dass mein Kind in der Gewissheit aufwächst, dass ich die richtige Wahl getroffen habe. Ich wünsche mir, dass mein Kind voller Stolz an mich denkt«, erklärte er und zog mich an sich. »Ich will, dass unser Kind zu mir aufblickt. Und wenn ich Zeus töte, wird daraus nichts. Auch nicht, wenn ich Cronus umbringe.«

»Ich lasse nicht zu, dass du das tust, Seth. Ich kann nicht.«

»Du musst. Ich weiß, dass du das nicht willst und dass du es nicht hören magst.« Er umfasste mein Gesicht und sah mir in die Augen. »Aber es gibt keinen anderen Weg.«

Als ich seinen Kragen packte und mich an Seth schmiegte, konnte ich die Tränen nicht zurückhalten. Er schloss mich in die Arme und klammerte sich genauso verzweifelt an mich wie ich mich an ihn. »Willst du sterben?«, flüsterte ich. »Ist es das?«

»Götter, nein. Ich habe mir immer nur gewünscht, gut genug für dich – für unser Kind – zu sein.« Seth strich über mein Haar und legte die Hand in meinen Nacken. Er presste die Lippen an meine feuchte Wange. »Und wenn ich mich opfern muss, damit du und unser Kind ein langes Leben in einer besseren Welt habt, dann tue ich das gern.«

»Du *bist* gut genug, Seth. Du bist es *schon jetzt*.«

»Ich werde es sein«, sagte er leise.

Ich schrie auf und stieß ihn von mir. »Das ist nicht richtig! Du kannst doch nicht einverstanden damit sein.« Ich wich vor ihm zurück und hielt die Hände in die Höhe, als könnte ich abwehren, was er sagte. »Du willst einfach aufgeben?«

»Ich gebe nicht auf, *psychi mou*.« Schmerz stand in seinen Augen, Schmerz um mich und nicht um sich selbst. »Ich versichere dir, ich weiß, dass es getan werden muss.«

»Nein!«, schrie ich, obwohl ich allmählich zu begreifen begann. Es gab keinen Ausweg, jedenfalls nicht, wenn er dies als den Weg sah, meine Zukunft und die unseres Kindes zu sichern. »Seth, *bitte*. Willst du denn dein Kind nicht sehen?«

Er packte mich und zog mich in seine Arme. »Ich … ich habe den Herzschlag unseres Kindes gesehen.« Seine Stimme klang belegt. »Das muss … das muss mir reichen, und das tut es. Es ist mehr, als ich je zu hoffen gewagt habe.«

Die Endgültigkeit seiner Worte traf mich wie ein Schlag. Das hier passierte wirklich. Es gab kein Zurück, er würde es tun. Da brach ich zusammen. Tiefes, herzzerreißendes und niederschmetterndes Schluchzen erschütterte meinen Körper, und Seth hielt mich fest. Ich schmiegte das Gesicht an seine Brust und krallte die Hände in sein Shirt.

»Psst, *psychi mou*, ist ja gut. Alles wird gut.« Sanft wiegte er mich hin und her, während mich jeder einzelne Schluchzer von innen heraus in Stücke riss. »Ich bin ja hier. Es ist gut.«

Aber es war nicht gut. Es würde nicht gut werden. Nie wieder.

Er legte die Lippen an meine Schläfe. »Wir haben immer noch das Jetzt, *psychi mou*. Und unsere Erinnerungen für die Ewigkeit.«

Ich löste mich von ihm, denn auf meiner Brust lag solch ein Druck, dass ich keine Luft bekam. »Das Jetzt«, flüsterte ich.

Er lächelte und strich mit dem Zeigefinger an meiner Unterlippe entlang. »Das Jetzt gehört uns. Doch wenn die Sonne untergeht … muss es getan werden.«

Ich wollte Einwände erheben, denn ich brauchte mehr Zeit, aber ich *hörte* ihn. Ich *verstand*, was er meinte, obwohl ich das Gefühl hatte zu sterben.

Das Jetzt – der Anfang dessen, was das Ende sein würde.

Ich fasste seine Hand, schloss die Augen und drückte einen Kuss auf die Spitze seines Zeigefingers. Das Jetzt war alles, was wir hatten. Explosiver Schmerz zerriss mich erneut. Noch nie hatte ich einen so starken Schmerz verspürt, der nicht körperlichen Ursprungs war, nicht einmal, nachdem ich erfahren hatte, dass meine Großeltern und meine Mom tot waren. Nein. Das hier ging viel tiefer, als würde ich innerlich Stück für Stück sterben, bis nichts mehr von mir übrig war.

Zittrig sog ich den Atem ein und ließ Seths Hand los. Ich griff nach dem Saum seines Shirts. Rasch zog ich es ihm aus und warf es zu Boden. Wortlos ging ich zu seinem Hosenknopf über. Auch die Hose fiel.

Ich begann an seinem Kinn und küsste jeden Zentimeter seiner Haut, bis ich vor ihm kniete. Wenn das Jetzt alles war, was wir hatten, dann würde ich ihm alles von mir geben. *Alles*.

»Josie.«

Seth atmete stockend und krallte die Finger in mein Haar, als ich beide Hände um ihn schloss, ihn festhielt und sie aufreizend langsam auf und ab bewegte.

Als Seth scharf den Atem einsog, schloss ich den Mund um ihn. Seine Hüften ruckten nach oben, aber ich hatte keine Eile und machte mir keine Sekunde Gedanken darüber, wie unerfahren ich in dieser Hinsicht war. Darauf kam es nicht an. Ich ließ meinen warmen Atem über ihn streichen, neckte ihn mit der Zunge und umschloss ihn wieder mit den Lippen. Langsam bewegte ich meine Zunge, bis sein heiseres Stöhnen das Hämmern meines Herzens übertönte.

Er stieß einen beinahe animalischen Laut aus, fasste mich an den Schultern, zog mich hoch und nahm meinen Mund in Besitz. Dann schob er mich von sich und zog mir verblüffend schnell Kleid und BH aus. Sobald er mich aufs Bett legte, hob ich die Hüften an, und er riss mir mit einem Griff den Slip herunter.

Geschmolzene Lava schien durch meine Adern zu fließen, als sein glühender Blick meinen traf. Verlangen pulsierte schwindelerregend in mir. In meinen Ohren dröhnte es, sobald er sich auf die Matratze kniete und seine großen Hände auf beiden Seiten neben mir abstützte. Er senkte den Kopf und beschrieb mit dem Mund eine feurige Spur von meinem Oberschenkel hinunter zu meinem intimsten Punkt. Ich reckte mich ihm entgegen. Seth ergriff meine Hände und hielt sie fest, wobei er mich mit seiner Zunge erforschte. Sein Name kam wieder und wieder über meine Lippen wie ein geflüstertes Gebet.

Schließlich, nach einer gefühlten Ewigkeit, gab er meine Handgelenke frei, und ich übernahm die Führung. Ich drehte ihn auf den Rücken, schob mich auf seinen muskulösen Körper, küsste ihn und legte all meine Gefühle hinein. Dann, nachdem ich jeden Winkel seines Mundes gekostet hatte, rutschte ich tiefer und nahm ihn langsam in mich auf.

Ich strich über seine Brust und ließ ihn alles spüren, was ich empfand. Worte reichten nicht aus, um auszudrücken, wie sehr ich ihn liebte. Sie waren nicht genug, um ihm zu sagen, wie furchtbar es mich treffen würde, ihn zu verlieren.

Ich zeigte ihm mit meinem Körper, wie tief meine Liebe ging, und betete, es möge genug sein. Dass er es fühlte. Dass er es wusste.

Mit einer fließenden Bewegung setzte Seth sich auf, legte eine Hand um meinen Hinterkopf und glitt in mich. »Du bist immer der beste Teil von mir gewesen, Josie. Ich liebe dich.«

Wieder kamen mir die Tränen. Ich konnte sie nicht zurückhalten, während ich die Arme um ihn legte. Wir bewegten uns wie ein Körper, unsere Herzen schlugen im selben Rhythmus. Er küsste mich, verschlang mich geradezu, als hoffte er, meinen Geschmack in sich aufzusaugen.

Er wurde schneller, und wir begannen zu stöhnen. Verzweifelt klammerten wir uns aneinander und erreichten gemeinsam den gewaltigen Höhepunkt. Minutenlang hielt Seth mich zärtlich in den Armen. Unsere Körper waren nach wie vor miteinander verbunden, und ich spürte, wie er erneut hart wurde. Ich hob den Kopf von seiner Brust und schaute ihn fragend an.

Ohne ein Wort drehte er mich auf den Rücken. Er strich mit dem Daumen über meine leicht geöffneten Lippen und begann, sich langsam und gemächlich zu bewegen, bis ich meinte, mein Körper stünde in Flammen. Ich reckte mich ihm entgegen, schlang die Beine um seine Hüften und nahm ihn noch weiter in mich auf.

Seth wurde schneller, drang immer wieder in mich, tiefer und tiefer, bis ich nicht mehr wusste, wo sein Körper endete und meiner begann. Das war so richtig, so perfekt. Und das, was er tun musste, war nicht fair. Nicht recht.

Die Erlösung erfasste meinen Körper und mein Herz. Ich schrie auf, als ich sein Beben spürte. Und als wir beide zurück auf die Erde fanden, begannen wir wieder von vorn.

Ich wollte mir verzweifelt einprägen, wie es war, seine Haut an meiner zu spüren, wie sie schmeckte, sich anfühlte und roch. Mit meinen Händen und meiner Zunge huldigte ich jedem Zentimeter seines Körpers, und es war immer noch nicht genug.

Es würde nie genug sein.

Er zog mich auf seinen Schoß und glitt mit einem einzigen Stoß in mich. Ich stöhnte auf.

»Du bist so wunderschön und stark«, flüsterte er mir zu. »Vergiss das nie. Ganz gleich, was kommt. Du darfst das niemals vergessen.«

Tränen brannten in meinen Augen und blendeten mich. »Seth …«

»Versprich es mir.« Er bog meinen Kopf zurück und verteilte auf meinen Hals Küsse.

Immer wieder liebten wir uns, bis die ersten Schatten der Abenddämmerung durch die Fenster fielen.

Und dann war es Zeit.

Ich umarmte Seth und schluchzte. Innerlich war ich verkrampft, eiskalt. »Ich kann das nicht. Ich kann nicht.«

Er wiegte mich an seiner Brust. »Das brauchst du auch nicht. Ich tue es nicht hier. Ich gehe hinaus. Das macht es einfacher.«

Ich lehnte mich zurück und legte die Hände auf seine Schultern. »Wie kannst du dich nur damit abfinden?«

»Das ist leicht.« Er küsste mich auf die Nasenspitze und wischte mir mit dem Handrücken die Tränen ab. »Ich liebe dich. Und Liebe ist selbstlos.«

Daraufhin weinte ich noch heftiger, denn ich war in meiner Liebe noch nie selbstlos gewesen. Niemals. »Das hast du nicht verdient.«

Er verzog die Lippen zu einem leichten Lächeln. »Einige

Leute würden sagen, dass es überfällig ist.« Behutsam setzte Seth mich aufs Bett und richtete sich auf. Ein paar Sekunden lang betrachtete er den Dolch. »Ich werde gehen. Du brauchst nicht …«

Von Panik erfasst, kniete ich mich hin. »Nein … nein! Geh nicht. Bitte. Ich kann dabei sein.« Ich riss mich zusammen und wischte mir die Tränen von den Wangen. »Ich kann dabei sein.«

Er sah mich an. »Ich möchte nicht, dass du das siehst.«

»Und ich will nicht, dass du allein bist.« Ich glitt vom Bett, hob mein Kleid auf und zog es über. Mein Herz hämmerte, und mein Magen überschlug sich, als ich vor ihn trat. »Bitte. Bitte geh nicht. Ich muss dabei sein. Ich muss …« Mühsam atmete ich ein. »Ich muss für dich da sein. Ich muss daran teilhaben.«

»Josie …«

»Wenn nicht, werde ich mir das nie verzeihen.« Das war die Wahrheit. Ich straffte die Schultern. »Ich helfe dir.«

Kurz schloss Seth die Augen, und einen Moment lang dachte ich schon, er werde Nein sagen, doch er nickte, stand auf und griff sich den Dolch.

»Dann ist es jetzt Zeit.«

Langsam, wie betäubt, richtete ich mich auch auf, während er sich neben dem Bett auf den Boden kniete. Ich folgte ihm und schmiegte mich an ihn. »Ich will nicht, dass du … Ich will nicht, dass du … gehst«, sagte ich, weil ich mich nicht überwinden konnte, das korrekte Wort dafür auszusprechen.

»Ich weiß.«

Seth küsste meine tränenüberströmten Lippen und zog sich gerade so weit zurück, dass sein warmer Atem in den Spalt zwischen ihnen drang.

»Schließ die Augen.«

Ich kniff die Augen zu, aber Tränen quollen unter den Lidern hervor. Mein Herz zerbrach in tausend Stücke, die nie wieder zusammenwachsen würden. Von allem, was ich je erlebt hatte, würde das hier mich umbringen. Wir würden die Titanen schlagen und Millionen Leben retten, aber ich würde nie wieder dieselbe sein. Innerlich würde ich einen langsamen Tod sterben, denn ich konnte nicht mehr ohne Seth leben.

Dennoch legte ich die Hände um seine.

Und seine hielten den Dolch.

»Ich liebe dich«, flüsterte er heiser und setzte die scharfe Spitze über seinem Herzen an die Brust. »Und ich werde dich immer lieben.«

Ein rauer Laut stieg aus meiner Kehle auf, mehr tierisch als menschlich, und ich öffnete die Augen. »Ich liebe dich. Oh Gott, ich liebe dich so sehr.«

»Ich weiß. Ich weiß, Josie.«

»Ich werde unserem Kind alles über dich erzählen. Jeden Tag. Jede Sekunde werde ich unserem Kind sagen, wie großartig du warst und wie sehr du das kleine Wesen geliebt hast.« Ich holte stockend Luft. »Unser Kind wird dich kennenlernen. Das verspreche ich.«

»Danke«. Ein Schauer überlief Seth. »Ich liebe dich.«

Meine zitternden Hände umschlossen seine. Ich spürte, wie er zum Stoß ansetzte, und mein Instinkt übernahm in letzter Sekunde die Herrschaft. Ich versuchte, ihn aufzuhalten, aber es war … es war zu spät.

Als er sich den Dolch tief in die Brust stieß, schrie ich auf. Das Letzte, was ich sah, waren seine Augen, diese wunderschönen bernsteinfarbenen Augen. Ich meinte, ein kurzes Aufleuchten darin zu erkennen.

Dann blendete mich ein greller Lichtblitz, gefolgt von einer glühenden Hitzewelle. Ich fiel nach vorn, und der Dolch rutschte aus meinen tauben Fingern.

Ich war allein.

Ich krümmte mich zusammen, schrie weiter meine Qual und Verzweiflung hinaus, die tief aus meiner Seele brachen.

Seth hatte keinen Laut von sich gegeben, damit seine Liebeserklärung seine letzten Worte waren, an die ich mich erinnerte, und jetzt … war er fort.

Seth war nicht mehr.

28. KAPITEL

JOSIE

»Josie.« Wieder die leise Stimme, dieses Mal aus größerer Nähe. »Lass dir von mir helfen, Josie.«

Ich ballte die Hände zu Fäusten, ohne auf Alex' Flehen zu reagieren. Seit mehreren Stunden, die ganze Nacht hindurch, hatte sie immer wieder nach mir gesehen. Jedes Mal wurde sie ein wenig kühner. Zuerst hatte sie an die Tür geklopft, und schließlich hatte sie sich einen Nachschlüssel besorgt, sie geöffnet und war ins Zimmer gekommen.

Dieses Mal berührte sie mich an der Schulter.

Ich reagierte immer noch nicht.

Ich konnte nicht.

Alex verließ den Raum, und ich blieb, wo ich war, seit Seth … seit er *fortgegangen* war. Ich lag zusammengerollt auf der Stelle, an der er gekniet hatte.

Vermutlich wusste Alex, was passiert war.

Oder sie hatte mich vorhin schreien gehört.

Wahrscheinlicher war, dass Apollo Kontakt zu den anderen aufgenommen hatte. Keine Ahnung.

Nichts von alldem fühlte sich echt an. Nichts außer dem Schmerz. Der war so frisch und alles verschlingend, dass er real sein musste. Und es gab kein Entkommen vor ihm.

Ich konnte mich nicht rühren. Ich konnte nicht schlafen. Ich konnte nur an Seth denken – daran, wie ich ihn zum ersten Mal gesehen und ihn zum ersten Mal sprechen gehört hatte, und an unseren ersten Kuss.

Immer wieder zogen diese Augenblicke an meinem inneren Auge vorüber, eine Chronik jeder Minute, die ich mit ihm verbracht hatte. Jetzt erschien mir jede Sekunde, die wir getrennt gewesen waren, wie pure Verschwendung.

Und ich weinte.

Ich weinte so viel. Nie hätte ich gedacht, dass ein Mensch so viele Tränen hervorbringen könnte; aber immer, wenn ich glaubte, mich ausgeweint zu haben, dachte ich an seine letzten Worte; daran, wie er mir gedankt und gesagt hatte, dass er mich liebe, und dann brach ich wieder in Tränen aus. Meine Augen waren geschwollen. Mein Hals brannte, und ich hatte einen dicken Kopf, die Tränen flossen ohne Unterlass.

Der Schmerz war endlos.

Während ich dort lag und den Dolch anstarrte, dachte ich an den Traum, den ich immer wieder gehabt hatte. Der, in dem ich ein weißes Kleid trug und in dem ich … gestorben war.

In diesem Traum war es gar nicht um mich gegangen.

Ein paar Details hatte ich richtig vorhergesehen. Das weiße Kleid. Ich trug jetzt eins. Die Tränen, die nicht zu fließen aufhörten. Das taube Gefühl. Hinter dem Schmerz und der Trauer lag nur ein gewaltiges Nichts. Aber im Traum war ich blutüberströmt gestorben. In Wahrheit war es Seth gewesen, und es war kein Blut geflossen.

Meine prophetischen Kräfte waren vollkommen nutzlos.

Ich streckte einen Arm aus und strich an der Vorderseite meines Kleides hinunter bis auf meinen Bauch. Wieder schloss ich die Augen. Keine Ahnung, wie viel Zeit verging, doch es klopfte erneut, und dieses Mal hörte ich eine andere Stimme.

»Josie?« Deacon war ins Zimmer gekommen und trat langsam näher.

Ein paar Sekunden verstrichen, dann spürte ich, wie er

sanft meine Schulter berührte, und ich machte die Augen auf. Ich sah den Dolch vor mir.

Deacon setzte sich hinter mich und strich die Haarsträhnchen, die sich aus meinem Zopf gelöst hatten, zurück.

Ich tat einen Atemzug, der mir die Kehle verbrannte. »Seth … er ist nicht mehr.«

»Ich weiß.« Deacons Stimme klang rau. Er strich mir weiter übers Haar.

»So war das nicht gedacht.« Der Dolch begann vor meinen Augen zu verschwimmen. »Nichts von alldem. Die Halbgötter und ich sollten die Titanen besiegen. Das war ja gerade der Sinn des Ganzen.« Zorn glühte tief in meiner Brust. »Deswegen … wurde Seth geschickt, um mich zu holen. Aus diesem Grund haben wir nach Gable, Cora und Erik gesucht, aber das zählt auf einmal alles nicht mehr.«

»Doch, es ist immer noch wichtig«, sagte er. »Wir setzen sie vielleicht nicht ein, um die Titanen zu begraben, aber wir haben sie *vor* den Titanen gerettet. Du hast sie gerettet.« Er zögerte. »Seth hat sie gerettet.«

Mein Herz zog sich zusammen. Deacon hatte recht. Es war nicht sinnlos gewesen, die Halbgötter zu suchen. Wir hatten verhindert, dass sie das gleiche Schicksal ereilte wie die anderen.

Doch diese Gewissheit linderte den Schmerz nicht. Ein Schauer überlief mich. »Ich kann nicht glauben, dass er nicht mehr da ist.«

Deacon legte seine Stirn an meine Schläfe.

»Das kann nicht wirklich passiert sein«, sagte ich zitternd. »Immer wieder denke ich, das ist ein Albtraum. Dass ich aufwachen werde und all das wird nur ein böser Traum gewesen sein.«

»Ich weiß«, murmelte er und legte einen Arm um meine Taille. »Es kommt einem unwirklich vor. Seth war …« Seine Stimme drohte zu brechen. »Er hat so viel mehr verdient als das.«

Wieder überlief mich ein Beben. »Das hat er – oh Gott, und ob. Aber ich …« Die nächsten Worte mochte ich gar nicht aussprechen. »Ich glaube nicht, dass er das gewusst hat. Ich glaube nicht, dass er das erkannt hat.«

»Das hat er nicht.«

Ich kniff die Augen zusammen, um die aufsteigenden Tränen abzuwehren. »Ich weiß nicht, was ich tun soll. Keine Ahnung, wie ich weitermachen soll.«

»Man kommt nicht darüber hinweg.« Deacon hob den Kopf. »Ich bin nie über den Tod meiner Eltern hinweggekommen oder über den von Solos und Caleb, aber es ist leichter geworden. Es wird besser.«

Meine Brust tat weh, als hätte man sie mir aufgerissen. Ich konnte mir keinen Tag vorstellen, an dem sich das hier besser anfühlen würde. An dem es nicht schmerzen würde wie eine frische Wunde.

»Ich werde nicht fragen, ob es dir gut geht«, sagte Deacon nach kurzem Schweigen. »Mir ist klar, dass dem nicht so ist, aber ich bin hier und für dich da. Wir sind alle für dich da, Josie.«

»Ich weiß«, flüsterte ich.

Deacon schloss die Hand um meine. »Du hast ihn nicht verloren. Nicht wirklich. Deine Erinnerungen werden immer, immer bei dir sein, und das Wichtigste ist, du wirst das hier haben.« Behutsam nahm er meine Hand und legte sie an meinen Bauch. »Du bekommst sein Kind, Josie. Du wirst immer einen Teil von ihm haben. Verlier das nicht aus den Augen.«

Gott.

Deacon hatte wieder recht, und auf gewisse Weise schmerzte das mehr als alles andere, denn ich würde meine Erinnerungen an Seth haben. Ich würde ein Stück von ihm haben. Doch mein Kind würde nur das wissen, was ich ihm erzählen konnte, das würde reichen müssen. Aber es würde nicht genug sein.

Seth hatte es verdient, unser Kind kennenzulernen.

Und unser Kind verdiente es, ihn zu kennen.

Genau fünfzehn Stunden, dreiundvierzig Minuten und fünfzehn Sekunden nach meinem Abschied von dem einzigen Mann, den ich je geliebt hatte, antworteten die Götter. Erst da stand ich vom Boden auf, duschte und ließ mir Zeit beim Anziehen – Hose und ein Shirt, Seths Shirt. Er hatte es am Vortag getragen, und es roch nach ihm. Das Haar frisierte ich mir zu einem Pferdeschwanz.

Als ich ins Schlafzimmer zurückkehrte, konnte ich das Bett nicht ansehen, das noch immer zerwühlt war, nachdem wir uns geliebt hatten. Der Dolch lag da, wo er zu Boden gefallen war. Ich holte tief Luft, ging hinüber und hob ihn auf. Dabei fiel mein Blick auf die Stelle, an der Seth gekniet hatte. Insgeheim erwartete ich, dass er jeden Moment wieder auftauchte, zu mir gelaufen kam und mich in die Arme zog.

Doch das passierte nicht.

Ein Klopfen zog meine Aufmerksamkeit auf sich. Ich legte den Dolch auf die Kommode und ging zur Tür. Es war Alex. Schatten lagen unter ihren angeschwollenen Augen.

»Hey«, sagte sie, stürzte auf mich zu und schlang die Arme um mich. Sie drückte mich fest. »Es tut mir so leid, Josie. Götter, so leid.«

Ich glaube, ich murmelte etwas, hätte aber nicht sagen können, was. Als Alex sich von mir löste, musste ich den Blick von den frischen Tränen in ihren Augen abwenden. Ich war nicht die Einzige, die innerlich von Kummer zerrissen wurde. Alex hatte Seth länger gekannt als ich. Die beiden hatten eine sonderbare gemeinsame Geschichte, aber sie waren wie zwei Seiten derselben Münze gewesen.

»Ich weiß nicht, was ich sagen soll.« Sie trat zurück.

Ich presste die Lippen zusammen und schüttelte den Kopf. Ein Moment verging, bis ich zu sprechen wagte: »Ich glaube, niemand kann dazu etwas sagen.« Meine Stimme klang rau und lange nicht benutzt. »Ein Gott ist hier.«

Alex wischte sich über die Wange, nickte und räusperte sich. »Ja. Er wartet in unserem Zimmer.«

Ich sah sie an, und Anspannung kroch in meine Muskeln. »Ist es mein Vater?«

»Ja.«

Stockend atmete ich ein und wandte mich ab. »Dann sollten wir ihn wohl nicht warten lassen.«

»Josie …«

»Ist schon in Ordnung.« Ich ging zum Zimmer der beiden voran.

Sie holte mich mit Leichtigkeit ein. »Es ist nicht in Ordnung.«

Ich schloss die Augen und blieb stehen. Es dauerte eine Sekunde, bis ich antworten konnte. »Ich weiß. Ist es nicht. Alles andere als das, aber ich muss das jetzt tun.«

Als ich die Augen öffnete, sah sie zu Boden.

»Gut«, sagte sie schließlich. »Gehen wir.«

Ich war nicht bereit, jemanden zu treffen, und schon gar nicht meinen Vater. Allein der Gedanke an ihn machte mich zornig, aber größtenteils war ich einfach verletzt. So verflucht tief verletzt. Zum Teil war das irrational. Hätte er es nicht aufhalten können? Einen besseren Vorschlag machen? Außerdem argwöhnte ich, dass er gewusst hatte, wie es mit Seth ausgehen würde. Er hatte die ganze Zeit Bescheid gewusst.

Alex öffnete die Tür, und als Ersten sah ich Aiden. Düster schaute er mich aus seinen silbergrauen Augen an. Wortlos trat er auf mich zu und drückte mich fast so fest, wie Alex es getan hatte. Und als er mich losließ, legte er die Hände um mein Gesicht und sah mich eindringlich an.

»Er hat dich und dieses Kind auf die reinste und stärkste Art geliebt.« Er fing eine Träne ein, die mir entwischt war, und wischte sie mit dem Daumen weg. »Und du hast ihn zu der Person gemacht, die zu dieser Art von Liebe fähig war. Vergiss das nicht.«

Meine Lippen zitterten, und ich schluckte gegen den Kloß in meiner Kehle an. »Nein.«

Aiden küsste mich auf die Stirn. In dem Moment, in dem er zurücktrat, war Luke da und schloss mich in die Arme. Er sagte etwas zu mir, doch mein Herz schlug so laut, dass ich es nicht hören konnte. Als er sich von mir löste, blickte ich mich im Zimmer um und sah in Augen, die mit meinen identisch waren.

Da stand Apollo.

Ich ließ meinen Vater nicht aus den Augen und machte mich von Luke los.

Er regte sich nicht und hielt meinem Blick stand. »Ich weiß, dass ich gerade der Letzte bin, den du sehen willst, und was ich zu sagen habe, wird nicht das Geringste daran ändern, was du durchgemacht hast. Aber dein Schmerz tut mir aufrichtig leid.«

Ich öffnete den Mund, hatte jedoch keine Worte. Doch, ich wusste schon welche, aber wenn ich sie herausließe, würde ich sie schreien – ich würde schreien, bis meine Lunge kollabierte. Das konnte ich mir im Moment nicht leisten.

Denn ich wusste, weshalb Apollo hier war.

Ich riss meinen Blick von ihm los und sah zu, wie sich Luke neben den stillen Deacon setzte. »Habt ihr die … wie immer sie heißen? Die Riesen?«

»Noch nicht«, antwortete Apollo. »Aber deswegen bin ich gekommen, um euch mitzuteilen, dass wir die Titanen besiegen *werden*. Wenn heute Abend die Sonne untergeht, werden sie in ihren Grabkammern liegen.«

Das war alles gut zu wissen … Moment mal. »Ich komme mit.«

»Ich glaube nicht …«, setzte Apollo an, doch ich unterbrach ihn.

»Was du glaubst, spielt hier wirklich keine Rolle«, erklärte ich schroff – sogar schroffer, als ich vorgehabt hatte, aber ich war nicht in der Stimmung, mir von jemandem Vorschriften machen zu lassen. »Ich komme mit.«

Deacon beugte sich vor. »Bist du dir sicher, dass du in der Verfassung dazu bist?«

Eine berechtigte Frage, denn er hatte den größten Teil des Tages zusammen mit mir auf dem Boden gelegen. »Ich muss das durchziehen.«

Alex und Aiden wechselten einen Blick, und mir war klar, dass sie sich für eine Diskussion bereit machten, bei der sie alle logischen Gründe dafür aufzählen würden, wieso ich zurückbleiben sollte.

»Das versteht ihr nicht. Ich muss das zu Ende bringen.« Ich ballte die Hände zu Fäusten und sah mich im Raum um. »Ich muss sehen, wofür Seth sein Leben gegeben hat.«

»Okay«, sagte Alex nicht mal eine Sekunde, nachdem ich gesprochen hatte. »Du kommst mit.«

Apollo durchbohrte sie mit seinem Blick.

»Fang nicht mal an, mit mir zu diskutieren«, sagte Alex zu ihm scharf. »Josie muss dabei sein, und sie wird mitkommen.«

Er sah weg, sein Kiefer spannte sich.

»Wir können das aufschieben. Es kann warten, bis du bereit bist«, sagte Aiden. »Wir müssen es nicht sofort tun.«

»Vielleicht sind in dieser Gemeinde noch Reinblüter am Leben. Je länger wir warten, umso wahrscheinlicher wird es, dass sie es nicht überstehen. Die Titanen rechnen vermutlich nicht damit, dass wir so schnell zurückkehren. Wenn überhaupt, rechnen sie mit … Seth und nicht mit uns.« Ich zwang mich, durch den Schmerz, der in meiner Brust saß, hindurchzuatmen. »Je länger wir warten, umso größer wird die Chance, dass sie herausfinden, was Seth getan hat, und sie bereiten sich vor.«

»Ist das möglich«, wollte Aiden von Apollo wissen.

Er richtete seine leuchtend blauen Augen auf mich. »Möglich ist alles.«

Das war nicht wahr.

Denn wenn *alles* möglich wäre, stünde Seth hier neben mir. Er wäre nicht …

Ich schnitt diesen Gedanken mit einem Kopfschütteln ab und straffte die Schultern. »Ziehen wir das durch.«

Apollo senkte den Kopf. »Hast du den Dolch?«

»In meinem Zimmer.«

Er sah zu mir auf. »Wir werden ihn brauchen.«

Wenn ich mir selbst gegenüber ehrlich war, brauchte ich die Ablenkung. Natürlich ging es auch um die Reinblüter, die in der Gemeinde vielleicht noch am Leben waren. Ihretwegen wollte ich diese Sache hinter mich bringen, aber … ich brauchte das auch.

Ich musste das durchziehen.

Wir tauchten zu fünft auf dem Gelände auf, direkt hinter dem Tor. Deacon war zurückgeblieben, um die anderen Halbgötter im Auge zu behalten.

Zuerst fiel mir auf, wie unheimlich ruhig es in der Wohnanlage war. Ich warf einen Blick hinter mich und sah das hohe Tor in der Steinmauer. Aus der Ferne hörte ich Verkehrslärm und die Geräuschkulisse der Stadt, doch hier drinnen?

Stille wie in einem Grab.

»War es beim letzten Mal auch so?«, fragte ich.

Aiden nickte und setzte sich in Bewegung. »Ja. Aber da gingen hier Schatten um. Wir müssen vorsichtig sein.«

Luke und Alex flankierten mich auf beiden Seiten, während wir den leeren Spielplatz passierten und, wie ich vermutete, auf die Hauptstraße einbogen. Dort sah es nicht so aus, wie Seth es mir beschrieben hatte.

Man hatte die Straßen geräumt. Weder verlassene Autos noch Leichen waren zu sehen.

Die Stadt war eindeutig bevölkert.

Menschen saßen auf den Veranden und an den Esstischen und standen an Straßenecken herum. Dutzende Menschen.

Wenn man den Begriff »Menschen« sehr weit fasste.

Ich atmete tief ein, und mein Magen überschlug sich wegen des unverkennbaren Modergeruchs, der dick in der Luft stand.

Alle Schatten in den menschlichen Körpern drehten sich exakt im selben Moment um. Ihre Augen wirkten wie Ölpfützen.

Alex zog ihre Dolche. »Ich schätze mal, ganz so war das beim letzten Mal nicht.«

»Nein.« Aiden tat es ihr nach.

Ich umklammerte den Dolch, den Zeus Seth gegeben hatte, während Luke eine Glock in der Hand hielt.

»So, und wann rufen wir diese Riesen?«, fragte Luke leise, als die Schatten uns gegenüber Stellung bezogen.

»Bald«, murmelte Apollo.

Ich hoffte, dass »bald« sehr schnell kommen würde, denn ich fand diese Schatten verdammt gruselig. Sie standen alle einfach da und starrten vor sich hin, und so langsam war die Stille ohrenbetäubend.

Einer der Schatten, der ein Reinblut mittleren Alters gewesen sein musste, bewegte sich und trat vom Gehweg hinunter. Lukes Daumen glitt über den Griff der Glock.

Der Mann neigte den Kopf zur Seite und kam dann mit übermenschlicher Geschwindigkeit geradewegs auf uns zugerannt. Ich wollte schon meine freie Hand heben und Akasha anrufen, doch Apollo schnippte mit den Fingern.

Der Mann implodierte.

Schrumpfte in sich zusammen und sackte zu Boden.

Alex ließ ihren Dolch sinken, und wir sahen ihn beide an.

»Wirklich?«, fragte sie und schüttelte den Kopf. »So wird man Schatten los?«

Er zog eine Augenbraue hoch. »Ich wüsste nicht, wie sonst.«

Jetzt klappte mir die Kinnlade herunter. »Ernsthaft? Die ganze Zeit schlagen wir uns mit denen herum, und du brauchst nur mit den Fingern zu schnippen?«

»Ja. Alle Götter können das.«

Ich runzelte die Stirn. »Seth kann …« Scharf sog ich den Atem ein, als mir klar wurde, dass ich in der Gegenwart gesprochen hatte. »Seth konnte das nicht.«

Eine Regung huschte über Apollos Gesicht, aber sie war

verschwunden, bevor ich herausfinden konnte, worum genau es sich dabei gehandelt hatte.

»Er wäre irgendwann auch in der Lage dazu gewesen. Wenn er mehr Zeit zum Lernen gehabt hätte.«

Wenn er mehr Zeit gehabt hätte …

Ich krallte die Hand fester um den Dolch. Ich hatte das Gefühl, mir gerade selbst eine Klinge in die Brust gerammt zu haben.

Mit einem Mal hob Apollo den Kopf, und der Boden bebte unter unseren Füßen. Energie schoss durch die Straße. Ich bekam Gänsehaut auf den Armen. Die Luft begann zu wabern, und ich erblickte den blauen Irokesen-Kamm.

Explosive Wut erfüllte mich. Dieser Titan hatte schreckliche, grauenhafte Taten begangen, und er war nicht allein. Hinter Oceanus tauchte die Titanenfrau auf. Ich bleckte knurrend die Zähne.

Sie hatte Long Beach vernichtet.

Sie hatte dafür gesorgt, dass Seth sich furchtbar gefühlt hatte.

Am liebsten hätte ich sie beide getötet.

Oceanus musterte meinen Vater und grinste höhnisch. »Das ist eine interessante Entwicklung.«

»Er ist hergekommen, um zu sterben.« Tethys lachte. »Vor den Augen seiner Tochter. Wie herzig.«

Oceanus ließ den Blick über den Rest von uns schweifen. »Aber wo steckt …«

»Jetzt, Josie«, befahl Apollo.

Ich sah ihn kurz an und führte seine Anweisung aus. Steif trat ich vor, dann ließ ich mich von meinem ganzen Zorn, dem Schmerz und meiner *verdammten* Verzweiflung überwältigen und sog ihre Energie auf. Ich hielt Oceanus' Blick stand, hob den Dolch hoch und riss ihn herunter. Aufschreiend rammte ich die Klinge mit aller Kraft in den Asphalt.

Der Dolch glitt durch Zement und Stein und sank tief in den Boden ein. Ich sah, wie Oceanus verblüfft die Augen aufriss. Ich sah, wie seine Lippen tonlos ein Wort bildeten.

Nein.

Ich lächelte.

Der Rückschlag lief durch den Straßenbelag und die Klinge hinauf. Der Griff traf mich und schleuderte mich zurück, sodass ich auf dem Hintern landete.

Die Klinge schoss in die Luft, wo sie vibrierte und dann reglos verharrte. Sie schwebte wie von einer unsichtbaren Hand gehalten. Einen Augenblick später explodierte sie zu einer Million winziger, staubfeiner Stückchen.

»Soll das so sein?«, fragte Luke.

Apollo baute sich breitbeiniger auf. »Warte es ab.«

Die Augen weit aufgerissen, rappelte ich mich auf die Füße. Hinter Tethys wellte sich die Luft, und mir stockte der Atem, als Cronus erschien.

»Was hast du getan?«, verlangte er zu wissen. Seine pechschwarzen Augen schienen sich in mich hineinzubrennen. »Was hat er getan?«

Die Schatten warfen den Kopf in den Nacken und *heulten*. Bei ihren Schreien lief es mir eiskalt über den Rücken.

»Das ist jetzt gar nicht unheimlich oder so.« Alex erschauerte. »Wann werden diese …«

Die Schatten griffen an.

Alex und Aiden stürzten vor und fingen die erste Angriffswelle ab. Alex rammte dem ersten Schatten einen Covenant-Dolch bis zum Heft in die Brust. Aiden drehte sich elegant wie ein Tänzer im Kreis und fuhr seine Sichelklinge aus. Er erwischte einen Schatten unter dem Kinn. Ein sauberer Schnitt, der Kopf flog in eine Richtung davon und der Körper in die andere. Luke schoss und traf einen Schatten nach dem anderen mitten in die Stirn.

Einer stürmte an Alex vorbei geradewegs auf mich zu. Mein frisch trainierter Instinkt übernahm die Führung. Ich hob die Hand und rief Akasha. Jede Zelle meines Körpers erwachte funkensprühend zum Leben, und Energie entsprang tief aus meiner Mitte. Ein elektrisch aufgeladener Energiestrahl stieg aus meiner Handfläche und traf den Schatten vor die Brust. Er flog zurück, vorbei an Oceanus.

Es begann als leichtes Zittern im Boden, so, als führe in der Nähe ein Zug vorbei, dann wurde das Beben stärker, bis es schwierig war, auf den Beinen zu bleiben. Die Schatten stellten ihren Angriff ein. Ihre Schreie verhallten, und sie musterten die Erde. Ich verlor fast das Gleichgewicht, fing mich mit ausgestreckten Armen ab und warf Apollo einen Blick zu.

»Bitte sag mir, dass *das hier* so sein soll.«

Apollo nickte.

Der Asphalt wölbte sich, als würde er mit großem Druck nach oben geschoben. Wir stolperten zurück, als die Straße zusammenbrach und zur Ruhe kam. Ein Riss durchzog die Fahrbahn, und ich hörte keinen Laut außer Lukes keuchendem Atem.

Dann schossen Asphaltbrocken in die Luft und mähten die Schatten nieder, die nicht so vorsichtig gewesen waren, vom Spalt zurückzuweichen. Eine Staubwolke stand am Himmel, und aus der aufgewirbelten Erde tauchte eine Hand auf.

Eine Hand, die ungefähr so groß war wie mein Torso.

Aiden streckte einen Arm aus, um Alex abzuschirmen. »Heilige …«

»Daimonenbabys«, flüsterte Alex.

Noch eine Hand krachte auf den Boden, sodass die Gebäude erzitterten. Ein riesiger, rußverschmierter Kopf folgte ihr. Aus dem Riss in der Straße erhob sich ein gewaltiges Wesen, das über sechs Meter groß sein musste.

Ich hoffte wirklich, dass in der Nähe keine Hubschrauber unterwegs waren, denn diesen Kerl konnten wir nicht verstecken.

Als mein Blick nach unten glitt, fielen mir fast die Augen aus dem Kopf, und ich wünschte sofort, ich hätte nicht hingesehen.

»Wow«, murmelte Alex.

Der Riese war splitterfasernackt.

Ein weiteres Paar Hände reckte sich aus dem Spalt im Boden. Ein zweiter Riese gesellte sich zu dem ersten, und dann tauchte ein dritter auf.

Und alle waren sie nackt.

»Ich schätze mal, es gibt keine Kleidung, die groß genug für sie ist?«, fragte Alex, und ich stieß ein kurzes, hysterisch klingendes Kichern aus.

Oceanus rief etwas und drehte sich um. Die Schatten schwärmten aus, auf die Riesen zu. Einige fielen in das Loch in der Straße. Andere waren klüger und umgingen die Erdspalte. Sie wimmelten um die Riesen herum, griffen ihre Beine an und kletterten an ihnen hoch.

Apollo neigte den Kopf zur Seite und seufzte. »*Er* muss aber auch immer zu spät kommen, um einen großen Auftritt hinzulegen.«

Ein Blitz aus reiner Energie schoss die Straße entlang. Statisches Knistern folgte, und mir blieb fast das Herz stehen. Hinter Cronus tauchte eine schimmernde blaue Lichtsäule auf. Als sie verlosch, stand Zeus da.

»Wohin wollt ihr denn?« Er lächelte. Blitze fuhren prasselnd aus seinen Handflächen, und Wind verwehte sein Haar.

Cronus blieb wie angewurzelt stehen. »Nicht schon wieder.«

»Die Geschichte pflegt sich zu wiederholen.« Zeus lächelte noch immer.

»Seht doch!«, schrie Aiden.

Am Himmel über uns tauchten schwarze Punkte auf. Sie kreisten und wirbelten, und mit jeder Runde kamen sie dem Boden näher. Sie entpuppten sich als riesige geflügelte Wesen.

»Furien.« Luke fluchte.

Bevor wir eine Chance hatten, uns rennend in Deckung zu bringen, überzogen sie die Schatten, die versuchten, die Riesen aufzuhalten, mit einem flächendeckenden Angriff, packten sie mit ihren klauenbesetzten Füßen und warfen sie in die Luft. Öliges Blut tropfte herunter und übersäte den aufgeplatzten Boden. Ein Schatten zog über mich hinweg, und dann bebte die Erde, als eine Furie direkt vor mir landete.

Ich keuchte auf. *»Erin?«*

Die Furie zwinkerte mir zu. Es fiel mir schwer, ihre Züge zu erkennen, aber sie war es, in ihrer wahren Gestalt.

»Bin gleich wieder da.«

Mit ihren mächtigen Beinen stieß sie sich ab und erhob sich in die Luft. Innerhalb von Sekunden hielt sie einen Schatten in ihren Klauen. Schockiert darüber, dass sie wirklich quicklebendig war, starrte ich sie an.

Zumindest, was sie anging, hatte mein Vater nicht gelogen.

Der erste Riese machte sich von den Schatten frei und setzte sich in Bewegung. Jeder seiner Schritte erschütterte den Boden. Er hielt direkt auf Tethys zu.

Apollo ließ einen weißen Lichtstrahl los, der Tethys in den Rücken traf. Sie stolperte, fiel aber nicht, doch Apollo hatte sie in die Enge getrieben. Zeus tat es ihm nach und schlug Cronus wieder und wieder mit Blitzen.

Apollo und Zeus töteten die Titanen nicht. Sie versperrten ihnen den Weg und ließen sie nicht entkommen.

Alex trat an mir vorbei und stellte eine umgefallene Bank wieder auf. Sie setzte sich darauf und stützte ihren Kopf auf die Faust.

»Machst du's dir gemütlich?«, fragte Aiden.

Sie zog eine Schulter hoch. »Sieht nicht aus, als bräuchten sie unsere Hilfe.«

»Ausnahmsweise.« Ein seltenes Grinsen trat auf Lukes Gesicht, während er zusah, wie einer der Riesen Tethys mit seiner Pranke packte. Die Titanin kreischte und schlug um sich, doch sie konnte sich nicht befreien. »Das wurde aber auch Zeit.«

Wir vier sahen tatsächlich aus dem Hintergrund zu, wie Apollo und Zeus gemeinsam mit den Furien die Kontrolle übernahmen. Ich konnte mich des Gedankens nicht erwehren, dass Seth, wäre er hier gewesen, bei diesem Anblick in Ohnmacht gefallen wäre.

Betrübt lächelte ich vor mich hin. Er hätte nicht einmal geglaubt, was er sah. Dass schließlich nach all dieser Zeit, nach so viel Tod und Opfern, Zeus hier unten war und *kämpfte*.

Und dafür hatte Seth nur … sein Leben geben müssen.

Schmerz drückte mir die Brust zusammen, und ich legte eine Hand auf meinen Bauch.

Der letzte Kampf dauerte vielleicht Minuten. Nachdem die Titanen auf ein kleines Gebiet zusammengetrieben waren, hatten die Riesen keine Mühe, sie einzufangen. Sie hielten sie in den Händen, und von meinem Aussichtspunkt aus wirkten die Titanen wie schreiende Kinder, als sie zurück in die Erdspalte gebracht wurden. Cronus bildete das Schlusslicht. Sein Wutgebrüll wurde von den Schreien der Schatten übertönt, denn die Furien erledigten sie, indem sie sie einsaugten, als sie versuchten, aus den Körpern, die sie übernommen hatten, zu fliehen.

»Was meinst du, ob sie davon Verdauungsstörungen kriegen?«

Ich fand das eine berechtigte Frage.

Einmal mehr bebte der Boden, als Zeus vortrat. Als er sich der Erdspalte näherte, wedelte er mit der Hand. Schimmerndes blaues Licht sank über den Riss wie eine Million Glühwürmchen. Die Straße … reparierte sich selbst. Stein und Zement strudelten und breiteten sich über den Spalt, und innerhalb von Sekunden war keine Spur mehr davon zu erkennen, dass dort gerade Riesen herausgekrochen waren. Sogar der gelbe Mittelstreifen war makellos wiederhergestellt.

»So was könnte praktisch sein«, murmelte Luke, verstummte jedoch, als Zeus auf uns zukam. Selbst Alex setzte sich kerzengerade auf und erhob sich dann.

»Sie verfrachten die Titanen zurück in ihre Gräber, wo Hades ihre Rückkehr erwartet«, erklärte Zeus und warf einen Blick über die Schulter. »Die Furien werden den Rest der Schatten zur Strecke bringen. Ein paar sind entkommen, aber sie können sich nirgendwo verstecken.«

Alex setzte zum Sprechen an, doch ausnahmsweise kam aus ihrem Mund nichts heraus.

Zeus sah mich an. »Es ist vorbei, Josie.«

Ja.

Keine Ahnung, was ich zu fühlen erwartete. Das Gefühl, etwas abgeschlossen zu haben? Erleichterung? Die Gewissheit, Gerechtigkeit geschaffen zu haben? Als würde mir das Wissen, dass Seths Opfer nicht umsonst gewesen war, mit einem Mal die Last erleichtern, die es bedeutete … mein unsterbliches Leben ohne ihn zu verbringen.

Aber ich fühlte … ich fühlte *nichts*.

Ich schaute an Zeus' Schulter vorbei und sah keine der Furien. Ich sah meinen Vater. Er erwiderte meinen Blick.

»Seinetwegen konnte das geschehen«, erklärte Zeus leise und zog meine Aufmerksamkeit auf sich. »Er hat das möglich gemacht, und eines Tages wirst du verstehen, warum es so kommen musste.«

»Das werde ich nie begreifen.« Ich riss meinen Blick von Zeus los, erschauerte und sah meinen Vater an. »Ich will … nach Hause.«

29. KAPITEL

JOSIE

Zwei Monate später

»Kann ich etwas für Euch tun, *Kyria*?«

Ich saß im Sand. Blinzelnd hob ich den Blick von den schaumgekrönten Wellen. Neben mir stand Basil. »Was habe ich dir gesagt, Basil?«

Er zog die Brauen zusammen. »Dass ich aufhören soll … Euch zu dienen?«

»Ja.« Ich nickte, um meine Aussage zu unterstreichen. »Du bist nicht mein Diener. Niemand hier ist mein Dienstbote.«

Seit Apollo mich nach dem Showdown mit den Titanen hergebracht hatte, hatten Basil und alle Menschen hier – ähm, Priesterinnen und Priester – mich wie eine Königin behandelt, die endlich heimgekehrt war.

Was zu Beginn eine gute Sache gewesen war – vor allem, als ich zum ersten Mal wieder das Schlafzimmer betrat, das ich mit Seth geteilt hatte, und vollkommen zusammengeklappt war. Wären Basil und die Priesterin namens Karina nicht gewesen, hätte ich es, glaube ich, nicht mal bis zum Bett geschafft. Und sosehr ich mich auch schämte, das zuzugeben, wenn sie nicht während jener ersten dunklen Tage hier dafür gesorgt hätten, dass ich aß, wäre ich einfach in diesem Bett geblieben und verkümmert.

Wenn das Kind, das ich in mir trug, nicht gewesen wäre, hätte ich genau das getan. Ich wäre dahingeschwunden und gestorben, solange der Schmerz über Seths Verlust noch so frisch war, als wäre es gestern geschehen.

Doch mit der Hilfe der Menschen, die hier lebten, und der meiner Freunde, stand ich von diesem Bett auf; und obwohl es Tage gab, an denen ich mir mehr als alles andere wünschte, ich könnte aufgeben, tat ich es nicht.

Ich war immer noch da.

Und hier würde ich bleiben.

»Aber wir möchten Euch dienen«, erklärte Basil, wie schon ungefähr eine Million Mal zuvor.

»Ich weiß, doch es ist … merkwürdig.«

Basil starrte mich an, als könnte er gar nicht begreifen, was daran merkwürdig sein sollte. Dann wechselte er das Thema. Wie immer, wenn wir dieses Gespräch führten.

»Wir haben heute Morgen die Speisekammer und den Kühlschrank aufgefüllt. Dieses Mal haben wir die Käsesnacks nicht vergessen.«

Unwillkürlich grinste ich. Er meinte die Cheetos. »Erin weiß das sicher zu schätzen.«

Er strahlte. »Das freut mich zu hören. Hat Erin vor, dieses Mal länger zu bleiben?«

»Ich bin mir nicht sicher. Hängt wahrscheinlich davon ab, ob sie … abberufen wird.«

Basil nickte verständnisvoll. Erin war seit dem Moment hier, als Apollo mich hergebracht hatte. Abgesehen davon, dass ich glücklich darüber war, unsere Freundschaft zu erneuern, war das auch praktisch. Sie besaß ebenfalls die raffinierte Gabe, sich von einem Ort an den anderen versetzen zu können, und konnte mich überallhin bringen.

So war ich zu meinem ersten Termin beim Frauenarzt in New York gelangt. Der Besuch war wunderbar und deprimierend zugleich gewesen, und Erin war mir dabei nicht von der Seite gewichen.

Genau wie Basil und Karina.

Manchmal fragte ich mich, wieso sie noch hier waren.

Ich biss mir auf die Unterlippe und sah auf das Meer hinaus. »Kann ich dich etwas fragen?«

»Alles, *Kyria*.«

»Warum seid ihr alle noch hier?« Ich zuckte zusammen, so unfreundlich hatte meine Frage geklungen. »Ich meine, ich bin froh darüber, dass ihr da seid. Ich weiß nicht, was ich ohne euch angefangen hätte, aber Seth ist … Er ist nicht mehr da, und eigentlich wart ihr seinetwegen hier.«

Basil kniete neben mir nieder, und als ich ihn anschaute, sah er mir in die Augen. »Nur weil er nicht hier bei uns ist, bedeutet das noch nicht, dass er fort ist. Er ist der Gott des Lebens und der des Todes. Dies ist nur ein Moment in diesem Zyklus.«

Was er sagte, war höllisch verwirrend. Aber niemand vom Personal oder von den Priesterinnen und Priestern benahm sich, als wäre Seth … tot. Sie verhielten sich, als wäre er nur im Urlaub oder so. Als würde er zurückkommen.

Seth würde aber nicht wiederkommen.

Das wusste ich, denn wenn er zurückkehren könnte, hätte er es inzwischen getan. Er wäre nicht irgendwo da draußen, sondern bei mir. Er hätte den ersten richtigen Arztbesuch nicht verpasst. Er hätte mich nicht so *hängen lassen*.

Obwohl ich das alles wusste, war ich wie alle anderen immer noch hier.

Zum Teil wartete ich darauf, dass Seth zurückkehrte. Als wäre er einfach *fort* und nicht tot.

Basil legte mir leicht eine Hand auf den Arm, und ich blinzelte und konzentrierte mich wieder auf ihn. Mir wurde klar, dass er gesprochen hatte. »Tut mir leid. Ich war mit den Gedanken anderswo.«

»Das ist schon in Ordnung, *Kyria*.« Der Mann war der

Inbegriff von Geduld. »Wir sind auch Euretwegen hier. Wir möchten, dass Ihr das wisst. Wir sind Eure Familie, nicht durch Blutsverwandtschaft, sondern durch das, was hier drinnen existiert.« Er schlug sich mit der Faust an die Brust. »Und eine Familie, die durch Herz und Seele verbunden ist, verlässt einander nicht. Ganz gleich, was geschieht.«

»Tacos oder Hähnchenflügel? Das ist eine bedeutende Entscheidung, also sag jetzt nicht, dass es dir egal ist.« Erin stand in der riesigen Küche und hielt eine Packung mit weichen Tortillas in einer Hand und eine Tüte rohe Hähnchenflügel in der anderen. »Warte mal. Dürfen Schwangere überhaupt Hähnchenflügel und Tacos essen?«

Lachend schenkte ich mir ein Glas frisch gepressten Orangensaft ein. »Solange alles gut durchgegart ist, kann ich es essen, doch.«

Sie ließ die Tortillas sinken und musterte die Tüte mit den Hähnchenflügeln. »Huhn ist wahrscheinlich die gesündere Wahl.«

Ich schloss die Tür, ging zur Kücheninsel und hievte mich auf den Barhocker. »Bin mir nicht sicher, ob Hähnchenflügel gesund sein können.«

»Wenn sie gebacken werden, sind sie gesund.«

»Ich glaube, so funktioniert das nicht.«

Sie runzelte die Stirn und legte das Hühnerfleisch in den Kühlschrank. »Warum nicht?«

»Weil eine Menge Sachen, die gebacken werden, schrecklich ungesund sind.«

»Gib mir ein Beispiel.«

»Cookies. Pasteten. Kuchen. Lasagne …«

»Spielverderberin«, unterbrach sie mich grinsend. »Wir machen Hähnchenflügel mit Salat.«

Ich trank von meinem Saft, und sie trat an die Kücheninsel und setzte sich neben mich. »Wie sieht's an der Universität aus?«

Erin war vorhin hinübergesprungen, um sich einen Eindruck zu verschaffen.

»Immer noch keine Kämpfe, obwohl die Vorlesungen wieder begonnen haben.«

»Keine Zwischenfälle?«

»Nein.« Sie schlug die langen Beine übereinander. »Womöglich haben Deacon und Luke ja die richtige Idee. Sie glauben, es hat mit dem Auftauchen meiner Schwestern zu tun. Viele der Reinblüter hatten noch nie eine Furie gesehen. Vielleicht war das ja ein Weckruf, der ihr Leben in Ordnung brachte.«

Es fiel mir schwer, mir diese eingekerkerten Furien als Erins Schwestern vorzustellen, denn sie hatten Colin das angetan. Erin hatte nicht die geringste Ähnlichkeit mit ihnen.

Bei Erins letztem Kurzbesuch auf dem Campus hatte Marcus ihr erklärt, er habe von einem seiner Kontaktleute gehört. Er besaß jetzt ein Profil für die Reinblüter, bei denen es wahrscheinlich war, dass sie in die Verbrechen gegen die Halbblüter verwickelt waren. Mehrere waren verhört worden, doch einen Durchbruch hatten sie nicht erzielt.

»Das ist trotzdem eine gute Nachricht.« Ich strich mit einem Finger am Rand des Glases entlang. »Wenigstens scheinen die Studenten dort jetzt sicher zu sein.«

»Schon, aber …« Erin seufzte. »Ich weiß nicht. Ich habe das Gefühl, dass wir etwas übersehen, und damit meine ich nicht den Körper deines Freundes.«

Ich wandte den Blick von ihr ab. Jeder Quadratzentimeter des Campus war nach Colins Körper abgesucht worden, doch man hatte nichts gefunden. Ich fürchtete, die Frage, was aus ihm geworden war, würde eins dieser ungelösten Rätsel bleiben.

»Jedenfalls«, sagte Erin und stieß mich mit dem Arm an, »sind Cora und Gable jetzt ein Paar.«

»Echt? Das ist gut.«

»Jepp.«

Wenn ich recht darüber nachdachte, überraschte mich das nicht wirklich. Gable hatte sie immer angestarrt, wenn sie in seiner Nähe war. »Und wie geht's Erik?«

Erin verdrehte die Augen. »Gut – nehme ich an. Wie es ihm tatsächlich geht, weiß ich nicht, weil ich den arroganten Kerl nicht länger als fünf Minuten ertrage. Aber die drei scheinen sich an der Universität gut einzufügen.«

Ich zog die Augenbrauen hoch und sah sie an, denn ich fand, dass sie ein wenig stark auf Erik reagierte. Ich war froh zu hören, dass es den dreien dort gut ging. In Gefahr waren sie jetzt nicht mehr, aber sie mussten alles über ihre Herkunft und ihre Kräfte lernen.

»Alex' und Aidens Zeit ist fast um«, fuhr sie fort. »Sie geben eine Abschiedsparty und möchten dich wirklich, wirklich gern sehen, bevor sie in die Unterwelt zurückkehren.«

Ich nickte, doch ich wusste nicht, was ich darauf sagen sollte. Darüber zu reden, alle zu besuchen, machte mir ungefähr genauso viel Spaß, wie über meinen Vater zu sprechen, den ich nicht wiedergesehen hatte, seit er mich hergebracht hatte.

Erin schwieg lange. »Du fehlst allen.«

Ich hatte ein ungutes Gefühl dabei, wie sich dieses Gespräch entwickelte, und wandte den Blick ab. »Ich vermisse sie auch.«

»Wirklich?«

»Ja.« Das war die Wahrheit.

»Warum hast du sie denn bisher nicht besucht? Oder mich gebeten, sie noch einmal herzubringen?«

Ich öffnete den Mund, doch alles, was ich hätte sagen können, erstarb mir auf der Zunge. Erin wusste, warum. Als ich Alex und Aiden zusammen mit Luke und Deacon hier zum letzten Mal gesehen hatte, da hatten sie über eine Trauerfeier für Seth reden wollen.

Ungefähr zwei Wochen nachdem die Titanen wieder eingekerkert worden waren, hatten wir eine für Colin abgehalten, obwohl wir keinen Körper gehabt hatten. Dann, etwa eine Woche später, hatte Alex vorgeschlagen, eine Trauerfeier für Seth zu veranstalten.

»Ich weiß, keiner von uns möchte darüber nachdenken«, hatte Alex erklärt. »Aber es wird uns helfen, damit abzuschließen. Nicht nur dir, sondern auch allen anderen.«

Ich hatte dichtgemacht.

»Sie werden dich wegen der Sache mit der Trauerfeier nicht drängen.« Erin wusste, was ich dachte, was bewies, wie gut sie mich kannte. »Das weißt du doch, oder?«

»Ich weiß.« Ich griff nach meinem Saft und trank einen großen Schluck. Es war Zeit, ehrlich zu sein. »Ich habe nur ein schlechtes Gewissen dabei.«

Sie zog die dunklen Brauen zusammen. »Weswegen?«

»Zuerst einmal, weil ich egoistisch bin.« Ich stützte mich mit dem Ellbogen auf die Kücheninsel und legte die Stirn in die Handfläche. »Ich weiß, dass sie das Bedürfnis haben, sich von ihm zu verabschieden, und ein Begräbnis ist ein Abschluss. Sie brauchen ihn, und ich enthalte ihnen das vor.«

Was zeigte, dass ich noch nicht vollkommen akzeptiert hatte, dass Seth nicht mehr war.

»Du nimmst niemandem etwas weg. Ein Begräbnis ist nicht notwendig«, wandte Erin ein.

»Ich weiß, aber hat Seth das nicht verdient? Das Gedenken? Die Anerkennung?«

»Was glaubst du, was Seth sich gewünscht hätte?«

»Keine Trauerfeier.« Ich strich mir durchs Haar, kniff die Augen zu und lachte heiser auf. »Ihm wäre es lieber gewesen, wenn wir zu seinem Andenken eine große Schlacht veranstaltet hätten.«

Erin schnaubte. »Das klingt nach ihm.«

»Ich weiß es einfach nicht.« Ich stützte meinen Kopf mit den Händen ab. Schuldgefühle und Unbehagen brodelten in mir. »Er … er fehlt mir so.«

Erin beugte sich zu mir herüber und legte mir das Kinn auf die Schulter. »Du darfst ihn auch vermissen. Das wird noch lange so bleiben.«

Meine Augen brannten. »Ich will mich nicht in alle Ewigkeit so fühlen.«

»Das wirst du nicht.« Sie schlang einen Arm um meine Schultern und drückte mich. »Versprochen.«

Ich lächelte ihr zu, aber ich war mir nicht sicher, ob sich daran je etwas ändern würde. Vielleicht musste ich wirklich loslassen. Mein Leben weiterführen. Und vielleicht … war so etwas wie eine Trauerfeier dabei das Richtige.

An diesem Punkt war ich bereit, alles auszuprobieren, denn es musste mir besser gehen, bevor dieses Kind auf die Welt kam. Unbedingt. Denn ich wollte auf keinen Fall, dass die Geschichte sich wiederholte. Ich wollte nicht wie meine Mom werden, die emotional und geistig abwesend gewesen war.

Ich musste mich zusammenreißen.

Später an diesem Abend, nach einem lächerlich langen Bad, bei dem ich sogar eingeschlafen sein könnte, musterte ich mich im Standspiegel in der Ecke des riesigen Badezimmers.

So langsam sah man mir was an.

Meine Mundwinkel zuckten, als ich mich zur Seite drehte. Ich hatte noch nie einen flachen Bauch gehabt, und das war er jetzt ganz bestimmt nicht. Er stand ein wenig vor, so, wie es aussieht, wenn man zu viel gegessen hat, aber das war nicht der Grund, obwohl ich mehr Hähnchenflügel aß, als ein einziger Mensch konsumieren sollte.

Ich legte die gespreizten Hände auf meinen Bauch und stieß zittrig den Atem aus, als ein Bild von Seth vor mein inneres Auge trat, bevor ich es verhindern konnte. Ich erkannte fast im Spiegel, wie er hinter mir stand und wie seine Hände dort lagen, wo jetzt meine waren. Wenn er hier wäre, würde er mich auf die Wange küssen, mir sagen, dass ich schön sei und dann meinen Bauch küssen, bevor er mir bewies, wie schön genau er mich fand.

Ich wandte mich vom Spiegel ab und schnappte mir ein Shirt, das auf dem Waschbecken lag. Es war eins von Seth. Nur ein einfaches weißes Shirt, und als ich es überstreifte, reichte es mir bis auf die Oberschenkel. Keine besonders attraktive Nachtwäsche, aber es gehörte Seth.

Es war noch nicht spät, aber ich ging trotzdem ins Bett. Ich zog die Decke über meine Beine, legte mich auf die Seite und sah zu, wie die Meeresbrise die Vorhänge bauschte. Meine Gedanken schweiften umher, doch als sie sich den Gesprächen mit Erin und Basil zuwandten, wechselte ich den Gang.

Babyzimmer.

Ich wusste genau, welches Zimmer ich neu einrichten wollte. Seths altes Kinderzimmer. Jetzt war es dunkel und wurde selten betreten, aber ich fand, wenn dieser Raum benutzt würde, würde ihm das neues Leben einhauchen. Die einsamen Jahre auslöschen, die noch an den Wänden hafteten. Ich war mir sicher, dass Seth mit meiner Wahl einverstanden wäre.

Ich hoffte, dass ich bei meinem nächsten Frauenarztbesuch erfahren würde, ob ich einen Jungen oder ein Mädchen erwartete. Meine Unterlippe bebte, als ich an das Spiel dachte, das Seth und ich zu spielen pflegten, und schloss die Augen. Ich spielte es immer noch. Jeden Abend seit jenem letzten Mal.

»Junge oder Mädchen?«, fragte ich mit belegter Stimme.

»Junge.«

Als ich die tiefe Stimme hörte, lief ein Ruck durch meinen Körper, und mein Herz brach entzwei, weil ich diese Stimme nie wieder hören würde – und dabei hätte ich fast alles dafür gegeben.

Was hieß, dass ich jetzt Dinge hörte, die nicht da waren. Toll. Das hatte mir noch gefehlt.

Plötzlich senkte sich die Matratze. Ich riss die Augen auf … und die Welt hörte auf, sich zu drehen.

Die Zeit stand still.

Sogar mein Herz schien volle zehn Sekunden lang nicht mehr zu schlagen. Dann hämmerte es weiter. Ich bekam keine Luft, konnte nicht glauben, was ich sah.

Er saß neben mir und hatte den Kopf gesenkt, doch seine Züge waren schmerzhaft unverkennbar. Perfekt. Wunderschön. Geliebt. Goldblondes Haar streifte seine Schultern. Sein kräftiger, harter Kiefer war schön geschwungen. Die Wangenknochen, die ich, wie es mir vorkam, in einem anderen Leben berührt und geküsst hatte, hatten sich nicht verändert.

Es war, als explodierten Lichtblitze in mir. Eine Flut von Emotionen überschwemmte mich, sodass es mir die Sprache verschlug und ich mich nicht rühren konnte. Glück, Ungläubigkeit, Liebe, Angst und Verwirrung kämpften um die Vorherrschaft.

Er war es.

Oder hatte ich jetzt auch noch Halluzinationen?

Möglich war das.

Aber er *sah* real *aus*.

Ich atmete scharf ein und stützte mich auf den Ellbogen ab, da fing ich den Geruch nach Gewürzen und herbstlicher Kühle auf.

Er *roch* real.

»Seth?«, flüsterte ich.

Seine wohlgeformten Lippen verzogen sich zu einem Lächeln. *»Psychi mou.«*

Er klang auch real.

Ich setzte mich in Bewegung, ohne es zu merken, bevor ich mir klarmachen konnte, wie unmöglich das hier war. Ich stürzte mich auf ihn, und lieber Gott, wenn er nicht wirklich da war, würde ich auf dem Fußboden landen, doch das hielt mich nicht auf.

Warme, starke Arme schlossen sich um meine Taille und verhinderten, dass ich aus dem Bett fiel. Meine Beine hatten sich mit der Decke verheddert, aber ich schmiegte mich fest an seine Brust und legte die Hände auf seine Schultern.

Er *fühlte* sich real *an*.

Als ich ihm ins Gesicht sah, verschwamm es vor mir. »Bist du das wirklich? Bist du wirklich hier?«

»Ich bin es wirklich«, sagte er, und seine bernsteinfarbenen Augen leuchteten. »Und ich bin wirklich hier.«

30. KAPITEL

JOSIE

Mein Herz raste so, dass mir schwindlig wurde. Womöglich würde ich gleich kotzen.

Seth saß auf unserem Bett, umarmte mich und hatte die gespreizten Hände in mein Kreuz gelegt.

Das ergab keinen Sinn.

Ich begriff es nicht.

Ich hob die Arme, und als ich seine Wangen streichelte, zitterten meine Hände. Seine Haut war warm und glatt, und ich strich mit den Fingerspitzen an seinem geschwungenen Kiefer entlang. Er zog die Augenbrauen hoch, als ich seine Lippen berührte und mir dabei ständig sagte, das müsse ein Traum sein, weil es unmöglich war.

Aber falls das ein Traum war, wollte ich nicht wieder aufwachen.

Ich ließ den Blick über seinen Hals, über seine nackten Schultern gleiten. Die weiße Leinenhose, die er trug, kam mir vage bekannt vor. Ich hatte meinen Vater schon darin gesehen. Wieder schaute ich ihm in die Augen, die wie kleine Seen aus warmem Honig wirkten.

Er küsste meine Fingerspitzen. »Josie, Babe …«

Ich zuckte zusammen, und Tränen ließen die Züge seines markanten Gesichts vor mir verschwimmen. »Das verstehe ich nicht.«

Er neigte den Kopf zur Seite, und ich hörte, wie er scharf einatmete.

»Nicht weinen.« Er nahm die Hände von meinem Rücken und legte sie an meine Wangen, wo er mir die Tränen mit den Daumen abwischte. »Nicht weinen, Babe. Bitte. Du weißt, wie sehr ich es hasse, wenn du weinst.«

Daraufhin schluchzte ich nur noch heftiger, weil … weil das hier nicht wirklich sein konnte. Seth war nicht mehr da. Er war tot. Ich hatte es mit eigenen Augen gesehen, und seitdem waren Wochen vergangen. *Monate*. Was immer das hier war, konnte nicht real sein.

»Ist das irgendein grausamer Scherz?«, flüsterte ich und erschauerte. »Wirst du wieder verschwinden, dich in nichts auflösen?«

»Das ist kein Scherz. Ich schwöre.« Er fing noch eine Träne ein und wischte sie weg. »Ich gehe nirgendwohin. Ich werde nicht verschwinden. Ich werde dich nicht verlassen. Nie wieder, Josie.«

Tief in meiner Brust regte sich ein zaghafter Hoffnungsfunke, aber ich empfand auch ein nie da gewesenes Entsetzen, denn Hoffnung … konnte mich umbringen. Ich fuhr zurück, löste mich aus seiner Umarmung und schuf Abstand zwischen uns.

Aus weit aufgerissenen Augen starrte ich ihn an. »Ich kann das nicht noch einmal.« Ich zitterte am ganzen Körper. »Ich kann dich nicht noch einmal verlieren. Das überlebe ich nicht. Ich schaffe es ja jetzt kaum. Ich kann das nicht …«

Seth bewegte sich schnell.

Er saß auf der Bettkante, und im nächsten Moment war er über mir, eine Hand auf das Kopfende des Betts hinter mir gestützt, die andere legte er um meinen Nacken.

Er presste seinen Mund auf meinen, an seinem Kuss war nichts Behutsames oder Sanftes. Er war hemmungslos. Unsere Zähne stießen zusammen, und es war gut möglich, dass meine Lippen morgen früh angeschwollen sein würden, doch er küsste mich ohne einen Funken von Zurückhaltung. Meine ohnehin schon aufgewühlten Sinne gerieten außer Kontrolle. Ich war sofort überwältigt.

Er *schmeckte* wie Seth.

Er zog sich gerade so weit zurück, dass seine Lippen beim Sprechen über meine strichen. »Ich bin es *wirklich*. Du hast mich früher Sethie genannt und ich dich Joe.« Seine Stimme klang rau. »Du hast mir ständig erzählt, du könntest mich nicht leiden, aber du mochtest mich. *Immer* schon.«

Noch ein Beben durchlief mich, und ich öffnete die Augen.

Sein Blick war wild. »Du bist von einem Daimon gebissen worden; in einem Motel, in dem es an der Rezeption Kondome gab. Als du gelernt hast, die Elemente einzusetzen, hast du immer das Feuerelement erwischt, wenn du das Luftelement rufen wolltest. Luke mochte nie in deiner Nähe sein, wenn du trainiert hast.«

Ich lachte erstickt auf.

»Ich bin es *wirklich*«, wiederholte er und legte die Hand fester in meinen Nacken. »Du wolltest mich, obwohl ich deiner nicht würdig war. Als du mir erzählt hast, wir würden ein Kind bekommen, habe ich mich auf den Hintern gesetzt. Und deinetwegen und nur durch dich bin ich ein besserer Mann geworden. Ich bin es, *psychi mou*. Ich bin hier, und ich werde dich nie wieder allein lassen.«

Meine Augen weiteten sich, als mir trotz meiner Panik und Angst klar wurde, dass alles, was er sagte, die Wahrheit war. Das war nicht mehr nur ein Hoffnungsfunke. Die Hoffnung brannte mit hellen Flammen, und als es mir dieses Mal das Herz zerriss, überflutete mich ein wahrer Strom von Gefühlen.

Und es *war* Seth, der mich in die Arme zog. Es war *Seth*, der mich so fest an sich drückte, dass kein Abstand mehr zwischen uns war. Seth war *wirklich* hier, und er lebte und atmete.

SETH

Ich schmiegte mein Gesicht in ihr dichtes Haar, atmete Josies Duft ein und ließ mich davon erfüllen. Verdammt. Ich hätte nie geglaubt, sie je wieder in den Armen zu halten. Nie gedacht, wieder ihre Stimme zu hören oder ihre weichen Rundungen zu spüren.

Als ich diesen Dolch in meine Brust stieß, war ich überzeugt davon gewesen, dass es das Ende sei. Und das war es auch. Eine Weile.

Ich hielt sie fest, bis sie zu zittern aufhörte und ihre Tränen langsamer flossen. Dann, und erst dann, schob ich sie von mir, um sie ansehen zu können.

Götter, sie war wunderschön.

Ich wischte ihr die letzten Tränen ab und strich ihr das Haar aus dem Gesicht. »Babe, du brichst mir gerade das Herz.«

»Tut mir leid.« Ihre Stimme klang rau. »Ich dachte … ich meine, du warst nicht mehr da, Seth. Du bist gestorben.«

»Ja.« Ich fuhr mit dem Daumen über ihre Wange, denn ich konnte nicht aufhören, sie zu berühren. »Irgendwie schon.«

An meiner Brust öffnete und schloss sie die Hände. »Das verstehe ich nicht. Wenn du nicht tot warst, wo warst du dann? Wo bist du gewesen?«

»Götter, Josie, das wird vollkommen verrückt klingen.«

Ich sah auf sie hinunter und grinste. »Trägst du etwa eins von meinen Shirts?«

Sie runzelte die Stirn. »Ja, aber das ist im Moment nicht so wichtig.«

Ich war mir nicht so sicher, ob ich das auch so sah. Sie nach einer so langen Trennung zu berühren ließ meinen Motor schon auf Hochtouren laufen, doch sie in meinen Sachen zu sehen? Das machte mich so an, dass es beinahe schmerzhaft war.

»Seth«, sagte sie, und als ich zu ihr aufsah, strahlten ihre hinreißenden blauen Augen warm. »Falls ich noch Zweifel hatte, dass du Seth bist, jetzt habe ich keine mehr.«

Grinsend strich ich mit dem Daumen unter ihren Lippen entlang. »Ich dachte, ich wäre tot. So hat es sich zuerst auch angefühlt. Da warst du, deine Stimme, und dann nichts mehr. Verdammt noch mal einfach nichts, und dann war es, als wachte ich auf.«

Sie strich über meine Arme und lehnte sich zurück. »Du bist aufgewacht? Wo?«

»Ich war nirgendwo. Ich meine, mein Bewusstsein war wach, aber ich hatte keinen … Götter, das ist verrückt, doch ich war nicht materiell.«

Josie blinzelte langsam. »Du meinst, du hattest keinen Körper?«

»Ja, genau das.« Ich schüttelte den Kopf. »Zuerst war da nur weißes Licht. Ich war davon umgeben, als ich aufgewacht bin. Aber ich hatte keine Ahnung, wer oder was oder wo ich war. Schätze, es war so ähnlich, als würde man geboren, und langsam begann ich mich an Einzelheiten zu erinnern. Bruchstücke aus meiner Kindheit, und von … von meiner Mutter. Dann rückten die Puzzlestücke allmählich an ihren Platz. Ich erinnerte mich an mich. Erinnerte mich an dich, aber ich war einfach in diesem Nichts gefangen.«

»Seth«, flüsterte sie. »Das klingt furchtbar.«

»War es auch.« Die nächste Million Jahre würde ich nicht vergessen, wie sich das anfühlte. »Ich war so verdammt sauer und frustriert, und ich … ich habe mich hilflos gefühlt. Ein Teil von mir war offensichtlich am Leben, und ich wünschte mir nur, zu dir, zu unserem Kind zurückzukehren, aber es gelang mir nicht, dieses Nichts zu verlassen.«

Ihre Augen schimmerten feucht, und ich atmete stockend ein. »Götter, ich habe keine Ahnung, wie lange ich dort war. Fühlte sich jedenfalls an wie Jahre, aber dann ging es mir auf. Ich bin absolut.«

Josie starrte mich an. »Hm, ja, okay?«

Ich lachte, und, Götter, das Geräusch verblüffte mich selbst. Ich hatte zuletzt gelacht, bevor wir zu den Olympiern gegangen waren. Ich erkannte den Klang fast nicht wieder. »Ich bin absolut, und nur ein anderes absolutes Wesen kann mich töten. Thanatos' Dolch ist der Dolch des Todes, aber Thanatos ist nicht absolut. Sobald mir das klar geworden war, habe ich mich irgendwie … wieder zusammengesetzt. Dann war da ein greller Lichtblitz, und ich lag mit nacktem Hintern in Zeus' Tempel.«

Sie fuhr hoch, und ihre Augen weiteten sich. »Heiliger Scheiß. Du hast recht! Nur Cronus oder Zeus könnten dich töten … Warte mal. Du hast dich irgendwie selbst umgebracht, und du *bist* absolut. Müsste das nicht zählen?«

Ich nahm ihre Hände. »Anscheinend nicht. Jedenfalls laut Zeus.«

Josie saß für einen Moment reglos da, dann drückte sie meine Hände. »Hat Zeus das von Anfang an gewusst? Gewusst, dass du nicht sterben, sondern … festsitzen würdest?«

»Ja«, erwiderte ich brummend. »Ja, hat er.«

»Was?«, kreischte sie. »Nimmst du mich verdammt noch mal auf den Arm?«

»Über so etwas würde ich nie scherzen.« Ich zog ihre Hände an den Mund und küsste ihre Fingerspitzen. »Du hattest recht, Josie. Es war eine Prüfung – eine Prüfung, um festzustellen, ob ich eine selbstlose oder eine egoistische Tat begehen würde. Eine Prüfung, bei der Zeus selbst einmal versagt hat.«

Nie im Leben hätte ich geglaubt, bei Zeus echte Reue zu erleben. Aber als er in seinem Tempel zu mir kam und mir erzählte, wie er vor vielen Tausend Jahren die falsche Entscheidung getroffen hatte, da nahm ich den nach wie vor frischen Schmerz in seiner Stimme wahr. Nur die Götter wussten, wer er heute wäre, wenn er sich so entschieden hätte wie ich.

Und wer neben ihm auf dem Thron säße.

»Ich bin zurückgekommen, sobald ich konnte.« Ich zog ihre Hände an meine Brust. »Es tut mir leid, dass ich so lange gebraucht habe, um mich selbst zu finden und alles zu durchschauen. Ich bin so verflucht …«

»Nicht.« Sie richtete sich auf die Knie auf. »Entschuldige dich ja nicht. Du hast dein Leben geopfert, jedenfalls hast du das geglaubt, um die Titanen zu besiegen und mir und unserem Kind eine sichere Zukunft zu schenken. Komm bloß nicht auf die Idee, dich zu entschuldigen. Du bist zu mir zurückgekommen. Du hast es geschafft, wiederzukommen. Aber eins verstehe ich nicht, nämlich, wieso mir niemand davon erzählt hat. Zeus hätte es gekonnt. Und wenn Zeus es gewusst hat, dann muss mein Vater es auch gewusst haben.« Vor Zorn liefen ihre Wangen rot an. »Natürlich. Er ist der

Gott der Prophezeiung. Er hat es gewusst. Oh mein Gott, ich bringe ihn um.«

Meine Lippen zuckten. »Blutrünstig. Götter, du hast mir gefehlt.«

»Er hätte es mir sagen können. Er hätte eine Andeutung machen können. Er hätte mir Hoffnung schenken können!« Forschend sah sie mir in die Augen. »Es war … Es hat sich angefühlt, als wäre ich mit dir *gestorben*, Seth. Ich habe mich gefühlt, als ob …«

»Hör auf.« Ich ließ ihre Hände los, umfasste ihre Schultern, beugte mich vor und legte die Stirn an ihre. »Denk nicht daran. Ich bin hier. Du bist hier, und nichts in dieser oder einer anderen Welt hätte mich daran gehindert, zu dir zurückzukommen.«

Sie zitterte. »Ich liebe dich. Ich liebe dich so sehr, Seth. Ich liebe …«

Ich küsste sie, und damit hörte ich nicht auf. Es war viel zu lange her, seit ich ihre Haut an meiner gespürt hatte, und verdammt, ich würde keine Sekunde mehr vergeuden.

Josie musste genauso empfinden, denn sie streckte im selben Moment die Hände nach meiner Hose aus, in dem ich nach ihrem Shirt griff. Wir erstarrten beide einen Sekundenbruchteil lang, dann legte Josie den Kopf in den Nacken und lachte.

Bei diesem Laut stockte mir mein verdammter Atem. »Du zuerst.«

Sie biss sich auf ihre volle Unterlippe und hob die Arme. Ich fasste den Saum ihres Shirts und zog es ihr aus. Dann sah ich mich satt an ihr und erkannte rasch, dass meine Erinnerungen ihr nicht gerecht wurden. Diese glatten Schultern. Diese Brüste und ihr …

Moment mal.

Ihr Körper … ihr Körper hatte sich verändert.

Jetzt begann mein verfluchtes Herz zu stottern. Ihre Brüste waren voller geworden, und da war dieser kleine Hügel unter ihrem Nabel.

»Götter …« Ich starrte sie an, betrachtete die ersten richtigen Zeichen dafür, dass unser Kind in ihr heranwuchs. Mein Blick verschwamm, als ich die Hände auf ihren leicht angeschwollenen Bauch legte. »Wie schön du bist.« Meine Stimme klang belegt. »Das habe ich verpasst – als es passiert ist. Wann war das?«

Sie umfasste meine Hände, und ich spürte, dass ihre zitterten.

»Ich habe das Gefühl, eines Tages mit dem Bauch aufgewacht zu sein, aber es ging langsam. Ich hatte meinen ersten Termin beim Frauenarzt in New York.«

»Und?«

»Bis jetzt ist alles perfekt.«

Ich blinzelte Tränen weg, beugte mich hinunter und küsste ihren Bauch. Ich hasste es, dass ich diesen Termin verpasst hatte. Aber ab sofort würde ich mir keinen mehr entgehen lassen.

Sie schob die Finger in mein Haar und dirigierte meinen Mund zu ihrem. Während sie mich küsste, machte sie sich über meine Hose her und zog sie über meine Hüften hinunter. Als sie an meinen Knien hängen blieben, half ich mit meinen Kräften nach.

Josies Lachen war wie ein Bad in der warmen Sonne.

Einen Herzschlag später drang ich in sie ein. Ich würde noch Zeit haben, es langsam angehen zu lassen und jeden Zentimeter ihres Körpers neu zu erkunden, aber nicht jetzt. Wir konnten beide nicht warten. Drängend schlang sie die Beine um meine Hüften.

Wir kamen einander entgegen, immer schneller, bis wir schweißüberströmt waren. Ihre Hände waren überall – sie zerwühlte mein Haar, strich mir über den Rücken, krallte sich in meinen Hintern. Und ich liebkoste sie mit meinem Mund – übersäte ihren Hals mit Küssen und umfing nacheinander ihre harten Brustspitzen, wobei ich die Hände um ihre Hüften legte, damit sie stillhielt, während ich mich in ihr bewegte.

Vollkommen gefangen in der Lust, stemmte ich mich gerade so weit hoch, dass ich sehen konnte, wo wir zusammenkamen. Der Anblick war erotisch und intim. Meine Empfindungen steigerten sich, bis Josie den Kopf in den Nacken warf. Sie stöhnte lauter und lauter, und ich folgte ihr. Der Höhepunkt schien nicht zu enden. Es dauerte eine kleine Ewigkeit, bis ich aufhörte, mich zu bewegen, und dann lag ich reglos und mit hämmerndem Herzen auf ihr.

Sie strich über meine Wangen, fasste in mein Haar und zog es zurück. »Das hat mir *wirklich* gefehlt.«

Ich glitt aus ihr heraus, lachte und verlagerte mein Gewicht auf die Arme. »Nicht so sehr wie mir.«

Josie lächelte zu mir auf und spielte mit meinen Haarspitzen. »Ich möchte die Augen nicht schließen.«

»Ich auch nicht.« Ich legte mich auf die Seite und zog sie mit, sodass wir einander ansahen, und berührte ihre Wange. »Da ist etwas, das ich tun muss. Ich habe es mir schon länger dann und wann gewünscht. Eine Weile, während ich in diesem Nichts festsaß, dachte ich schon, ich hätte meine Chance verpasst. Dass ich so viel Zeit verschwendet habe. Aber jetzt vergeude ich keine Sekunde mehr.«

»Und was ist das?«, fragte sie und strich mit einem Finger über meine Unterlippe.

Mir wurde das Herz weit. »Ich will heiraten. Nicht in

einem halben Jahr. Nicht in einer Woche. Ich will heiraten, sobald wir können«, erklärte ich ihr. Ich hatte fast den Eindruck, dass sie zu atmen aufhörte. »Ich weiß, das ist kein besonders romantischer Antrag, aber willst du meine Frau …«

»Ja.« Josie schoss vor, warf mich platt auf den Rücken und krabbelte auf mich. »Ja!«

31. KAPITEL

JOSIE

»Es ist wunderschön«, flüsterte ich; ich war überwältigt von meinem Spiegelbild. Mein Blick traf Erins im Spiegel. Sie sah aus, als würde sie gleich in Tränen ausbrechen.

»Das ist es wirklich.«

Alex, die neben Erin stand, grinste spitzbübisch. »Es hat so viele Knöpfe. Was wettet ihr darauf, dass Seth ungeduldig wird und es dir einfach herunterreißt?«

Hitze stieg mir in die Wangen, und ich senkte den Kopf und lachte. Seth würde das Kleid nicht zerreißen, wenn er ungeduldig wurde. Er würde seine Kräfte einsetzen und es einfach verschwinden lassen, weil er so etwas Besonderes war.

»Ich hoffe bloß, dass ich nie wieder seinen nackten Hintern sehe«, witzelte Erin. »Ich meine, an seinem Hintern ist nichts auszusetzen. Er sieht *wirklich* nett aus, aber peinlich war das trotzdem.«

Alex drehte sich zu ihr um, ihre Miene war erwartungsvoll. »Und wie kam es, dass du seinen Hintern zu sehen gekriegt hast?«

Während ich mein Spiegelbild musterte, erklärte Erin, wie sie erfahren hatte, dass Seth irgendwie von … na ja, den Toten auferstanden war. Es war am Morgen danach gewesen, und da Seth und ich in der Nacht lange aufgeblieben waren und geredet hatten, schliefen wir aus. Erin hatte sich Sorgen gemacht, weil ich noch nicht aufgestanden war, hatte die Zimmertür aufgerissen und einen Panoramablick auf Seths nackten Hintern erhascht.

Das war ein peinliches Willkommen gewesen.

Vor allem, weil Erin so schockiert über Seths Auftauchen gewesen war, dass sie nur mit offenem Mund dagestanden hatte, während Seth aufstand und nach dem Shirt suchte, das ich getragen hatte.

Abgesehen davon hatten sich die letzten paar Tage wie der allerschönste Traum angefühlt. Ich hörte Seths Stimme wieder, spürte seine Berührungen und ertrank in seinen Küssen. Jeden Abend vor dem Einschlafen konnten wir unser Namensspiel spielen. Seth war dabei gewesen, als wir die Tür zu seinem alten Kinderzimmer öffneten und es putzen und lüften ließen.

Seth war wieder an meiner Seite.

Basil und Karina schien Seths Rückkehr nicht besonders zu überraschen. Das erinnerte mich daran, dass sie den Eindruck vermittelt hatten, auf ihn zu warten.

Vielleicht hatten sie es gewusst.

Oder sie hatten die Hoffnung nicht aufgegeben. Ein Teil von mir fühlte sich ein wenig schuldig, weil ich aufgegeben *hatte*. Nicht hundertprozentig, aber ich hatte zu akzeptieren begonnen, dass Seth nicht mehr da war.

Ich brauchte ein paar Tage, um mich ganz daran zu gewöhnen, dass er nicht wieder verschwinden würde, dass all das kein grausamer kosmischer Scherz war. Regelmäßig wachte ich mitten in der Nacht auf und musste ihn unbedingt berühren, um mich zu vergewissern, dass er noch da war. Ich wurde nervös, wenn er nicht in Sichtweite war, und Seth schien das zu merken, weil er sich selten allzu weit entfernte. Ich verhielt mich unfassbar bedürftig, aber ich denke, das nahm mir niemand übel, nachdem ich zwei Monate in dem Glauben gelebt hatte, Seth sei tot.

Wahrscheinlich würde es noch lange dauern, bis ich nicht

mehr mitten in der Nacht aufwachte, um die Hand nach ihm auszustrecken.

Heute jedoch würde ich mich mit nichts davon beschäftigen. Mein Magen überschlug sich vor nervöser Erwartung. Mein Kleid war hinreißend – einfach und doch elegant. Noch nie hatte ich etwas entfernt Ähnliches getragen. Das trägerlose weiße Gewand, dessen Stoff unter dem mit zarten Perlenstickereien verzierten Mieder gerafft war, streifte wispernd über den Boden, als ich mich drehte.

Ein *Hochzeitskleid*.

Ich konnte kaum glauben, dass Seth mir seinen Antrag erst vor drei Tagen gemacht hatte und ich dank Laadan schon ein maßgeschneidertes Hochzeitskleid besaß.

Und ich würde heiraten. Heute. In weniger als einer Stunde.

»Bist du nervös?« Alex berührte mich am Arm und zog meine Aufmerksamkeit auf sich.

Ich nickte. »Ja. Ein wenig. Keine Ahnung, warum, aber es ist so.«

»Ich glaube, jede Braut ist nervös«, sagte Alex und rückte die Krone aus blassen Rosen gerade, die Laadan ausgesucht hatte und die ich jetzt auf dem Kopf trug.

Mein Haar fiel offen herab, da ich wusste, dass Seth es gern so sah, und ich würde barfuß getraut werden, an einem meiner Lieblingsorte.

Am Strand, wo Seths Haus, das bald *unser* Haus sein würde, über uns aufragte, wenn wir uns das Jawort gaben.

Was als Antrag begonnen hatte, hatte sich zu einer großen Hochzeitsfeier ausgewachsen – einer Hochzeit wie unter Sterblichen.

Seth und ich hätten uns zwar am liebsten für den nächsten Monat in unserem Schlafzimmer eingeschlossen, aber wir wollten auch allen mitteilen, dass er tatsächlich nicht tot war. Also waren wir zum Covenant gesprungen, und nachdem Seth allen den größten Schock ihres Lebens beigebracht hatte, bereitete er ihnen den zweitgrößten.

Er hielt offiziell um mich an.

Aiden hatte ausgesehen, als schnürte es ihm die Kehle zu. Alex war in haltloses Gekicher ausgebrochen, und Deacon war sofort davongestürmt, um Laadan zu suchen, nachdem er etwas von Plänen für die Hochzeit gerufen hatte.

Von diesem Moment an war die ganze Geschichte mit der Hochzeit irgendwie außer Kontrolle geraten. Seth und ich hatten eigentlich nicht geplant, eine richtige Feier auszurichten. Wir hatten uns gedacht, wir würden Gelübde und Ringe austauschen, und dann wäre es das gewesen.

Doch das ließ Deacon nicht zu.

Und er war nicht besonders erfreut darüber gewesen, dass wir nicht vorhatten, monatelang abzuwarten, bis er eine riesige Feier organisiert hatte. Seth gab ihm zweieinhalb Tage.

Deacon war der Herausforderung gewachsen. Mit Laadans Hilfe wurde die Hochzeit geplant.

Ich drehte mich zu Alex und Erin um. Beide trugen hübsche Kleider im gleichen Blassrosa wie die Rosen in meinem Haar. Aber sie waren keine Brautjungfern; eine Rolle, die normalerweise von Angehörigen der Braut gespielt wurde. An diesem Punkt hatten Seth und ich die Bremse gezogen. Immerhin hatte Laadan diese supersüßen kleineren Kränze für die Mädchen eingeschmuggelt.

Die Frau vollbrachte wirkliche Wunder. Momentan war sie mit Deacon unten am Strand und sorgte dafür, dass alles perfekt war.

»Das … das ist verrückt, oder?«, fragte ich.

»Ja, aber auf eine wunderbare Art.« Alex saß auf der Bank

vor dem Bett. Ihre Augen schimmerten, so gerührt war sie. »Als du mit Seth aufgetaucht bist, habe ich …« Sie schüttelte den Kopf. »Ich bin einfach froh, dass er lebt und wieder der alte arrogante Typ ist.«

»Ich auch«, warf Erin ein.

Ich zog eine Augenbraue hoch und sah sie an.

Kichernd griff sie nach dem kleinen Kopfschmuck, den die beiden trugen. »Weißt du, ich finde ja immer noch, er ist ein eingebildeter Mistkerl, aber er ist *dein* eingebildeter Mistkerl.«

Alex schnaubte und nahm ihren Kranz. »Ich hoffe, du hältst die Rede.«

Ich musterte Erin und schüttelte den Kopf, als ich ihren eifrigen Blick sah. »Nein.« Ich wandte mich an Alex. »Noch einmal danke. Heute Abend sollte eigentlich deine und Aidens Party stattfinden.«

Sie verdrehte die Augen und wedelte wegwerfend mit der Hand. »Wir brauchen nicht jedes Mal, wenn wir zurückgehen, eine Abschiedsparty. Das ist alles auf Deacons Mist gewachsen, und außerdem habt ihr ihm die größte Freude gemacht. Du weißt ja, wie er auf Partys und so etwas steht.«

Ich grinste ihr zu. »Irgendwie fürchte ich mich davor, die Hochzeitstorte zu sehen.«

»Willkommen im Club.« Alex kicherte.

Es klopfte. »Alles gut bei euch da drin?«, hörten wir Luke rufen.

»Ja.« Alex ging zur Tür.

Luke trat ein. Ich hätte ihn fast nicht wiedererkannt, denn er trug eine dunkle Hose und ein weites, weißes Buttondown-Hemd. Er sah mich an, und seine Züge wurden weich.

»Du siehst wunderschön aus, Josie.«

»Danke.« Ich faltete die Hände, damit sie nicht zitterten.

»Seid ihr fertig?«

Ich warf den Mädchen einen Blick zu. »Ich glaube schon, oder?«

»Ja … warte.« Erin trat vor und rückte meinen Kranz noch einmal zurecht. Anscheinend war mein Kopf merkwürdig geformt oder so. »Okay.« Erin strahlte. »Du siehst perfekt aus. Alles ist perfekt.«

»Ja …« Mein Lächeln verblasste ein wenig. Ich drehte mich wieder zum Spiegel um und schluckte den Kloß in meinem Hals hinunter. Alles war vollkommen, bis auf …

Meinen Vater.

Mein Vater hätte hier sein sollen.

Da er immer alles zu wissen schien, konnte ihm *das hier* nicht entgangen sein.

Andererseits waren wir auch nicht im Guten auseinandergegangen. Wir hatten nicht einmal richtig miteinander gesprochen, als er mich hergebracht hatte, aber ich hatte gedacht … ich hatte gedacht, er würde vielleicht kommen.

Möglich, dass er noch auftauchte. Es war noch Zeit. So oder so würde ich nicht zulassen, dass etwas den heutigen Tag ruinierte.

Ich holte tief Luft und wandte mich vom Spiegel ab. »Ich bin bereit.«

Auf den Klippen standen Priesterinnen und Priester, deren goldene Roben sich sanft in der warmen, salzigen Brise blähten.

Sie verneigten sich einzeln, als wir an ihnen vorbeischritten, und mein Magen überschlug sich ohne Unterlass, während wir die Stufen hinuntergingen. Es war ein verdammtes Wunder, dass ich nicht über den Saum meines schönen Kleids stolperte und besagte Treppe hinunterrollte.

Erin und Alex gingen mit Luke vor und bogen um den Felsblock, um ihre Plätze einzunehmen. Wir hatten keine Musik, nur das Meeresrauschen und die leisen Gespräche, die wie ein Summen klangen. Ich wusste, sobald ich um den zerklüfteten Felsvorsprung trat, würde ich sie sehen – und Seth, der auf mich wartete.

Oh meine Götter, ich heiratete richtig, in jedem Sinn des Wortes. In der Welt der Sterblichen würden keine Dokumente wie eine Heiratsurkunde ausgefüllt werden, denn für sie … existierte Seth nicht. Oder so. Wer wusste das schon? Aber wir würden uns beim Rat registrieren. Die Ehe würde rechtmäßig sein, doch dafür brauchte ich kein Stück Papier. Ich brauchte nicht einmal einen Ring oder diese Feier. Ich brauchte nur Seth.

Alles andere war bloß eine Zugabe.

Ein großartiges Extra.

Strahlend sah ich an mir hinunter. Das Kleid fiel so, dass es den kleinen Babybauch vollkommen verbarg. Ich legte eine Hand auf den Bauch. »Du auch fertig?«, flüsterte ich.

Der Wind frischte auf und bewegte meine Haarsträhnen, und ich blickte auf. Der Sand glitzerte im strahlenden Sonnenschein, er fühlte sich warm unter meinen Füßen an.

Das war *real*.

Mir wurde das Herz so weit, dass ich das Gefühl hatte, gleich in den endlosen blauen Himmel davonzuschweben. Ich setzte mich in Bewegung und trat um den Felsen. Zwischen zwei Gruppen weißer Stühle erstreckte sich ein weißer Läufer.

Ich wusste, wenn ich später zurückdachte, würde ich vor mir sehen, wie Deacon neben Luke saß und dessen Hand hielt. Ich würde mich daran erinnern, wie Alex und Aiden mir über die Schulter einen Blick zuwarfen und sich lächelnd zum Aufstehen anschickten, ebenso wie Alexander. Wie die immer makellos elegante Laadan lächelnd Alexanders Arm hielt. Ich würde Erin neben Erik sehen, der mit Cora und Gable zusammensaß. Ich würde mich erinnern, wie Basil und Karina ein Stück rechts hinter Marcus Stellung bezogen hatten, der vor einem mit Weinreben bewachsenen Gitter stand. Er sollte die Trauung durchführen.

Aber jetzt? Ihr Anblick kam gar nicht richtig bei mir an. Ich sah nur einen.

Mir stockte der Atem, als Seth sich zu mir umwandte, und nichts, nichts zählte mehr außer ihm.

Er trug einen Smoking, und ich hatte ihn noch nie so gesehen. Damit hatte ich nicht gerechnet, sondern erwartet, dass er sich für etwas Bequemeres entscheiden würde. Doch er sah aus, als wäre er direkt von der Titelseite von GQ gestiegen. Der Anzug war so geschnitten, dass er von den breiten Schultern bis zu den schmalen Hüften eng an seinem Körper anlag. Das goldene Haar hatte er zu einem kurzen Pferdeschwanz zurückfrisiert, und sogar aus dieser Entfernung sah ich die Wärme und Liebe, die aus seinen bernsteinfarbenen Augen strahlten.

Meinen Gang über den weißen Läufer nahm ich gar nicht wahr. Ich stand einfach mit einem Mal vor Seth und sah ihn an. Meine Hände zitterten, als er sie nahm, und ich hätte schwören können, dass seine Augen heller leuchteten als je zuvor.

»*Psychi mou*«, sagte er leise. »Du raubst mir den Atem.«

Ein Prickeln lief mir über die Schultern. »Der Anzug. Er gefällt mir. Sehr.«

Seth verzog einen Mundwinkel. »Wie sehr?«

»Außerordentlich«, betonte ich.

»Zeig's mir später.«

Ich errötete.

Marcus räusperte sich, und ich zuckte zusammen. Ihn hatte ich vollkommen vergessen.

»Sie haben Zuschauer, falls Ihnen das entfallen sein sollte.«

Ich riss die Augen auf, und Seth lachte leise. Das Gelächter unserer Freunde drang zu uns, und ich spürte, wie ich tiefer errötete.

»Sind Sie beide bereit?«, fragte Marcus.

»Schon lange«, antwortete Seth und drückte meine Hände.

»Seit einer Ewigkeit«, flüsterte ich.

Marcus begann mit der Zeremonie, wobei er altgriechisch sprach. Seine Worte waren an Seth und mich gerichtet, doch wir ließen einander kein einziges Mal aus den Augen. Wieder hatte ich dieses Gefühl, dass es auf der ganzen Welt nur ihn und mich gab. Nur wir beide, und als Seth sich dann zu mir herunterbeugte und mich küsste, als wären all die Menschen, die uns zusahen und uns Beifall klatschten, gar nicht vorhanden, da erkannte ich mit verblüffender Klarheit, dass wir es geschafft hatten.

Wir hatten *bis zum Schluss* durchgehalten, allen Widrigkeiten zum Trotz. Und jetzt waren wir Mann und Frau und hatten die Ewigkeit vor uns – eine Unendlichkeit mit diesen tiefen Küssen, die mir die Seele versengten und köstliche, sündige Empfindungen in mir weckten.

Jemand rief etwas, und ein Schrei durchdrang meine angenehme Benommenheit. Irgendwas daran klang nicht richtig. Verkehrt.

Seth löste seine Lippen von meinen und wandte den Kopf. Er legte die Hand fester um meinen Nacken. Ich sah den verblüfften Ausdruck, der sich über sein Gesicht breitete, und folgte seinem Blick – so wie alle.

Als ich sah, wer da am Ende des Läufers stand, fuhr ich zurück und machte mich von Seth los. Es ergab keinen Sinn, aber er war es. »Colin?«

Er war so gekleidet, wie ich ihn zuletzt gesehen hatte. Anders war nur, dass sein Shirt nicht zerrissen und er nicht blutüberströmt war.

Lächelnd neigte Colin den Kopf zur Seite. »Ich wollte mir die Hochzeit des Jahrhunderts nicht entgehen lassen.«

»Was zur Hölle …?«, fragte Seth.

Ich trat einen Schritt vor, hielt jedoch weiterhin Seths Hand. »Bist du das wirklich?«

»Ja.«

Deacon zog die Augenbrauen hoch. »Sieht aus, als würden inzwischen alle von den Toten zurückkehren.«

Colin grinste. »Ich würde nicht sagen, dass ich von den Toten auferstanden bin. Man könnte nicht einmal behaupten, Seth sei das, denn er ist nicht gestorben und ich auch nicht. Nicht wirklich.«

»Was?«, fragte ich. »Du warst eindeutig tot, und jetzt bin ich so verwirrt …«

»Wartet.« Erin stand auf und bewegte den Kopf zur Seite. »Du bist nicht richtig.« Sie schob sich um den konfus wirkenden Erik herum. »An dir ist etwas ganz und gar falsch.«

»Furien.« Colin seufzte. »Sie sind solche Nervensägen mit ihrer Fähigkeit, Täuschungen zu durchschauen.«

Ein ungutes Gefühl erfasste mich. »Wovon redest du?«

Seth trat vor. Er kniff die Augen zusammen und ließ meine Hand los. »Du solltest diese Frage jetzt wirklich schnell beantworten.«

»Das ist nicht Colin«, erklärte Erin. »Das ist kein Halbblüter.«

»Schon witzig«, sagte das Ding, das wie Colin aussah.

»Wären die Furien eher losgelassen worden, wärt ihr mir auf die Schliche gekommen.«

Mit einem Mal fiel mir wieder ein, dass die Furien es anscheinend auf ihn abgesehen hatten. Eine von ihnen hatte etwas gesagt – die, die ich getötet hatte. Was war das noch gewesen? *Schwindel.* Die Furie hatte das Wort »Schwindel« gesagt.

»Was bist du?«, verlangte ich zu wissen. »Und wo ist Colin?«

»Colin ist schon vor einer Weile gestorben. Bevor du ihn überhaupt kennengelernt hast.« Das Wesen lächelte, dann schienen seine Züge zu verschwimmen und sich zu verzerren. »Verstehst du, ich brauchte einen Körper. Ich brauchte einen Körper, bei dem niemand Verdacht schöpfen würde.« Es wuchs in die Höhe und wurde größer und schlanker. »Ich musste mich unauffällig einfügen.«

Jemand fluchte. Es klang nach Alex.

Der Kreatur wuchs dunkelgraues Haar, das ihr über deutlich schmalere Schultern fiel. »Ihr mögt Ares getötet haben, doch sein Vermächtnis konntet ihr nicht auslöschen.« Die Stimme klang jetzt weicher, weiblicher. »Ihr habt uns nicht alle umgebracht.«

Eine Frau stand vor uns, eine hochgewachsene, hinreißend schöne Frau. Ihr Blick fiel auf Alex, die unter den Zuschauern saß. »Du hast seine Söhne gut gekannt, aber mich hast du nie kennengelernt.«

»Ach ja?« Alex griff nach ihren Dolchen, bevor ihr klar wurde, dass sie ein Kleid trug und sie unbewaffnet war. Sie ballte die Hände zu Fäusten. »Und wer zur Hölle bist du?«

»Ich bin Enyo, die Göttin des Krieges und der Vernichtung und die Botin der Zwietracht.« Sie legte den Kopf in den Nacken. »Ich bin Ares' Schwester.«

»Und seine Geliebte«, murmelte Deacon nicht besonders leise. »Ihr seid alle Freaks …«

»Ich hatte recht!« Ich drehte mich zu Seth um. »Habe ich nicht gesagt, dass etwas, das mit Ares zu tun hat, der Grund für die Probleme zwischen den Halb- und Reinblütern war?«

»Und ich habe mich auch nicht geirrt«, murmelte Seth. »Ich wusste, dass es einen Grund dafür gab, dass ich dich nicht leiden konnte.«

»Oh, du wirst gleich noch einen viel triftigeren Grund dazu haben«, sagte Enyo lachend. »Ares hat solche Hoffnung in dich gesetzt. So viele Pläne, und du hast ihn verraten. Du magst nicht derjenige gewesen sein, der ihn getötet hat, aber du hast die Ereignisse in Gang gesetzt, die zu seinem Untergang führten. Und du?«, sagte sie an Alex gerichtet. »Nichts würde ich lieber tun, als dich auszulöschen.«

»Ich würde gern sehen, wie du das versuchst«, meinte Aiden knurrend.

Enyo grinste höhnisch. »Aber ich bin klüger.«

Die Göttin fuhr zu Seth und mir herum und reckte einen Arm. Ein pulsierender Energiestrahl schoss knisternd durch die Luft. Ein göttlicher Donnerkeil. Tödlich für jeden Einzelnen hier, bis auf Seth. Ich sah nicht, wie er Enyos Hand verließ.

Unter Wutgebrüll schleuderte Seth selbst einen Donnerkeil. Er schlug in Enyo ein und hüllte sie in Licht, und ich wusste, sie war erledigt. Seth hatte sie getötet, bevor sie eine Chance hatte, Fersengeld zu geben, aber …

Es war zu spät.

Ich spürte es.

Es ging so schnell. Gerade hatte ich vor Seth gestanden, in seine wunderschönen goldenen Augen gesehen und seine

Hand gehalten, und jetzt war nur noch dieser Schmerz da, der mein Herz stillstehen ließ. Unerwartet. Brutal.

In der kühlen Luft lief eine feine Gänsehaut über meine nackten Arme. Ich versuchte einzuatmen, aber die Luft gelangte nirgendwohin. Dann sah ich auf das weiße Kleid hinunter, das fast bis auf meine Füße reichte – das Kleid, das zu tragen ich so aufgeregt gewesen war, so *bereit*. Ich taumelte zurück.

Blut quoll aus meiner Brust, lief an der Vorderseite des Kleides hinunter und ruinierte es. Ruinierte alles. Aus weit aufgerissenen Augen sah ich Seth an. Aufkeimendes Entsetzen zeigte sich auf seinem Gesicht.

Der Traum. *Der Traum*. Ich hatte das hier gesehen. Mit Ausnahme der Ulmen war das der Traum. Ich öffnete den Mund, aber alles fühlte sich nass an.

Ich hatte *das hier* vorhergesehen.

Und ich wusste, was gerade geschah.

Wie es ausgehen würde.

Um uns herum kamen Schreie auf. Chaos brach aus, das die ganze Welt erschütterte und sie beben ließ. Seth streckte die Arme nach mir aus. Seine verwirrte Miene wich einer Mischung aus Furcht und wildem Zorn.

Zu spät. Zu spät.

Ich presste meine zitternden Hände an meine Brust, doch das stoppte das Blut nicht, das zwischen meinen Fingern hervorquoll.

Oh Götter, ich würde sterben.

Mir versagten die Knie, aber ich fiel nicht zu Boden. Ich wusste es. Der Teil von mir, der getrennt von dem hier existierte, rechnete damit, aufgefangen zu werden, und so kam es. Starke, warme Arme schlossen sich um mich, ließen mich behutsam hinunter und hielten mich fest. Ich blinzelte und versuchte, klar zu sehen, während ich mich an Seths harte, warme Brust drückte. Bernsteinfarbene Augen erwiderten meinen Blick – Augen, in denen vor Sekunden noch Liebe und Glück gestanden hatten, aus denen jetzt aber das Grauen schien.

»Seth«, flüsterte ich. »Lass mich nicht gehen.«

»Nein.« Seine Miene verzerrte sich. Tränen standen in seinen Augen, als er meinen Kopf anhob und die Lippen auf meine Stirn drückte. »Ich lasse dich niemals gehen, Josie. *Niemals.*«

32. KAPITEL

SETH

Sie richtete ihre wunderschönen, weit aufgerissenen Augen auf mich. Angst und Panik standen darin.

»Halt durch, Babe.« Ich legte eine Hand auf ihr Brustbein. Sofort drang Blut zwischen meinen Fingern hindurch. Panisch sah ich auf. »Wir brauchen einen Arzt!«

Basil rannte schon zum Haus zurück. Mehrere Gäste standen wie erstarrt da, auf ihren Gesichtern zeichnete sich das gleiche Grauen ab, das in mir tobte.

Das konnte nicht passieren.

Nach allem, was geschehen war, konnte das nicht sein.

Alex und Aiden waren an unserer Seite. Sie schrien etwas, aber ihre Worte hatten für mich keinen Sinn. Erin stand starr da wie eine der eingekerkerten Furien.

Josie erschauerte so heftig, dass es meinen Körper erschütterte. Ihre Augen waren geschlossen. »Josie! Mach die Augen auf. Komm schon, Babe. Mach die Augen für mich auf. Bitte.«

Sie öffnete sie nicht.

Vor Entsetzen wurde meine Haut eiskalt. »*Psychi mou*, bitte öffne die Augen. Bitte, Baby. Mach die verdammten Augen auf.«

Sie rührte sich nicht.

Ihre Brust hob sich nicht.

»Oh meine Götter«, flüsterte Alex und sank auf die Knie.

Mit blutüberströmten, glitschigen Händen tastete ich nach Josies Puls und ließ den Daumen an ihrem Hals entlanggleiten. Ich fühlte … Oh Götter, ich spürte nichts. Keinen Puls.

Nichts.

»Nein. Nein. Nein.« Ich fiel zurück auf meinen Hintern und zog Josie auf meinen Schoß. Sie war so schlaff. Die Arme hingen ihr an den Seiten hinunter. Ich blickte zu Alex und Aiden auf. Seine silbrigen Augen wirkten umschattet. »Ich weiß nicht, was ich tun soll.« Meine Stimme brach. »Sagt mir, was ich tun soll.«

Wortlos schüttelte er den Kopf.

»Sie kommt nicht lange ohne Sauerstoff aus. Ihr … das Baby.« Ich beugte mich über sie und schob ihr das Haar aus dem Gesicht. »Ich muss es schaffen, dass sie wieder atmet.«

»Mund-zu-Mund-Beatmung«, schlug Alex mit belegter Stimme vor. »Du kannst es versuchen …«

Knisternde Energie kräuselte sich über den Strand. Die Zeichen traten auf meine Haut. Ein Lichtblitz, dann ragte über uns ein Schatten auf, der die Sonne verdeckte.

Den Blick auf Josie gerichtet, kniete Apollo zwischen Alex und Aiden nieder.

»Hilf ihr«, flehte ich. Mir war egal, dass ich noch nie in meinem Leben gebettelt hatte. »Bitte, Apollo. Hilf ihr.«

Er berührte ihre Stirn. »Ihre Seele verlässt sie, Seth. Die Wunde ist tödlich. Dein Kind ist bereits …«

»Nein!«, schrie ich und umklammerte Josie fester. »Sie ist nicht tot. Unser Kind ist *nicht* tot.«

Er wischte ihr das Blut von der Stirn, das durch mich dorthin geraten war.

»Ich habe es gesehen«, erklärte er und strich mit den Fingern an ihrem Gesicht entlang. »Ich wusste, dass das geschehen würde. Du begreifst gar nicht, wie schwer es ist, wenn man weiß, dass die Tochter und der Enkelsohn sterben werden.«

Ich starrte ihn an. »Nein.«

Er sah mir in die Augen. »Es ist Schicksal, Seth. Die Prophezeiung, die vor Äonen geschrieben wurde.«

»Nein.« Wuterfüllt lehnte ich mich zurück. Meine Wangen waren feucht, und mir verschwamm alles vor den Augen. »*Verdammt* soll das Schicksal sein! *Verdammt* die Prophezeiung! Ich werde weder sie noch mein Kind verlieren. *Das* könnt ihr uns nicht wegnehmen. Ich schwöre bei den Göttern, ich werde ...«

»Du wirst gar nichts tun«, erklärte Apollo ruhig, und seine Augen schlugen zu vollkommenem Weiß um. »Denn es ist nicht deine Prophezeiung, es ist meine. Und die deines Sohnes. Denn Liebe ist die Wurzel alles Guten und die Wurzel alles Bösen. Liebe ist der Ursprung des Apollyon. Das Schicksal ist in Bewegung«, fuhr er fort und legte eine Hand auf Josies Brustbein, über sein Symbol, das in ihre Haut geprägt war. »Ereignisse können nicht rückgängig gemacht werden. Das Schicksal hat in die Vergangenheit und die Zukunft gesehen. Die Geschichte wiederholt sich.«

»Was zur Hölle ...?«, presste Alex hervor, die die Prophezeiung kannte, da sie sie vor Jahren am Covenant von North Carolina gehört hatte.

Bei mir stellten sich am ganzen Körper die feinen Härchen auf, als Apollos Stimme durch die salzige Luft hallte.

»Erkenne den Unterschied zwischen Bedürfnis und Liebe.«

Apollo begann zu glühen. Von seinem goldenen Haupt ausgehend leuchtete er so hell wie die Sonne.

»Denn was die Götter fürchteten, hat sich begeben. Das Ende des Alten ist hier, und der Beginn des Neuen ist eingeläutet.« Seine Stimme erhob sich und trug bis aufs Meer hinaus und über die Klippen, genau wie damals die von Ewan, dem Nymph.

»Denn das Kind der Sonne und der neue Gott werden ein neues Zeitalter hervorbringen, und die großen Schöpfer werden einer nach dem anderen fallen. Unser Heim und Herd werden neue Gestalt annehmen, und Menschen und Sterbliche sollen gleichermaßen gefällt werden.«

Ich erschauerte, als das Leuchten von seiner Hand ausstrahlte und Josie, die ich immer noch in den Armen hielt, in warmes, goldenes Licht tauchte, sodass ihre Züge verschwammen.

»Ein blutiger Pfad wurde gewählt«, sagte Apollo, und Blitze zuckten am Himmel, der sich rasch verdunkelte. Es wurde Nacht, und Finsternis kam über die Welt. »Der Große Krieg, der von den wenigen geführt wurde, ist vorüber, die Sonne ist gefallen, und der Mond wird herrschen, bis die neue Sonne aufgeht.«

Meine Haut brannte, weil ich Josie festhielt, aber ich ließ sie nicht los. Ich würde sie niemals gehen lassen. Ich hatte es ihr versprochen, und ich würde es niemals tun. *Nie.*

Apollos Stimme war schwächer geworden, als sich das Licht von Josie zurückzog und an seinem Arm hinaufglitt. Ich konnte seine Züge wieder erkennen.

Er sah auf Josie hinunter. »Sie trägt den Gott der Musik, der Wahrheit und Prophezeiung, den Gott der Sonne und des Lichts, der Plage und der Poesie. Und wenn er erwachsen ist, wird er seinen rechtmäßigen Platz unter den Olympiern einnehmen und bis ans Ende der Zeiten herrschen.«

Das helle Leuchten wich aus seinen Augen. Ihr Weiß wirkte milchig und matt.

»Sag ihr, dass ich immer stolz auf sie war. Dass ich sie immer geliebt habe. Sag ihr, dass ich ihr dies hier nicht aus Pflichtgefühl schenke, sondern aus Liebe zu meinem Kind. Sag ihr das, Seth.«

Ich öffnete den Mund, aber verdammt, mir waren die Worte abhandengekommen. Sämtliche Worte. Mir gegenüber setzte sich Alex auf den Hintern und stieß einen abgerissenen Laut aus, denn Apollo … Er …

Er löste sich auf.

Apollo zerfiel nach und nach in kleine Flocken, die in der Luft um ihn herumtrieben. Die Nacht verging, als Sonnenstrahlen herabströmten und den Sand glitzern ließen. Langsam, vor unseren Augen, löste Apollo sich auf und kehrte in das Licht zurück, das uns umgab.

»Die neue Sonne«, sagte Apollo mit schwacher Stimme, während er einfach verschwand, »ist aufgegangen.«

In meinen Armen wurde Josie von einem Ruck erschüttert, und sofort schoss mein Blick zu ihrem Gesicht. Farbe kehrte in ihre Haut zurück und breitete sich über ihr Gesicht und ihren Hals aus, ein rosiger Ton, der ihrem Körper das Leben zurückbrachte. Ich zitterte. Sie riss die Augen auf und rang heftig nach Luft. Ihre Brust hob und senkte sich kräftig.

»Seth?«, flüsterte sie mit heiserer Stimme.

Verdammt.

Ich zog sie an die Brust, drückte mein Gesicht an ihren Hals und verlor vollkommen die Fassung. Es machte mir nicht mal was aus. Ich *schluchzte* verdammt noch mal, während ich sie in den Armen hielt.

»Seth.« Ihre Stimme klang gedämpft.

Sie schaffte es, sich ein wenig zurückzuziehen, die Hände um meine Wangen zu legen und meinen Kopf anzuheben.

»Seth? Warum weinst du?«

Ich lachte heiser auf und drückte die Stirn an ihre. »Ich liebe dich, Josie. Ich liebe dich.«

33. KAPITEL

SETH

Die aufgehende Sonne erklomm den Horizont und tauchte den Himmel in Nuancen von dunklem Orange bis zu tiefem Violett. Eine warme Brise strich über meine Haut und bewegte die durchscheinenden Vorhänge der offenen Tür hinter mir. Ich war vor ungefähr einer Stunde wach geworden und hatte nicht still liegen können, und jetzt stand ich draußen auf dem Balkon und hörte nichts als das Rauschen der Wogen und den fernen Ruf erwachender Vögel.

Am liebsten wäre ich dort drinnen gewesen und hätte neben Josie geschlafen, aber mein verdammtes Hirn ließ sich einfach nicht abschalten und spielte mir fast jedes Ereignis meines Lebens in den letzten paar Jahren vor. Von dem Moment an, in dem ich herausgefunden hatte, dass ich der Apollyon war, bis zum ersten Mal, als ich die Götterinsel betreten hatte. Darüber hinaus liefen »Seths Greatest Hits« und die nicht so schöne Zeit danach in Endlosschleife.

Es war, als versuchte ich herauszufinden, wie ich nach allem, was passiert war, nach allem, was ich getan hatte, und nach all den guten und schlechten Momenten dennoch hierhergelangt war.

Ich schloss die Augen, legte den Kopf zurück und ließ die warme Sonne auf meine Haut scheinen. Die Zukunft war … sie war *hier*.

Klang schrecklich abgedroschen, doch es war die Wahrheit.

Wie hatte ich nur solches Glück haben können? Diese Frage hatte ich mir schon hundertmal gestellt, seit ich Josie begegnet war. Aber nachdem ich mich beinahe selbst verloren hatte, um anschließend fast sie und das Kind zu verlieren, wurde ich die Frage nicht mehr los. So viele Menschen, die besser als ich waren, hatten so viel verloren.

Aber ich schmeckte auch noch die bittere Furcht und saure Hoffnungslosigkeit, die ich empfunden hatte, als ich zusah, wie das Leben aus Josies schönen Augen wich. Dieses Gefühl würde ich in hundert, vielleicht sogar in tausend Jahren nicht vergessen. Zur Hölle, es war gut möglich, dass es mich für immer begleiten würde, aber jetzt war Josie in Sicherheit. Unser Kind war sicher.

Und ich lebte nicht mit dieser Angst und Hoffnungslosigkeit. Ich empfand nicht diese Trauer, die Josie erlebt hatte, während ich in diesem Nichts gefangen war. Stattdessen waren wir …

Wir waren zu Hause.

Diese Insel, dieses Haus hatten sich für mich nie wie ein Zuhause angefühlt. Zur Hölle, ich hatte mich nirgendwo zu Hause gefühlt. Dieses Gebäude? Er war ein kalter, öder Ort gewesen, ganz gleich, wie hell die Sonne schien oder wie viele Menschen seine Räume bevölkerten. Dieses Haus war nur die leere Hülle eines Heims gewesen, ohne Substanz und vergiftet von der Erinnerung an eine kalte Mutter und ein Schicksal, um das ich nicht gebeten hatte.

Bis jetzt.

Nie hätte ich geglaubt, dass ich in dem Haus, in dem ich viele einsame Jahre verbracht hatte, einmal eine Familie gründen würde. Früher war dieses Haus ein Geist für mich gewesen, der immer im hintersten Winkel meiner Gedanken gelauert hatte.

Jetzt nicht mehr.

Heute fühlte es sich wie ein Zuhause an, weil meine ganze

Welt ein paar Meter weiter zusammengerollt im Bett lag und friedlich schlummerte. Das Haus hatte sogar anders ausgesehen, als wir gestern angekommen waren. Heller. Wärmer.

Zu Hause.

Hierher würden wir immer zurückkehren, wenn wir fort gewesen waren. Hier würden wir unser Kind großziehen, und ich wusste tief im Herzen, dass jedes Eckchen und jeder Winkel in diesem Haus, das einst kalt und leer gewesen war, voller Leben und Liebe sein würde. Aber zu Hause war nicht wirklich ein Ort.

In Wahrheit war es eine Person.

Ich öffnete die Augen und stellte fest, dass ich zurück im Schlafzimmer war und am Fuß des Bettes stand. Josie lag auf der Seite und hatte das Laken um ihre Hüften geschlungen. Eins ihrer wunderhübschen Beine schaute aus dem Bettzeug hervor. Verlockend. So verdammt verlockend. Alles an ihr, sogar die Art, wie sie die Arme vor der nackten Brust verschränkte und die Hände leicht geballt hielt. Und ihr prachtvolles Haar, das sich in einer wilden Mischung aus Blond- und Brauntönen über das Kissen ergoss …

Götter.

Ich konnte nicht anders und trat näher an sie heran.

Ein Wust ungefilterter Emotionen stieg mir in den Hals. Verdammte Tränen brannten hinter meinen Augen, als ich ein Knie auf das Bett setzte und mich neben ihr niederließ.

Sie war *psychi mou*.

Sie war alles für mich.

Ich streckte die Hand aus, schlang einen Finger um die Haarsträhne, die auf ihrer Wange lag, und steckte sie ihr wieder hinters Ohr. Josie wackelte mit den Hüften und ballte reflexartig die Finger. Ich lächelte, als der Sonnenschein, der sich langsam über das Bett breitete, den Diamanten an ihrem Ringfinger aufblitzen ließ.

Sie war meine Frau.

Ich lachte leise auf. *Meine Frau*. Götter, ich hätte nie gedacht, dass ich einmal heiraten würde. Ich war mir ziemlich sicher, dass der größte Teil der Menschen, die mir schon begegnet waren, das auch nie geglaubt hätte, aber hier war ich.

Glück gehabt.

Ich strich an ihrem Arm hinunter, an ihrer Taille entlang und über ihre geschwungene Hüfte.

Josie stieß diesen leisen, weichen Laut aus und drehte sich auf den Rücken. Ihre dichten Wimpern flatterten, und dann machte sie die Augen auf. Leuchtende, wunderschöne blaue Augen richteten sich auf mich, und sie schenkte mir ein verschlafenes Lächeln.

»Hey«, murmelte sie.

»Hallo, du.« Ich schluckte, aber dieses verdammte Knäuel Emotionen war nach wie vor da und erstickte mich.

Sie wandte den Kopf zur offenen Tür und runzelte die Stirn. »Wie spät ist es?«

»Noch früh. Die Sonne ist gerade aufgegangen.« Ich legte eine Hand auf ihre Hüfte.

»Mmm.«

»Ich wollte dich nicht wecken.« Das war die Wahrheit. »Du solltest noch schlafen.«

Sie streckte die Arme über den Kopf aus und reckte ihren wunderschönen Körper, bog den Rücken durch und lieferte mir eine verdammt gute Show. Ihre rosigen, perfekten Brüste standen vor, und sie biss sich auf die volle Unterlippe. Das Laken rutschte hinunter und enthüllte ihren Unterleib. Die … die kleine Beule war gewachsen, und ihre Rundung raubte mir auf wunderbare Art den Atem. Enyos

Angriff hatte keine Narben hinterlassen. Bis auf Apollos Zeichen war ihr Körper makellos.

»Du starrst mich an«, sagte sie.

Ich starrte sie immer an.

Besonders, wenn sie nackt und schwanger mit unserem Kind war. Konnte irgendwie nicht anders.

Als ich keine Antwort gab, ließ sie die Arme sinken. Jetzt wirkte sie nicht mehr schlaftrunken. Sie runzelte die Stirn, dann stützte sie sich auf die Ellbogen und legte eine Hand um meine Wange.

»Geht's dir gut?«

»Ja«, sagte ich mit belegter Stimme.

Sie sah mir forschend in die Augen. »Sicher?«

»Ja.« Ich umfasste ihre Hand. »Ich … ich denke bloß über alles nach.«

Sie zog eine Augenbraue hoch und setzte sich auf. Das Haar fiel ihr über die Schultern. »Das ist eine Menge.«

Ich nahm unsere Hände hinunter, küsste ihre auf die Handfläche und drückte sie dann an meine Brust über dem Herzen.

»Warum bist du wach? Rede mit mir, Seth.«

»Es ist nichts. Alles in Ordnung.«

»Wirklich?«

»Ja. Es ist nur …« Ich schnappte mir eine ihrer Haarsträhnen und zupfte sanft daran. »Ich habe so verfluchtes Glück, und ich kann nicht aufhören, darüber nachzudenken.«

Sie schwieg einen Moment. »Glaubst du, das war alles Glück?«

»Ich weiß nicht«, antwortete ich wahrheitsgemäß.

»Wir haben beide Glück.« Sie rutschte näher an mich heran. »Aber nicht allein Glück hat uns hierhergeführt. Ich finde, wir haben verdammt schwer gearbeitet, um so weit zu kommen. Wir haben beide hart gekämpft, um hier zu sein.«

Das hatten wir.

Wir hatten die Narben, um es zu beweisen, auch wenn sie nicht auf der Haut zu sehen waren.

»Und wir hatten Hilfe. Jede Menge«, fuhr sie fort und legte eine Hand auf meinen Schenkel. »Und meinen Vater …«

Es fiel mir schwer, an Apollo zu denken. Teilweise wurde ich immer noch irrational reizbar, wenn ich bloß seinen Namen hörte. Andererseits fehlte mir der nervende Mistkerl, der ohne Vorwarnung aus dem Nichts auftauchte und wieder verschwand. Was er für Josie und unseren Sohn getan hatte, würden wir nie vergessen. »Ja, er ist wirklich für uns in die Bresche gesprungen, nicht wahr?«

Sie nickte, und ich hasste es, die Traurigkeit zu sehen, die sich in ihre Miene schlich. Sobald sie sich wieder erinnern konnte, was passiert war, übermittelte ich ihr Apollos Nachricht. Es war hart gewesen, dabei zuzusehen, wie sie vollständig begriff – welches Opfer Apollo gebracht hatte. Er hatte seine Stellung als Gott gegeben, um sie und unser Kind zu retten, und soweit wir wussten, auch sein Leben.

Es war nicht nur für Josie schwer.

Alex und Aiden konnten es nicht richtig verarbeiten, obwohl sie mit eigenen Augen zugesehen hatten. Der Gott war viel länger ein Teil ihres Lebens gewesen, als das bei Josie der Fall war, und für Alex war es ebenfalls, als hätte sie einen Vater verloren.

Es war schwer für alle.

Sogar für mich.

»Ich wünschte, ich hätte … Zeit mit ihm verbringen können.« Sie senkte die Lider. »Ihn richtig kennenlernen. Verstehst du? Weil ich ihn eigentlich gar nicht gekannt habe.«

»Das tut mir leid.« Die Bemerkung erschien mir unzulänglich, doch es stimmte. »Er hat dich geliebt. Und am Ende hat er es bewiesen, und mehr als das.«

»Ich weiß.«

»Ich wünschte nur, er hätte es anders gezeigt.« Das war die verdammte Wahrheit. »Ich wünschte, er wäre mit dir … ach keine Ahnung, zum Eisessen gegangen oder so.«

Josie lachte heiser auf. »Das wäre nett gewesen. Überhaupt richtig Zeit mit ihm zu verbringen wäre … das habe ich mir wirklich gewünscht.« Sie räusperte sich und blickte zu mir auf. »Also war es nicht bloß Glück. Wir haben gekämpft, um bis hierher zu kommen. Menschen haben alles dafür geopfert, nicht nur mein Vater.«

Nein, nicht nur Apollo hatte sein Leben gegeben. Solos. Colin, bevor wir ihn überhaupt kennengelernt hatten. Zahllose andere. Manche blieben namenlos, doch ihr Opfer war genauso bedeutsam.

Aber Josie hatte … sie hatte recht.

Ich wollte nicht behaupten, dass nicht auch Glück dabei gewesen war. Früher hatte ich gedacht, so etwas existierte nicht, doch jetzt wusste ich es besser. Und vielleicht war ein Teil davon sogar Schicksal. Ich wusste genug, um mir darüber klar zu sein, dass das Schicksal real war. Man konnte dem Schicksal eine neue Gestalt geben; aber manchmal war es auch wie ein verdammter Güterzug, der einen überrollte.

Wir hatten wirklich gekämpft, um an diesen Punkt zu gelangen. Ich hatte dafür gekämpft. Es war nicht bloß Glück oder Schicksal. »Wir haben das erreicht.«

Sie nickte. »Und es ist vorbei. Es ist tatsächlich vorüber, Seth.«

Nie hätte ich gedacht, den Luxus zu haben, diese Worte zu hören.

»Keine unheimlichen Schatten mehr. Keine Titanen«, fuhr sie fort und strich an der Innenseite meines Oberschenkels entlang. »Die Olympier wissen, wo ihr Platz ist, und wir kennen unseren.«

»Ja, allerdings.« Sie kam meinem empfindlichsten Teil gefährlich nahe, das sofort reagierte. »Unser Platz ist hier.«

»Ja.« Sie beugte sich vor und küsste mich auf einen Mundwinkel. »Und was für verrücktes Zeug sich uns auch in den Weg stellt, wir werden es besiegen. Gemeinsam.«

Wenn die verbliebenen Olympier klug waren und sich an die Spielregeln hielten, würde es ganz oben auf ihrer Liste stehen, keinen von uns zu verärgern.

Leider waren die Olympier nicht bekannt dafür, klug zu sein oder sich an Spielregeln zu halten, obwohl alles cool gewesen war, als wir sie zuletzt gesehen hatten. Man wusste nie, was man von den Olympiern zu erwarten hatte, aber ich würde bereit sein, falls sie je auf die Idee kämen, sich gegen uns zu wenden.

Oder falls sie versuchten, unseren Sohn, sobald er erwachsen war, daran zu hindern, seinen rechtmäßigen Platz unter ihnen einzunehmen.

Ich bemerkte das wilde Glitzern in Josies Augen und korrigierte mich. *Wir* würden bereit sein, uns ihnen zu stellen.

»Gemeinsam«, pflichtete ich ihr bei.

Sie legte den Kopf zurück und ließ den Blick über mein Gesicht schweifen. Erneut legte sie eine Hand um meine Wange und streichelte mit dem Daumen meinen Kiefer entlang.

Ich schnappte mir ihre Fingerspitze und hielt sie mit den Zähnen fest. Leidenschaft verdunkelte ihren Blick, als ich zubiss.

»Du musst damit aufhören«, sagte sie, nahm ihre Hand weg und ließ sie hinunter auf meine Brust gleiten.

Ich zog die Augenbrauen hoch. »Warum sollte ich?«

»Weil aus irgendeinem Grund diese Schwangerschaftshormone dafür sorgen, dass ich ungefähr vierundzwanzig Stunden am Tag Sex will«, erklärte sie, und zur Hölle, das ging direkt in meinen für diese Angelegenheiten zuständigen Körperteil. »Wenn du so was machst, will ich nur noch über dich herfallen wie eine nach Sex ausgehungerte Irre.«

»Okay. Ist mir egal, was du sagst.« Ich schlang eine Hand um ihren Nacken und küsste sie. »Ich habe so ein verdammtes Glück.«

Josie lachte dicht an meinem Mund. »Weil ich jetzt dauernd mit dir schlafen will?«

»Ja.« Ich legte die Stirn an ihre und atmete lange und gemächlich ein. »Und dafür, dass du mich in all der Zeit nicht aufgegeben hast.«

»Ich könnte dich nie aufgeben.« Wieder küsste sie mich und knabberte an meiner Unterlippe. »Nicht nur, weil ich dich liebe, sondern weil du es wert bist, dass man um dich kämpft, Seth. Du bist es wert, geliebt zu werden, und wenn ich hundert Jahre brauche, um dir das zu beweisen, dann nehme ich mir die Zeit.«

Ihre Worte schlugen wie ein Blitz in meine Brust ein.

»Zur Hölle«, erwiderte ich knurrend. Ich schnappte mir das Laken, das sich um ihre Taille schlang, und warf es beiseite. Das Seidentuch schwebte neben dem Bett in der Luft und glitt lautlos zu Boden.

Ich musste sie unbedingt spüren, brauchte es dringender als meinen nächsten Atemzug, und ich ließ meine Hose verschwinden.

Lachend sank Josie auf die Matratze zurück. »Das ist eine nette Gabe, Seth.«

»So ist es.« Ich legte mich zu ihr und hielt inne, um ihren Schoß zu küssen. »Du bist neidisch darauf, oder?«

»Ja, schon.« Sie strich mit den Fingern durch mein Haar. »Wer wäre das nicht?«

Ich schob mich aufwärts und drückte einen Kuss auf das erhabene Mal zwischen ihren Brüsten. »Aber ich schmeichle mir gern, dass ich größere Talente habe, als mich mittels eines bloßen Gedankens ausziehen zu können.«

»Hast du.« Sie umfasste meinen Kopf und drückte ihre Lippen auf meine, während ich mich zwischen ihren Oberschenkeln niederließ. »Doch das würde die Vorbereitung so viel einfacher machen.«

Mein Lachen ging in ihrem Kuss unter, und dann verlor ich mich in ihr. Alles verlief ganz gemächlich. Ich ließ mir Zeit, denn zum Teufel, wir hatten alle Zeit der Welt, um es langsam anzugehen. Um einander auszukosten, ohne dass eine Bedrohung über uns schwebte, und einfach zu leben.

Und genau das taten wir.

Ich sog ihre rauen Seufzer ein und nährte mich von ihren Schreien, während ich mich an ihrem Körper hinunterarbeitete und jedes Tal und jeden Hügel erkundete, als wäre es das erste Mal. Und auf eine Art fühlte es sich auch so an.

Es fühlte sich immer so an.

Nie würde ich dieser weichen Laute überdrüssig werden, die sie ausstieß, oder des Geschmacks ihrer Haut. Ich würde ihrer nie müde werden. Niemals.

Als ich in sie eindrang, krallten wir einander gierig die

Hände in die schweißnasse Haut, und wir atmeten schnell und schwer.

Josie schrie meinen Namen, was auf mich wie ein Stromschlag wirkte. Sie schlang ihre langen, wunderschönen Beine um meine Hüften. Meine Arme zitterten, während ich mich über ihr bewegte und langsam und tief in sie glitt.

Aber so wollte sie das nicht.

Sie drehte mich auf den Rücken, und ich lachte und umfasste ihre Hüften, als sie das Kommando übernahm. Sie stützte sich mit den Händen auf meiner Brust ab und warf den Kopf zurück. Noch nie hatte ich etwas Schöneres gesehen. Und als sie kam, flutete Erlösung auch meinen Körper.

Ich setzte mich auf und umarmte Josie so fest, wie ich konnte. Zitternd ließ sie den Kopf auf meine Schulter sinken. Ich zog sie hinunter und presste sie an mich, sodass wir praktisch miteinander verschmolzen. Zwischen uns war kein Millimeter Abstand mehr, als es für mich vorbei war und ich ihren Namen schrie.

Nach einer Weile sank ich zurück und zog sie mit. Die Nachbeben erschütterten mich bis ins Mark. Gute Götter, ich fühlte mich auf die wunderbarste Art durchgerüttelt.

Ich räusperte mich und warf Josie einen Blick zu. Sie atmete genauso schwer und schnell wie ich und lag halb über mir, und ihre Beine waren mit meinen verschlungen. Das war etwas an ihr, das ich liebte. Irgendwie schaffte sie es immer, ihre Beine vollkommen mit meinen zu verheddern. Träge verzog ich die Mundwinkel. Sie war ein ganz wundervoller Oktopus.

»Götter.« Ich streichelte an ihrem Rückgrat hinauf und wandte den Kopf, um ihr einen Kuss auf den Scheitel zu drücken. »Das könnte ich wieder und wieder und wieder tun.«

»Ich auch.« Sie schmiegte sich an mich. »Das war …«

»Außerordentlich? Überwältigend? Der beste Sex deines Lebens?«, bot ich hilfsbereit an.

Sie grinste. »Alles zusammen.«

»Das dachte ich mir.«

»Ich kann nur immer wieder über dein Ego staunen.«

Mit einem Finger fuhr ich ihren Rücken entlang, lachte leise und ließ zu, dass mir die Augen zufielen. Gut möglich, dass ich einnickte, denn als ich sie wieder öffnete, waren die Sonnenflecken vom Bett zum Boden weitergewandert, und Josie lächelte mir zu. Ihre Faust lag auf meiner Brust, und sie stützte das Kinn darauf.

»Hast du mir beim Schlafen zugesehen?«, fragte ich und legte eine Hand auf ihren Rücken, weil ich wusste, dass sie das mochte.

»Vielleicht ein wenig.«

Mit der anderen Hand rieb ich mir übers Gesicht. »Wie lange?«

»Ein paar Stunden. Nicht allzu lange.«

»Mist. Wirklich?«

Sie nickte. »Ich habe dich aber nicht die *ganze* Zeit angestarrt.«

»Was für eine Erleichterung.« Ich grinste. »Tut mir leid.«

»Es ist in Ordnung, Seth.« Lächelnd zog Josie sich zurück. »Du darfst ruhig einnicken. Wir haben die Ewigkeit, um wach zu sein und einander zu ärgern. Wortwörtlich. Für immer. Und bald haben wir eine kleine Ausgabe von uns, die uns plagt und neben der wir einnicken können.«

Keine Ahnung warum, aber in diesem Moment ging mir richtig auf, dass wir wahrhaftig die Ewigkeit vor uns hatten – verdammt, es war real. Nicht so ein kurzes Leben, das anscheinend wie ein Wimpernschlag verstrich. Keine Zukunft, die, wenn alles gut lief, damit endete, dass wir beide alt und grau wurden, unsere Muskeln schwach und unsere Knochen gebrechlich. Uns gehörte wortwörtlich die Ewigkeit.

»Yeah.« Meine Stimme klang belegt, als ich Josie zu mir herunterzog, genau dorthin, wo ich sie haben wollte. Haut an Haut. Herz an Herz. »Ja, das haben wir.«

Sie küsste mich auf die Brust, und da erkannte ich noch etwas, auf gewisse Weise etwas ganz Wundersames.

Am Ende hatte ich … hatte ich alles bekommen, was ich mir je wünschen könnte.

Ich. Der so lange für alle der Bösewicht gewesen war.

Aber es war die Wahrheit. Ich hielt die Liebe meines Lebens in den Armen. Meine Frau. Ich würde einen kleinen Sohn bekommen. Ich hatte eine richtige Zukunft, auf die ich mich jeden Tag freuen konnte.

Ich konnte mich nicht bremsen und lachte.

Josie hob das Kinn. »Was ist?«

»Ich habe nur nachgedacht.« Lächelnd drückte ich sie an mich. »Ich habe *alles*. Alles, wovon ich niemals auch nur zu träumen gewagt habe. Verrückt.«

Josie zog auf ihre bezaubernde Art die Nase kraus, und mein Lächeln wurde breiter. Sie quietschte glücklich auf, als ich sie auf den Rücken wälzte. Ich schaute in die Augen der Frau, die wahrhaftig ein Geschenk war, und legte ein Versprechen ab, das ich niemals brechen würde: »Ich werde den Rest der Ewigkeit damit verbringen, dir zu beweisen, wie sehr ich das alles verdiene.«

Tränen traten ihr in die Augen. »Aber du bist es doch jetzt schon wert, Seth.«

EPILOG

SETH

»Meinst du, du wünschst dir auch einmal so etwas?«, wollte Deacon von Luke wissen und ließ das kleine, gut verpackte Bündel auf seinem Arm nicht aus den Augen.

Luke warf mir einen Blick zu. Verblüfft zog er die Brauen hoch. »Ich glaube schon, aber erst einmal eine ganze Zeit nicht. Also, wirklich noch lange, lange nicht.«

Ich grinste.

»Ach, ich weiß nicht.« Deacon beugte sich über das Bündel, das in seiner Armbeuge lag. »Ich hätte gern so eins.«

»So, wie du es sagst, klingt das so einfach«, sagte Luke. »Als könnte man in den Laden an der Ecke gehen und sich eins besorgen.«

»Heutzutage ist alles möglich«, sagte ich trocken.

»Widersprich ihm lieber nicht.«

Deacon stieß erneut diese albernen Gurrlaute aus – Geräusche, bei denen ich mich auch schon öfter erwischt hatte, so ungefähr fünfhundertmal. Manchmal bemerkte ich es nicht einmal.

»Ich kann es kaum abwarten, dass Alex und Aiden ihn sehen«, sagte Luke und verschränkte die Arme.

Deacon konnte die Finger nicht vom jüngsten Mitglied der krassen Armee lassen. Luke war ein wenig reservierter und musterte das in Tücher geschlagene Paketchen, als wäre es eine unbekannte Massenvernichtungswaffe. Konnte ich ihm nicht einmal übel nehmen.

»Dieses Kind wird verwöhnt werden. Schließlich hat es so ungefähr vier oder fünf Paten.«

Meine Mundwinkel zuckten. »Ja.«

Als das eingewickelte Bündel zu strampeln begann, blickte Deacon auf. »Ich glaube, er will zu seinem Daddy.«

Lächelnd trat ich zu Deacon, bückte mich und nahm meinen Sohn hoch. *Mein Sohn*. Diese beiden Worte erschütterten mich immer wieder bis ins Innerste. Ich barg seinen zappelnden Körper an meiner Brust, und sofort beruhigte er sich. »Ich glaube, er braucht seine Mommy.«

»Kann ich ihm nicht verdenken«, witzelte Deacon und lehnte sich auf der Couch zurück. »Wie geht's Josie?«

»Sie schlägt sich perfekt.«

Und das war die Wahrheit. Die beiden hatten sie gestern Abend nur kurz besuchen dürfen.

Als es mit den Wehen losging, musste ich mir immer wieder sagen, dass Josie es schaffen würde. Dass sie schon so viele verrückte Dinge überlebt hatte, dass die Geburt für sie ein Spaziergang werden würde. Aber die erste richtige Wehe? Als ich sah, wie blass Josie wurde, wäre ich verdammt fast in Ohnmacht gefallen. Es war nicht einfach gewesen, ihr bei der Geburt zuzusehen und nichts tun zu können, außer ihre Hand zu halten. Ich hatte höllische Angst gehabt.

Und dabei war ich nicht derjenige, der ein Baby zur Welt brachte.

Josie war meine Heldin.

Ich strich mit den Lippen über den dunkelblonden Schopf meines Sohns, schloss die Augen und dankte innerlich jeder verfluchten Gottheit, die es je gegeben hatte, für dieses Geschenk. Als ich die Augen wieder öffnete, sahen mich beide Männer an, in ihren Blicken lag etwas Weiches.

»Ich bringe ihn lieber nach oben zu ihr«, erklärte ich und räusperte mich. »Bedient euch mit allem, worauf ihr Lust habt.«

»Haben wir vor«, sagte Deacon.

Ich verdrehte die Augen und machte mich auf den Weg.

»Seth?«, rief Luke.

Ich drehte mich zu ihm um und verlagerte behutsam das Gewicht meines Sohns auf meinem Arm.

»Ich glaube, ich habe das noch nicht gesagt, aber ich wollte dir bloß mitteilen, dass wir den Namen lieben, den ihr ausgesucht habt. Apollo … würde er gefallen.«

In diesem Moment öffnete mein Sohn die Augen. Sie waren nicht leuchtend blau wie die seiner Mutter und die seines Großvaters, sondern hatten dieselbe Farbe wie meine. Einen dunklen Bernsteinton.

Mein Sohn hatte meine Augen.

»Ja«, sagte ich. »Der Name ist perfekt. Bis nachher, Jungs.«

Ich verließ den Raum und kam auf dem Weg zur Treppe auf dem Flur an Basil vorbei. Obwohl ich ihn mit einem Blick genau davor warnte, verneigte er sich.

Inzwischen tat er es wahrscheinlich nur noch, um mir auf die Nerven zu gehen.

»Gehen wir zu deiner Mom, kleiner Mann«, sagte ich und stieg die Stufen hinauf. »Sicher vermisst sie dich schon.«

Zur Antwort erhielt ich ein unverständliches Babygegurgel, bei dem ich grinsen musste. Bisher war der Kleine ein fröhliches Kind. Außer, er war hungrig. Das war eine ganz andere Geschichte.

Als ich in den Flur einbog, sah ich Erin auf mich zukommen. Wir … verstanden uns jetzt besser, das heißt, sie versuchte nicht, mich umzubringen. Aber beste Freunde würden wir sobald nicht werden.

»Ich wollte mich gerade auf die Suche nach dir machen«, erklärte sie und blieb stehen, um einen Finger um eine Babyfaust zu schlingen. »Ich glaube, es ist fast Fütterungszeit.«

»Klingt völlig richtig.«

Und das war das ganze Gespräch.

Wie gesagt, lief es zwischen Erin und mir jetzt besser, aber wir gingen nicht besonders nett miteinander um.

Ich nickte ihr zu, eilte zum Schlafzimmer und öffnete die Tür, ohne sie zu berühren. Sofort sah ich Josie.

Sie hatte sich aufgesetzt und flocht gerade ihr Haar zu einem dicken Zopf. Götter, war sie schön. Wie sie so dort saß, den Kopf gesenkt und das Gesicht konzentriert verzogen, war sie die atemberaubendste Frau, die ich je gesehen hatte.

Josie befestigte den Zopf und blickte auf, sofort trat ein Lächeln auf ihr Gesicht. »Hey, du.«

»Hab dir etwas mitgebracht.«

»Mein Kind?«, fragte sie und streckte mir die Finger entgegen.

»Kann schon sein.« Ich setzte mich neben sie und reichte ihr vorsichtig unseren Sohn. Druck legte sich auf meine Brust, als ich zusah, wie ihr Gesicht aufleuchtete und sie dem Kleinen über den Kopf strich.

»Ist das nur mein Eindruck, oder hat er schon wieder mehr Haare?«, fragte sie und warf mir einen Blick zu.

Ich stützte eine Hand neben ihrer Hüfte auf das Bett und beugte mich über die beiden. »Viele Haare hat er jedenfalls. Scheinen schneller zu wachsen als er selbst.«

Sie lachte. »Bald können wir ihm einen Man Bun machen.«

Ich schüttelte den Kopf und grinste, als unser Sohn Josies Finger mit einer Hand umklammerte. »Wie fühlst du dich?«

»Gut.« Sie zog seine Hand an ihren Mund und küsste die winzigen Finger. Ein fröhliches kleines Glucksen erklang aus ihrer Armbeuge. »Perfekt eigentlich. Weißt du, ich … im Moment fühlt sich alles einfach vollkommen an.«

Ja, wirklich, so war es.

Ich beugte mich über sie, drückte ihr einen Kuss auf die Wange und blieb in dieser Haltung. »Deacon und Luke gefällt sein Name.«

»Das dachte ich mir.« Sie sah mich an und küsste mich. »Ich glaube, Alex und Aiden werden ihn auch mögen.«

»Bestimmt.« Ich erwiderte ihren Kuss und wich dann gerade so weit zurück, dass ich unseren Sohn sehen konnte, der mit festem, scharfem Blick zu uns aufschaute. Der Kleine schien genau zu verstehen, wovon wir redeten. »Ich will, dass du mir einen Gefallen tust, kleiner Mann«, sagte ich zu ihm. »Wenn Aiden dich zum ersten Mal auf dem Arm hält, möchte ich, dass du den größten Schiss …«

»Seth.« Josie lachte. »Wage es ja nicht, diesen Satz zu beenden.«

Ich lächelte. »Deine Mom ist ein Spielverderber.«

»Und dein Dad kriegt eine Menge Ärger, wenn er so weitermacht«, sagte sie und riss dann die Augen auf, als unser Sohn wie als Antwort gurgelte. »Oh ja, und ob.«

Ich küsste sie noch einmal auf die Wange und streckte die Hand aus. Sofort griff unser Sohn nach meinen Fingern. Jetzt hielt er je eine Hand von uns umfasst. »Leon«, sagte ich und sah zu Josie auf. »Leon ist der perfekte Name.«

DANKSAGUNG

Ich muss den Leserinnen und Lesern danken, die damals 2011 mit der Dämonentochter-Reihe begonnen und Alex' und Aidens Geschichte verfolgt haben, aus der inzwischen Josies und Seths Reise geworden ist. Ohne euch hätte es die Götterleuchten-Serie nie gegeben. Vor allem die, die Aidens Geburtstag mit Kuchen gefeiert, über die Jahre Aiden und Seth im Internet verteidigt und auf Facebook darüber gestritten haben, wer besser ist, Seth oder Aiden. Ich hoffe, dass wir am Ende dieser Serie zu dem Schluss kommen, dass beide gleichermaßen großartig und Alex und Josie zwei sehr glückliche Frauen sind. Dies ist das Ende. Einstweilen.

Ein großer Dank geht an meinen Redakteur für seine Leistung. Ha! Danke auch an meine Agentinnen Kevan Lyon und Taryn Fagerness. Dank geht auch an Christine Borgford für ihre erstaunlichen Formatierungskünste, an Sara Eirew für ihr Design und an Franggy Yanez für seine großartigen Fotos. Ich danke auch Stephanie Brown, obwohl ich glaube, dass sie mir am Ende des Buchs ein wenig wehtun wollte. Mein Dank gilt auch Kate Kanyak, Hannah McBride, Jen Fisher, Valerie und Vi und Jessica, Laura Kaye, Sarah J. Maas, K. A. Tucker, Vilma Gonzalez, Lesa Rodrigues, Stacey Morgan, Jillian Stein und Liz Berry, Andrea Joan, Jay Crownover, Cora Carmack und vielen, vielen anderen, die mir helfen, bei Verstand zu bleiben, während ich schreibe. Und Dank auch an Drew Leighty, der Seth schon fast unheimlich korrekt verkörpert.

Die Götterleuchten-Serie war mehr als eine Buchreihe. Sie war der Anlass für das ApollyCon-Event. Die Götterleuchten-Serie ist zwar zu Ende, aber ApollyCon wird weitergehen.